# LEANNE BANKS

TODO UN RETO

DUELO APASIONADO

UN MARIDO MILLONARIO

Editado por Harlequin Ibérica.
Una división de HarperCollins Ibérica, S.A.
Núñez de Balboa, 56
28001 Madrid

© 2017 Harlequin Ibérica, una división de HarperCollins Ibérica, S.A.
N.º 2 - 13.9.17

© 2000 Leanne Banks
Todo un reto
Título original: The Doctor Wore Spurs

© 2000 Harlequin Books S.A.
Duelo apasionado
Título original: Bride of Fortune

© 2001 Leanne Banks
Un marido millonario
Título original: Millionaire Husband
Publicadas originalmente por Silhouette® Books
Estos títulos fueron publicados originalmente en español en 2000, 2001 y 2001

Todos los derechos están reservados incluidos los de reproducción, total o parcial. Esta edición ha sido publicada con autorización de Harlequin Books S.A.
Esta es una obra de ficción. Nombres, caracteres, lugares, y situaciones son producto de la imaginación del autor o son utilizados ficticiamente, y cualquier parecido con personas, vivas o muertas, establecimientos de negocios (comerciales), hechos o situaciones son pura coincidencia.
® Harlequin, HQN y logotipo Harlequin son marcas registradas por Harlequin Enterprises Limited.
® y ™ son marcas registradas por Harlequin Enterprises Limited y sus filiales, utilizadas con licencia. Las marcas que lleven ® están registradas en la Oficina Española de Patentes y Marcas y en otros países.
Imagen de cubierta utilizada con permiso de Dreamstime.com.

I.S.B.N.: 978-84-687-9988-9
Depósito legal: M-16825-2017

# ÍNDICE

Todo un reto ................................ 7

Duelo apasionado ........................... 129

Un marido millonario ....................... 271

# TODO UN RETO

LEANNE BANKS

# Prólogo

–Tiene una reputación excelente –decía Clarence Gilmore, señalando a la mujer a la que Tyler Logan estaba mirando.

En la reunión anual de la Asociación que congregaba a la mayoría de los hospitales del país, Tyler Logan miraba a Jill Hershey como solía mirar a un ciervo durante la temporada de caza. Sedoso cabello castaño, inteligentes ojos verdes y un cuerpo lleno de curvas, cubierto por un traje demasiado conservador. Otro hombre quizá no habría notado la curva de sus pechos bajo la chaqueta negra, ni la curva de las caderas, pero Tyler siempre buscaba debajo de la superficie.

Sin embargo, lo que llamó su atención de Jill Hershey fue que miraba a los ojos de la gente mientras hablaba. Incluso a cuatro metros podía sentir el poder de esa mirada.

–¿Qué sabes de ella? –preguntó a Clarence.

–Es una publicista milagrosa. Por eso la busca todo el mundo. No te puedes imaginar lo que hizo por el centro de tratamiento del cáncer de Minneapolis –contestó el administrador del hospital de Fort Worth.

–Entonces contrátala –dijo Tyler.

Clarence lo miró, con gesto impaciente.

–Los cirujanos no entendéis nada sobre el funcionamiento económico de un hospital.

–Y me alegro –sonrió Tyler–. Moriría mucha más gente si

los cirujanos nos dedicáramos a pensar en el dinero. Pero si esa chica es lo que necesitamos para construir la nueva planta de cardiología infantil en Fort Worth, contrátala.

–Puede que no sea tan fácil, Tyler. Primero, porque costará una fortuna contratarla. Segundo, porque seguramente ya tiene otro contrato. Y tercero, es posible que el hospital general de Fort Worth no le interese.

–¿Por qué no le preguntas y salimos de dudas?

–He pedido información sobre ella y me han dicho que no se dedica a sacar adelante proyectos infantiles.

La respuesta dejó seco a Tyler, que miró a Clarence Gilmore, atónito.

–¿En serio?

–En serio.

–Bueno, a lo mejor lo que necesita son nuevos retos.

–No pensarás hablar con ella –dijo Clarence.

–Claro que sí. ¿No hemos venido aquí con el objetivo de encontrar a alguien que nos ayude a recaudar fondos para la planta de cardiología infantil del hospital?

–Sí, pero...

–Tú has dicho que ella es la persona que necesitamos, así que voy a buscarla.


El hombre con sombrero tejano esperaba pacientemente tras su antiguo cliente, el señor Waldron. Jill intentaba no mirarlo, pero le resultaba difícil. Era más alto que los demás, innegablemente un hombre del oeste y, por lo que había podido ver, muy decidido. Y demasiado guapo. Parecía tener una natural confianza en sí mismo y su mirada generaba en ella una extraña ola de calor.

El señor Waldron también debió sentir la presencia del hombre a su espalda porque se volvió, incómodo.

—Hola. Soy el doctor Logan del hospital de Fort Worth. Encantado.

—Bill Waldron, del hospital de Cincinnati. Ella es...

—Jill Hershey, una maga de la publicidad —terminó la frase el encantador doctor Logan, mientras estrechaba su mano mirándola a los ojos. Aquella mirada produjo en ella un impacto sorprendente—. Justo la persona que necesitamos.

Jill parpadeó. Aunque durante los últimos tres años había tenido mucho éxito en su trabajo, no estaba acostumbrada a ese tipo de halago.

—Muchas gracias —sonrió, notando el tamaño y la fuerza de la mano del hombre. El señor Waldron se disculpó en ese momento y los dejó solos—. Pero no soy ninguna maga.

—Eso es lo que dice todo el mundo.

—Doctor Logan...

—Llámame Tyler.

Jill se sintió agradablemente sorprendida. Conocía a muchos médicos demasiado apegados a su título.

—Tyler, ¿cuál es tu especialidad?

—Cardiología infantil. Soy cirujano.

Jill tragó saliva. Tardó un segundo en recuperarse, pero consiguió sonreír.

—Es un campo muy importante, pero debo decirte que los proyectos infantiles no son lo mío.

—¿Por qué no?

La pregunta la había pillado desprevenida.

—Pues... siempre he pensado que era más efectiva en otras especialidades.

—¿No te gustan los niños?

—¡Claro que me gustan! —exclamó ella, deseando apartarse de aquel impertinente que había tocado su punto más vulnerable—. Pero ya te he dicho que soy más efectiva en otras especialidades. Y además, —añadió, intentando aparentar tranquilidad– yo suelo desarrollar mi trabajo en hospitales muy grandes.

–Bueno, pero no querrás caer en la rutina –dijo Tyler.

–¿Cómo dices?

–Me parece que eres la clase de persona que necesita nuevos retos para ser feliz.

Jill no sabía qué la irritaba más, el hecho de que él creyera que la conocía cuando apenas habían hablado durante unos segundos o... que tuviera razón.

–Doctor Logan...

–Tyler –volvió a corregir él, con un brillo burlón en los ojos.

Jill tuvo que disimular un suspiro de impaciencia.

–Tyler, permíteme que sea sincera. Normalmente acepto los trabajos que me recomienda el Presidente de mi empresa. Si estás interesado en contratar nuestros servicios, ponte en contacto con él. Su nombre y su teléfono están en el informe de prensa que hay a la entrada. Encantada de conocerte –dijo de un tirón.

Él asintió, pensativo, como si estuviera intentando leer entre líneas. Jill se dio la vuelta, molesta.

–Te desafío –escuchó entonces la voz del hombre.

–¿Perdón?

–Te desafío a trabajar para el hospital de Fort Worth y hacer que la vida de cientos de niños con problemas de corazón sea más larga y mejor. Tú tienes lo que hace falta para conseguirlo –dijo Tyler, mirándola directamente a los ojos. Jill sintió el poder de la mirada masculina y su corazón se aceleró–. Te desafío, Jill Hershey.

# Capítulo 1

Jill era una mujer de carácter. Tenía a su espalda muchos años de experiencia y raramente hacía una tontería.

La primera semana después del audaz desafío de Tyler Logan, se había negado a contestar sus insistentes llamadas para no dejarse manipular. Pero él había seguido insistiendo. Tyler Logan no tenía ni idea de cuál era la enormidad de su reto.

No tenía ni idea de que estaba dándole la oportunidad de conquistar o ser conquistada por su más grande y doloroso secreto.

Y por eso, dos semanas más tarde, estaba organizando su despacho temporal en el hospital general de Fort Worth.

Jill miraba por la ventana hacia el centro de la ciudad. A un par de manzanas estaba la estatua del legendario vaquero William Pickett y el bar de Billy Bob, el *saloon* más grande de Tejas. Fuera donde fuera donde ejerciera su profesión, para Jill era mucho más fácil hacerlo si antes se familiarizaba con las costumbres de la ciudad. Eso significaba que iba a tener que convertirse en una chica vaquera durante algún tiempo. Y eso sí que era un reto, considerando que era vegetariana.

–Esto es una locura –murmuró para sí misma, mirando alrededor. Durante su estancia en Fort Worth, aquel despacho sería su remanso de paz, el lugar en el que podría respirar tranquila cuanto estuviera agobiada por el trabajo. Su santuario.

En ese momento, alguien llamó a la puerta y entró sin esperar invitación.

—Bienvenida a Fort Worth, la ciudad del ganado.

Jill sintió que se le encogía el estómago. Aquella voz la había perseguido durante casi un mes. Pero el hombre no era importante, se decía a sí misma. Solo era una puerta que atravesaría para hacer las paces consigo misma.

Jill se dio la vuelta y se encontró con los ojos azules del hombre. La incongruente combinación de bata blanca, sombrero tejano y un estetoscopio del que colgaba un diminuto oso de peluche la dejó sin habla.

—Gracias —dijo por fin.

—¿Por qué has tardado tanto en venir?

—¿Tan seguro estabas de que vendría? —dijo ella, intentando sonreír.

—Sabía que harías caso de tu instinto —contestó Tyler, entrando en el despacho—. Te gustará Fort Worth, ya verás.

—Solo voy a estar aquí durante unos meses.

—No has contestado a mi pregunta. ¿Por qué has tardado tanto en venir?

El acento tejano y la desganada forma de caminar eran engañosos, pensó Jill. El hombre estaba impaciente.

—Puede que te sorprenda, pero estaba trabajando en otro proyecto y no podía dejarlo colgado sin más ni más.

—Pues sí que me sorprende —sonrió Tyler—. ¿No se supone que eres una maga?

Jill lo miró durante unos segundos sin contestar.

—Siento curiosidad... ¿es así como consigues convencer a todo el mundo?

—¿A qué te refieres? —preguntó él, aparentemente distraído con un bote de lápices.

—Quiero saber si los halagos son una táctica para manipular a la gente.

Tyler la miró con expresión de fingida inocencia.

—No son halagos, estoy diciendo la verdad. Y eso de la manipulación... no me gusta como suena. Yo solo hago lo que creo que debo hacer para conseguir lo que quiero. ¿Eso te pone nerviosa? —preguntó, con voz de terciopelo.

El corazón de Jill dio un vuelco dentro de su pecho.

—No —contestó. Pero no sonaba segura de sí misma.

—Me alegro porque vamos a trabajar juntos. A veces pongo de los nervios a los de administración, pero casi siempre consigo que las cosas se hagan —sonrió él—. Estas aquí, ¿no?

—Temporalmente —insistió ella.

Tyler la miró de arriba abajo, despacio.

—El tiempo suficiente —murmuró—. ¿Por qué tienes los ojos clavados en Wild Cody?

—¿Wild Cody?

—Mi osito —contestó él, señalando el muñeco de peluche que colgaba de su estetoscopio.

Jill sintió que sus mejillas ardían.

—Es la primera vez que veo un oso de peluche en un estetoscopio.

—Así distraigo a mis niños —explicó él, tomando su mano. Jill intentó soltarse—. Espera —sonrió Tyler, sacando otro osito del bolsillo y poniéndoselo en un dedo—. Desde ahora, eres un miembro oficial de *la pandilla de los corazones remendados*.

Cuando Jill miró el diminuto osito atado a su dedo suspiró, conmovida.

—Gracias. ¿Se lo regalas a todos tus pacientes?

—Eso no sería mala idea. A lo mejor podría comprarlos al por mayor. Ya me puedo imaginar a Clarence pegando saltos cuando le pida dinero para comprar cien ositos de peluche —sonrió Tyler—. ¿Lo ves? Ya has tenido una buena idea y no llevas aquí ni dos horas. Ya te dije que te necesitábamos.

—Tener ideas es muy fácil. Lo difícil viene después —murmuró ella. Tyler Logan no tenía ni idea de lo difícil que iba ser aquel trabajo para ella.

—Necesitas un reto, Jill Hershey.

El comentario volvió a irritarla, como la primera vez.

—¿Por qué dices eso? Ni siquiera me conoces.

—Bueno, podríamos decir que tu reputación te precede. O que te necesitábamos en el hospital general de Fort Worth porque tienes unas piernas preciosas. O que conozco un espíritu afín cuando lo veo.

—¿Yo debo adivinar la respuesta correcta? —preguntó ella, impaciente.

Tyler se acercó un poco más y Jill pudo ver el brillo burlón de sus ojos.

—Las tres respuestas son correctas.

Estaba coqueteando con ella, pensó Jill. Su exmarido también había sido un hombre encantador, seguro de sí mismo y... mujeriego empedernido. Se sabía el cuento de memoria.

—Me parece que no...

—¡Hola! —escucharon una voz de mujer en la puerta—. Ah, buenos días, doctor Logan.

—Hola, Trina —la saludó él—. Te presento a la nueva publicista del hospital general de Fort Worth, Jill Hershey.

—Lo sé. Voy a ser su ayudante. Hola Jill, soy Trina Hostetter.

—Yo me voy —dijo Tyler, dirigiéndose a la puerta—. Trina, cuida bien de Jill. Va a hacer cosas estupendas por nosotros —añadió, mirando descaradamente sus piernas—. Nos veremos luego.

Jill observó que Trina se quedaba mirando con ojitos tiernos el pasillo por el que había desaparecido Tyler.

–Y a mí me gustaría hacerle algo a *él* –murmuró la joven.

–Es el típico machito –sonrió Jill.

–Pero sabe hacer que las mujeres se sientan bien a su lado y no anda por ahí rompiendo corazones.

Jill levantó las cejas, incrédula.

–Me parece que no eres nada objetiva.

–¿Crees que no soy objetiva solo porque me gustaría que Tyler aparcase sus botas al lado de mi cama? –sonrió la descarada joven–. El doctor Logan es guapo, inteligente, divertido, amable y le gustan los niños. Es verdad que sale con muchas chicas, pero nunca les hace promesas de amor eterno –añadió. En ese momento, vio el osito en el dedo de Jill–. ¡Te ha dado un osito! Vaya, qué suerte.

Jill se quitó el osito del dedo y lo colocó sobre un lápiz.

–No te preocupes. No tiene ningún significado romántico. La única razón por la que Tyler Logan está interesado en mí es porque cree que voy a conseguir fondos suficientes para construir la nueva planta de cardiología infantil.

–¿Estás diciendo que no te gusta el doctor Logan? –preguntó Trina, sorprendida.

–No me interesa nada –contestó Jill.

–¿Estás casada?

–No. Estoy cuerda. Muy cuerda en lo que se refiere a los hombres. Créeme –dijo Jill, sintiendo un nerviosismo–. No he venido aquí para tener una aventura con el doctor Logan.


Alguien llamó a la puerta del despacho de Jill cuando estaba concentrada estudiando unos documentos.

–Es la hora de la visita turística –dijo Tyler, asomando la cabeza.

Jill parpadeó, irritada. Aquel hombre siempre la pillaba desprevenida.

–Trina ya me ha enseñado el hospital.
–Pero seguro que hay cosas que no has visto.
–Hemos ido planta por planta y me ha presentado a todo el mundo.
–Ya –sonrió Tyler–. Y seguro que cuando terminó de contarte cotilleos sobre los empleados del hospital creías estar en una telenovela.
–Bueno, la visita ha sido muy... amena.
–Desde luego, eres una buena relaciones públicas, Jill. Pero mi visita será diferente. Quiero que conozcas a alguno de mis pacientes.

El corazón de Jill dio un vuelco.
–No es necesario.
–Claro que sí. La gente pone su corazón en lo que hace cuando tiene razones personales. Si conoces a los niños, este trabajo se convertirá en algo personal para ti.
–Tienes razón, pero no hace falta que sea hoy. Estoy intentando digerir toda esta información y...
–¿Por qué no quieres conocer a los niños?

Jill se quedó sin respiración. ¿Cómo podía explicarle que todavía no estaba preparada para enfrentarse con sus demonios personales?, se preguntaba.
–No he dicho que no quiera conocerlos –dijo–. Solo he dicho que podemos hacerlo otro día.
–Es mejor que sea hoy –insistió él.

Jill se mordió los labios, pero no tenía ningún argumento.
–De acuerdo –suspiró, resignada.
–Tenemos tres recuperándose de una operación y cuatro en espera de cirugía –le explicó Tyler mientras salían al pasillo.
–¿Cuántos años tienen?
–Hay desde recién nacidos a adolescentes.

*Recién nacidos*. Jill sintió una punzada de dolor en el corazón.

—¿Por qué elegiste esa especialidad?
—Yo creo que me eligió a mí —contestó Tyler, entrando tras ella en el ascensor—. Si mi padre hubiera elegido mi profesión, habría tenido que quedarme en el rancho. Afortunadamente, quien se quedó fue mi hermano.
—¿Tu familia es muy tradicional?
—Supongo que sí —se encogió él de hombros—. Hemos vivido en Texas durante generaciones y algunos dicen que sobre los Logan pesa una maldición.
—¿Una maldición? —repitió ella, intrigada.
—Yo no creo en maldiciones, pero los Logan nunca han sido particularmente afortunados en asuntos amorosos. Las mujeres no se quedan con ellos durante mucho tiempo.
—¿Los abandonan?
—O se mueren —contestó él.
—Ah, vaya —sonrió Jill—. ¿Por eso no te has casado?
—No. Es que aún no he encontrado a la mujer de mi vida —contestó él, mirándola con curiosidad—. ¿Y tú?
—Yo creí que había encontrado al hombre de mi vida, pero me equivoqué.
—Me imaginaba que alguien te habría echado el lazo. ¿Qué pasó?
—Me abandonó cuando más lo necesitaba —contestó Jill, intentando sonreír—. No es un final feliz, pero ya está olvidado.
—¿Preparada para volver a intentarlo? —preguntó Tyler, con un brillo de desafío en los ojos.
—Prefiero tomarme mi tiempo —replicó ella, pensando que el doctor Logan sería tentador para cualquier mujer—. Sé que es tu estilo coquetear con las mujeres, pero no tienes por qué hacerlo conmigo, Tyler. Y tampoco tienes que halagarme.
—¿Y si me gusta coquetear contigo? —sonrió él.
—Creo que deberías guardarte esa táctica para la legión de mujeres que quieren... echarte el lazo.

Tyler soltó una carcajada.

–Has estado hablando con Trina.

–No. Trina ha estado hablando conmigo.

–Entonces, tú no vas a intentar echarme el lazo... –dijo él, acariciando su pelo–. No sé si debería sentirme ofendido.

–Sobrevivirás –bromeó ella–. Si alguna vez quiero tu cuerpo, será para una fotografía publicitaria.

–Algunos hombres verían eso como un reto, Jill.

–Me alegro de que tú seas demasiado inteligente como para eso –replicó ella, con más seguridad de la que sentía en realidad. La inteligencia era una cosa, el ego masculino otra muy diferente.

–Seguiremos hablando sobre eso otro día –murmuró él cuando se abrieron las puertas del ascensor–. Ahora voy a presentarte a alguno de mis niños. Betty, ¿cómo está TJ? –le preguntó a una enfermera.

–Un poco deprimido. Su madre no podrá venir a verlo hasta mañana por la mañana.

Tyler hizo una mueca de disgusto.

–TJ tiene seis hermanos. Viven a tres horas de aquí y su padre tiene una pierna rota, así que su madre anda de cabeza cuidando de todos. Mañana tenemos que operarlo para remendar un agujerito que tiene en el corazón –explicó, antes de entrar en la habitación–. Hola, jefe –saludó cariñosamente al niño cuando estuvieron dentro–. ¿Cómo va todo?

TJ era un niño de unos siete años, delgado, pálido y con carita de susto. A Jill se le partió el corazón.

–Mi madre no puede venir a verme hasta mañana.

–Ya me lo han dicho –dijo Tyler, sentándose a su lado en la cama–. Estoy seguro de que llegará a primera hora. Y necesito que descanses.

–¿Podré jugar al fútbol después de la operación?

–Claro que sí. Cuando te recuperes, es muy posible que te

fiche un equipo de primera –contestó Tyler. TJ sonrió–. Mira, he venido con una amiga. Jill Hershey.

–¿Es tu novia?

–No –contestó Jill–. Trabajo en el hospital.

TJ la miró, asustado.

–No irás a sacarme más sangre, ¿verdad?

–No –sonrió ella–. El doctor Logan me ha dicho que tienes muchos hermanos. ¿Tú eres el mayor?

TJ negó con la cabeza.

–Soy el del medio. He tenido que venir antes para lo de la operación porque una de mis hermanas pilló la gripe y no querían que yo me pusiera malo antes de operarme.

–Ah, ya veo. Y te aburres en el hospital.

–Sí.

–¿Que te aburres? –repitió Tyler, aparentemente ofendido–. ¿Cómo que te aburres?

–Bueno, es normal que se aburra. Tú eres el que lo pasa bien, operando a la gente –intervino Jill para animar al crío.

–Y TJ está todo el día tumbado, con las enfermeras pendientes de él –protestó Tyler.

–Pero la comida es asquerosa –rio el niño.

–¡Asquerosa! ¿Cómo que es asquerosa? –siguió bromeando Tyler.

–¿Qué te gusta hacer cuando estás en tu casa, TJ? –preguntó Jill.

–Cuando me ponga bueno voy a jugar al fútbol, que es lo que más me gusta –contestó TJ. Las palabras del niño hacían que sintiera un nudo en la garganta–. Y también me gustan mucho los cuentos. Mi madre nos lee cuentos por las noches.

Jill miró el montón de libros que había sobre la mesilla.

–¿Quieres que te lea uno?

Los ojos de TJ se iluminaron.

–¡Sí!

Jill sintió la mano de Tyler sobre su hombro.

–Jill... –en ese momento, el busca del hombre empezó a sonar–. Vaya, es un colega. Supongo que querrá consultarme algo –dijo, mirándola con una mezcla de aprobación y genuino interés masculino. Una combinación que la ponía nerviosa–. Volveré enseguida.

Jill no quería sentirse atraída por Tyler Logan, pero le costaba trabajo. Además de su indudable atractivo, pensar que él podría hacer realidad todos los sueños de aquel niño con una simple operación...

Aquella frase podía valer para la campaña de publicidad, pensó, mientras tomaba un libro de la mesilla.

Estuvo leyendo cuentos durante un buen rato y, algún tiempo después, Tyler apareció silenciosamente por detrás y le quitó el libro de las manos. Cuando Jill iba a protestar, él se puso un dedo sobre los labios y señaló a TJ. Estaba dormido.

–No quería hacerte trabajar esta noche –dijo Tyler cuando salieron al pasillo.

–No me importa.

Tyler la miró, pensativo.

–Me parece que eres mucho más de lo que aparentas ser, Jill Hershey. Pareces estar muy segura de ti misma, como si nadie pudiera sacarte de quicio o llegar a tu corazón. Pero TJ lo ha conseguido –dijo entonces, mirándola a los ojos–. Creí que no te gustaban los niños.

–Yo no he dicho que no me gustaran los niños. Solo que soy más efectiva trabajando en proyectos para adultos –dijo ella, disimulando su turbación.

–Ven, quiero presentarte a la más joven de mis pacientes –dijo Tyler entonces, tomándola de la mano–. Está en la planta de arriba. Y después, te invito a cenar.

–No tienes que invitarme a cenar.

–Yo creo que sí.

–No tienes por qué.

–Yo creo que sí –repitió él–. ¿Es que no te ha dicho nadie que no se discute con un médico?

–¿Son esas las mentiras que os enseñan en la facultad de Medicina? –preguntó ella, irónica.

Tyler soltó una carcajada.

–Ya no hay respeto. No se me respeta nada –murmuró, mientras subían por la escalera–. Jill, te presento a Annabelle Rogers. Tiene tres meses –dijo parándose frente a una pared de cristal y señalando a una niña que dormía en su cunita.

Jill observó el nido lleno de incubadoras y se puso pálida. La imagen de otro hospital y otro nido acababa de aparecer ante sus ojos. Tyler estaba hablando, pero ella no podía oír lo que decía. En lugar de ello, escuchaba la voz de otro médico, en otro momento... «Lo siento, señora Hershey. No hemos podido salvar a su hijo».

Las palabras se repetían como un eco en su cerebro y, de repente, todo se volvió negro.

# Capítulo 2

Tyler consiguió sujetar a Jill un segundo antes de que cayera al suelo desmayada. Estaba pálida como una muerta.

–Doctor Logan, ¿tiene que hacer eso en el pasillo? –bromeó Bill Johnson, un anestesista que pasaba por allí–. ¿Es que no puede usar el armario de las sábanas como todo el mundo?

–Se ha desmayado –explicó Tyler.

Bill se quedó atónito.

–Bueno, pues ha elegido el mejor sitio. Habrá que ponerle una mascarilla de oxígeno.

–No hace falta –dijo Tyler, al ver que ella empezaba a abrir los ojos.

–Es muy guapa. No la había visto antes por aquí. ¿Quién es?

–Es la nueva publicista del hospital –contestó Tyler, llevándola en brazos hasta una de las habitaciones–. Va a ayudarnos a conseguir dinero para la nueva planta de cardiología infantil.

–Guapa y, además, inteligente. ¿Quiere que la lleve yo?

–No le pongas tus sucias garras encima. Esta no es tu especialidad. Tú duermes a la gente, ¿recuerdas?

–Sí, pero también los despierto –replicó el anestesista.

–Jill, ¿te encuentras bien? –preguntó Tyler, poniéndole el estetoscopio sobre el pecho.

Ella empezó a parpadear.

–¿Qué...? –murmuró, confusa–. No sé que me ha pasado. No me había desmayado en toda mi vida.

–¿Has comido?

–Solo un sándwich, pero...

–Tienes que comer.

–Te traeré una hamburguesa –dijo Bill, dirigiéndose a la puerta–. Espero que me dejes invitarte a cenar cuando te recuperes.

–Ni lo sueñes –replicó Tyler–. Jill, te presento a Bill Johnson. Se dedica a dormir a la gente.

–A las mujeres no –protestó Bill.

–Te advierto que a Jill no le gusta que coqueteen con ella.

–No estoy coqueteando –dijo el anestesista–. Jill, estoy a tu servicio. ¿Quieres una hamburguesa?

–No, a menos que sea vegetariana. No como carne –sonrió ella débilmente. Tyler y Bill se miraron y soltaron una carcajada–. ¿De qué os reís?

–¿Has olvidado donde estás? En Texas, el estado de las vacas –contestó Tyler.

–¿Quieres decir que la policía me meterá en la cárcel si no como carne?

–La policía no, la asociación de ganaderos sí –dijo Bill.

–¿Puedo comer un sándwich de queso?

–Hecho –dijo el anestesista–. Y será mejor que sea yo quien te lleve a casa en mi coche. El doctor Logan va en moto y podrías caerte.

Tyler estaba a punto de vomitar.

–El aire fresco le sentará bien.

–No hace falta que me lleve nadie. Iré en mi propio coche –dijo Jill.

–De eso nada –dijeron Tyler y Bill al mismo tiempo–. Ve por el sándwich –gruñó Tyler después.

Media hora más tarde, Jill se había comido el sándwich y paseaba impaciente por la consulta de cardiología. Cuando Tyler fue a ponerle de nuevo el estetoscopio en el pecho, ella lo apartó de un manotazo.

–Déjame. Estoy perfectamente.

–Vale, toma tu abrigo –dijo él, poniéndose la chaqueta de cuero.

–No tienes que llevarme a casa. Estoy bien.

–De eso nada –dijo Tyler entonces con firmeza–. Soy más grande que tú, así que deja de discutir.

Jill hizo una mueca, pero salió de la consulta sin protestar. Aquella mujer era una extraña combinación, pensaba él. Por un lado, parecía muy segura de sí misma, como si nada pudiera turbarla, pero Tyler la había visto emocionarse con TJ. Por otro lado, parecía una mujer capaz de de dejarse llevar, de perder la cabeza... Y a él no le importaría nada hacer que la perdiera.

–No estoy vestida para ir en moto –dijo Jill, cuando llegaron al aparcamiento.

–Estás perfectamente bien para ir en moto –replicó él, poniéndose el casco–. Vives en el barrio de Winchester, ¿verdad?

–Sí, pero...

–Pero nada. Está muy cerca de aquí. Solo tienes que sujetarte fuerte –dijo Tyler, ayudándola a ponerse el casco y subir en la moto. Jill no sabía qué hacer con las manos y él las metió por debajo de su chaqueta y las apretó sobre su pecho–. Así no tendrás frío.

Tyler sentía los muslos de ella pegados a su trasero y el roce despertó en su cerebro una imagen sensual. Jill, con sus sedosos muslos abiertos para él...

El rugido del motor evitó que siguiera aquella peligrosa línea de pensamientos.

Cuando llegaron a su casa y Jill se quitó el casco con manos inexpertas, Tyler vio en sus ojos una mirada de niña perdida que lo conmovió. Había visto esa mirada en otra ocasión aquella tarde y se preguntaba qué o quién la causaría.

–Muchas gracias por traerme. No hace falta que me acompañes a la puerta.

–Ah, no, eso sí que no. Mi madre no me lo perdonaría nunca.

–Puedes decirle que yo no quería que me acompañases.

–No puedo, a menos que estés planeando una sesión de espiritismo –sonrió él.

–¿Ha muerto? –preguntó Jill. Tyler asintió–. Lo siento. ¿Hace mucho tiempo?

–Demasiado –contestó él, recordando a la mujer que había llenado su vida de cariño, humor y alegría–. Murió hace veinte años, al dar a luz a mi hermana Martina.

Jill se paró en el primer escalón del porche.

–Cuanto lo siento. ¿Tu hermana Martina... sobrevivió?

–Sí. Ahora está embarazada. Y soltera –suspiró Tyler–. Cada vez que mi hermano y yo le preguntamos quién es el padre, ella dice que la cigüeña.

–¿Estás preocupado?

–Sí y no –contestó él–. Martina no es ninguna niña frágil. Es muy fuerte y sabe que si alguna vez necesita algo, mi hermano Brock y yo iremos corriendo.

–Una chica con suerte –sonrió Jill, abriendo la puerta–. Bueno, muchas gracias.

–¿Por sujetarte para que no cayeras al suelo?

–Sí –contestó ella–. Y por cuidar de mí. Te has puesto un poco pesado, pero gracias.

–De nada. ¿Qué vas a hacer ahora?

–Irme a dormir.

–Te mereces un descanso –sonrió Tyler–. Esta noche tú también has estado remendando corazones. El de TJ, por ejemplo.

—Solo le leí algunos cuentos.

Tyler levantó una mano y acarició su mejilla.

—Sabes que fue mucho más que eso. Pero quizá no estabas remendando corazones. Estabas robándolos.

—Creí que habíamos quedado en que no tienes que tontear conmigo.

Él rio suavemente.

—Llevas un peinado perfecto, ropa clásica. Pareces una chica muy seria y responsable que sabe exactamente cómo controlarlo todo. Y yo no sé si voy a poder contener el deseo de despeinarte y descontrolar tu mundo, Jill Hershey.

Ella lo miró con un brillo divertido en los ojos, una mirada que era un reto definitivo.

—Inténtalo –murmuró, antes de entrar en su casa.

Jill se apoyó en la puerta con los ojos cerrados. Habría sido agradable que alguien la abrazase en ese momento. Habría sido agradable sentir los fuertes brazos de un hombre y escuchar palabras cariñosas... Una imagen de Tyler cruzó por su mente, pero ella la apartó. Tyler Logan era un hombre tentador. No debería serlo, pero lo era.

Recordaba el roce de sus fibrosos músculos y la combinación de fuego y ternura que desprendían sus ojos azules. Tyler nunca dejaba a una mujer olvidar que era una mujer y él, un hombre.

En un momento de debilidad, si la pillaba desprevenida, podría sucumbir a sus encantos.

Jill sacudió la cabeza para apartar aquellas imágenes de su mente. Pero sabía que otras imágenes, de las que llevaba huyendo cuatro años, aparecerían entonces...

Ella estaba embarazada de seis meses y cada patadita de su hijo la hacía sonreír. La ecografía había revelado que estaba esperando un niño y era tan activo que su marido y ella lo llamaban «saltamontes». Tenían su habitación preparada, había pedido una larga excedencia en su trabajo y nunca se había sentido más completa en su vida.

Era invierno y de vuelta a su casa conducía con mucho cuidado por la helada autopista de Virginia. Cuando el camión patinó hacia su carril, Jill no pudo hacer nada.

Horas más tarde despertó en el hospital. Recordaba haber tocado su vientre esperando una patadita... que no llegó. El médico se acercó a su cama y entonces escuchó las terribles palabras: «Lo siento, señora Hershey. Hemos hecho todo lo posible, pero no hemos podido salvar al niño».

Jill nunca se había sentido tan vacía en toda su vida. Había llorado, había querido salir corriendo para huir del dolor, pero no podía levantarse de la cama. Había estado a punto de morir y, en muchos momentos, deseó haber muerto.

Su marido tenía una actitud distante. Jill se culpaba a sí misma y sospechaba que su marido la culpaba también. Si hubiera salido cinco minutos más tarde, se decía. O cinco minutos antes...

Jill sintió que las lágrimas empezaban a rodar por sus mejillas y bajó la mano hasta su vientre, recordando las paladitas de su «saltamontes». El doloroso recuerdo había sido dulcificado por el paso del tiempo.

Pero desmayarse... Jill se secó las lágrimas. Desde luego, no había sido una buena entrada en Fort Worth, pensaba, irónica.


A la mañana siguiente, Jill se llevó un aparato de radio y un paquete de té indio a la oficina. La idea era estar lo más cómoda posible para incrementar su creatividad.

Trina la miró, perpleja.

—¿Seguro que no quieres un bollo? El doctor Logan me ha pedido que me asegure de que hoy comes bien.

Jill sonrió.

—Gracias. He tomado cereales en mi casa.

—Pero tendrás que comer algo más sustancioso...

—Muy bien —se rindió Jill—. Tomaré un bollo.

Trina suspiró, aliviada.

—Mejor. No quiero que el doctor Logan se enfade conmigo. ¿Has visto alguna vez un médico con un trasero como el suyo?

—La verdad es que no me he fijado en su trasero —contestó Jill, aunque no era del todo cierto. Había estado muy cerca de ese trasero el día anterior, mientras la llevaba a su casa en moto.

—Pues es digno de admiración —dijo Trina—. Y cuando sonríe, le sale un hoyito aquí —añadió su ayudante, señalándose la barbilla. Jill golpeó la mesa con el lapiz. Si seguía oyendo hablar de lo maravilloso que era el doctor Logan iba a vomitar. A los ojos de Trina, aquel hombre era un dios. Desde luego, un héroe... La idea le gustó para la campaña de publicidad—. Te estoy incordiando, ¿verdad?

—No. En realidad, me has dado una idea. Estaba pensando en una campaña... con Tyler como protagonista. Podríamos hacerle fotografías e invitar a la gente a realizar donaciones de dinero para formar parte de su *pandilla de remendadores de corazones.*

—Podríamos hacer pegatinas y camisetas —dijo Trina, encantada.

—Buena idea. Llama a Clarence Gilmore. Quiero hablar con él.

—¿Vas a decírselo al doctor Logan?

—No hasta que haya recibido el visto bueno de administración.

–¿Y si él no quiere hacerlo? –preguntó su ayudante–. A algunos hombres no les gusta hacerse fotos.

Jill soltó una carcajada. No serían solo «fotos». Si se salía con la suya, Tyler estaría en vallas publicitarias, periódicos y canales locales de televisión.

–No creo que Tyler ponga peros –dijo entonces, pensando en el ego masculino, del tamaño del estado de Texas–. Seguro que le gustará.

–No me hace ninguna gracia –dijo Tyler por la tarde, cuando Jill le contó el plan.

–¿Por qué? Resultas muy atractivo para las mujeres y será muy fácil conseguir fondos para la nueva planta de cardiología. Y, de paso, tú recibirás muchas proposiciones indecentes. Serás un héroe.

Tyler se sentía como un semental dispuesto a salir a subasta y se metió las manos en los bolsillos de la bata, incómodo.

–Yo no soy ningún actor famoso.

Jill inclinó la cabeza a un lado y lo miró con curiosidad.

–No te subestimes. Además, solo será durante una temporada.

–¿Mis cinco minutos de fama? –bromeó él.

–Dos semanas de campaña intensiva y otras dos de medio impacto –sonrió Jill.

Tyler murmuró una maldición.

–¿No tienes ninguna otra idea?

–Tengo muchas ideas, pero esta es la mejor.

–Esto suena a calendario de camionero. Pero al revés –gruñó él–. Ya me imagino con aceite por todo el cuerpo.

Jill soltó una carcajada, pero se puso seria al ver la expresión de Tyler.

–Llevarás la bata del hospital. La verdad es que no se me había ocurrido lo del aceite.

Tyler se rascó la barbilla, pensativo.

–A mí no me gusta eso de salir en un póster. Lo único que quiero es cuidar de mis pacientes. Si hubiera querido atención, me habría dedicado al rodeo.

–Creí que harías cualquier cosa para conseguir la nueva planta de cardiología infantil.

–Lo haré –aceptó él, con desgana–. Pero no sé si soy el más adecuado.

–Lo eres, Tyler. Eres una persona apasionada por su trabajo y esa pasión es contagiosa.

–Habrá que oír a mi hermano cuando se entere –murmuró él, pasándose la mano por el pelo–. ¿Cómo demonios se te ha ocurrido la idea?

Jill se puso colorada.

–Por un comentario que hizo Trina. Pero eso da igual. Es solo parte del proceso creativo. Lo que importa es el resultado.

Su aparente incomodidad picó la curiosidad de Tyler.

–Sí, bueno, pero como ahora soy uno de los modelos de la agencia de Jill Hershey, me gustaría saber cómo se te ha ocurrido la idea.

–Solo fue un comentario tonto –intentó explicar ella–. Supongo que sabrás que Trina es una de tus fans.

–¿Qué comentario?

Jill se puso a colocar el bote de los lápices.

–¿Tengo que decírtelo?

–Sí.

–Dijo que no había ningún médico con un trasero como el tuyo.

–Ah, entonces me has elegido por mi trasero. Qué frivolidad –dijo él, divertido–. Me sorprendes, Jill.

–Esto no tiene nada que ver con tu trasero. Te elegí a ti porque darás bien en las fotografías y porque, además, ofreces la imagen de un auténtico texano y la posibilidad, el sueño, de ser un héroe.

–Entonces, es una cuestión de imagen.

–Es una cuestión de entender lo que quiere el posible contribuyente –corrigió Jill–. La gente cree que ya no hay héroes. Tú eres un hombre muy atractivo y además, un cardiólogo que trabaja con niños. Usando tu imagen no solo le daremos un héroe al público sino la posibilidad de que ellos también se conviertan en héroes –explicó, mirándolo directamente a los ojos–. Es un desafío.

Él se sintió como si hubiera sido golpeado un rayo. La pasión de ella, la misma pasión que él sentía, desbordaba sus ojos y su voz. Tyler estaba empezando a ver a aquella mujer como una inexplicable promesa, como la pieza perdida de un puzle.

Y entonces se dio cuenta de que deseaba a Jill Hershey con toda la fuerza que un hombre puede desear a una mujer. Nunca había sentido aquello y disimuló su turbación con una sonrisa.

–Vale, ¿cuándo me desnudo?

–No tienes que desnudarte –sonrió Jill.

–Ahora sé por qué te llaman la maga de la publicidad.

–No soy ninguna maga. Solo hago mi trabajo.

–Haces mucho más que eso. Consigues fondos para los hospitales y, además, haces que los contribuyentes se sientan héroes. Eso es mucho más que hacer tu trabajo –dijo Tyler–. ¿Donde vas a cenar esta noche? –preguntó después, sorprendiéndola.

–En mi casa –contestó Jill.

En realidad lo que quería decir era: «no quiero cenar contigo» y Tyler entendió el mensaje con toda claridad. Si él fuera el hombre encantador que todo el mundo decía que era, debería aceptarlo; y si se decía a sí mismo que Jill Hershey no merecía la pena, la dejaría en paz.

El timbre sonó a las nueve en punto, cuando Jill estaba trabajando en algunas frases para la campaña mientras escuchaba música clásica. Se levantó de la silla, sorprendida. Había llegado a Fort Worth unos días atrás y no había tenido tiempo de hacer amigos, de modo que no podía imaginar quién era.

Pero cuando miró por la mirilla y vio a Tyler al otro lado, abrió la puerta con cara de pocos amigos.

–Hola. Como anoche te desmayaste en mis brazos, he pensado venir a ver cómo estabas. ¿Has vuelto a desmayarte?

–No. Muchas gracias, estoy bien.

–Se me había olvidado decirte que la operación de TJ esta mañana ha salido mejor de lo que yo esperaba.

La expresión de Jill se suavizó inmediatamente.

–Me alegro. Mañana iré a visitarlo.

–También te he traído un helado –dijo él, mostrándole una bolsa–. Me gustaría saber algo más sobre mi nuevo trabajo como modelo.

Jill lo miró con suspicacia. Pero sabía que no valdría de nada discutir.

–Entra –dijo, sin disimular su desgana.

–Creí que ibas a dejarme en la puerta toda la noche. Voy a tener que enseñarte lo que es la hospitalidad texana –dijo Tyler, una vez dentro–. ¿Por qué me has dejado entrar, por mi encanto o por mi estupendo trasero?

Solo para divertirse, Jill estuvo tentada de decir que por su estupendo trasero.

–Por el helado. Me encanta.

Tyler puso cara de decepción.

–¿Por el helado? No sé si me ego podrá soportarlo.

–Seguro que sí. Tu ego es muy grande.

–Vaya –rio él, acercándose más–. Lo que acabas de decir es una cosa muy fea. ¿Es que estás buscando pelea, Jill?

# Capítulo 3

La mirada seductora de Tyler hacía que el corazón de Jill latiera con fuerza.

–Creí que habíamos dejado claro que no tenías que tontear conmigo.

–Eso lo dijiste tú. No yo –murmuró él, acercándose más.

–Tienes un hospital lleno de enfermeras que están locas por ti. La única razón por la que haces esto es porque yo no estoy interesada.

–¿No? –murmuró Tyler, con voz ronca.

–Estoy aquí para hacer un trabajo...

–Y no te sientes atraída por mí.

–Eres un don Juan.

–Y a ti no te gustan los mujeriegos.

–No tengo buen recuerdo de ellos.

Tyler la miró entonces, pero no solo miró sus ojos, miró *dentro* de ella. Jill creyó por un momento que podía leer sus pensamientos.

–Tu marido era un mujeriego –dijo él, acariciando su mejilla–. Y un idiota.

–¿Y tú cómo lo sabes? –preguntó Jill, sorprendida por unas inusitadas ganas de llorar.

–Él te tenía para siempre, pero te dejó escapar –murmuró Tyler rozando su boca.

Los labios del hombre eran cálidos y firmes. Tyler rozaba su boca una y otra vez, como invitándola. Jill mordió suavemente su labio inferior y el gemido ronco que recibió como respuesta envió una vibración a los sitios más secretos de su anatomía. Cuando él la apretó contra su pecho sintió que sus pezones se endurecían automáticamente. Mientras la besaba, ella acariciaba su espalda. Quería tener sus fuertes brazos alrededor, apretándola, ahogándola. Quería hacerle perder el control y quería que él le hiciera perder el suyo.

Quería era perder la cabeza.

Pero, de repente, se dio cuenta de lo que estaba haciendo y se apartó, buscando aire.

–Esto es una locura. Una locura y... no es nada sensato.

–Es posible –admitió Tyler–. Pero hay algo entre tú y yo que...

Jill se cubrió la cara con las manos.

–No irás a decir que esto es más fuerte que tú y yo, ¿verdad?

Él apartó sus manos, con una sonrisa.

–No –dijo, poniéndose serio–. Pero siento algo que no había sentido antes.

–¿Estás seguro de que no es porque te digo que no?

–Estoy seguro.

–¿Quieres que te diga cuáles son las razones por las que es una locura que tú y yo mantengamos una relación?

–No.

–Tú no quieres saber nada de compromisos y yo solo estoy aquí temporalmente.

–Más razón para no perder el tiempo.

–A mí no me gustan estas... cosas.

–¿No quieres saber cuánto te gusto?

–Yo no he venido aquí para esto, Tyler. Estoy aquí con objeto conseguir fondos para el hospital y para... –Jill no terminó la frase.

—¿Para qué más?

Ella respiró profundamente.

—Tenía mis razones para aceptar este trabajo. Algunas son personales, otras de índole profesional.

—¿Qué razones son esas?

Una parte de ella hubiera deseado desahogarse con él, pero hubiera sido un error confiar en Tyler. Tenía que solucionar aquello ella sola y lo último que necesitaba era una aventura amorosa.

—Prefiero no hablar de ello.

—Quizá yo pueda ayudarte.

—No puedes —murmuró Jill—. Dejemos ese asunto.

—Jill, cariño, tú y yo sabemos que este asunto no se puede dejar.


Aquella mujer lo turbaba. Tyler no sabía si era la combinación de fuego y hielo en sus ojos o su deseo de romper su rígida compostura para saber qué había debajo, pero Jill Hershey lo turbaba. Y después de haberla besado, lo turbaba mucho más.

Cuando llegó a su casa, ni siquiera encendió la luz. Estaba demasiado irritado como para hacerlo.

Las mujeres no solían turbarlo de esa forma. Lo excitaban, lo divertían, pero no lo turbaban. No le hacían preguntarse si estaría perdiéndose algo importante.

En ese momento, sonó el teléfono y él descolgó, impaciente.

—Hola, chaval.

Tyler sonrió al escuchar la voz de su hermano.

—Hola, Brock. ¿Qué pasa?

—Solo quería recordarte que hay una boda pendiente y que tu presencia es obligatoria.

–No me perdería tu boda ni por todo el oro del mundo. ¿Seguro que Felicity no se ha echado atrás?

–No te preocupes por Felicity. Está loca por mí.

Tyler escuchó la satisfacción en la voz de su hermano y sintió una punzada de envidia.

–Y has decidido que la maldición de los Logan es un cuento chino como yo he dicho siempre, ¿no es así?

–No, la maldición de los Logan es real. Pero yo he encontrado a la mujer que va a romperla. Y tú tendrás que hacer lo mismo –contestó Brock. Tyler soltó una carcajada de incredulidad–. Puedes negarlo todo lo que quieras, pero si no creyeras en la maldición ya te habrías comprometido con alguna mujer.

–No he conocido a ninguna con la que me apetezca comprometerme.

–Tyler, nunca has mirado a una mujer más de dos veces.

Tyler suspiró.

–¿Por qué cada vez que alguien va a casarse decide convencer al resto del mundo para que lo haga?

–Yo no estoy intentando convencerte. Puedes seguir siendo el soltero más apetecible de Texas toda tu vida si quieres –dijo su hermano–. ¿No has conocido a nadie últimamente?

–No –contestó Tyler–. Bueno, no sé. Hay una nueva publicista en el hospital y... quiere convertirme en modelo. Dice que así recaudaremos fondos para la nueva planta de cardiología infantil.

–¿Modelo tú? –repitió Brock.

–Sí.

–¿En pelotas?

–No –rio Tyler–. Pero ella parece pensar que con mi foto recaudaremos dinero.

–Debe de estar impresionada contigo.

–No lo suficiente...

–¿No lo suficiente para qué? ¿Para irse contigo a la cama como todas las demás?

–Déjalo ya, Brock –dijo Tyler, impaciente–. Tú sabes que no me acuesto con todas las mujeres que conozco. Además, a esta mujer no le gusta coquetear con los hombres –añadió, exasperado. Brock soltó una carcajada y Tyler se apartó el auricular de la oreja–. No me estás ayudando nada.

–Perdona, hermanito, me encanta saber que has conocido a una mujer que no cae rendida a tus pies nada más conocerte.

–Lo único que tengo que hacer es dejar de pensar en ella.

–Eso es lo que yo dije de Felicity. Y la boda es dentro de tres semanas –le recordó su hermano con otra risita–. Tráela el fin de semana. Me encantaría conocerla.


El sol entraba por la ventana de su despacho y Jill trabajaba en silencio. Todo estaba en calma.

Un golpe en la puerta siguió a aquel pensamiento y el hombre responsable de que no hubiera dormido en toda la noche entró en su oficina.

–Hola –dijo Tyler–. He estado pensando en esto de hacer de modelo...

Jill escuchó a Trina dar un grito de alegría.

–¡Son preciosas! –exclamó su ayudante entrando con un ramo de rosas y un paquete–. Mira lo que acaba de llegar para ti. ¿De quién son? –preguntó. En ese momento se percató de la presencia de Tyler–. Ah, hola doctor Logan. Jill me ha dado un cuestionario para usted. Es para la rueda de prensa.

Tyler tenía los ojos clavados en el ramo de flores.

–¿De quién son?

–No lo sé –murmuró Jill, abriendo el sobre, incómoda. La tarjeta decía: *No te olvides. Piensa en mi oferta. Gordon.* Era su jefe. Jill había pensado en su oferta y le había dicho que no estaba preparada para comprometerse con él. A pesar de que Gordon era todo lo que ella decía querer en un hombre. Era estable, serio, no estaba interesado en tener hijos y no era un mujeriego.

–¿Quién te las ha enviado? –volvió a preguntar Tyler, acercándose al escritorio para acariciar las rosas.

–Mi jefe –contestó Jill, colocando las rosas al otro lado del escritorio para que Tyler dejara de tocarlas.

–Ojalá mi jefe me enviara flores –suspiró Trina, mirando a Tyler–. Ojalá *alguien* me enviara flores.

–Suele enviarnos flores cuando empezamos un trabajo nuevo –explicó Jill.

–¿Qué dice la tarjeta?

–¿Por qué quieres saberlo?

–Por curiosidad.

–Aún tienes que abrir el paquete –intervino Trina. Jill la fulminó con la mirada–. Esto... doctor Logan, voy por el cuestionario –dijo entonces, saliendo del despacho. Pero volvió enseguida–. ¿Cuál es su comida favorita?

–Tengo dos. Filetes y helado de chocolate –contestó él–. Por cierto, Jill, ¿te gustó el helado que te llevé anoche?

–Mucho –contestó ella, sintiendo los ojos de Trina clavados en ella.

–¿Guardaste algo para mí? –insistió Tyler. Jill negó con la cabeza, incómoda. Lo estaba haciendo a propósito, por supuesto–. ¿Te lo comiste todo?

–Era mío, ¿no?

–¿Su actividad favorita, aparte de su trabajo? –siguió preguntando Trina.

–Ir al rancho de mi familia –contestó Tyler–. No tengo tiempo para nada más. Y me gusta bailar música *country*.

—A mí también –dijo Trina.

—Pues yo no sé bailar –murmuró Jill, irritada.

—¿Cuál es su color favorito?

—Azul marino –contestó Tyler, mirando a Jill. Ella llevaba un traje de chaqueta azul marino y la broma hizo que su corazón se acelerase.

—¿Su música favorita?

—*Country*, por supuesto.

Jill se dedicó a abrir el paquete. Cuando vio la fotografía enmarcada de su jefe, sintió que se le encogía el estómago. Una nota pegada al marco decía: *No me olvides*. Cuando Trina y Tyler se acercaron a su escritorio, Jill dobló la nota.

—¿Quién es?

—Mi jefe –contestó Jill, deseando que los dos desaparecieran de su despacho.

—¿De verdad? –murmuró Trina, estudiando la fotografía–. Parece un poco antipático.

—¿Tú crees? –sonrió Tyler–. A mí me parece un tío muy gracioso.

La cara de Gordon era tan solemne que parecía una fotografía tomada en un funeral y Jill, irritada, colocó el marco bocabajo.

—Gordon es un caballero. Es leal, amable y muy serio.

—Suena como un viejo percherón que tiene mi hermano en el establo –dijo Tyler.

Trina soltó una carcajada.

Jill tuvo que resistir el deseo de mandarlos callar. En cinco minutos, su tranquilo despacho se había convertido en un circo.

En ese momento sonó el teléfono de Trina y eso la dejó, afortunadamente, sin uno de los payasos.

—¿Qué querías saber sobre la campaña? –preguntó Jill cuando Tyler y ella se quedaron solos.

—Eso puede esperar. Ahora me gustaría saber algo más sobre *Gordie*.

Jill dio una suave patada en el suelo, pero la alfombra atenuó el sonido.

—Ya te he dicho quién es. Y has visto su fotografía.

—Tiene buen gusto —murmuró él, mirándola—. ¿Te resulta atractivo?

Jill lo miró, perpleja.

—No es asunto tuyo, pero deja que te diga que el atractivo físico no es lo más importante en una relación. También existen el respeto, la educación, la lealtad...

—Eso también te lo da un caballo.

Jill tuvo que contar hasta diez.

—Yo no tengo caballo. ¿Cuál era tu pregunta sobre la campaña?

Tyler suspiró.

—¿Qué consigo yo a cambio?

—El dinero que se consiga irá a una cuenta especial para la nueva planta de cardiología. ¿No era eso lo que querías?

—Sí, pero he estado pensando que mucha gente, incluyendo los empleados del hospital, se beneficiará de la nueva planta, pero como soy yo el que va a poner la cara, debería haber una compensación para mí. ¿No te parece?

Jill lo miró, atónita.

—¿Y en qué estás pensando?

—Como yo voy a hacer algo por ti, quiero que tú hagas algo por mí —contestó él, con una sonrisa que hizo que se pusiera colorada.

—¿Qué quieres que haga? —preguntó Jill, mirándolo con suspicacia.

—No te preocupes. No tendrás que quitarte la ropa. Si no quieres...

—¿Qué quieres que haga? —repitió.

–Que vengas conmigo al rancho de mi hermano este fin de semana.

Jill sintió que el corazón se le subía a la garganta. No quería aumentar el contacto con Tyler, todo lo contrario.

–Un momento. *¿Este fin de semana?* ¿En cuarenta y ocho horas?

–Sí.

–Es demasiado pronto.

–¿Cuando empezarán a hacerme las fotografías?

–Hoy. El fotógrafo te seguirá por el hospital.

–¿A ti te gustaría tener un fotógrafo que te siguiera por todas partes?

–No, pero tu ego es...

Tyler le puso un dedo en la boca, sus ojos azules a solo unos centímetros de su cara.

–¿Vamos a volver a hablar sobre *tamaños*? –murmuró, deslizando el dedo por sus labios. A Jill se le quedó la boca seca–. Si el fotógrafo va a empezar a trabajar hoy, tú puedes venir conmigo el fin de semana.

–Yo... no me parece necesario.

–Quizá no, pero es justo. Si yo voy a poner la cara para conseguir la planta de cardiología, es justo que tú me acompañes en una excursión, ¿no te parece?

A Jill no le parecía en absoluto, pero tampoco podía discutir su línea de razonamiento.

–¿Pero, por qué?

–Por curiosidad –contestó él–. Y mi curiosidad es muy poderosa. Más que mi ego –añadió, burlón–. Ponte vaqueros. Iremos en mi moto. Y, mientras estamos allí, quizá quieras probar algún caballo... para ver si te gusta montarlo.

\*\*\*

Jill pasó el resto de la tarde supervisando las fotografías de Tyler y al final del día estaba agotada, pero le quedaba una cosa por hacer. No había olvidado la razón que la había llevado a Fort Worth. Desde luego, quería que el proyecto de la nueva planta de cardiología infantil fuera un éxito, pero también quería conquistar el pasado.

Y para ello tenía que hacer una cosa más.

Con un frasquito de sales en el bolsillo de la chaqueta, tomó el ascensor y pulsó el botón de la planta de maternidad. Cuando el ascensor se paró y se abrieron las puertas, Jill tuvo que respirar profundamente.

—Puedo hacerlo —murmuró para sí misma, saliendo al pasillo—. Puedo hacerlo —volvió a decir cuando estuvo cerca de la pared de cristal. Le sudaban las manos y tenía que hacer un esfuerzo para respirar.

Cerró los ojos para controlarse y cuando los abrió, miró las cunitas llenas de niños y niñas recién nacidos envueltos en mantas azules o rosas. La mayoría estaban durmiendo y algunos lloraban, con las caritas rojas por el esfuerzo.

Jill se puso la mano sobre el vientre, recordando, deseando haber oído llorar a su hijo en el hospital. Deseando tener un recuerdo, solo uno, de su hijo en sus brazos. Un vacío enorme encogía su corazón y sintió que las lágrimas empezaban a rodar por sus mejillas.

En ese momento, alguien le dio un pañuelo y Jill miró el reflejo en el cristal.

Tyler estaba mirándola muy serio.

La había pillado llorando. Quizá desmayarse otra vez sería lo mejor, pensaba.

Pero él la rodeó con sus brazos y Jill, demasiado sorprendida para hablar, se dejó hacer, abrumada por la calidez y el consuelo que le ofrecían los brazos del hombre.

—Ahora conozco uno de tus secretos —murmuró él. Jill se

puso tensa. No quería que Tyler Logan conociera ninguno de sus secretos–. Los niños te hacen llorar.

Lo había dicho como si ella fuera una más entre los millones de mujeres que se emocionan al ver un recién nacido y Jill tuvo que sonreír. No le había preguntado por qué lloraba y eso demostraba que era un hombre generoso y discreto.

–Es verdad –dijo ella–. Los niños me hacen llorar.

Y, si podía evitarlo, Tyler nunca sabría por qué.

# Capítulo 4

Cuando le abrió la puerta a Tyler el viernes por la tarde, decidió hacer un último intento. Jill estaba segura de que pasar el fin de semana juntos no era buena idea.

–Yo no sé nada sobre ranchos.

Tyler, que llevaba el casco en una mano, se quitó las gafas de sol con la otra.

–Yo tampoco sé nada sobre lo de hacer de modelo. ¿Dónde está tu bolsa de viaje? –preguntó, entrando en la casa sin que ella lo invitara.

–No hace falta –dijo Jill, entrando tras él. Pero Tyler ya estaba en el pasillo y no pudo dejar de notar sus largas y bien formadas piernas embutidas en aquellos ajustados vaqueros...–. Tengo que guardar las cosas en la maleta –murmuró, dirigiéndose al dormitorio.

–No podemos llevar una maleta en la moto. Si no tienes una bolsa de viaje, yo tengo sitio en la mía.

–Pero...

Jill lo observó tomar de la cama su ropa interior, los vaqueros y las camisas.

–¿Tienes una bolsa?

Al ver los largos dedos del hombre tocando sus braguitas, Jill sintió un estremecimiento y sacó rápidamente una bolsa de viaje del armario.

Sin mirarlo, le quitó la ropa de un tirón, pero cuando levantó la mirada, él sostenía en la mano un par de braguitas de seda roja. Tyler la miró entonces, primero el pecho y después... más abajo. Jill sentía aquella mirada como si fuera una caricia. Sus ojos se encontraron entonces y la expresión del hombre le dijo lo que tenía en mente.

Sexo.

Jill no recordaba cuándo había sido la última vez que había deseado acostarse con un hombre. Al menos, cuatro años...

Intentando disimular su rubor, le quitó las braguitas y las metió apresuradamente en la bolsa.

–Voy por las cosas del baño –murmuró. Cuando volvió, él la estaba esperando al lado de la cama, con aquellos vaqueros ajustados y la chaqueta de cuero, tan alto y tan fuerte que parecía comerse todo el oxígeno de la habitación. Jill no tenía ni idea de cómo iba a sobrevivir a aquel fin de semana–. Estoy lista –dijo, guardando las cosas del baño en la bolsa.

–Piensa en ello como en una experiencia nueva.

–La única razón por la que voy contigo es porque he visto las primeras fotografías.

–¿Tan irresistible soy?

–Serás irresistible para el público que es lo importante –contestó ella, saliendo de la casa y cerrando la puerta–. ¿El rancho está muy lejos?

–A unos doscientos kilómetros. Podemos usar los micrófonos para que no te aburras.

–¿Qué micrófonos?

–Para hablar mientras vamos en la moto –contestó él, colocando la bolsa de viaje en la parte trasera.

Cuando Jill miró la moto se dio cuenta de algo. Había intentado no pensar en ello, pero la realidad era que tendría que recorrer doscientos kilómetros pegada a aquel hombre. Dos horas y media pegada a la espalda del atractivo doctor Logan.

Trina hubiera dado saltos de alegría, pero para ella era un infierno. Estaba empezando a pensar que Tyler era para ella lo que la criptonita para un famoso superhéroe. Un desastre.

Durante los primeros cuarenta kilómetros, Jill estuvo pensativa.

Tyler era todo lo que ella no quería en un hombre, se decía, mientras sentía el estómago plano de él bajo sus dedos. No le gustaba tener los pechos pegados a su espalda. No le gustaba cómo olía, una seductora mezcla de perfume y olor a hombre. No le gustaba cómo su pelo oscuro se rizaba ligeramente sobre la nuca. Ni siquiera le gustaba cómo respiraba.

–Háblame de Gordie.

Jill escuchó su voz a través del diminuto aparato que llevaba en la oreja y se sobresaltó.

–¿Gordie?

–Sí, el tipo que te mandó las flores y la fotografía horrorosa.

–La foto no era mala –dijo ella, para defender a Gordon.

–¿No? Pobrecillo –rio él entonces.

–Gordon es un hombre estupendo. Es muy estable, muy serio, muy...

–Aburrido.

–Eso no es verdad.

–Sí lo es. ¿Qué es lo que te gusta de él? ¿Que no es una amenaza para ti? ¿Que no te... emociona?

–Me gustan su inteligencia y su estabilidad. Es un hombre muy leal.

–Ya te he dicho que eso suena como si hablaras del percherón de mi hermano –insistió él. Jill suspiró, harta de la conversación–. A mí me parece que quiere ser algo más que tu jefe. ¿Tú estás interesada?

—Gordon tiene muchas cualidades. Cualquier mujer sería afortunada si se casara con él.

—Eso significa que no estás interesada.

—Yo no he dicho eso.

—Sí, pero tampoco pareces entusiasmada. No hablas con pasión.

—La pasión no es tan importante.

—Si hubieras experimentado la auténtica pasión no dirías eso.

—Pero supongo que *tú* sí la has experimentado.

—En realidad, no. Pero la he visto de cerca entre mi hermano y su prometida. Lo verás por ti misma cuando los conozcas.

—¿Ella también se ha criado en un rancho? —preguntó Jill.

—No. Felicity ha vivido en Manhattan toda su vida, pero ahora ha visto la luz y se ha dado cuenta de que Texas es el mejor sitio del mundo.

—¿Has estado alguna vez en Hawai?

—Seguro que es un sitio precioso para ir de visita, pero para vivir, Texas. Abre los ojos y es posible que tú también te des cuenta.

Jill mantuvo los ojos abiertos durante el resto del viaje, a pesar del monótono paisaje y cuando llegaron al rancho, estaba más que deseando bajarse de la moto.

Pero se le doblaron las rodillas al hacerlo y Tyler tuvo que sujetarla.

—¡Eh! Espera un momento.

—Tengo las piernas dormidas. Y el trasero.

—¿Necesitas un masaje? —se ofreció él, con una sonrisa de niño malo.

—No, gracias.

—¡Tío Tyler! —exclamaron dos niños, corriendo hacia ellos.

—¡Hola! ¡Venid, quiero presentaros a una chica! —gritó él—.

Voy a presentarte a mis dos ángeles... o demonios. Según el día.

Tyler abrazó a los niños y Jill sintió que se le hacía un nudo en la garganta.

—Papá se ha ido a buscar un ternero que se ha perdido en la garganta. ¡Pero Felicity y Addie han hecho *dos* pasteles de chocolate! —dijo la niña.

—Feliciy es lo mejor que le ha pasado a este sitio desde... —Tyler no terminó la frase— ¡Desde que aparecisteis vosotros dos! —sonrió, mirando a sus sobrinos—. ¿Qué tal el colegio?

—Yo he salido en el cuadro de honor —dijo la niña.

—Tú siempre sales en el cuadro de honor —replicó el niño—. Yo también he salido esta semana —añadió, orgulloso.

—Sois dos genios —sonrió su tío—. Jill, quiero presentarte a los dos niños más listos de Texas, mi sobrino Jacob y mi sobrina Bree. Jill es una maga de las relaciones públicas que va a conseguir mucho dinero para el hospital.

—¿Una maga? —repitió Bree, con los ojos llenos de curiosidad.

—Encantada de conoceros, pero vuestro tío exagera.

—¿De verdad haces magia? El tío Tyler no cree en la magia ni en las maldiciones.

—¡Pues yo sí! —escucharon una voz femenina tras ellos.

—Felicity, cada día pareces más una texana —sonrió Tyler, mirando la blusa de seda y los pantalones de diseño de su futura cuñada.

—Ya estás criticando mi ropa, como siempre. Quería estar guapa para nuestra invitada —sonrió, estrechando la mano de Jill—. Bienvenida. ¿Te apetece beber algo fresco?

—Sí, muchas gracias.

—Brock volverá enseguida.

—¿Otro ternero en la finca de los Coltrane? —preguntó Tyler.

—Sí. Le he dicho que si quería que fuera a darles una paliza, pero...

—Deja que lo adivine. Cuando ha podido dejar de reírse, te ha dicho que no.

—Exactamente.

Los tres se dirigieron hacia la casa, con los dos niños brincando a su alrededor.

—¿Vas a tocar el piano, Felicity? —preguntó Jacob.

—¿Por qué no tocas conmigo? —preguntó Tyler. Jill casi se tropezó de la sorpresa.

—¿*Tú* tocas el piano?

—Soy un hombre lleno de talentos —sonrió él—. Deberías encontrar tiempo para explorarlos todos.

—Me temo que tienes demasiados como para explorarlos durante mi corta estancia en Texas —replicó ella dulcemente.

—*Touché* —sonrió Felicity, tomándola del brazo—. Me gusta esta chica. ¿Puedo pedírtela prestada alguna vez?

—No sé si Brock podría soportar tener a dos chicas de ciudad en el rancho.

—Le encantaría —sonrió Felicity—. Ahora le gustan las chicas de ciudad.

Llegaron a la casa, rodeada por un porche de madera y cuando Jill vio en el pasillo los retratos de los ancestros de Tyler, sintió que estaba frente a un pedazo de historia del oeste americano.

—Vaya. Veo que los Logan han vivido aquí durante generaciones.

Felicity asintió.

—Yo también me quedé impresionada el primer día. ¿Te apetece un poco de limonada? —preguntó la joven, llevándola a la cocina. Jill asintió, encantada. Después de aquel largo viaje, tenía la garganta seca—. Ven, voy a enseñarte mi habitación favorita. La biblioteca.

Jill echó un vistazo a la amplia habitación llena de libros. En una de las paredes había un retrato de mujer.

—¿Quién es? —preguntó.

—La madre de Tyler. Guapa, ¿verdad?

—Sí —contestó ella, admirando los dulces ojos de la mujer. Tyler había heredado esa dulzura.

—Sus hijos la adoraban —explicó Felicity—. Murió dando a luz a Martina.

—Tyler me lo contó. Es terrible.

—Sí. Su padre se encerró en sí mismo desde entonces y creo que sus hijos sufrieron mucho. Sobre todo Tyler y Martina.

—¿Por qué ellos?

—Porque Brock era el mayor y como él iba a quedarse en el rancho, su padre le prestaba más atención. Pero me temo que no tuvo mucho tiempo para sus otros hijos. Brock intentó ser un padre para Tyler y Martina y creo que no hizo un mal trabajo —dijo Felicity—. Y luego está la maldición.

—Tyler me ha contado algo. Pero él dice que no cree en ella.

Felicity soltó una risita.

—La ventaja que yo tuve con Brock es que él sí lo creía. Y lo único que tuve que hacer fue romperla.

—¿Y cómo lo hiciste? —preguntó Jill, a medias sorprendida y divertida.

—Muchas velas, mucho amor y un poco de riesgo. El problema con Tyler es que *dice* que no cree en la maldición, pero actúa como si lo hiciera.

—¿Por qué dices eso?

—Porque no quiere tener una relación seria con una mujer.

—Quizá aún no ha conocido a la mujer de su vida.

—Tyler necesita una mujer especial que lo ame como él necesita ser amado. Tendrá que ser una mujer fuerte, que vea lo que hay más allá de su actitud de don Juan –sonrió Felicity, mirándola como si estuviera intentando descubrir en ella esas cualidades.

–Es un conquistador nato.

–Sí, pero es un hombre muy perceptivo y nunca he conocido a nadie con un corazón tan grande. Excepto Brock.

Cuando Jill volvió a mirar el retrato de la madre de Tyler, sintió que se le encogía el corazón. Se sentía unida de alguna forma a aquella mujer que había muerto dando la vida a su hija. Ella habría hecho lo mismo por su hijo, pero no había tenido la oportunidad.

Jill se preguntaba cómo habría sido Tyler de niño, cómo habría podido soportar la pérdida de su madre y la falta de apoyo de su padre. Y se preguntaba qué había detrás de su actitud de don Juan.

Tyler sintió la mirada de Jill clavada en él durante toda la cena. Estaba acostumbrado a la atención de las mujeres. Estaba acostumbrado a tontear con ellas y que ellas tontearan con él.

Pero ninguna mujer lo había mirado como si quisiera ver dentro de él, como si quisiera leer sus pensamientos o su corazón. Al final, Tyler se había convencido de que su físico impedía que las mujeres mirasen en su interior. Y era lo mejor, porque si buscaran algo más profundo podría meterse en lios.

Normalmente, la intensa atención de Jill lo habría excitado, pero ella lo miraba sobre todo con curiosidad. Con demasiada curiosidad.

–Vamos a ver los caballos –dijo Tyler después de cenar.

–Gracias por la cena –sonrió Jill, levantándose–. Estaba todo riquísimo.

–De nada –sonrió Brock–. Espero que la próxima vez, mi

querida novia decida preparar unas buenas criadillas de ternero en lugar de pollo.

—¿No te ha gustado la cena, cariño? —preguntó Felicity, irónica.

—Sí, pero esto del pollo... si se enteran los de la Asociación de Ganaderos de Fort Worth me corren a gorrazos. Al fin y al cabo, yo soy el presidente —bromeó el hombre.

—Vámonos —sonrió Tyler—. Dentro de un minuto empezarán a discutir.

—La próxima vez prepararé chile vegetariano —estaba diciendo Felicity.

—¿Como que vegetariano? —exclamó Brock.

—Te lo dije —murmuró Tyler, yendo tras ella hacia el porche.

—¿Quién va a ganar la discusión?

—Ninguno de los dos.

—¿Qué quieres decir?

—Que darán por finalizada la discusión haciendo el amor.

Jill sonrió.

—Ah. ¿Y qué son las criadillas?

—Testículos de ternero —contestó él, guiándola hacia el establo.

Jill lo miró, atónita.

—No lo dirás en serio...

—Están considerados como un plato delicioso.

—Según la Asociación de ganaderos, claro —murmuró ella, haciendo una mueca de disgusto.

—Probablemente. A mí me gusta más la pizza, pero no se lo digas a mi hermano.

—Ya veo —murmuró Jill con una sonrisa misteriosa—. Es uno de tus secretos.

—No había visto ese vestido entre los vaqueros y la ropa interior —dijo Tyler entonces, mirándola de arriba abajo.

—Porque solo estabas interesado en las braguitas de seda —bromeó ella.

Tyler la miró a los ojos.

—Me gusta cómo te brillan los ojos a la luz de la luna.

Jill bajó los párpados, escondiendo la mirada.

—Tyler, es una noche preciosa. No la estropees con esas frases aprendidas.

El hombre soltó una carcajada.

—Eres una mujer muy difícil, Jill.

Una vez dentro del establo, Tyler le presentó a sus caballos.

—Este es el percherón del que te había hablado. Eddie es tan dulce y tan leal como un perrillo.

Jill acarició al animal, un caballo castrado que parecía tan dócil como un gatito.

—He oído que es más fácil montar a un caballo castrado que a un semental.

—Depende de lo quieras —dijo él—. La gente suele preferir un caballo castrado. Si llevaras una ropa diferente lo sabríamos. Aunque no tengo nada contra ese vestido. Tienes unas piernas preciosas.

—No empieces —lo advirtió ella, levantando un dedo.

Tyler encerró aquel dedo en su mano.

—No estoy tonteando, Jill. Tienes unas piernas preciosas.

Cuando miró hacia abajo, se fijó en que llevaba la tira de la sandalia desatada y se inclinó para abrocharla.

—¿Qué estás...?

Él sujetó su tobillo y empezó a acariciarlo.

—Tienes unos tobillos muy delgados. ¿Haces ejercicio?

Jill tragó saliva.

—Suelo correr todas las mañanas.

—Se nota —murmuró él, deslizando la mano hacia su rodilla y después... hacia el interior de su muslo. Jill lo detuvo—. ¿Te molesta que te toque? —preguntó Tyler, levantándose.

–Me... pone nerviosa –murmuró ella, sin mirarlo–. Pero tú ya lo sabes. Eres un don Juan y sabes que has despertado... –sonrió Jill, poniendo sus manos sobre el pecho masculino– mi curiosidad. Pero lo que yo quiero saber es qué hay detrás de ese don Juan.

# Capítulo 5

Su franqueza lo excitaba y, al mismo tiempo, le hacía sentir un nudo en el estómago.

–¿Qué te hace pensar que soy algo más que un don Juan?

–Intuición femenina –contestó ella–. Cuéntame por qué te hiciste médico.

–Supongo que no te tragarás lo de que «a las tías les encantan los médicos».

Jill negó con la cabeza.

–Quiero que me digas cuál fue la verdadera razón.

Tyler empezaba a tener sentimientos encontrados sobre aquella mujer. Y, en aquel momento, no sabía si eso era bueno o malo. Solo sabía que le gustaba sentir las manos de ella sobre su pecho y le gustaba cómo clavaba sus ojos en él, como si fuera el único hombre en el mundo.

–Quería hacer algo que fuera bueno para los demás –dijo por fin–. Me gusta la medicina y mi especialidad mejora considerablemente la calidad de vida de los pacientes. Es como llevar a alguien de la oscuridad a la luz.

–Tu padre no quería que fueras médico.

–No. Él habría preferido que fuera veterinario –sonrió Tyler.

–¿Y cómo pudiste soportar su falta de aprobación?

–No lo pude soportar. Sigo esperando que me diga: «Bien

hecho, hijo», pero ya es imposible –contestó él. Su sonrisa se había borrado. Jill intentó apartar la mano de su pecho, pero Tyler la sujetó con fuerza–. Quiero hacerte el amor –murmuró. Jill abrió los ojos desmesuradamente–. No estoy coqueteando. Estoy formulando un deseo. Quizá más que un deseo, una necesidad –añadió, observando su expresión de perplejidad–. ¿Te sorprende?

–*Necesidad* es una palabra muy fuerte.

–Deseo también es una palabra fuerte.

–¿Por qué yo? –preguntó ella.

–Porque tengo la sensación de que vas a ser o muy buena para mí... o muy mala. Pero, sea como sea, quiero enterarme.

Tyler acercó su boca a los labios de ella y, cuando escuchó su gemido casi inaudible, abrió los labios femeninos con la lengua mientras la atraía hacia él. Los pechos de ella se aplastaban contra su torso, su vientre rozaba el suyo y Tyler deseaba moverse entre sus muslos. Jill no llevaba medias, solo una de esas braguitas de seda que había tenido en las manos por la tarde.

Tyler deslizó la mano por su espalda y levantó el vestido hasta que sus dedos encontraron la piel desnuda. Sujetando su trasero, la apretó contra él para que sintiera cómo crecía su deseo.

Jill se dejaba hacer, apretándose contra el muslo del hombre mientras lo besaba con todas sus fuerzas. Después, con un suspiro de frustación, se apartó para buscar aire.

–Me parece que esto no es buena idea –murmuró, dando un paso atrás.

Tyler se quedó confuso.

–¿No te gusta el sexo? –preguntó, sin saber por qué.

Ella lo miró, perpleja.

–Claro que me gusta –contestó–. Pero hace tiempo que no pienso en ello.

–¿Cuánto tiempo?

–¿De verdad tenemos que hablar de esto?

–Yo diría que sí. Si hubieras esperado un minuto más, estaríamos haciendo el amor sobre la paja. Y no me digas que tú no lo deseabas.

–No lo niego –confesó Jill en un susurro.

–Entonces, ¿hace cuanto tiempo no piensas en el sexo?

–Desde que se rompió mi matrimonio –contestó ella por fin, irritada.

Era el turno de Tyler de mostrar sorpresa.

–¿Tan bueno era tu marido en la cama?

–No. Es por como terminó nuestra relación. Mi marido me dejó tres meses después de que saliera del hospital. No me había recuperado del accidente y...

–¿Qué accidente?

–Un accidente de coche. Un camión chocó contra mi coche. Me rompí algunos huesos, perdí mucha sangre y... –Jill no podía terminar la frase.

–¿Y qué, Jill? –la urgió Tyler.

–Perdí a mi hijo –contestó ella, casi sin voz.

Tyler sintió como si lo hubieran golpeado.

–¿De cuantos meses estabas embarazada?

–De siete.

–No pudieron salvar a...

–A mi hijo. No. No pudieron salvarlo. Sus pulmones se habían llenado de sangre. Fue un accidente terrible. Los médicos dijeron que había sido un milagro que yo sobreviviese.

Y, Tyler se daba cuenta por su tono de voz, Jill había deseado haber muerto muchas veces. Aquello hacía que sintiera un peso desconocido en el corazón.

–Por eso lloras cuando ves un niño –murmuró, abrazándola. Jill asintió–. ¿Cómo pudo dejarte tu marido después de eso?

–No pudo soportarlo. Hay gente que no puede soportar los

golpes de la vida –murmuró ella–. Yo creí que tampoco podría.

–Esa es otra de las razones por las que viniste a Fort Worth, ¿verdad? –preguntó Tyler, abrazándola con más fuerza.

–Sí. Para enfrentarme con mis miedos –contestó Jill, intentando sonreír–. Tú me retaste.

El corazón de Tyler dio un vuelco. Él no tenía ni idea de lo que le había pedido y sentía el deseo imperioso de enmendar su error, de ayudarla a curar su herida.

–Y ahora te reto a hacer el amor conmigo.

Jill abrió los ojos, absolutamente sorprendida y después los cerró, sonriendo.

–Esto es increíble. ¿Te cuento que perdí a mi hijo y tú me retas a que me acueste contigo?

–Subestimas el poder del sexo –dijo él–. Es una curación, una forma de dar vida. Yo puedo hacer eso por ti.

–Eres un especialista en corazón –sonrió ella, irónica–. Pero no estás hablando de tocar mi corazón sino... otros sitios.

–Estoy hablando de tocarlo todo, Jill –susurró él, acariciando su cara–. Todo.

En los ojos de ella había un brillo de pasión.

–No –dijo sin embargo.

–¿No me deseas?

–Yo no he dicho eso.

–Entonces... tienes miedo.

Jill se apartó.

–No tengo miedo. Nunca he tenido miedo de nada. Que no quiera meterme en la cama contigo no quiere decir que tenga miedo.

–No tenemos que irnos a la cama –dijo él, comiéndosela con los ojos–. Hay otras formas.

Jill se puso colorada.

–Era fácil librarme de ti cuando creía que eras un don Juan.

–Tú nunca has pensado que fuera un mujeriego o no habrías aceptado mi reto. Siempre has sabido que había algo más en mí –murmuró Tyler–. Y creo que sabías que yo iba a ser importante para ti, igual que yo creo que tú vas a ser importante para mí.

–¿Y la maldición?

–¿Qué maldición? –sonrió Tyler.

–La maldición de los Logan.

–No creo en ella. Y, además, no tiene nada que ver con nosotros porque no queremos casarnos.

–¿Por qué no quieres casarte? –preguntó Jill.

–Porque no es necesario.

–¿No es necesario?

–No es necesario atarse, no es necesario poner el corazón, el alma y la vida en una mujer. Es demasiado pedir. Incluso aunque alguna mujer quisiera hacerlo, a veces es imposible –dijo él, pensando en su madre. Después de eso se quedaron en silencio–. ¿En qué estás pensando?

–Se me está ocurriendo una cosa –dijo Jill, con una sonrisa–. Eres tú quien tiene miedo.

–Yo no creo en esa absurda maldición –insistía Tyler, hablando con Brock en el salón.

–Claro que no –dijo su hermano, incrédulo–. Por eso nunca has dejado que una mujer se acerque demasiado a ti. Nunca has dejado que ninguna llegue a tu corazón. Pero yo creo que Jill puede ser diferente.

–Jill es diferente –concedió él–. Pero ella no está interesada en un compromiso para siempre y yo tampoco.

–¿Por qué no? ¿Por qué no quieres un compromiso para siempre si has encontrado a la mujer de tu vida?

–Porque *para siempre* raras veces es para siempre. *Para*

*siempre* no suele durar toda la vida –dijo Tyler–. Desde que te comprometiste con Felicity no has dejado de darme la tabarra. Me parece que se te ha olvidado que casi metes la pata.

Brock se puso serio entonces.

–No se me ha olvidado. Por eso no quiero que te pase a ti.

Tyler se quedó pensativo. Brock era casi una figura paterna para él y siempre había respetado su criterio.

–De acuerdo. ¿Adónde quieres llegar?

Brock le puso una mano en el hombro.

–Yo me casé con la mujer equivocada y después encontré a la mujer de mi vida, pero la maldición casi me costó perder a Felicity. La maldición no es que los Logan pierdan a sus mujeres. Es que perdemos la habilidad de verlas por lo que son.

Tyler lanzó un gruñido. Aquel era un pensamiento muy profundo para Brock. No pensaba discutir con él, porque se daba cuenta de que su hermano se estaba sincerando, pero no sabía si estaba de acuerdo.

La puerta de la casa se abrió en ese momento y Martina apareció con una sonrisa en los labios.

–Hola, chicos. ¡Sorpresa! Felicity me contó ayer que Tyler iba a venir con una *mujer* y no he podido soportar el suspense –dijo su hermana. Levaba una blusa ancha que casi escondía su embarazo–. Uy, qué serios estáis. O estabais hablando de ganado o de otra bronca con los Coltrane.

–Ni una cosa ni otra –dijo Brock–. Aunque ayer volvieron a quedarse con uno de mis terneros. ¿Sabes que Noah va a alquilar su rancho este invierno? Está loco.

–Me parece que eso se llama *negocio*, hermanito –sonrió Martina–. ¿Has hablado con él?

–No lo he visto desde que volvió de Chicago. Ahora que lo pienso, volvió un día después que tú –dijo su hermano–. Mira que si te encuentras a Noah Coltrane en Chicago...

—Bueno, no intentes distraerme —dijo Martina. Aunque la sonrisa había desaparecido de sus labios—. ¿De qué estábais hablando?

—De la maldición.

—Ah —suspiró su hermana—. Por si no os habíais dado cuenta, son las mujeres Logan las que la palman y, por eso, yo no pienso casarme nunca.

Brock se pasó la mano por el pelo, suspirando antes de tomar a su hermana de la mano para llevarla al sofá.

—Siéntate, anda. Y pórtate como una mujer embarazada. ¿Estás comiendo bien? ¿Has ido al médico?

—Sí y sí.

—¿Quién es el padre? —preguntaron Brock y Tyler a la vez.

—Ya os he dicho que la cigüeña —suspiró ella, harta de la pregunta.

—¡Martina! —exclamó Felicity, entrando en ese momento con Jill. Las dos mujeres se abrazaron—. Jill, te presento a Martina. Martina, esta es Jill Hershey.

—¿Tú eres la que va a poner la foto de mi hermano por todo Fort Worth? —preguntó la joven, sonriendo—. ¿Estás segura de que le cabrá la cabeza?

—¿Lo ves? —rio Jill—. Hasta tu hermana piensa que tu ego es más grande que...

—Mi hermana no lo ha visto todo —dijo Tyler.

—¡Ooooh! —rio Martina—. Se está poniendo gallito.

—Tenemos un fotógrafo excelente —dijo entonces Jill—. Pero la verdad es que el modelo es fascinante.

—Esa es su forma de decir que me eligió porque tengo un buen trasero.

Felicity se volvió hacia Jill.

—¿No vas a matarlo?

—No merece la pena.

En ese momento, Martina se llevó la mano al vientre.

—¿Qué pasa? —preguntó Brock, alarmado.

—Nada —contestó ella—. Me parece que el niño se ha movido. Pero no sé...

—¿Seguro que no es una indigestión? —sugirió su hermano mayor.

—Déjame ver —dijo Felicity, arrodillándose frente a la joven.

Tyler miró a Jill y vio que apartaba la mirada.

—¿Estás bien? —le susurró, pasándole un brazo por la cintura.

—¿Quieres tocarlo? —le preguntó Martina.

—No todo el mundo quiere palpar los resultados del atracón que te habrás dado esta tarde —dijo Tyler, intentando salvar la situación.

—No pasa nada. Me encantaría —dijo Jill entonces, acercándose. Martina guio su mano y Jill se quedó en silencio. Después, sonrió—. Lo he notado. Este niño te va a mantener despierta por las noches.

—Si sigo comiendo como hasta ahora, me voy a poner más gorda que las vacas de mi hermano.

Tyler se llevó a Jill al porche unos minutos después.

—¿Seguro que estás bien?

Aún pálida, ella respiró profundamente.

—Sí. La verdad es que ha sido un paso adelante para mí. Es la primera vez que me acerco a una embarazada desde el accidente y no me he desmayado —intentó sonreír—. Estoy bien, de verdad.

Jill era una mujer tan fuerte que conocer su lado vulnerable le hacía daño.

—Estás mejor que bien —sonrió, besándola suavemente en los labios.

Tyler empezaba a entender la profundidad de su dolor. Primero, el trauma físico que debía haber experimentado y después, la angustia por el abandono de su marido.

Jill había sido muy valiente al aceptar su reto y Tyler se dio cuenta de que la admiraba. Y lo más alarmante era que nunca había deseado poseer a una mujer como deseaba poseer a Jill Hershey.


Jill intentaba recuperar la calma el lunes por la mañana. Aunque sabía que había hecho enormes progresos aquel fin de semana, otro asunto había emergido a la superficie. Y era culpa de Tyler.

El sexo.

Sus hormonas habían estando en hibernación durante tanto tiempo que se había acostumbrado a ello. Pero estaban empezando a descongelarse.

Podría irse a la cama con él, pero ella nunca había sabido entregar su cuerpo sin entregar también su corazón.

En ese momento, se abrió la puerta de su despacho y Trina entró con un ramo de flores.

–Quienquiera que sea, es muy insistente.

Jill suspiró. En aquel hospital, nadie llamaba a la puerta antes de entrar, pensaba.

Cuando tomó la tarjeta, levantó las cejas, sorprendida.

–¿Tu jefe?

Jill asintió.

–Me parece que no se lo he dejado tan claro como creía.

–A veces hay que darles un golpe en la cabeza para que se enteren –dijo Trina.

–¿Golpear a quién? –preguntó Tyler, entrando en ese momento–. Buenos días, preciosa.

Trina se sonrojó, creyendo que el cumplido era para ella.

–Gracias. ¿Ha visto las flores de Jill?

La sonrisa desapareció del rostro del hombre.

–Terco el *Gordie* este, ¿eh? ¿Qué vas a hacer con ellas?

–Va a quedárselas –contestó Trina por ella–. Son preciosas.

–¿Qué pensabas que iba a hacer con las flores?

Tyler empezó a pasear por el despacho.

–A veces, cuando la gente recibe flores que no quiere... se las dan a un paciente. A una anciana recuperándose de una operación, a una jovencita escayolada... en fin. Era solo una idea. Si no las quieres, claro.

–Lo pensaré –dijo Jill, disimulando una sonrisa–. Pero ahora tienes otra sesión de fotos. ¿Estás preparado?

–Yo creo que sí. Está guapísimo –dijo Trina. En ese momento, sonó un teléfono en su despacho.

–Por favor, Trina, despierta y ve a trabajar un poco –rio Jill.

Tyler cerró la puerta cuando la ayudante desapareció y se acercó a ella con una mirada que hacía que su corazón se acelerase.

–Buenos días, preciosa –murmuró. Jill se tragó un gemido cuando los labios del hombre rozaron los suyos–. ¿Me has echado de menos?

–¿Cuándo? –preguntó ella.

–No nos hemos visto en más de ocho horas –contestó él, aplastándola contra su pecho. Jill sintió que se le doblaban las rodillas–. ¿Me has echado de menos?

–No –contestó ella.

Tyler sacudió la cabeza y rozó sus pezones con los nudillos.

–Estás mintiendo.

Jill podría haber vuelto a negarlo, pero temía que su nariz creciera como la de Pinocho. Tyler Logan estaba empezando a afectarla demasiado y tenía que impedirlo.

# Capítulo 6

Iba a tener lugar la primera conferencia de prensa de Tyler y él no estaba por ninguna parte.

–Gracias por venir. El doctor Logan llegará enseguida –informó Jill a los asistentes, nerviosa.

Unos segundos después, Tyler entraba en el salón de actos del hospital.

–Lo siento –murmuró.

Jill le puso un micrófono en la bata. Se daba cuenta de que parecía preocupado.

–¿Algún problema?

–Te lo contaré más tarde –contestó él–. ¿Qué puedo hacer por vosotros, que habéis tenido la mala suerte de tener que venir a entrevistarme? –bromeó con los periodistas.

Uno de los reporteros se adelantó.

–¿Qué le parece su nueva carrera de modelo, doctor Logan?

–Estoy seguro de que será muy breve –contestó Tyler–. El fotógrafo dice que me muevo mucho.

–Ahora en serio –dijo una periodista–. ¿Qué opina sobre la futura planta de cardiología infantil del hospital general de Fort Worth?

–Opino que es absolutamente necesaria. Los niños la necesitan, los padres la necesitan y solo la buena gente de Fort Worth puede hacer que sea una realidad.

—¿Es usted nativo de Fort Worth?

—No, pero como si lo fuera. Nací en un rancho al oeste de Texas.

—Doctor Logan, algunos de nuestros lectores estarán interesados en conocer sus aficiones —dijo otro periodista.

—Me gusta montar en moto. Preferiría un caballo, pero el propietario de mi casa no lo permite.

Los periodistas soltaron una carcajada.

En ese momento sonó su busca y, por la expresión del hombre, Jill se dio cuenta inmediatamente de que ocurría algo.

—¿Una emergencia? —preguntó. Él asintió con la cabeza—. Vete —le dijo, volviéndose hacia los reporteros—. El doctor Logan tiene que ir a hacer lo que todos queremos que haga, cuidar de sus pacientes. Si tienen alguna otra pregunta, yo intentaré contestarla.

Una hora más tarde, Jill tomaba el ascensor y se dirigía a la planta de cardiología. Encontró a Tyler en una habitación, al lado de una niña dormida, con un monitor que controlaba los latidos de su corazón. Él debió sentir su presencia porque se volvió inmediatamente.

—Gracias por cubrir mi ausencia en la rueda de prensa —dijo, tomándola del brazo para salir de la habitación.

—Ese es mi trabajo.

—Y lo haces muy bien.

—Tú también.

—El problema de mi trabajo es que tengo vidas humanas en mis manos —suspiró Tyler.

—¿Qué haces para no sentir la presión?

—Cuando estoy operando, no pienso en nada más que en lo que estoy haciendo. No pienso en el niño ni en sus padres. Solo cuando termino me permito a mí mismo pensar en ello —contestó él, con expresión dolorida—. Lilly, la niña que está en la habitación, tiene tantos problemas cardíacos que es un milagro que esté viva. La han operado doce veces, dos de ellas yo mismo, pero tiene tantas complicaciones que tanto sus padres como yo sabemos que cualquier operación puede ser la última. Ayer casi se quedó en la mesa de operaciones.

–¿Has perdido algún paciente? –preguntó Jill.

–No. Y espero no perderlo nunca.

–¿Puedo hacer algo por ti?

–Bésame –contestó él.

Jill sonrió, pero se dio la vuelta.

–Hablaremos más tarde. Espero que descanses un poco.

–Eh, Jill –la llamó él.

Ella lo miró por encima del hombro, sin volverse.

–¿Qué?

–¿Qué has hecho con las flores?

Jill se negaba a darle una satisfacción.

–No es asunto tuyo.


El timbre la despertó a las cuatro de la madrugada.

Jill se levantó de la cama a trompicones, se puso el albornoz y fue a abrir la puerta. Su corazón dio un vuelco cuando vio a Tyler en el porche con la ropa arrugada y una expresión de angustia.

–¿Qué ha pasado, Tyler?

–Lily ha muerto.

El corazón se le cayó a los pies. Jill lo tomó de la mano para hacerlo pasar y lo abrazó con toda su alma.

–Lo siento, Tyler. Lo siento mucho.

–Se le paró el corazón tres veces y el doctor que estaba de guardia consiguió hacerlo funcionar en dos ocasiones. Pero cuando me llamaron, ya había muerto –explicó él, apartándose para ocultar su rostro–. Yo estuve de guardia hasta medianoche y una hora después tuvo su primer infarto. Era como si estuviera esperando que me marchase... Pero yo debería haber estado allí.

Jill no podía soportar verlo tan destrozado.

—No puedes estar siempre allí.

—Es mi trabajo encargarme de los pacientes cuando tienen una crisis —insistió él, con voz ronca.

—Hiciste más que eso quedándote hasta medianoche.

—Pero no fue suficiente.

—Tú mismo me dijiste que nadie esperaba que viviera tantos años, Tyler.

—Pero nunca debería haber muerto en un maldito hospital. Solo tenía once años, Jill. No debería haber muerto en absoluto.

—¿No crees que, quizá, le había llegado el momento?

—Nunca llega el momento para mis pacientes —contestó Tyler, con voz cargada de emoción.

Jill respiró profundamente.

—Y yo que creí que había conocido al único médico en el mundo que no se creía Dios...

Tyler tenía la cabeza baja.

—Yo no quería que muriese.

Jill se colocó frente a él y tomó su cara entre las manos.

—Claro que no. Lily tuvo suerte de que tú fueras su médico. De que alguien tan cariñoso como tú cuidara de ella. Tuvo mucha suerte.

—¿Suerte? Ha muerto, Jill.

—Pero conseguiste alargar su tiempo de vida.

—Eso es lo que dijeron sus padres —murmuró él. Jill sentía que la ahogaba su necesidad de ayudarlo y lo llevó al sofá de la mano.

—Siéntate —le dijo. Después, se dirigió al bar y sirvió un whisky doble—. Bébetelo.

—Eres una déspota.

—Solo a las cuatro de la madrugada —sonrió ella. Tyler se tomó el whisky de un trago y dejó el vaso sobre la mesa.

—¿Otro? —preguntó Jill. Tyler asintió.

—¿Y ahora qué?

—Ahora quítate la chaqueta y los zapatos —le ordenó. Tyler obedeció. Estaba como ausente—. Vamos —dijo, tomándolo de la mano. Cuando llegaron a su dormitorio empezó a desabrocharle la camisa—. No quiero engañarte. No vamos a hacer el amor.

—¿Por qué no?

—No es un buen momento —contestó Jill, sintiendo que su pulso se aceleraba mientras le desabrochaba el cinturón. Dudó un segundo antes de bajar la cremallera de los vaqueros, pero lo hizo, notando bajo su mano la abultada masculinidad del hombre—. Será mejor que sigas tú —dijo, con voz temblorosa. Cuando Tyler se quitó los vaqueros Jill pensó que aquello iba a ser más difícil de lo que había pensado. La visión del hermoso cuerpo de Tyler la excitaba más de lo que hubiera creído, pero sentía que él necesitaba afecto aquella noche y estaba decidida a dárselo—. Túmbate —murmuró, intentando mantenerse serena. Tyler se tumbó sobre su cama y ella se sentó a su lado.

—¿Qué estás haciendo? —preguntó él, confuso, cuando Jill empezó a acariciar su frente.

—¿No te gusta?

—Claro que me gusta. Pero...

—Calla —susurró ella, poniéndole un dedo en la boca—. Los médicos se dedican a cuidar de la gente y, de vez en cuando, alguien tiene que cuidar de ellos. Relájate.

Durante un momento, pareció que él iba a discutir, pero después cerró los ojos. Jill siguió acariciando su frente con manos expertas hasta que la respiración del hombre se volvió regular. Era demasiado guapo, pensaba. Tenía los ojos grandes, rodeados de largas pestañas, la nariz recta, la barbilla cuadrada y la boca generosa.

Incluso dormido parecía lleno de vitalidad. Tyler usaba su carisma para ayudar a sus pacientes a sanar. Quizá, pensó, él era el mago.

Pero no aquella noche. Aquella noche solo era un hombre.

Jill sintió algo dentro de ella, como el viento que sopla antes de una tormenta, entrando en lugares secretos de su alma.

Consolar a Tyler no tenía nada que ver con el sexo. No tenía nada que ver con el amor. Solo era compasión por un ser humano que sufría, se decía a sí misma.

Se quitó el albornoz y se tumbó a su lado en la cama. Era compasión por otro ser humano, se decía.

Pero ni ella misma lo creía. Y menos cuando Tyler tomó su mano.


Tyler se despertó sintiendo unas suaves piernas femeninas enredadas con las suyas. Los pechos de Jill rozaban su espalda y podía sentir su aliento en el cuello. No recordaba un abrazo más hermoso que aquel y habría sonreído si no fuera por la pequeña mano que descansaba peligrosamente en su abdomen.

Jill se apretó contra él, dormida, y su mano bajó un centímetro más. Tyler empezó a sudar. Tenerla tan cerca era como estar en el cielo. Y en el infierno. Podía darse la vuelta y tomar su boca, acariciar sus pechos y después deslizar la mano hasta su abdomen y... más abajo. La exploraría con los dedos y la lengua hasta que ella se despertara húmeda de deseo. Entonces, se deslizaría dentro de ella.

Incapaz de soportarlo más, se dio la vuelta y enredó los dedos en su pelo. Jill tenía las mejillas rojas y los labios entreabiertos, como si esperase un beso.

Eso fue suficiente.

Tyler rozó sus labios y ella, suspirando, rodeó su cuello con los brazos. Era tan dulce, tan sensual y él la deseaba tanto... Tumbándose de espaldas, la colocó sobre él y disfrutó de la sensación de tener cada centímetro del cuerpo femenino pegado al suyo.

Jill gimió suavemente.

–¿Qué...? –empezó a decir, adormilada–. ¿Qué estás haciendo?

–Besándote –contestó él, volviendo a tomar sus labios.

–No... no deberíamos hacer esto –murmuró ella, con voz ronca.

–Yo creo que es una forma estupenda de despertar. Deberíamos hacerlo más a menudo.

Jill se apartó el pelo de la cara e intentó saltar de la cama, pero él se lo impidió.

–No te muevas. Anoche tú me metiste en tu cama. No pensarás dejarme ahora, ¿verdad?

–Te dije que no íbamos a...

–¿Hacer el amor? –sonrió él, acariciando su pelo–. Eso fue anoche.

–Lo de anoche fue un acto de... afecto para con otro ser humano –dijo Jill, intentando apartarse–. Supongo que tendrías otra cosa en mente, pero lo que realmente necesitabas era dormir.

–Muchas gracias.

–No hice nada. Solo...

–Es más de lo que mucha gente ha hecho por mí.

–Quizá porque pareces tan seguro de ti mismo, tan autosuficiente...

–Como tú –sonrió él, sintiendo que la conexión entre ellos era cada vez más fuerte–. Jill, me gustaría que vinieras a vivir conmigo durante el tiempo que estés en Fort Worth.

Jill abrió tanto los ojos que Tyler pensó que se le iban a salir de las órbitas.

—¿Perdona?

—Quiero que vengas a vivir conmigo.

—¿Estás loco?

—Estoy muy cuerdo.

Jill estaba a punto de sufrir un ataque de pánico.

—Sería como abrir la caja de Pandora.

Tyler se sentó sobre la cama, aparentemente encantado de sí mismo. Aquel hombre era imposible, pensaba Jill.

—Si no sintieras algo por mí, anoche me habrías echado de tu casa.

Jill se incorporó también.

—Ya te he dicho que lo hice por afecto, por consideración.

—Completamente impersonal.

—Bueno, no del todo impersonal.

—¿No te sientes atraída por mí?

—Yo no he dicho eso. No eres precisamente feo, Tyler —dijo ella, incómoda. Él debería ponerse algo encima, pensaba. No podía concentrarse teniéndolo medio desnudo en su cama.

—¿Siempre huyes de lo que te gusta?

—Yo no estoy huyendo de nada —contestó Jill, poniéndose el albornoz—. Solo intento evitar lo que puede hacerme daño.

—No pensarás que yo voy a hacerte daño, ¿verdad? —sonrió él, con una de esas sonrisas que descongelarían un bloque de hielo.

Jill tomó sus vaqueros del suelo y se los tiró encima.

—No lo sé. Vístete y vete.

Tyler suspiró.

—Tienes que aprender algo de la hospitalidad texana. Y aprenderías enseguida viviendo conmigo.

—Estoy segura de que me enseñarías mucho más que buenos modales.

Tyler tomó su mano y tiró de ella hacia la cama.
–Jill, puedes correr, puedes esconderte. Pero hay cosas que son inevitables.

Aquella tarde, Trina llevó a su oficina otro ramo de flores.
–Oh, no –murmuró Jill–. Voy a tener que llamarlo y...
–Es de otra tienda. Quizá sean de otro hombre –dijo su ayudante.
Jill tomó la tarjeta, pensativa.
–No puedo imaginar quién me envía...
«Gracias por lo de anoche. Tyler», leyó en la tarjeta.
–¿De quién son? –preguntó Trina.
–Pues de...
En ese momento, Tyler entró en el despacho.
–Ah, ya han llegado –dijo, señalando las flores–. Gracias por lo de anoche.
Trina abrió los ojos como platos.
–Doctor Logan...
–No es lo que parece –dijo Jill rápidamente, pensando en los rumores que podían empezar a correr por el hospital–. El doctor Logan estaba preocupado y fue a verme a casa. Eso es todo.
Trina levantó una mano.
–No hace falta que me expliques nada –dijo, dirigiéndose a su despacho–. Lo comprendo perfectamente.
–No lo... –empezó a decir Jill, pero Trina había cerrado la puerta–. Dentro de cinco minutos, todo el mundo en este hospital creerá que nos acostamos juntos.
–Y lo hicimos –sonrió Tyler.
–Sí, pero... –Jill no terminó la frase–. Tyler, ¿por qué me estás haciendo esto?
–¿No te han gustado las flores? Pues las de *Gordie* sí te gus-

tan –dijo él, apoyándose en el escritorio–. Además, es una forma de darte las gracias.

–Sí, pero... Gracias. Son preciosas.

–De nada. ¿Has cambiado de opinión sobre lo de irte a vivir conmigo?

–No –contestó ella.

–Bueno, pero no hagas planes para esta noche.

–Estaré ocupada con los anuncios para la radio –se excusó ella.

–Esta noche no. Tenemos que ir de excursión.

–¿Al rancho?

–No. Quiero enseñarte uno de los monumentos de la ciudad. Es importante para que conozcas Fort Worth.

–Te lo agradezco, Tyler, pero...

–Esto es parte del trato por mis servicios como modelo –la interrumpió él.

–Creí que el fin de semana en el rancho cubría tus honorarios.

–De eso nada –dijo él–. Eso fue solo el primer plazo.

# Capítulo 7

El dinero para la nueva planta de cardiología estaba entrando a espuertas. Había carteles por toda la ciudad, los periodistas habían empezado a escribir artículos al respecto y, muchos ciudadanos de Fort Worth querían formar parte de *la pandilla de remendadores de corazones* de Tyler Logan.

Jill no tenía ni idea de qué debía ponerse para aquella nueva excursión, de modo que se puso unos vaqueros negros y la única camisa estilo texano que tenía. Cuando estaba poniéndose las botas, sonó el timbre. Al otro lado, se encontró a Tyler con unas gafas de piloto.

–¿Qué haces con esas gafas?

–Era esto o una peluca –gruñó él, entrando en la casa–. ¿Tienes idea de lo pesada que es la gente?

Jill sonrió.

–Te has convertido en una celebridad, ¿no es eso?

–Algo así. Y eso significa que necesito un disfraz y un guardaespaldas –sonrió–. Y quiero que tú seas mi guardaespaldas. Quiero que guardes mi cuerpo, Jill.

–Menuda invitación. ¿Por qué yo? Estoy segura de que puedes encontrar a un centenar de mujeres deseosas de guardar tu espalda y todo lo demás...

–Pero yo te quiero a ti –la interrumpió él, muy serio–. No quiero a un centenar de mujeres. Te quiero a ti.

El corazón de Jill dio un vuelco. Sus palabras habían tenido más impacto que un beso.

—Yo... —Jill tragó saliva—. No sabía qué ponerme esta noche, pero me imaginé que sería un paseo en moto o un rodeo.

—No es ningún paseo —dijo él, mirándola de arriba abajo—. Y estás estupenda.

A Jill también le parecía que *él* estaba estupendo, pero no pensaba decírselo.

El ruido atronador en el *saloon* de Billy Bob golpeó sus tímpanos en cuanto entraron.

—¿Esta es la excursión? —preguntó Jill a voces, mientras pasaban al lado de mesas de billar, máquinas tragaperras y montones y montones de gente. Había fotografías de rodeos en las paredes y una brillante silla colgando del techo, como si fuera una bola de discoteca.

—Quería que experimentases un poco del color local —sonrió él, poniéndose las gafas de aviador.

—Esto, desde luego, tiene color.

—¿Dispuesta a bailar música *country*?

—No lo sé —admitió ella, mirando la pista llena de gente.

—Es muy fácil —dijo Tyler, tomándola de la mano—. Yo te enseñaré.

Mientras bailaban, Jill intentanba concentrarse en sus indicaciones, pero le dio un pisotón sin darse cuenta.

—Perdón —murmuró, antes de pisarle seguidamente el otro pie—. ¿Seguro que esto es una buena idea? Yo no sé bailar *country*.

—Pronto aprenderás —rio él—. Me gusta mucho tu camisa —añadió, pasando un dedo por el cuello abierto de la camisa, peligrosamente cerca de sus pechos. Jill contuvo el aliento. A pesar de su torpeza, a pesar de todas las razones para no encontrarse a gusto, le encantaba estar entre sus brazos. Jill no había bailado ni había sido abrazada por un hombre en muchos años y estaba descubriendo que lo necesitaba. Tyler introdujo una de sus piernas entre las suyas y la apretó contra él, posesivamente–. Mírame –le ordenó.

–¿Para qué? No puedo verte los ojos –dijo ella.

Tyler se puso las gafas sobre la cabeza.

–¿Te gustan mis ojos? –preguntó, besándola en la frente. Jill se preguntaba cómo un beso tan casto podía parecer tan sexual–. ¿Hay algo más que te guste de mí? –le susurró al oído. Jill sintió un escalofrío. Le gustaban demasiadas cosas. La pelvis del hombre rozaba la suya y podía sentir su erección, mostrándole descaradamente cuánto la deseaba–. ¿Nada? –rio él–. Pues a mí sí hay un montón de cosas que me gustan de ti. Me gusta sentir tu pelo sobre mi cuello. Aunque me gustaría sentirlo en otra parte...

–Será la crema suavizante que uso –lo interrumpió ella.

–Me gusta cómo tus ojos desvelan una parte de tus ocultos deseos.

–¿Ah, sí?

Tyler asintió.

–Sí. Tus ojos dicen que me deseas.

Exasperada, Jill le quitó las gafas y se tapó los ojos con ellas.

Tyler lanzó una carcajada.

–Y me gusta tu nariz, tu boca... –siguió, rozando los labios de ella con los suyos. Después, deslizó un dedo por su escote–. Y me gusta mucho tu piel.

–¿Cuándo vas a dejar de intentar seducirme? –preguntó Jill, intentando disimular los desesperados latidos de su corazón.

–Por ahora, no pienso hacerlo. ¿Está funcionando?

Jill habría querido decir que no, pero la mentira se quedó atascada en su garganta. Era imposible negarlo, cuando deseaba que no hubiera nada entre su cuerpo y el del hombre. Era imposible negarlo cuando estaba empezando a sentir que Tyler Logan estaba destinado para ella.

En ese momento, el busca de Tyler empezó a vibrar.

–Es del hospital –dijo él, sacándola de la pista de baile para buscar un teléfono. Jill se preguntaba cómo podía cambiar de marcha con tanta facilidad. De don Juan a médico de guardia en menos de un segundo. Jill seguía teniendo una especie de niebla en el cerebro mientras él hablaba con el hospital, pero la niebla se disipó cuando le escuchó decir algo sobre un accidente de coche. Había un niño herido y la madre había muerto–. Tengo que irme –dijo Tyler, después de colgar–. Si nos damos prisa, puedo dejarte en casa. El niño está muy asustado y en urgencias han descubierto que tiene un problema cardíaco. Probablemente habrá que operarlo.

–No hace falta que me lleves a casa. Déjame en el hospital y allí tomaré un taxi.

–Lo siento –murmuró él, mientras se dirigían hacia la salida.

–La madre ha muerto, ¿verdad?

–Sí.

–Es horrible.

La situación no era idéntica, pero Jill se preguntaba si Tyler estaría pensando en su madre. Ella misma no podía dejar de recordar su devastador accidente.

Mientras iba con él a urgencias, Jill tenía un presentimiento. Aunque estaba acostumbrada, aquella noche el olor a antiséptico del hospital le daba ganas de vomitar y las voces de los pacientes en las salas de espera tenían un aire de irrealidad.

Jill pensó en el niño huérfano, en lo aterrorizado que debía estar. Recordaba su propio terror. Y pensó en el terror que debió sentir Tyler cuando murió su madre.

–¿Te encuentras bien? –preguntó él–. Estás muy pálida.

–Estoy bien.

–Puedo pedirte un taxi.

—Creo que me quedaré un rato. Si... si ese niño necesita que alguien tome su mano, dímelo.

Tyler la miró, sorprendido.

—¿Estás segura? –preguntó. Jill asintió–. Muy bien. Gracias por el baile.

—¿Gracias por pisarte?

—Gracias por bailar conmigo. Nos veremos más tarde –sonrió él, besándola en la frente. Jill subió a su despacho y estuvo trabajando en nuevas ideas para la campaña de prensa hasta que Tyler la llamó por teléfono–. ¿Tu oferta sigue en pie?

—Sí –contestó ella, sintiendo un nudo en el estómago.

—Tengo aquí un amiguete de cuatro años que se llama Sam, al que le vendría bien un poco de compañía femenina.

Jill volvió a tener aquel presentimiento, pero sabía que no podía hacer nada.

—Enseguida subo.

—¿Estás segura?

—Sí.

Cuando Jill vio al niño con una escayola en el brazo y llorando desconsoladamente, se le partió el corazón.

Tyler se acercó a ella, con expresión de ansiedad.

—Han intentado calmarlo dos enfermeras y una asistente social, pero es imposible. Si puedes hacer algo, te lo agradeceríamos mucho.

Jill tomó al niño en brazos y se sentó con él en una mecedora. Sam siguió llorando durante unos minutos mientras ella acariciaba su pelo, murmurándole palabras cariñosas. El dolor de aquel niño por la muerte de su madre le rompía el alma, pero Jill seguía acariciando su carita, como habría acariciado la carita de su hijo si hubiera tenido oportunidad.

Poco a poco, Sam fue calmándose, con el dedito metido en la boca.

—¿Quieres un poco de zumo? –le preguntó Jill.

El niño asintió y Tyler llamó a una enfermera. Unos minutos más tarde, Sam tomaba el zumo haciendo ruido con la pajita, pero cuando terminó volvió a ponerse a llorar.

–¿Quieres que vaya a buscar a alguien? –preguntó Tyler.

–No –contestó Jill–. Yo también lloraría si fuera él. ¿Puedes traerme algún cuento?

Tyler asintió.

Jill le leyó muchos cuentos y, al final, el cansancio lo venció y se quedó dormido.

–Tienes que meterlo en la cama, Jill. No puedes quedarte con él en brazos toda la noche.

Jill levantó la mirada.

–¿Por qué no? Es viernes. Mañana no tengo que trabajar.

–No tienes por qué hacer esto.

Ella sonrió. Durante aquellas horas se había enfrentado con uno de sus grandes miedos y... había vencido.

–Yo creo que sí.

Entonces Tyler entendió y asintió con la cabeza.

–Tenemos que operarlo. Su madre era una adolescente sin seguro de ningún tipo y no hemos encontrado a ningún familiar. Le he pedido al director del hospital que nos permita operarlo con parte de los fondos de la campaña.

–Una forma excelente de usar el dinero –murmuró ella, cerrando los ojos y apoyando la cabeza en el respaldo de la mecedora.

–Eres una mujer muy valiente, Jill.

–Soy muy cobarde para muchas cosas –admitió ella. Era demasiado tarde y no podía ponerse el disfraz de mujer fuerte. Y tampoco quería hacerlo.

–Esta noche has sido muy valiente –la voz de Tyler era como una caricia.

–Es que soy muy tenaz. La tenacidad resuelve muchos problemas. ¿Cuándo vas a operarlo?

–Quizá el domingo.

–Puede que haya tenido mala suerte al perder a su madre, pero ha tenido mucha suerte de que tú seas su medico.

–Si sigues diciendo cosas como esa, mi ego se va a hinchar –sonrió Tyler–. Y no solo mi ego.

–No estoy diciendo nada que no sea verdad.

Él se acercó y le pasó la mano por el pelo.

–Cuando te miro, te deseo tanto que no puedo ponerlo en palabras. Dime que no me ocurre solo a mí, Jill.

La intensidad del hombre hacía que se le formara un nudo en la garganta.

–Te deseo –admitió–. Te deseo tanto que me asusta.


Las siguientes treinta y ocho horas, Jill lo asombró con su tenacidad y su perseverancia. Sam se despertó llorando y Jill lo consoló cantándole canciones y leyendo cuentos hasta quedarse afónica. Aunque Tyler intentó convencerla para que se fuera a casa a dormir, ella se negó, durmiendo solo cuando el niño se quedaba dormido. Durante aquellas horas, Tyler observó cómo Sam y ella tejían un lazo invisible entre los dos.

A pesar de su propio dolor, Jill parecía hacerse más fuerte cada minuto y Tyler se preguntaba si aquella sería la prueba de fuego para ella. Si sería esa la razón por la que había aceptado su desafío.

El domingo por la tarde, Tyler y su equipo operaron al niño. Jill estuvo a su lado todo el tiempo, pero al llegar la noche, Tyler insistió en que se fuera a casa.

–No quiero que se encuentre solo cuando despierte –protestó ella. Pero sus ojeras hablaban por sí solas.

–Jill, no puedes estar aquí veinticuatro horas al día –insistió Tyler–. Es imposible. Has conseguido que Sam sobrellevase el peor fin de semana de su vida. Ahora, tienes que dejar que otros cuiden de él.

–De acuerdo –suspiró Jill, levantándose de la silla con las piernas temblorosas.

Él la miró, preocupado.

–Estás tan cansada que me da miedo llevarte a casa en la moto.

–No pasa nada –murmuró ella. Pero no parecía mantener bien el equilibrio y Tyler murmuró una maldición.

–Di a la enfermera lo que debe hacer y después nos vamos.

Jill reunió fuerzas y se dirigió al mostrador de enfermería.

–Pase lo que pase, que no se pierda su osito de peluche. Le encantan los cuentos con animales y cantar la canción de la arañita. ¿La conoces?

La enfermera negó con la cabeza y allí, en medio del pasillo, Jill empezó a cantar casi sin voz la canción infantil. Tyler sintió que se le partía el corazón.

Sabía que no deseaba a aquella mujer solo por una noche. Pero no podía ser para siempre, se decía a sí mismo. Nada era para siempre. La maldición de los Logan lo perseguiría... Tyler sacudió la cabeza, irritado consigo mismo. Él no creía en la maldición y estaba decidido a hacer suya a Jill Hershey durante el tiempo que fuera posible.

Afortunadamente, Jill no se había caído de la moto. Pero el baño caliente que Tyler le había preparado la había dejado completamente sin fuerzas y, cuando intentó salir de la bañera se dio cuenta de que no le respondían las piernas.

–¿Jill? –la llamó él–. ¿Te encuentras bien?

–Sí, no te preocupes –contestó ella, intentando levantarse de nuevo. Pero sus piernas seguían sin responder.

Tyler volvió a llamar a la puerta.

—Voy a entrar, Jill.

—¡No! —gritó ella, asustada.

Demasiado tarde. Tyler estaba en el cuarto de baño, mirándola, y Jill cerró los ojos. Hacía lo mismo de pequeña. Si no podía ver, nadie podía verla a ella.

—¿Te encuentras bien?

—Se me doblan las piernas —murmuró ella. Se había puesto colorada de la cabeza a los pies—. Sal un momento y deja que vuelva a intentarlo, por favor... —los fuertes brazos del hombre le impidieron terminar la frase—. No tienes ni idea de la vergüenza que me da esto.

—He visto a mucha gente desnuda, Jill. Soy médico.

—Eso no hace que me sienta mejor.

—Veo cuerpos desnudos todos los días —insistió Tyler—. Y, por cierto, el tuyo es muy bonito. Me encanta ese lunar que tienes en el pecho.

—Deja de mirar —dijo ella.

—No estoy mirando —rio Tyler, mientras la llevaba a la cama. Como habría hecho con una niña, la secó con la toalla, le puso un camisón y le dio una taza de té a sorbitos.

—Sería más fácil para mí si fueras menos amable.

—¿Por qué? —preguntó él.

—Porque no quiero que me gustes —contestó Jill, haciendo una mueca—. Bueno, me gustas, pero no quiero enamorarme de ti. No quiero pensar que eres capaz de mantener una relación duradera. No quiero albergar la absurda idea de que yo podría ser especial para ti.

Tyler no dijo nada. Cuando Jill terminó de tomarse el té, apagó la lámpara y la besó suavemente en la frente.

—No es una idea absurda, Jill —murmuró.

# Capítulo 8

Un beso no iba a despertar a la Bella Durmiente, pensaba Tyler por la mañana. Jill no había cambiado de posición en toda la noche.

Había querido hacer el amor con ella desde el primer día, pero la noche anterior lo había deseado tanto que no había podido dormir. En aquel momento, sabía que ella también lo deseaba y la idea lo asustaba. Pero el deseo era más fuerte que el miedo.

Apoyándose en el quicio de la puerta, Tyler sacudió la cabeza.

No, no iba a despertarla con un beso. Tendría que disparar un cañón.

Le prepararía un buen desayuno, pensó. El olor la despertaría.

Cuando estaba echando canela a las tostadas francesas, escuchó sus pasos por el pasillo.

–Esto es un sueño –murmuró Jill desde la puerta–. ¿Sabes cocinar?

–Nada demasiado complicado. Pero me canso de las pizzas y las hamburguesas –sonrió él–. Por cierto, Sam está bien. Parece que se ha despertado llamando a «Jilly», pero el osito, los cuentos, las canciones y la promesa de que va a ver a «Jilly» más tarde lo han tranquilizado.

Jill suspiró y sonrió, agradecida.

–Gracias.

–También es mi paciente.

–Me gusta que seas posesivo con tus pacientes –sonrió ella.

–Soy posesivo con muchas cosas –dijo Tyler. La frase lo sorprendió a él tanto como a Jill. Tyler nunca antes había sido posesivo con una mujer, pero se daba cuenta de que lo era con ella–. ¿Azúcar o mermelada?

–Las dos cosas.

–Golosa, ¿eh? ¿Seguro que no quieres chocolate también?

–Ni lo menciones –sonrió Jill–. Como demasiado chocolate.

Tyler se mordió la lengua. Pero le habría gustado decir que a él lo que le gustaría sería comerla a ella.

–¿En qué soy diferente del tonto de tu marido? –preguntó, mientras servía zumo de naranja en dos vasos.

Jill lo miró, primero sorprendida y después, pensativa.

–Tú eres moreno, él era rubio. Tú usas tus métodos de persuasión para una buena causa, mientras él los usa para engañar a incautas. Él era un don Juan y tú también, pero...

–¿Pero qué?

–No lo sé –dijo Jill, encogiéndose de hombros–. Haces las cosas de forma diferente. Eres magnífico en situaciones de crisis. No eres el tipo de persona que se derrumba cuando los demás te necesitan –añadió. No tuvo necesidad de decir que su marido no había estado a la altura de las circunstancias tras su accidente. Jill mordió su tostada y lo miró, pensativa–. También pareces un hombre más... más sexual.

–¿Eso te molesta? –preguntó él.

–No. ¿Por qué iba a molestarme? Eso no me afecta.

–Yo no te afecto. ¿Es eso lo que quieres decir?

–No he dicho eso.

–¿Cuánto tiempo crees que hace desde la última vez que tuve relaciones sexuales con alguien... además de conmigo mismo?

Jill lo miró, desconcertada.

—No lo sé.

—Intenta adivinarlo.

—Pues, no lo sé... Un mes, dos.

—Un año —dijo Tyler. Jill lo miró, estupefacta—. El sexo es algo combustible. No solo física, sino mental y emocionalmente. Hay que tener cuidado.

—¿Un año? Pero tú eres tan...

—¿Tan qué?

—Tan atractivo, tan sensual. Todo es sensual en ti. Tu forma de hablar, tu forma de mirar, de caminar. Las mujeres se vuelven locas por ti.

—Pero a mí me gusta que sea perfecto —dijo él. Sabía que estaba haciendo que Jill cambiara su percepción sobre él, sabía que estaba empezando a bajar la barrera, pero debía ser paciente. Y estaba empezando a dudar de que su deseo por ella desapareciera jamás.

Jill pasó toda la tarde en un estado de confusión total. Intentaba decirse a sí misma que era por el cansancio y la preocupación por Sam, pero en realidad estaba pensando en Tyler. Un nuevo ramo de flores llegó mientras paseaba por su oficina.

Trina levantó las cejas.

—Es la *otra* tienda.

Jill hizo una mueca. Al menos Tyler no estaba allí para verlo. Pero cuando leía la tarjeta, él entró en su despacho como una exhalación.

Jill lanzó una maldición en voz baja. Había vivido aquella misma escena demasiadas veces.

—Estoy empezando a odiar a ese tipo —dijo él, mirando las flores con desagrado.

—Es una persona encantadora. Pero no parece entender una indirecta —sonrio Jill.

—Desde luego que no —asintió Trina—. ¿Quieres quedártelas o regalárselas a algún paciente?

—Regalarlas —contestó ella. Trina se llevó las flores mientras Tyler la miraba echando humo—. Voy a tener que llamar a Gordon.

—Buena idea. A menos que estés interesada por él.

—Es un hombre encantador, pero...

—Pero no te dice nada, no te emociona, no te... excita —murmuró él, mirándola como si tuviera fuego en los ojos.

—No.

Tyler la acorraló contra el escritorio.

—¿Cuándo fue la última vez que hiciste el amor, Jill?

Jill tragó saliva.

—Ya te lo dije. Hace mucho tiempo.

—Yo voy a cambiar esa respuesta muy pronto, pero serás tú quien venga a buscarme —murmuró Tyler, inclinándose para tomar su boca.

No era un beso amable. Era un beso ansioso, una promesa sexual de lo que llegaría después. Lo estaba haciendo a propósito y ella respondía como él había supuesto. Tyler sujetó su trasero y la apretó contra él para que sintiera su erección. Jill tuvo la aterradora sensación de que iba a tomarla allí mismo, sobre su escritorio. Y la más aterradora sensación de que ella no iba a impedirlo.

Pero, entonces, Tyler se apartó y Jill se quedó jadeando, confusa.

Trina abrió la puerta en ese momento.

—Nos veremos luego —se despidió él, mirando a Jill con ojos encendidos.

\*\*\*

Aquella tarde, Jill visitó a Sam y le leyó varios cuentos. Era difícil creer que aquel niño que acababa de perder a su madre había sido, además, operado del corazón. Pero la fortaleza de los niños era increíble.

Cada vez que Sam la abrazaba, el calor del menudo cuerpecillo hacía que Jill anhelara el hijo que nunca tendría. Pero, aunque el dolor por la muerte de su hijo siempre estaría presente, haber cuidado de Sam durante aquellos días había cambiado algo dentro de ella. Nunca más volvería a negarse a sí misma el placer y la alegría de estar con niños.

Mientras Sam se quedaba dormido, Jill pensó en Tyler y en otra forma muy diferente de placer que también había evitado durante años y que no podía seguir negándose a sí misma.

Recordaba la frase de Tyler aquella tarde. «Tú irás a buscarme». No podía creer que hubiera dicho aquello.

Jill nunca había ido a la casa de un hombre con la intención de seducirlo y no sabía si tendría valor para hacerlo. Mientras la sensualidad de Tyler era como un tornado, la suya era como la brisa del mar.

¿Cómo podía ir a su casa? ¿Qué le diría? ¿Qué podía hacer?

Agitada, salió de la habitación. No tenía ni idea de cómo seducir a Tyler. El sexo con su marido no había sido particularmente memorable y sospechaba que la experiencia con Tyler Logan sería completamente diferente.

¿Cómo podía ir a su casa?, se preguntaba. Pero... ¿cómo podía *no* ir cuando su cuerpo se lo estaba pidiendo a gritos?

Tardó horas en reunir valor, pero, por fin, compró una botella de vino y se dirigió a la dirección que le habían dado en el departamento de administración del hospital.

Jill volvió a reconsiderar la cuestión por enésima vez antes de reunir valor suficiente para salir del coche. No sabía si estaba haciendo la mayor locura de su vida, pero se dirigió a la puerta y llamó sin pensar.

Cuando Tyler cuando abrió la puerta, solo llevaba unos pantalones vaqueros con el botón desabrochado. Lo había pillado durmiendo.

Jill enrojeció hasta la raíz del cabello.

—Lo siento. Es muy tarde. No debería haber venido —empezó a decir, dándose la vuelta. Pero Tyler la tomó por la muñeca.

—Solo estaba descansando un poco. Entra.

Tyler cerró la puerta tras ella y se quedó mirándola en la semioscuridad del pasillo.

Jill había practicado un pequeño discurso, pero se había evaporado de su cerebro en cuanto clavó los ojos en el torso desnudo del hombre.

No podía dejar de mirar la línea de vello oscuro que bajaba hasta la cinturilla del pantalón, perdiéndose allí.

Obligándose a sí misma a apartar la mirada, Jill echó un vistazo alrededor. En el salón había un cómodo sofá, estanterías llenas de libros, un sillón de lectura, una televisión y un estéreo.

—¿Seguro que no es demasiado tarde? —preguntó, en un susurro. Él negó con la cabeza—. He traído una botella de vino —añadió, sin mirarlo—. Pero me imagino que estarás cansado.

—No lo estoy —sonrió él, tomándola de la mano para llevarla a la cocina—. ¿Has visto a Sam esta noche? —preguntó, mientras descorchaba el vino.

Sam. Ese era un buen tema de conversación, pensó Jill.

—Sí. Está muy bien. Tiene más energía que yo.

—Eso en parte gracias a ti. Tú lo has ayudado muchísimo.

—Él también me ha ayudado a mí.

Tyler sirvió el vino en una sola copa y se la ofreció a ella.

—¿Tú no vas a beber?

—Podemos compartirla —contestó él, tomando la botella para volver al salón—. Quítate los zapatos. Y todo lo que quieras —añadió, guiñándole un ojo. Jill se quitó los zapatos y tomó un sorbo de vino. Tyler puso un CD en el estéreo y la tomó de la mano como si fuera a enseñarla a bailar, como si no supiera que había ido allí para hacer el amor con él. Los hombros del hombre eran anchos y fuertes y aquel botón de los vaqueros seguía desabrochado... Jill tuvo que apartar la mirada—. El secreto es deslizarse al unísono. Cuando yo me deslice hacia adelante, tú te deslizas hacia atrás —murmuró él. Jill miraba sus pies, intentando concentrarse en el baile. Pero en realidad lo hacía para no mirar los ojos del hombre—. Mírame —dijo él entonces.

—No puedo. Me pones nerviosa.

—Es parte del baile. Tienes que mirar a tu compañero aunque te ponga nerviosa.

—Vale —dijo Jill, levantando la mirada. Pero no lo miraba a él. Miraba un cuadro en la pared.

—Estás haciendo trampa. Mírame, Jill.

—No quiero pisarte.

—Deslízate, déjate llevar —susurró Tyler. Jill empezó a dejarse llevar poco a poco hasta que consiguieron marcar el ritmo sin pisotones—. Estupendo. Ya estás preparada para esto —dijo él entonces, besándola en la boca.

Jill intentó no caerse al suelo. Él le estaba haciendo el amor con la lengua, deslizándola dentro de su boca, bailando con ella. Los apasionados besos del hombre aumentaban la temperatura de su cuerpo, sus labios la seducían. Sin dejar de besarla, Tyler empezó a bajarle la cremallera del vestido, lo deslizó por sus hombros y lo dejó caer al suelo. Entonces empezó a acariciar su espalda seductoramente. A través de la suave tela del sujetador, Jill sentía que el torso del hombre la quemaba.

—Me encanta acariciarte —murmuró, acariciando su pecho

a través de la tela del sujetador. El roce la hacía arder y Jill se apretaba contra las manos del hombre, desesperada. Él debió sentir su urgencia porque, unos segundos después, le desabrochó el sujetador y le quitó las medias. Estaba desnuda frente a él y cuando Tyler introdujo los dedos entre sus muslos la encontró húmeda de deseo. Jill nunca había experimentado una pasión tan cruda. El olor del hombre, el sonido de su agitada respiración mezclado con la respiración de Tyler, el roce de los vaqueros entre sus piernas...–. Aún no hemos empezado y ya sé que nunca tendré suficiente –dijo él con voz ronca, devorando su boca mientras la tocaba en sitios secretos, convirtiendo su femineidad en una flor de la pasión. Jill deslizó las manos por el pecho masculino. El botón desabrochado de los vaqueros parecía llamarla.

–¿Por qué estoy desnuda mientras tú estás vestido? –preguntó, casi sin voz.

–Porque en cuanto me quite estos vaqueros, voy a estar dentro de ti –contestó él. Jill esperaba que eso fuera una promesa. Sintiéndose más lasciva y sensual de lo que nunca se había sentido, bajó la cremallera de los vaqueros y rodeó la turgente masculinidad del hombre con los dedos. Cuando él empezó a protestar, ella acalló la protesta aplastando su boca contra la del hombre. Tyler gimió roncamente y la apretó entre sus brazos–. ¿Qué estás haciendo?

–¿No te gusta? –susurró ella, acariciando suavemente la húmeda punta.

Tyler lanzó un gemido y la levantó, colocando sus piernas alrededor de su cintura. Cuando tomó uno de sus pechos en la boca y empezó a chupar el pezón Jill gimió, enloquecida.

–Quiero estar dentro de ti –murmuró él. Sin soltarla, Tyler se dirigió al dormitorio. La cabeza de Jill parecía dar vueltas mientras él la tumbaba sobre su cama–. Necesitamos protección –dijo, sacando un paquetito del cajón de la mesilla.

Jill se mordió los labios, la amarga realidad abriéndose paso a través de la pasión.

–No hace falta.

Tyler soltó el paquetito sin pensar y se tumbó sobre ella, devorándola, con una pasión que amenazaba con estallar. Acariciaba su cuello con la lengua, deslizándose hacia sus pechos y más abajo, abriendo sus muslos con las manos para tomarla con la lengua.

La sensación de la lengua del hombre en su parte más sensible la hizo gritar cuando llegó al orgasmo.

Tyler se introdujo dentro de ella entonces y, con movimientos rápidos y fuertes, la embestía sin dejar de mirarla a los ojos mientras ella lo apretaba íntimamente.

Él cerró los ojos, como si el placer fuera demasiado fuerte.

–Sabía que me harías perder el control –murmuró casi sin voz, unos segundos antes de alcanzar el clímax dentro de ella. Tyler cayó después sobre la cama y la colocó sobre él. Jill sentía como si hubiera bombas explotando dentro de ella y miró al hombre que había causado aquella explosión, preguntándose si alguna vez volvería a ser igual.

# Capítulo 9

Tyler le hizo el amor una y otra vez durante toda la noche y, por la mañana, Jill sentía un placentero dolor en las partes más sensibles de su cuerpo.

Pero también sentía que Tyler había tocado algo en ella que había cambiado no solo su cuerpo, sino su alma y eso le daba miedo. El poder de su pasión la confundía. Nunca había experimentado nada parecido con su marido y estaba empezando a pensar que aquello había sido un error. Sus hormonas y las hormonas de Tyler los habían empujado a uno en brazos de otro.

Jill miró a Tyler que dormía, inconsciente de su desnudez y su belleza masculina y sintió una punzada de deseo. Cerró los ojos. No debería sentir aquello. No debería desearlo de nuevo.

Quizá sería mejor marcharse para volver a pensar con claridad porque no podía hacerlo en su presencia. Sin hacer ruido se incorporó, pero cuando puso un pie en el suelo, Tyler la tomó por la muñeca.

–¿Dónde vas?
–Al baño –mintió Jill.
–No tardes mucho en volver.

No tardaría mucho, pensó ella. Quizá solo una o dos semanas si lograba encontrar su ropa. Jill fue en silencio al salón y enrojeció al ver su vestido tirado en el suelo. Se vistió a toda prisa y empezó a mirar alrededor.

–Las llaves –murmuró para sí misma, pasándose la mano por el pelo–. El bolso.

–En la cocina –la voz de Tyler la sobresaltó. Cuando se volvió, se encontró frente al hombre que la observaba, desnudo, con los brazos cruzados sobre el pecho–. ¿Qué ocurre, Jill? ¿Te ha entrado miedo?

–Yo... no lo sé.

–Ah.

–Tyler... –empezó a decir ella–. No sé si lo de anoche fue una buena...

–¿No te gustó? –la interrumpió él.

–Quería decir que quizá no es buena idea que tengamos una relación... íntima.

–Ahora es tarde para eso.

Jill respiró profundamente, intentando calmar el nudo que sentía en el estómago.

–Demasiado tarde para borrar lo de anoche, pero no demasiado tarde para las noches que nos quedan.

Él la miró, incrédulo. Herido, incluso.

–¿Solo querías pasar una noche conmigo?

–¡No! Pero no esperaba... no tenía ni idea... Ha sido demasiado... yo no creo que debamos volver a hacerlo.

–¿Por qué?

Jill lo miró, exasperada.

–Porque no.

–¿Algún hombre te ha dado más placer que yo?

–No –admitió ella–. Pero...

–¿Alguna vez ha sido tan poderoso, tan abrumador...?

–Déjalo, Tyler. No sé lo que me ocurre, pero no esperaba sentir lo que siento. Lo lamento, pero ahora prefiero estar sola –dijo ella, sin mirarlo.

Después de ir a la cocina para buscar su bolso, se dirigió a la puerta.

–Estás huyendo, Jill –dijo Tyler.

Jill sintió que sus ojos se llenaban de lágrimas. Él podía tener razón, pero aun así, salió corriendo hacia su coche.

Tyler estaba sentado en el sofá, lamiendo sus heridas. Nunca habría creído que pudiera ocurrir, pero una mujer había herido sus sentimientos. Había pasado la mejor noche de su vida con una mujer increíble y ella le decía que había sido un error.

La maldición de los Logan, pensó. Pero no podía ser, se decía. Él no creía en ella y nunca se había colocado en una posición en la que la maldición pudiera hacer su efecto. Y no pensaba hacerlo nunca.

Tyler se duchó, fue al hospital y evitó a Jill durante todo el día. Si no se daba cuenta de que estaban hechos el uno para el otro, estaba ciega.

Al día siguiente volvió a evitar a Jill.

Pero no podía evitar seguir adelante con la maldita campaña y dar otra entrevista.

Jill se sentía confusa y asustada. El té y la tranquilidad de su despacho no parecían calmarla y para cambiar de ambiente decidió aceptar la invitación de Trina para que comieran juntas en la cafetería del hospital.

Pero en cuanto se sentaron en la mesa, su ayudante puso cara de sorpresa.

–No mires, pero una periodista de muy mala reputación está comiendo con el doctor Logan.

El corazón de Jill empezó a dar brincos. No lo había vuelto a ver desde que salió de su apartamento.

−¿Dónde está?

−A tu derecha −dijo Trina−. La periodista se llama Danielle Crawford y es peligrosa.

Jill miró alrededor y enseguida vio a Tyler. Al verlo, sintió una punzada de dolor y cuando vio que la periodista le sonreía seductora, su estómago se cerró. Pero Tyler no era propiedad suya, se decía. Y nunca lo sería.

−¿Por qué tiene mala reputación esa Danielle Crawford? −preguntó, intentando concentrarse en el asunto profesional.

−Bueno, como periodista es buena. Pero tiene reputación de devorahombres. Se ha casado dos veces y ha estado comprometida con la mitad de Fort Worth −contestó Trina−. Y a mí me parece que, en este momento, quiere devorar al doctor Logan. ¿No vas a hacer nada?

−¿Por qué iba a hacer algo? Si algún hombre sabe cómo tratar a las mujeres, ese es Tyler Logan.

−Pero vosotros... bueno, todo el mundo sabe que tenéis una relación. Al menos, hasta hace un par de días.

Jill apretó los labios.

−Trina, mi único interés en el doctor Logan es conseguir que la campaña publicitaria funcione. Eso es lo único que me interesa.

−Pero el doctor Logan es tan guapo que cualquier mujer daría saltos de alegría si él se fijara...

−Yo no estoy dando saltos −la interrumpió Jill.

Trina volvió a mirar a Tyler.

−Pues deja que te diga una cosa. Si yo albergara... en fin, algún sentimiento por el doctor Logan, ver cómo esa mujer le pone la mano en la pierna me haría saltar de la silla.

La imagen de la atractiva reportera tocando a Tyler la enfermó y Jill tuvo que contar hasta diez.

−A menos que sea contraproducente para la campaña, a mí eso no me interesa nada −dijo, con los dientes apretados. Trina la miró con expresión de incredulidad. Con los nervios de punta, Jill dejó el tenedor sobre la mesa–. Bueno, gracias por invitarme, Trina, pero tengo que volver al trabajo –se despidió, levantándose de la silla. Cuando salía de la cafetería, vio a Danielle Crawford riendo por algo que Tyler había dicho. Sorprendida y asustada por los locos latidos de su corazón, volvió a su oficina y empezó a pasear arriba y abajo.

Aquella era una de las razones por las que nunca debería haberse acostado con Tyler Logan, se decía a sí misma. Siempre había sabido que era un don Juan. Aquel hombre seguiría siendo un imán para las mujeres cuando tuviera ochenta años. Estar con una sola mujer sería imposible para él. Intentando apartar aquellos pensamientos, Jill se sentó frente a su mesa y se dispuso a trabajar.

Por la tarde fue a visitar a Sam.

–Hola, Sam. Te he traído un cuento.

–Jilly –exclamó el niño al verla–. ¡Léemelo! ¡Cántame la canción de la arañita!

–Parece que estás mucho mejor, enano. ¿Te siguen doliendo los puntos? –preguntó, acariciando el pelito rizado del niño. Sam asintió, señalando su pecho. Jill lo tomó en brazos y se sentó con él en la mecedora–. Pronto te pondrás bien y podrás irte del hospital.

–El fin de semana –dijo Tyler, desde la puerta.

Jill levantó la mirada, intentando disimular que su corazón latía como si fuera a salírsele del pecho.

–Hola –dijo Sam.

–Hola, jefe –lo saludó Tyler, sonriendo–. Deja que te eche un vistazo –dijo, arrodillándose frente a la mecedora.

–¿Quieres que lo lleve a la cama? –preguntó Jill.

–No. Parece estar bien donde está –contestó él–. ¿Te gusta que Jilly te sostenga en brazos?

Sam asintió con la cabeza y no hizo movimiento alguno

mientras Tyler examinaba los puntos y comprobaba el ritmo de su corazón con el estetoscopio.

—El oso —dijo el niño.

—¿Te gusta? Se llama Cody. Y tiene un hermano que quiere irse contigo cuando salgas del hospital. ¿Te gustaría?

—Sí —sonrió el niño—. Cántame la canción, Jilly.

—Claro —sonrió ella. Jill no podía hacer mucho más por el pequeño y le cantaría la canción todas las veces que se lo pidiera.

—¿Cómo ha conseguido ganarte? —preguntó Tyler cuando el niño empezaba a quedarse dormido.

La pregunta la había pillado desprevenida.

—No lo sé. Me necesitaba, supongo —contestó. En la mirada de Tyler no había el calor que solía haber. Incluso la trataba con cierta frialdad—. ¿Por qué?

—Por curiosidad —contestó él—. Buenas noches, jefe —susurró, acariciando la cabeza del niño.

—El oso —murmuró el niño, adormilado.

Tyler se inclinó y dejó que Sam acariciase el diminuto oso de peluche de su estetoscopio. Jill intentó no amarlo por ello. Lo intentó con todas sus fuerzas, pero la ternura de Tyler hacía que fuera imposible no amarlo.

Jill no podía dormir. No había dormido bien desde que Tyler y ella se habían acostado juntos. Si seguía así, iba a tener que ingresar en el hospital para hacer una cura de sueño.

Cuando pasada la medianoche sonó el timbre, Jill miró su reloj, con el corazón acelerado. Además del chico de la pizza, solo otra persona llamaba a su timbre en Fort Worth.

No quería abrir, pero lo había echado tanto de menos... Por fin, cuando abrió la puerta, vio a Tyler en el porche con cara de irritación y una bolsa de viaje en la mano.

—Me vengo a vivir aquí.

Jill se quedó boquiabierta.

—¿*Cómo*?

—Me vengo a vivir aquí —repitió él, entrando sin esperar a que ella lo invitara—. *Tú* has convertido mi vida en un infierno. Puedes que los carteles estén haciendo llegar montañas de dinero al hospital, pero yo no puedo soportar las incesantes llamadas de teléfono. Mientras tú estás aquí, tan tranquila, docenas de mujeres han estado llamándome a mi casa. Quiero protección —añadió, dejando la bolsa en el suelo.

—¿Y quieres que yo te proteja? —preguntó ella, atónita.

—Si saben que estamos viviendo juntos me dejarán en paz.

Jill pensó entonces que quizá *él* estaría en paz. Pero no ella.

—¿Y cuando me marche?

—Cuando te marches, la gente se habrá cansado de mí.

—¿No tienes una amiga que pueda ayudarte?

—Tú me has metido en esto. Tú tienes que sacarme.

—Pero, Tyler, después de... —Jill no podía terminar la frase. ¿Qué iba a decir: «¿después de la noche inolvidable que pasamos juntos?»—. Dada nuestra... relación, eso es imposible.

—¿Quieres decir después de la noche en la que me volviste loco, la noche en la que me hiciste perder la cabeza por ti para abandonarme inmediatamente después?

Jill se sintió avergonzada.

—Lo siento. De verdad.

—¿Cómo pudiste marcharte después de una noche tan increíble? No era solo sexo, Jill. Era mucho más. Éramos dos personas que se habían convertido en una.

Jill tragó saliva.

—Sé que fue mucho más que sexo, aunque el sexo fue asombroso —dijo, intentando bromear—. Me dio miedo —confesó, al ver la expresión seria del hombre—. Y sigue dándome miedo.

—¿De qué?

—De lo que siento por ti.

—¿No sentías lo mismo por tu marido? —preguntó Tyler. Jill negó con la cabeza—. Entonces, te das cuenta de lo raro que es lo que sentimos el uno por el otro —murmuró, acariciando su mejilla—. No podemos dejarlo pasar, Jill.

Ella tuvo que resistir el impulso de echarse en sus brazos.

—Pero yo no voy a estar aquí para siempre.

—Más razón para no perder el tiempo.

—No sé si soy tan valiente.

—Jill, mírame —ordenó él. Jill obedeció—. Te he observado con Sam. Eres la mujer más valiente que conozco.

—Pero es que Sam me necesita.

—¿Y cómo sabes que yo no te necesito?

La habitación pareció girar a su alrededor.

—Tú eres tan fuerte, tan autosuficiente...

Tyler le cubrió la boca con una mano.

—Y te deseo tanto... no perdamos más tiempo —murmuró. Jill había visto aquella expresión de reto y pasión en el rostro del hombre otras veces—. Te desafío.

# Capítulo 10

—Eso no es justo –dijo Jill.

—No me gusta perder –replicó Tyler, rozando los labios de ella con los suyos–. ¿Qué vas a hacer?

—Volverme loca –contestó ella, enredando los brazos alrededor de su cuello–. Quizá ya lo estoy.

Tyler se sintió aliviado al ver que se rendía. No le gustaba que Jill se hubiera convertido en alguien tan importante para él, pero no podía negarlo. La atrajo hacia él y la besó como si quisiera tomarla toda con aquel beso. Saboreó su miedo, pero también saboreó la pasión. Ella lo deseaba y la sola idea lo excitaba de forma insoportable.

Jill enredó los dedos en su pelo y se apretó contra él. Tyler podía notar la dureza de sus pezones a través del delgado camisón.

Quería desnudarla, quería sentirla alrededor de su ardiente carne.

—No tienes ni idea de cómo deseaba besarte cuando te vi con Sam esta tarde.

—¿Por qué? –preguntó ella, mirándolo con ojos de deseo.

—Porque eres muy tierna con él.

—Yo he sentido lo mismo por ti cuando le has dejado tocar tu oso de peluche –murmuró Jill–. Sigo pensando que eres demasiado bueno para ser real.

Sus palabras eran como un bálsamo para su herido corazón y Tyler volvió a besarla mientras acariciaba sus pechos.

—Vamos a la cama —murmuró, intentando controlar su deseo.

—Luego —dijo ella, bajando la cremallera de su pantalón—. Te he echado de menos.

No se fueron a dormir hasta una hora más tarde. Jill lo asombraba no solo por el placer que le daba, sino por lo que le hacía sentir emocional, espiritualmente. Su último pensamiento antes de quedarse dormido fue que, si ella volvía a sentir un ataque de pánico, no podría marcharse. Él se había metido en su territorio e iba a tener que pelear mucho si quería sacarlo de allí.

Tyler y Jill llegaron a un acuerdo. Como podían amarse durante el tiempo que durase su estancia en Fort Worth, lo harían hasta perder la cabeza.

Jill disfrutaba con aquella locura. Le enviaba flores al hospital y él le devolvía el favor llevando helado de chocolate por las noches y dándoselo a cucharadas mientras la tenía desnuda sobre sus rodillas.

Hacían el amor a todas horas, porque sabían que tenían poco tiempo. Tyler estaba con ella cada vez que iba a visitar a Sam y se enamoraba un poco más cada día.

Por otro lado, Jill sentía que caminaba sobre la cuerda floja y sabía que lo estaba haciendo sin red. Sabía que, por muy feliz que se sintiera con Tyler, por mucho que disfrutara con él, cuando se marchara de Fort Worth en su corazón habría un hueco imposible de llenar.

Pero cuando estaba con él, todo resultaba muy fácil. Solo el calendario que había sobre la mesa de su despacho le recordaba la realidad.

Un par de semanas después, alguien llamó a la puerta de su oficina y Jill levantó la cabeza, sorprendida. Pues nadie llamaba a la puerta en aquel hospital. La gente entraba sin anunciarse.

Cuando abrió, se encontró con Clarence Gilmore, el administrador del hospital. Eso lo explicaba todo.

–Señor Gilmore. Entre, por favor.

–Buenos días, señora Hershey, ¿cómo está?

–Bien. ¿Y usted? –sonrió ella, observando el nerviosismo del hombre.

–Muy bien, gracias. Estamos encantados con el resultado de la campaña. Lo que ha conseguido sobrepasa nuestros mejores sueños –dijo Clarence–. Ya se han conseguido fondos suficientes para la nueva planta de cardiología y las donaciones siguen llegando. No podríamos estar más contentos.

–Gracias. Me alegro mucho de haber ayudado. Creo que la imagen del doctor Logan ha sido muy importante.

–Sí –dijo él, incómodo–. Y ahora que hemos conseguido lo que queríamos, puedo decirle que si quiere aceptar otro trabajo, por nuestra parte no hay ningún problema.

–Perdone, pero me parece que no lo entiendo.

–Tenemos un contrato con su empresa en base a las semanas que usted trabaje aquí. Probablemente no es lo normal, pero como ya hemos conseguido los resultados apetecidos, el consejo de administración ha decidido rescindir su contrato para ahorrar algo de dinero al hospital –explicó el administrador. Jill lo miró, sorprendida–. Suena como si quisiera echarla de aquí, ¿verdad? –dijo el hombre–. Señora Hershey, si fuera por mí, se quedaría aquí indefinidamente. Con su reputación, en realidad me sorprendió que aceptara encargarse de la campaña. Pero este hospital no es muy grande y tenemos que ahorrar cada céntimo. Por supuesto, no está obligada a marcharse antes de que termine su contrato, pero yo debo ofrecerle esa opción.

Clarence parecía tan avergonzado, que Jill sintió pena por él.

—Está haciendo lo que debe hacer, señor Gilmore –intentó sonreír–. Me encargaré de cerrar los últimos detalles de la campaña y me marcharé el lunes.

—Muy bien –dijo Clarence–. Señora Hershey, ha hecho usted algo maravilloso por este hospital.

Pero Jill no podía sentirse menos maravillosa mientras Tyler y ella hacían el equipaje para asistir a la boda de su hermano. Jill lo convenció para que fueran en coche en lugar de en la moto y, durante el camino, ella habló de muchos temas, excepto del único que le importaba de verdad; su partida de Fort Worth.

—¿Echas de menos el rancho?

—Sí. Me encanta mi trabajo, pero no me gustan las grandes ciudades y echo de menos la vida al aire libre.

—Quizá algún día consigas comprarte una casita para pasar los fines de semana.

Tyler negó con la cabeza.

—Mi hermano me mataría. Sigue queriendo que vaya a ayudarlo cuando hay que marcar reses y cada vez que tengo algo de tiempo libre.

—¿Te molesta hacerlo?

—Claro que no. Brock es casi como un padre para mí y no hay nada que yo no hiciera por él. Mi padre quería que todos viviéramos en el rancho y tuviéramos un montón de hijos y... –Jill se había quedado pálida. Escuchar a Tyler hablar sobre hijos le había recordado que ella nunca podría tenerlos–. ¿Pasa algo?

—Nada –contestó ella, intentando sonreír–. Sigue contándome.

—¿Estás segura?

—Sí. Sigue.

—Brock está intentando mezclar los antiguos métodos y las nuevas tecnologías para que el rancho funcione. Es un trabajo muy duro y yo admiro su tenacidad. Y me alegro de que haya encontrado a Felicity.

—¿Qué pasó con su primera esposa?

—La maldición de los Logan —contestó él—. No, es una broma. Simplemente se casó con la chica equivocada. No le gustaba el rancho. Después de tener a los niños, se fue a vivir a California.

—Pero esos niños son un tesoro.

—Eso creo yo.

—¿Y Felicity?

—Para ella son como sus hijos.

—¿Tú no quieres tener una familia? —preguntó Jill.

—Ya la tengo.

Jill estudió su expresión. Parecía pensativo, incluso triste. Se preguntaba si estaría pensando en la maldición. Siempre decía que no creía en ella, pero se ponía tenso al hablar del asunto.

—Cuéntame cómo eras de adolescente.

—Mi padre me mantenía demasiado ocupado como para que hiciera locuras. Yo quería comprarme un descapotable y... —Tyler sacudió la cabeza— fue imposible. De descapotable, nada. Una furgoneta. A veces me escapaba por las noches para tomar una cerveza con los amigos, pero una vez me pilló y me obligó a limpiar los establos durante dos meses. Desde entonces no bebo cerveza —dijo, sonriendo—. Mi gran sueño era llevar una chica al granero y...

—Algo me dice que eso sí lo conseguiste. Y más de una vez —lo interrumpió ella, burlona.

—Te equivocas. Yo era muy tímido con las chicas —dijo él. Cuando Jill soltó una carcajada, Tyler la miró de reojo—. Y también me peleaba mucho con uno de nuestros vecinos, un tipo que se llama Noah Coltrane. Nos echaban del colegio por lo menos una vez a la semana.

—Ese es el vecino con el que tenéis problemas.

—Exactamente. Compartimos un riachuelo y no podemos vallar esa zona, así que es una fuente de conflictos. Además, uno de los Coltrane intentó robarle la novia a un Logan hace muchos años y, desde entonces, las dos familias no se hablan —explicó Tyler—. Lo que hacemos es aparentar que no existen y ellos hacen lo mismo.

—Pero tú te llevas bien con todo el mundo. Me resulta difícil imaginarte enfadado con alguien.

—Odio admitirlo, pero mi antipatía por los Coltrane es genética. Aunque también hay otras cosas que me ponen furioso. El tipo que ha dejado embarazada a Martina, por ejemplo.

—Por eso Martina se niega a dar su nombre.

—No soporto pensar que alguien se ha aprovechado de ella —dijo Tyler—. Es una chica muy inteligente, decidida y segura de sí misma, pero tambien es mi hermana pequeña y tengo que protegerla.

—Aunque ella no necesite tu protección —dijo Jill, recordando que la hermana pequeña de Tyler medía casi un metro ochenta.

—Exactamente.

Jill sonrió.

—No había visto hasta ahora este lado tuyo tan protector, casi machista diría yo.

—Pues quédate por aquí. Te sorprenderás —dijo él, con voz seductora.

Jill sintió un nudo en la garganta. Sus palabras le habían recordado que tenía que marcharse. Que no volvería a ver a Tyler Logan.

La boda tuvo lugar en el rancho al día siguiente por la tarde. El tiempo colaboró con ellos y el sol brilló durante toda la ceremonia. Brock parecía un poco nervioso mientras esperaba de pie al lado de Tyler, que la miraba a ella todo el tiempo. Él no se molestaba en disimular y la gente que había a su lado empezó a hacer comentarios en voz baja.

–¿Desde cuándo conoces a Tyler? –le preguntó por fin una mujer.

–Hace un par de meses –contestó Jill, poniéndose colorada.

–Pues parece muy interesado en ti. ¿Vamos a volver a oír campanas de boda?

–No. No va a haber más campanas de boda –dijo Jill, incómoda. Después, miró a Tyler y le advirtió con la mirada que dejase de ponerla en evidencia.

Habían colocado sillas en el jardín, separando las dos filas con macetas llenas de flores. Frente a ellos, un arco rodeado de hiedra donde esperaban el novio, el padrino y el oficiante.

Vestidos como dos ángeles, Bree y Jacob empezaron a recorrer el pasilo alfombrado y después apareció Felicity, radiante con un vestido de color champán que la mismísima Grace Kelly habría querido lucir.

El oficiante comenzó la ceremonia y cuando preguntó si alguien tenía alguna razón por la que aquella pareja no pudiera unirse en matrimonio, Jacob le tiró de la chaqueta.

–No. Ahora es nuestra y va a quedarse con nosotros.

Los invitados soltaron una carcajada y Jill se sorprendió al darse cuenta de que estaba llorando. Después de todo, no conocía tanto a aquella gente. ¿Por qué se había conmovido?, se preguntaba. Quizá su amor por Tyler se extendía a todo lo que fuera importante para él. Jill sabía que lo amaba, pero no se lo había dicho. No quería cargarlo con ese peso.

Jill se sentía muy a gusto con los Logan. Las cosas no siempre habían sido fáciles para ellos, pero se habían mantenido juntos durante los buenos y los malos tiempos. El amor que sentían los unos por los otros era tan incondicional que Jill lo envidiaba porque sabía que nunca formaría parte de aquella familia.

Con firmeza, Brock y Felicity hicieron sus promesas y el oficiante los declaró marido y mujer. En ese momento, Felicity levantó una mano con ternura y limpió una lágrima en la cara de su marido.

El gesto hizo que Jill volviera a llorar.

Durante el banquete, amenizado por una banda de música *country,* los invitados disfrutaron de una cena deliciosa y un baile al viejo estilo de Texas.

–Vamos a bailar –dijo Tyler.

Su mirada tenía el mismo brillo intenso y sensual que siempre hacía que su corazón diera un vuelco.

–Será un poco diferente de la primera vez –murmuró ella, refiriéndose a la primera noche que habían hecho el amor.

Los ojos del hombre se oscurecieron mientras la llevaba a la pista.

–Lamentablemente. Me parece que los invitados se llevarían un susto si te quitara el vestido.

–Estás muy guapo. No te había visto con un traje desde el día que te conocí.

–Y te quedaste tan impresionada conmigo que decidiste venir a Fort Worth.

–Me pareciste un engreído y me lo sigues pareciendo –bromeó ella–. Pero me gustaría saber más cosas de ti.

–Las irás descubriendo poco a poco.

–No tenemos mucho tiempo, Tyler –dijo Jill entonces. Las palabras habían escapado de su boca sin que pudiera evitarlo.

–¿Qué quieres decir?

Jill dudó un momento antes de hablar.

–Que mi trabajo casi ha terminado. Y se acerca la hora de irme.

—Yo no estoy preparado para que te marches —dijo Tyler muy serio.

Jill sintió que sus ojos se llenaban de lágrimas.

—Estás llorando. ¿Qué te pasa? —preguntó él, asustado.

Jill parpadeó furiosamente.

—Este no es el sitio ni el momento —murmuró, enfadada consigo misma por no haber podido guardar sus emociones—. Hablaremos de ello mañana.

—Hablaremos de ello ahora —dijo Tyler.

Jill miró alrededor.

—Más tarde. Cuando termine el banquete. Hoy es un día muy importante para tu hermano...

—Mi hermano está con su mujer. Vamos. Sé donde podemos hablar tranquilamente —dijo Tyler, obviamente preocupado. En silencio la llevó al granero y le indicó que se sentara sobre la paja. Jill pensaba que, una semana más tarde, tendría que abandonar al hombre más increíble que había conocido nunca y la idea le partía el corazón—. ¿Qué ocurre?

No valdría de nada no decirle la verdad. Jill odiaba estropear la boda con aquella noticia, pero Tyler se la sacaría tarde o temprano.

—Tengo buenas y malas noticias —empezó a decir—. Las buenas son que se ha recaudado dinero más que suficiente para construir una moderna planta de cardiología infantil.

—Estupendo —dijo Tyler—. ¿Y qué hay de malo en eso?

—Pues... Clarence fue ayer a mi despacho. Yo creí que iba a quedarme en Fort Worth un mes más, pero me dijo que, como se habían conseguido los objetivos antes del plazo, podía marcharme —explicó. La expresión de Tyler era tan seria que a Jill se le hizo un nudo en la garganta—. Hemos sabido desde el principio que tenía que marcharme, Tyler. Pero no esperaba que fuera tan... —Jill no pudo terminar la frase.

—Voy a matar a Clarence —murmuró Tyler entre dientes.

–No es culpa suya –dijo Jill, riendo entre lágrimas–. Él solo está haciendo su trabajo. Está intentando ahorrarle dinero al hospital.

–Esto lo arreglo yo –insistió Tyler.

–No puedes arreglarlo. Los dos sabíamos que tendría que marcharme.

–Pero no tiene por qué ser ahora.

Jill no quería discutir. Ni siquiera quería pensar en ello. No podría compartir la vida ni los sueños de Tyler, pero al menos había conseguido hacer realidad la nueva planta de cardiología infantil.

De repente, recordó lo que Tyler había dicho sobre llevar a una chica al granero. Quizá podría hacer que otro de sus sueños se hiciera realidad...

# Capítulo 11

–Me sorprendes –dijo Jill, mirándolo con ojos seductores.

–¿Qué es lo que te sorprende? No pensarás que iba a alegrarme de que te fueras, ¿verdad?

–No. Pero me sorprendes –repitió, deslizando la mano hasta la cinturilla de su pantalón–. Has estado esperando esta oportunidad durante más de diez años y no parece que vayas a hacer nada.

–¿Qué oportunidad?

–Una vez quisiste traer a una chica al granero. ¿Querías traerla solo para hablar? –preguntó Jill, con una voz que era casi una caricia íntima.

Tyler tardó dos segundos en entender, pero menos de un segundo en aceptar la oferta.

–No dejas de asombrarme –murmuró, atrayéndola hacia él para desabrochar la cremallera de su vestido, que cayó al suelo como una cascada de seda. Sus pechos eran como montículos de marfil, intentando salirse del sostén y Tyler apartó la suave tela con la boca para pasar la lengua por una de las sensibles cumbres. Sabía que el gemido y el frotamiento inquieto de sus muslos significaba que Jill estaba húmeda de deseo.

Se imaginaba tomándola de cien diferentes maneras y quería hacerlas todas a la vez. Con los dedos, buscó el dulce secreto entre sus muslos, mientras seguía besándola. Ella acariciaba su espalda. Se sentía salvaje entre los brazos del hombre y él lo sabía. Y ese conocimiento hacía que deseara entrar en ella inmediatamente.

Tyler se apartó un centímetro y ella lo miró con los ojos nublados.

–Me vuelves tan loca que siempre olvido lo que quiero hacer.

–¿Y eso es malo?

–No, pero esta vez es mi turno. Esta vez mando yo –susurró ella, bajando la cremallera de su pantalón y tomando la carne turgente del hombre en su mano.

Tyler lanzó un gemido ronco.

–¿Qué tienes en mente?

Jill lo besó con pasión en la boca y después empezó a deslizarse hasta la parte más sensible de su cuerpo. Su aliento era como una brasa que lo excitaba más de lo que lo había estado nunca. Ella miró hacia arriba antes de besarlo íntimamente y Tyler emitió algo que parecía un rugido.

Verla allí, de rodillas frente a él, era demasiado erótico. Jill, con sus pechos desnudos rozando sus muslos y sus deliciosos labios rodeándolo. Ella lo saboreó y lo torturó con su lengua y después lo envolvió dentro de su boca. Tyler no podía aguantar más. Entre la cruda seducción y su deseo, estaba a punto de estallar.

–Estás haciendo que pierda el control. Quiero estar dentro de ti –le dijo, con una voz que ni él mismo reconocía.

Tomando una manta que había sobre una bala de paja, Tyler se sentó en el suelo y la colocó sobre él. Jill colocó una pierna a cada lado y dejó que la penetrara. Tyler empujaba enfebrecido hacia arriba mientras ella aceptaba sus embestida hasta que apretó con fuerza su carne ardiente y él no pudo esperar un segundo más.

Jill cayó sobre él, apoyando la cara sobre su hombro.

—Cuando vuelvas a traer a una chica al granero, espero que pienses en mí —murmuró—. Te quiero, Tyler.

El corazón de Tyler dio un brinco. Por un momento, deseó saber lo que significaba estar con alguien para siempre. Por un momento, pensó en tener una familia con Jill. Pensó en hijos y en amor. Y en la pérdida de la persona que amaba. Tyler frunció el ceño, preguntándose por qué siempre había unido las palabras «amor» y «pérdida» en su mente. No podía ser la maldición, se decía. Después de todo, él no creía en esa estupidez.

—Jill... —murmuró Tyler, abrazándola.

—Deberíamos volver al banquete. Tu hermano se preguntará dónde estamos.

—Puede que se lo pregunte, pero no se habrá imaginado lo que me has hecho.

—¿Lo que *yo* te he hecho? —rio ella, aún con los ojos nublados por la pasión—. ¿Y tú no me has hecho nada?

Él la besó entonces, riendo.

—Lo que nos hemos estado haciendo el uno al otro. ¿Mejor así?

Jill asintió, mientras volvían a vestirse.

—Lo he dicho de verdad, Tyler —dijo ella, antes de salir—. Cuando traigas a una chica al granero, piensa en mí.

Pensaría en ella cada vez que pensara en la mujer que llenaba su vida y lo volvía loco, pensaba Tyler.

—Lo haré —prometió. Cuando llegaron junto al resto de los invitados, Tyler apretó su brazo—. Voy a hablar un momento con Brock —le dijo—. Y te traeré un poco de ponche.

—Gracias.

Tyler se acercó a su hermano.

—Bueno, ya está. Lo has hecho. ¿Cómo se siente uno al estar atado de pies y manos?

—La quiero atada a mí —contestó su hermano—. Y estoy deseando que termine esta fiesta. Me parece que los hombres la están usando como excusa para bailar con mi mujer. Cinco minutos más y largo a todo el mundo de aquí –añadió, sonriendo–. ¿Y tú dónde has estado, por cierto?

Tyler se encogió de hombros.

–Tenía que hablar con Jill en privado.

–¿Le has pedido que se case contigo? –preguntó Brock.

–¡No! Estábamos hablando de cuándo iba a marcharse de Fort Worth.

Pero al decir aquellas palabras con aparente desinterés, su corazón se encogió.

Brock lo miró, incrédulo.

–¿Vas a dejarla ir?

–Tiene que irse alguna vez, pero no creo que sea pronto. Yo me aseguraré de eso.

Brock levantó una ceja.

–No dejes que la maldición de los Logan te impida ser feliz, Tyler.

–Yo no creo en la maldición.

Pero sus palabras ni siquiera lo convencían a él mismo.

–Tienes que encontrar a la mujer de tu vida para romper...

En ese momento, vieron un hombre montado a caballo que se dirigía hacia ellos.

–¿Pero qué demonios es eso? –dijo Tyler, guiñando los ojos para identificar al hombre.

–Parece un caballo de los Coltrane –murmuró Brock.

–Es Noah.

–¿Cómo lo sabes?

–Nos hemos pegado tantas veces que lo reconocería a un kilómetro de distancia –contestó Tyler, haciéndole un gesto a Jill para que se reuniera con él. No quería arriesgarse. Con los Coltrane no se sabía nunca lo que podía pasar.

Brock lanzó una maldición.

—¿Quién es? —preguntó Jill.
—Noah Coltrane.
—Oh.

Noah detuvo su caballo y se acercó con las bridas en la mano hasta la pista de baile, mientras los invitados lo miraban asombrados.

—¿Qué quieres, Noah? —preguntó Tyler.

Noah, un hombre de ojos negros como el carbón, lo miró fijamente.

—He venido a buscar a Martina.

Los invitados lanzaron una exclamación al unísono.

Tyler empezó a atar cabos y, de repente, empezó a verlo todo rojo.

—¡Voy a matarte, Noah Coltrane!

Jill lo sujetó por la chaqueta.

—¡Por favor, Tyler!

Tyler vio que Felicity se colocaba delante de Brock.

—¡Fuera de aquí! —exclamó Tyler, soltándose—. ¿Es que no te das cuenta de que estamos celebrando una boda?

—Eso significa que ella está aquí —contestó Noah, buscando a Martina con los ojos.

—Mi hermana no quiere verte.

Tyler vio un brillo de desesperación en los ojos del hombre y, de repente, se sintió identificado con él. Había visto la misma expresión en los ojos de su hermano y había sentido aquella misma desesperación en su interior. Por Jill.

—Quiero verla —dijo Noah—. Dale ese mensaje.

Después de eso, volvió a montar en su caballo y salió como alma que lleva el diablo. Tyler intercambió una mirada con su hermano. Ninguno de los dos podía creer lo que Martina había hecho. Tenía que haber una buena explicación para ello y pensaban escucharla inmediatamente.

Los invitados se fueron enseguida, probablemente para

contar la historia a los vecinos. Un buen cotilleo era difícil de encontrar en aquella parte de Texas.

Tyler tomó a Jill de la mano y fueron junto con Brock y Felicity hacia la casa.

–Debe estar entre la espada y la pared –murmuró Jill.

–¿Quién? –preguntó Tyler. Pero todos sabían a quien se refería.

–Tu hermana. Obviamente, os quiere mucho, pero va a tener un hijo con el hombre al que toda la familia odia.

–¿Cuándo crees que pasó? –preguntó Brock.

–En Chicago –contestó Tyler.

–Pues debió narcotizarla.

–O se enamoró –dijeron Felicity y Jill al mismo tiempo.

–Nunca –dijo Brock.

–¡Jamás en la vida! –exclamó Tyler.

Cuando subían los escalones del porche, Martina salía de la casa con una maleta en la mano.

–Bueno, me parece que habéis adivinado que mi hijo no lo ha traído la cigüeña.

–¿Cómo ha podido ocurrir? –preguntó Brock.

–Esa es una pregunta muy personal –contestó su hermana.

–¿Cómo has podido, Martina? –dijo Tyler.

–Yo no había planeado quedarme embarazada –dijo Martina–. Ni siquiera había planeado... enamorarme.

–¿De un Coltrane? –dijo Brock, con gesto de asco.

–Él no es como yo creía... –empezó a decir la joven–. He cometido un error y mi hijo no va a pagar las consecuencias. Si no podéis aceptarlo, decídmelo y no volveré por aquí.

Un silencio tenso siguió a sus palabras. Brock y Tyler intentaban entender lo que estaba ocurriendo.

Pero entonces Felicity se acercó a Martina y la abrazó.

–Por supuesto que aceptaremos a tu hijo. Tus hermanos te adoran. ¿Cómo no van a querer a tu hijo?

—Martina te necesita, Tyler —dijo Jill al oído del hombre.

Tyler dio un paso adelante y abrazó a su hermana.

—Es posible que nunca entienda esto, pero nada de lo que tú hagas podría hacer que dejara de quererte. A ti y a tu hijo.

Los ojos de la joven se llenaron de lágrimas.

—Tenía miedo de que no quisierais hablar conmigo nunca más.

—¿Cómo has podido pensar eso? —sonrió Brock, abrazándola.

—¿Qué vas a hacer? —preguntó Tyler.

—Marcharme —contestó Martina.

—Le he dicho que no querías verlo.

—Y has hecho bien.

—Si él es el padre, en algún momento tendrás que... verlo.

—Ahora no —insistió Martina—. Brock, Tyler, ¿os importaría llevar mi maleta al coche?

—No, claro —dijeron los dos hombres al mismo tiempo.

—Lamento haber estropeado tu boda, Felicity —dijo Martina cuando estuvieron solas.

—No la has estropeado —sonrió la joven novia—. Solo has añadido un poco de drama. Y nos ha venido bien. Brock se estaba aburriendo.

—Me alegro de que mi hermano te haya encontrado —sonrió Martina, dirigiéndose a Jill—. Si quieres a Tyler, tienes que saber que el matrimonio le da pánico. Él lo negará hasta el día de su muerte, pero le da miedo perder a la gente que quiere. Tendrás que ser muy fuerte si quieres romper esa coraza, pero merece la pena.

Jill sufría sabiendo que se marcharía pronto y no tendría oportunidad de romper coraza alguna.

—Es un hombre muy especial —murmuró.

—Sí, lo es —asintió Martina, secándose las lágrimas—. Bueno, tengo que irme.

Jill la observó bajar los escalones y despedirse de sus hermanos antes de entrar en el coche. Cuando Brock y Tyler volvieron a la casa, Felicity se llevó a su nuevo marido al piso de arriba para estar a solas con él un momento.

–Gracias por evitar que hiciera una tontería –le dijo Tyler.

–¿Como darle un puñetazo a Noah Coltrane?

–No. Eso hubiera sido una satisfacción –dijo él–. Por hacer que le dijera a mi hermana que la quiero. Ella es la que tiene el problema y no necesita que Brock y yo la volvamos loca con nuestra pelea con los Coltrane.

–Eso demuestra que eres un hombre muy sensato. Considerando que estás deseando darle una paliza.

Tyler la miró, pensativo.

–Cuando tú estás a mi lado, veo las cosas de modo diferente.

Jill sintió una opresión en el pecho al recordar las palabras de Martina. ¿Cómo podía ser ella la mujer fuerte que Tyler necesitaba cuando se sentía tan vulnerable? ¿Cómo podía estar cerca de él si tenía que volver a Washington?, se preguntaba.

Después de despedirse, Jill y Tyler salieron aquella misma noche para Fort Worth. Todo el mundo en el rancho parecía necesitar un poco de calma después de la boda y la revelación de Martina. Jill se preguntaba si aquella sería la última vez que viera a Brock y Felicity, pero intentó no pensar en ello.

Aquella noche, en la cama, Tyler y ella solo se abrazaron. Era un consuelo para su alma estar entre sus brazos.

El lunes, Jill habló con el coordinador de Relaciones Públicas del hospital para darle la información necesaria para hacer el seguimiento de la campaña. Tyler fue a su despacho varias veces y Trina lo miraba, suspirando.

–Tienes tanta suerte. El doctor Logan es todo lo que una mujer podría desear, guapo, inteligente, médico... Y, además, sabes que será un padre estupendo. El doctor Logan ha nacido para ser padre. Es un hombre que debería reproducirse.

«Es un hombre que debería reproducirse».

Trina salió de su despacho y Jill se quedó pensando en aquellas palabras. Era cierto, pensaba. Aunque él dijera que no quería formar su propia familia, algún día lo haría. Y sería un gran padre. Tyler Logan debía tener hijos. Y ella no podría dárselos.

En su confusión, no había considerado aquella monumental verdad.

Ella lo conocía íntimamente y sabía mejor que Trina que Tyler debería tener hijos.

¿Cómo había podido estar tan ciega?, se preguntaba. Tuvo que abrazarse a sí misma para mitigar el dolor. Trina la había ayudado a abrir los ojos y, en ese momento, Jill tomó una decisión.

# Capítulo 12

Aquella noche Jill intentó amarlo con tanta ternura y pasión como para que le durase una vida entera.

Pero cuando empezó a amanecer, supo que en algún momento del día tendría que decirle al hombre que amaba que se marchaba para siempre.

Después de reservar los billetes por teléfono, Jill dio un último repaso a su despacho y fue a visitar a Sam.

Se había dado cuenta de que podía amar a un niño aunque no fuera hijo suyo y había tomado la que creía una de las decisiones más importantes de su vida: había llamado al departamento de Servicios Sociales para pedir la adopción de Sam.

Al final del día estaba agotada, pero decidida. Tyler tenía que trabajar aquella noche y le había dicho que iría a verla antes de empezar a hacer la ronda. Cuando entró en su oficina tenía una sonrisa en los labios.

–Debo estar haciéndome viejo. Anoche me dejaste agotado –dijo, abrazándola. Jill respiró suavemente. El nudo en su garganta le impedía hacerlo con fuerza–. Pero no me estoy quejando –añadió, mirándola pensativo–. ¿Qué ocurre?

Jill se apartó y volvió a sentarse frente a su escritorio. No sabía cómo decírselo. Solo sabía que debía hacerlo.

–Me marcho mañana.

Tyler se quedó en silencio durante largo rato.

—No puedes marcharte.

Había tal dolor en la voz del hombre que Jill casi se derrumbó.

—Tengo que irme —dijo, mordiéndose los labios—. Los dos sabíamos que tendría que hacerlo...

—¡No puedes irte! —gritó Tyler.

Era la primera vez que oía gritar a Tyler y, cuando lo miró a los ojos, el dolor que vio en ellos la hizo rezar para estar haciendo lo correcto.

—Tyler, los dos sabíamos que tendría que marcharme. No es solo que yo viva en Washington y tú aquí. Ninguno de los dos quiere formar un compromiso permanente, así que alargar esto solo lo hará más difícil.

—¿Tan fácil es para ti marcharte? —preguntó él, furioso.

—No. No lo es. Pero yo no soy la mujer adecuada para ti. Algún día tú decidirás formar una familia... —Jill levantó una mano cuando él fue a protestar—. Escúchame. Algún día decidirás que quieres tener hijos. Y deberías hacerlo —añadió, con los ojos llenos de lágrimas—. Deberías hacerlo porque serás un padre maravilloso. Yo no puedo darte hijos, Tyler —añadió. Aquellas palabras la destrozaban por dentro—. No puedo tener hijos y algún día tú querrás tenerlos. Tyler, te quiero demasiado como para arrebatarte eso.

Tyler se había quedado mudo.

—No puedes tener hijos.

—No.

En la cara del hombre, Jill podía ver confusión, dolor, frustración.

—No tenemos que hablar de niños ahora, Jill. Estamos hablando de nosotros. De ti y de mí.

—No podemos hablar solo de nosotros, Tyler. Tenemos que hablar de ti, de mí, del pasado y del futuro. Te quiero y me niego a arrebatarte algo que será importante para ti algún día...

En ese momento, sonó el busca de Tyler y él lanzó una maldición.

–Tengo que irme, pero si me quieres de verdad, no te marcharás, Jill.

Un segundo después, había salido del despacho.

–Me voy porque te quiero de verdad, Tyler –murmuró ella cuando estuvo sola, con lágrimas en los ojos.

Dos operaciones en una noche y el anuncio de que Jill se marchaba. Era demasiado, pensaba Tyler. Eran las siete de la madrugada y se sentía como un anciano. Llamó a casa de Jill, pero no hubo respuesta, de modo que entró en su despacho y se sentó frente a su escritorio a esperarla. Más que nada, deseaba sentir su presencia. Casi podía oler su perfume.

Tyler apoyó los codos en la mesa y se puso la cabeza entre las manos. Había encontrado una mujer que había cambiado su vida y ella iba a marcharse. No tenía ni idea de cómo hacerla cambiar de opinión. Su sentido del humor, su encanto y su título de medicina no parecían ayudarlo en absoluto.

Algo en ella lo hacía desear ser mejor de lo que era y, al mismo tiempo, sabía que, fuera como fuera, ella lo amaría. Y no quería vivir sin su amor. Ni siquiera podía estar cinco minutos sin ella.

¿Le habría ocurrido finalmente? ¿Habría conocido a la mujer de su vida? No dudaba ni por un segundo que quería estar con Jill para siempre. Había estado tan ocupado evitando la idea del compromiso que no había escuchado a su corazón.

La amenaza de la maldición parecía reírse de él: «No te enamores porque la perderás», creía escuchar.

¿Sería aquella la profecía? ¿Habría elegido a Jill porque sabía que tendría que marcharse? No había lazos entre ellos, no había compromiso, no había planes de futuro.

—¿Y si estoy enamorado de ella? —se preguntó a sí mismo en la oficina vacía—. Lo estoy —se contestó. La realización era a la vez liberadora y dolorosa—. ¿Y si quiero casarme con ella? Quiero hacerlo —se contestó, asombrado de que la verdad saliera de sus labios con tanta facilidad—. ¿Y los niños? —se preguntó entonces. Tyler lamentaba la incapacidad de Jill de tener hijos. Le hubiera encantado dejarla embarazada. Pero lo único importante era estar con ella.

La puerta se abrió en ese momento y Tyler levantó la cabeza. Era Trina.

—Doctor Logan —dijo la joven—. No sabía que estaba aquí. Solo había venido a comprobar si Jill se ha dejado algo —suspiró—. Ha hecho un trabajo estupendo y me da mucha pena que se marche. Seguro que usted va a echarla de menos.

Tyler frunció el ceño.

—¿A qué hora va a venir?

Trina lo miró, sorprendida.

—No va a venir, doctor Logan. Su avión sale esta mañana.

—¿Esta mañana? —repitió él, levantándose como un rayo—. ¿A qué hora?

Trina parpadeó, confusa.

—A las nueve en punto.


—Pasajeros del vuelo 534 con destino a Washington, embarquen por la puerta 3.

Jill tomó su bolso, sintiendo que le arrancaban el corazón del pecho.

Estaba haciendo lo que debía hacer, se repetía a sí misma. Se había estado diciendo aquello durante toda la noche y durante todo el viaje hasta el aeropuerto de Fort Worth.

—Estoy haciendo lo que debo hacer —murmuró para sí misma.

—No es verdad —Jill se paró al oír la voz de Tyler. Durante un segundo pensó que lo había imaginado—. Te quiero —oyó que decía. Debía estar soñando. Pero cuando se dio la vuelta, Tyler estaba allí con su bata blanca, el cabello despeinado y un brillo de angustia en los ojos—. No he venido a despedirme de ti —añadió él, muy serio, clavando una rodilla en el suelo—. Cásate conmigo, Jill —le rogó. Jill pensó que el aeropuerto se movía, que todo a su alrededor empezaba a dar vueltas—. Quiero estar contigo para siempre. Cásate conmigo, Jill.

—Pero creí que tú no querías un compromiso —murmuró ella, sin darse cuenta de lo que decía.

—Estaba tan acostumbrado a decir que no quería casarme, que ni siquiera se me había ocurrido pensar que no era eso lo que quería —dijo él—. Y sobre los niños... Jill, yo voy a cuidar de cientos de niños durante toda mi vida. Pero solo hay una Jill.

Jill sintió que sus ojos se llenaban de lágrimas.

—Tyler, ¿estás seguro?

—Espero que esté seguro, señorita —dijo alguien a su lado—. Porque ahora hay testigos.

Jill se dio cuenta en ese momento de que estaban rodeados de gente.

—Levántate, Tyler.

—Aún no me has contestado —insistió él, mientras a través del altavoz volvían a escuchar el anuncio de embarque—. Jill, por favor, deja de torturarme. ¿Quieres casarte conmigo?

—¿Podemos adoptar a Sam?

La mirada del hombre era insoportablemente tierna.

—Sí.

—Entonces me casaré contigo —prometió ella, escuchando un aplauso a su alrededor—. ¿Y la maldición de los Logan? —susurró, con el corazón lleno de amor.

–Desde el principio te dije que eras una maga. Tu magia ha hecho que se rompa la maldición.

–Yo no soy ninguna maga –protestó ella.

Tyler sacudió la cabeza, el amor en sus ojos más brillantes que el sol de Texas.

–Para mí lo eres, Jill.

# DUELO APASIONADO

LEANNE BANKS

# Prólogo

Aquel sueño lo afectó tanto que consiguió despertarlo completamente.

Se incorporó de golpe en la cama, el corazón en la garganta, pero intentando aferrarse a los retazos de imágenes que le quedaban en la retina. Aunque esperaba que aquellas visiones tan extrañas no fuesen más que producto de una indigestión, Jason Fortune era indio Papago, y a pesar de que su familia era poderosa y privilegiada, no podía olvidar sus raíces e ignorar un aviso visto en sueños.

Desnudo, apartó las sábanas de hilo egipcio y caminó sobre el suelo de tarima hasta el ventanal en el que el cielo del invierno de Arizona brillaba como un diamante.

Esforzándose, consiguió recomponer las imágenes salteadas que recordaba. Cada una de ellas evocaba un intenso sentimiento. No le sorprendía haber soñado con el hospital infantil. La construcción del Fortune Memorial Children's Hospital era una cuestión de honor y orgullo para todo el que trabajaba en Construcciones Fortune. El estómago se le encogió al recordar la siguiente imagen: un charco de sangre extendiéndose sobre el suelo. Una amenaza. Su instinto de protección salió a la superficie. Su hermano pequeño, Tyler, no lo llamaba el león de la familia solo porque tuviese los ojos de color ámbar.

No tuvo tiempo de interpretar el significado de la sangre antes de que la imagen de Plateau Lightfoot, firme y fuerte para poder guiarle por los caminos del corazón, se le había aparecido ante los ojos. Luego una llamarada y después, se había despertado.

Una extraña sensación de añoranza le encogió del corazón. No tenía tiempo para cosas del corazón, se decía. Ser el vicepresidente de marketing en Construcciones Fortune y ser padre soltero de su preciosa Lisa, ocupaban todo su tiempo.

Si alguna vez había sentido una necesidad física, siempre encontraba alguna amiga dispuesta a aceptar su deseo de no comprometerse. De vez en cuando, en los momentos de oscuridad como aquel, la idea de haber podido hacer algo más se abría paso subrepticiamente en su cabeza. Pero nunca había encontrado una mujer con la que sentir la unión que buscaba incluso en el matrimonio.

¿Asuntos del corazón? Elevó la mirada al cielo y se frotó la cara con las manos antes de volver a la cama, pero la imagen de la sangre, Plateau Lightfoot y la llama no dejaban de rondarlo. Un cambio se avecinaba.

# Capítulo 1

Daría cualquier cosa por una cama.

Cerrando los ojos, Adele O'Neill se apoyó contra la pared del abarrotado ascensor de Club de Campo de Saguaro Springs y se imaginó la cama de sus sueños: sábanas limpias y frescas de algodón, una almohada mullida y un edredón calentito.

La voz de barítono de un hombre se infiltró en sus pensamientos. Su risa profunda parecía de terciopelo y entreabrió mínimamente los ojos para ver la espalda de un tipo alto, moreno, vestido con un traje oscuro y que transmitía una mortífera combinación de confianza agresiva y masculina envuelta el un disfraz de civilización. Sus dientes blancos eran como un destello contra su piel oscura, y no pudo evitar imaginárselo desnudo en la cama de sus sueños.

—Ya sabes lo que pienso de esos comités —estaba diciendo el hombre—. Si quieres conseguir algo, tienes que hacerlo por ti mismo. Y si no eres capaz, entonces forma un comité. Y luego, contrata a un consultor en materia de ética.

—¿Qué? —se sorprendió el hombre que iba a su lado—. ¿Qué es eso?

Adele aguzó el oído para no perderse la respuesta.

—Alguien que analiza todas las facetas de un asunto, lo cual puede ser interminable en algunos casos, además de conseguir que el comité se olvide de su propósito inicial.

Vaya... Adele frunció el ceño y la imagen del hombre en su cama perfecta desapareció. Tenía razón en lo primero que había dicho, pero estaba totalmente equivocado en lo segundo. Después de haber tenido un día de perros, saber que iba a trabajar con aquel tipo en el comité del hospital no fue precisamente la mejor medicina. ¿Quién sería?

Lo oyó suspirar.

–Pero Kate ha hecho mucho por nosotros y es de la familia, así que habrá que hacerle caso. Ya me ocuparé yo de la tal Adele O'Neil.

Adele sintió que la sangre se le disparaba. Qué hombre tan arrogante. Y qué pena que tanta arrogancia estuviese camuflada en un paquete tan agradable. Y controló el deseo de darle en la cabeza con el tacón del zapato.

Las puertas del ascensor se abrieron con un susurro y la gente salió. Apartándose un mechón de pelo de los ojos con un soplido, Adele se colocó el asa de la bolsa de viaje sobre el hombro y salió también. Entonces reparó la forma en que la gente miraba a los dos hombres que charlaban en el ascensor y de pronto cayó en la cuenta: aquellos dos tenían que ser Fortune.

Debería habérselo imaginado. Había visto a bastantes miembros de aquella familia en acción para no reconocerlos donde quiera que los viera. Jason Fortune, concluyó, recordando el hombre del hombre que iba a asistir al comité de ética. Y el poder de su familia emanaba de la soltura de sus pasos y de la ilimitada confianza con que hablaba.

«Ya me ocuparé yo de la tal Adele O'Neil».

Con aquella frase en la cabeza buscó el lavabo de señoras y entró dispuesta a colocarse su armadura de combate. Tras cinco minutos de maquillaje, se miró al espejo. «Algún día voy a terminar por afeitarme la cabeza», pensó. Su melena pelirroja tenía el mismo aspecto que si hubiera metido los dedos en un enchufe, se había hecho una carrera en el par de medias de repuesto que llevaba en la maleta y su carmín favorito se había roto. Adele compuso una mueca y dándole la espalda al espejo le agradeció a la buena suerte haberse comprado aquel vestido negro que no se arrugaba en ninguna situación y la buena postura que uno de sus amigos le había enseñado a base de propinarle algún que otro golpe entre los omóplatos cada vez que la veía encogerse.

Ella no tenía todo lo que la familia Fortune poseía a espuertas, pero estaba convencida de que Jason nunca había tenido que vérselas con una irlandesa huérfana como ella. A veces, incluso los muchachotes como él tenían que aprender un par de cosas.

Tras examinar brevemente el salón de baile, Jason Fortune sintió cierta satisfacción de ver a toda aquella gente congregada allí... una fiesta de motivación organizada por Kate Fortune. Todo el mundo que tenía algo que ver con los planes para el nuevo hospital estaba presente. Su familia llevaba años soñando con construir un hospital para niños y, al final, el sueño se estaba haciendo realidad. Saludó con una leve inclinación de cabeza a la familia, los compañeros y los empleados y ocultó un tímido bostezo. Aunque respetaba y valoraba a la gente presente en aquella fiesta, la verdad es que estaba un poco aburrido. Apreciaba el respeto y la deferencia con que lo trataban, pero de vez en cuando sentía una vaga necesidad de algo más.

Una extraña corriente de electricidad le erizó la piel de la espalda y se dio la vuelta. Inmediatamente su mirada aterrizó sobre una mujer de cabellera pelirroja y salvaje, ojos verdes y brillantes, la piel pálida de una Madonna y la boca de una sirena. Caminaba como si fuese la dueña del lugar, pero era su familia quien poseía una parte de casi todo lo que había en la ciudad, incluido el Club de Campo. Aun así, le recordó a una reina irlandesa.

Sintió el acercamiento de su hermano y la señaló con un gesto de la cabeza.

—¿Quién es?

Tyler se encogió de hombros.

—No lo sé. Parece que Kate la conoce —dijo al verla abrazar a la desconocida—. Me da la sensación de que es todo un torbellino. No es tu tipo.

Jason asintió. Solían gustarle las mujeres calladas y agradables, pero aquella extraña despertaba su curiosidad.

Kate se volvió hacia él en aquel momento y le hizo un gesto con la mano.

—Requieren mi presencia —declaró, y se acercó a ellas.

Tyler se unió a él.

—La mía, también.

Jason lo miró con incredulidad y su hermano esbozó la sonrisa marca de la casa que le había robado el corazón a cientos de mujeres.

—Me gustan las pelirrojas.

—Y las rubias —añadió Jason—. Y las morenas, y...

—Es que soy un rendido admirador de las mujeres.

—Pero no del matrimonio.

—He aprendido de ti, hermanito.

Jason frunció el ceño.

—Pues ya puedes ir eligiendo a otro modelo en ese tema —murmuró en voz baja, y besó a Kate en la mejilla.

—¿Cómo estás, cariño? —preguntó, mirando a Tyler con una sonrisa—. Tengo entendido que la construcción del hospital va bien.

—Tal y como estaba previsto —contestó él, y se volvió a la pelirroja—. ¿Y quién es...?

—Jason, Tyler, os presento a Adele O'Neil. Adele hizo un trabajo tan estupendo en el hospital en el que trabaja mi hija en Minnesota que estoy encantada de haber conseguido convencerla de que venga a trabajar con nosotros como consultora ética para nuestro hospital.

—Que me aspen... —masculló Tyler entre dientes, lo que le valió un codazo de su hermano.

Adele sonrió a Kate.

—Todavía no me han contado una sola ocasión en la que no te hayas salido con la tuya —y volviéndose a Jason y Tyler, añadió—: el proyecto del hospital infantil es maravilloso. Estoy encantada de estar a bordo.

Jason estrechó su mano.

—Y nosotros lo estamos también.

Ella enarcó las cejas y Jason lo vio mirarlo con incredulidad.

—¿De verdad? No me diga que le gustan los comités. ¿Ha trabajado alguna vez con un consulto ético? Es que hay gente que tiene un concepto equivocado acerca de nuestro trabajo. Verá, es que piensan que un consultor solo sirve para analizar todas las facetas de un asunto, lo cual puede ser interminable en algunos casos, además de conseguir que el comité se olvide de su propósito inicial.

La vio encogerse de hombros, lo cual atrajo su atención hacia su cuello pálido y sus pechos abundantes. Hubiera querido acercarse más a ella para poder captar su olor, pero no lo hizo.

—Aunque estoy segura de que un hombre tan de mundo como usted jamás podría tener un punto de vista tan ignorante.

Estaba claro que le había oído hablar en el ascensor. Si aquella mujer fuese El Zorro, él llevaría en aquel instante una enorme zeta rasgándole la camisa. Hizo ademán de retirar la mano, pero él la retuvo.

—Si así fuera, estoy seguro de que usted podría ofrecerme una perspectiva distinta.

Ella lo miró por segunda vez de arriba abajo como reconsiderándolo y después, asintió.

—Ya veremos, ¿no es así?

Un desafío, se dijo Jason, sintiéndolo como un volcán a punto de entrar en erupción. Permitió que ella retirara la mano y no sin cierta molestia notó que su hermano se colocaba delante de él.

—Encantado de conocerte —dijo—. Voy a estar muy ocupado con el ala del hospital que estamos terminando, así que no participaré en el comité, pero si necesitas cualquier cosa, soy tu hombre.

Adele sonrió.

—Gracias. No lo olvidaré.

—Ah, Adele. Ahí viene Sterling —dijo Kate—. ¿Te acuerdas de él?

—Es tu marido.

Kate enrojeció.

—Sí.

Jason vio como ambas avanzaban hacia Sterling.

—¿Quieres que te saque la navaja de entre las costillas? —preguntó Tyler.

—Tiene una lengua afilada —corroboró Jason sin dejar de mirarla. La fuerza de aquel sentimiento tan extrañamente primitivo y provocador le hacía sentirse incómodo.

—Y un cuerpo estupendo —murmuró Tyler.

Jason frunció el ceño.

—¿No tienes ya una docena de mujeres en tu caña de pescar?

Tyler lo miró sorprendido.

—Así que te interesa, ¿eh? —concluyó—. Hacía mucho tiempo que no te veía mirar así a una mujer.

—¿Así cómo?

—Pues como si te importara un comino cambiar. Siempre esperas a que sean las mujeres las que se acerquen a ti, pero me da la impresión de que, en este caso, estás dispuesto a ser tú quien se acerque a ella —Tyler lo miró detenidamente—. Me da la impresión de que tienes ganas de salir a cazar.

Jason se apresuró a negarlo, pero no lo hizo. Había tomado la decisión de no volver a salir en serio con una mujer desde la muerte de su esposa, y aunque a veces sus relaciones satisfacían sus mutuas necesidades físicas, siempre dejaba muy claro que su único compromiso era con su hija. Todas sus relaciones hasta el momento habían sido cómodas y manejables, pero algo le decía que con Adele, nada sería cómodo ni manejable.

Pero no estaba dispuesto a hablar de ello. Lo que pensara de Adele solo le importaba a él.

Tyler movió la cabeza.

—Esto va a ser divertido. ¿Hace mucho que no le cortas las uñas a un gato?


Adele estuvo sintiendo la mirada de Jason Fortune durante poco más o menos una hora. Aunque lo intentaba, no podía pasar por alto la intensidad de sus ojos color ámbar. Bueno, en realidad no podía pasarle por alto a él. Punto. Aunque intentaba minimizar su fuerza y su atractivo, él no era un hombre al que se pudiera minimizar, y pensar que iba a tener que estar en contacto constante con él para definir los parámetros del hospital le llenaba de nudos el estómago.

Intentando olvidarse de la sensación, apuró su última copa de champán. Sentía la cabeza más ligera de lo habitual y darse cuenta del efecto que estaba surtiendo en ella todo un largo día de viaje y solo una copa de champán era una señal inequívoca de que era hora de irse a la casa que la empresa había puesto a su disposición.

—¿Más champán? —le preguntó alguien con voz profunda.

Adele sintió un escalofrío. Jason Fortune.

—Oh, no, gracias. Solo quiero una cama.

Se volvió a mirarlo y le vio esbozar una sonrisa.

—Es probable que pudiera ayudarte a encontrar una —dijo con sorna.

—Eh... yo no quería decir que... —sintió que enrojecía y respiró hondo—. Lo que quería decir es que estoy muy cansada. He pasado todo el día de viaje. Gracias de todos modos.

De buena gana se hubiera dado una patada en el trasero. Se había enfrentado con serenidad a hombres más poderosos que Jason Fortune sin que la cabeza le huyese en desbandada como una manada de gansos.

—Puedo llevarte —se ofreció.

—No, no es necesario. Estoy segura de que aún te queda mucha gente por saludar en la fiesta.

Él se encogió de hombros.

—Pues la verdad es que no. Suelo aburrirme en esta clase de reuniones en cuanto llevo quince minutos, a menos que entre alguien interesante en la habitación.

No podía estar insinuando que la encontraba interesante *a* ella, ¿verdad?

—¿Tienes coche? —preguntó él antes de que pudiera volver a rechazarlo.

—Todavía no —admitió—, pero pensaba llamar a un taxi.

—No es necesario —contestó él con una sonrisa enigmática—. Yo te llevaré.

Adele dejó de fingir.

—La verdad es que me sorprende que quieras pasar un minuto más de lo necesario con la consultora de ética que Kate te ha plantado sobre las rodillas.

–No me quejo. Y además, no estás exactamente sobre mis rodillas.

–Pero tampoco estás entusiasmado con la idea –contestó, ignorando la última parte de su respuesta.

–¿Qué me dirías si te dijera que hay un viejo dicho entre los nativos que dice que «un hombre está en la oscuridad hasta que alguien le trae una vela?»

–Pues diría que blanco y en botella, leche.

Él la miró con los ojos ligeramente entornados y Adele se preguntó si le habría ofendido. Pero entonces él se echó a reír.

–No eres lo que me esperaba.

–Algo que he aprendido en mi experiencia es que hay que tener cuidado con lo que se espera. Las personas y las situaciones pueden ser muy distintas de lo que se espera. Es mejor observar hasta poder hacer una investigación para emitir un juicio.

–Y tú no has emitido juicio alguno sobre mí.

Adele fue a contestar, pero su conciencia se lo impidió.

–Estoy deseando iniciar la investigación –dijo él–. Creo que te hospedas en la casa de Saguaro Place. Llamaré para que me traigan el coche –dijo, sacando del bolsillo el teléfono móvil–. ¿Tienes equipaje?

No le gustaba que la manejaran de ese modo y frunció el ceño.

–Solo una bolsa pequeña. El resto no llegó con el avión, pero de verdad que no necesito que...

Él levanto una mano para acallar sus protestas y pidió en voz queda su coche. Después la tomó por el brazo para guiarla hacia la puerta. Adele sintió una especie de cosquilleo llegarle hasta el hombro. En cuestión de minutos, él había recuperado su bolsa del guardarropa, la había ayudado a subirse al Jaguar y salían del Club de Campo.

—Cuéntame cómo llegaste a ser consultora en ética.

Adele se arrellanó en el asiento de piel y respiró hondo. Reparó en que sus manos se movían con seguridad en los controles del coche y su conducción era rápida pero segura. Seguro de sí mismo, pensó una vez más, y muy masculino.

—Mi especialidad es definir los parámetros éticos de hospitales y alas infantiles. Me gusta proteger a los niños, y para ellos estar en un hospital suele ser una experiencia muy difícil.

—¿Estuviste enferma cuando eras niña?

—Pues no. Siempre he estado asquerosamente sana. Debe ser la sangre de campesina irlandesa que corre por mis venas —añadió con una risilla.

—Entonces, ¿alguien de tu familia?

Adele sintió una especie de vacío familiar en su interior, que automáticamente dejó a un lado, tal y como había hecho en montones de ocasiones anteriores. ¿Cómo un hombre rodeado de familia podría comprender lo que era no tener a nadie?

—Mi madre me dejó en adopción cuando era muy pequeña y crecí en un orfanato.

Él la miró y su rostro lo iluminó una farola de la calle.

—Debió ser duro.

Toda su vida se había negado a que los demás sintieran pena por ella, al igual que no se lo permitía a sí misma.

—Crecer puede ser duro independientemente del lugar en el que se crezca. Podría haberme educado en condiciones mucho peores y no haber tenido oportunidad de hacer nada.

Él asintió.

—Sí. Hay días en que, al ver a mi hija Lisa, me parece fácil crecer, pero otros veo que es muy duro para ella.

Adele lo miró con los ojos muy abiertos.

—¿Tienes una hija?

Debió notar la sorpresa de su voz porque lo vio sonreírse de medio lado.

–Supongo que los expertos en ética no tienen prejuicios, ¿no?

–De acuerdo –concedió–. Puede que te parezca una tontería, pero no tienes aspecto de padre... aunque no sé lo que eso significa –añadió en voz baja, y el estómago se le encogió al pensar que podía estar casado–. Y tú mujer...

–Murió.

–Ah... lo siento.

–Hace ya varios años –añadió–. ¿Y qué aspecto tengo, si no es de padre? ¿Me parezco a Jack el Destripador?

–No. Pareces uno de esos ejecutivos con vocación de solteros.

–En ese caso, debes estarme confundiendo con mi hermano. Tyler no se ha casado nunca y adora las mujeres, en plural.

–¿Y tú?

–Yo soy más selectivo.

«Pero no estoy dispuesto a comprometerme más», adivinó.

–¿Por qué has accedido a formar parte del comité de ética?

–Este proyecto es de mi familia y a mí personalmente me apasiona. Bueno, yo diría que a todos. Es una cuestión de honor y de devolverle algo a nuestra gente. Aunque a veces me impaciento mucho con los comités, tengo la experiencia suficiente para hacerlos progresar e impedir que se pierdan en disquisiciones inútiles. Soy la mejor opción.

Su respeto por él subió un par de enteros.

Debe ser muy agradable haber sabido siempre qué papel jugabas dentro de tu familia; saber que tu postura era comprendida y respetada.

–Mi familia no siempre lo ha tenido fácil. No siempre hemos sido tan respetados. Seguramente sabrás que mi padre y su hermano son hijos del primer marido de Kate, Ben.

Adele se sorprendió.

–Pues la verdad es que no lo sabía. Ni siquiera entendía la conexión familiar, pero hay tantas ramas de la familia Fortune que me había limitado a aceptarlo.

–Ben y Kate pasaron unos momentos muy duros en su matrimonio cuando su hijo Brandon fue raptado. Ben no podía vivir con la sensación de culpa, así que se trasladó a Pueblo para concentrarse en la empresa de construcción. Mientras estaba aquí conoció a mi abuela, Natasha Lighfoot, y fue ella quien lo ayudó a sobreponerse a la sensación de culpa y a reconciliarse con Kate. También le dio dos hijos gemelos. Kate tardó un tiempo en aceptar a mi padre y a su hermano, pero cuando Natasha murió, terminó por aceptarlos. Y ya conoces a Kate: si hace algo, lo hace de verdad.

Adele asintió con una sonrisa.

–En eso tienes razón. Es increíble la cantidad de energía que tiene –estudió su perfil orgulloso–. Me pregunto cómo sería tu abuela.

–Murió antes de que naciese yo, pero creo que siempre se sintió atrapada entre dos mundos.

–¿Y eso es distinto en tu caso?

Él la miró con tanta intensidad que Adele cambió de postura en el asiento.

–Yo soy Fortune y soy Lightfoot. Mi padre me enseñó a elegir lo mejor de ambos mundos.

–Tuviste mucha suerte.

–Pero por otro lado están también las expectativas –dijo–. Y a veces un hombre quiere que lo entiendan como lo que es: un hombre, sin más.

Adele entendía la necesidad de ser conocido como ser humano, y seguramente ser un Fortune podía poner a un hombre en una posición tal que le obligase a ser mucho más que eso. A ser más que la vida misma. Desde luego, Jason lo parecía. Haría falta ser una mujer muy valiente para acercarse a un hombre tan complejo como él, para llegar a conocerlo íntimamente. «Valiente o loca», se corrigió. Desde luego ella no era la persona adecuada. No es que se considerase una cobarde, pero intentaba no cometer locuras, sobre todo en lo referido a los hombres. Ella los prefería más amigables, más desenfadados, más, por qué no, fáciles de manejar, y estaba dispuesta a apostar sus zapatos favoritos a que Jason no era ninguna de aquellas cosas.

–Esta es tu casa –dijo él, parando el coche.

Adele parpadeó. Normalmente era una persona a la que le encantaba deleitarse con nuevos paisajes y nuevos sonidos, pero había estado tan embebida en sus pensamientos que no había reparado en nada de lo que pasaba fuera del coche. Todos sus sentidos habían estado puestos en Jason Fortune.

–Gracias –le dijo, decidida a alejarse del hombre que tanto la había distraído. Abrió la puerta y fue a echar mano a su bolsa, pero él se lo impidió.

–Yo te la llevo –dijo él, y sintió el roce de su brazo con un nuevo escalofrío.

–No te preocupes, que no es necesario. Lo he hecho ya casi demasiadas veces. Es más...

Pero se interrumpió, porque él le había quitado la bolsa. Estaba decidido a ser caballeroso, eso estaba claro, se dijo mientras le seguía por el camino.

–¿Las llaves?

A punto estuvo de dárselas. Su tono había sido entre el de una petición cortés y una exigencia. Adele sacó del bolso la llave que le habían enviado, demasiado consciente de que él observaba todos sus movimientos.

–Estás acostumbrado a hacer las cosas por ti misma, ¿no? –preguntó él.

–Sí –contestó ella–. Me han dicho que puedo ser independiente hasta resultar odiosa.

–¿Y qué pasa con los hombres? ¿Qué tiene que pasar para que le permitas a un hombre hacer algo por ti?

¿Cómo conseguiría que la pregunta pareciese al mismo tiempo amable y retadora? Lo miró despacio a los ojos y sintió una inquietante sensación.

–No estoy segura. Tengo más práctica con la independencia.

Intentó pensar, pero se encontró atrapada en la red ámbar de su mirada–. No lo sé. Supongo que confianza, seguridad.

–Deseo –añadió él.

Adele se quedó sin respiración, y el momento los envolvió a ambos con una extraña intimidad y una sensación de anticipación.

Jason bajó la cabeza y rozó sus labios con los suyos. Atónita, Adele se quedó inmóvil como una piedra; y siguió sin reaccionar cuando la exploración de su boca se hizo más atrevida, una invasión sensual que prometía calor y más, mucho más.

Cuando se separó de ella, la cabeza le daba vueltas. ¿Qué diablos le habría empujado a hacer algo así, y qué demonios le había impedido a ella evitarlo?

–Bienvenida a Pueblo, Adele.

# Capítulo 2

Adele esperó apoyada contra la puerta, ya dentro de la casa, a que el corazón dejase de atronarle los oídos.

«Bienvenida a Pueblo».

Había oído hablar de las buenas vecinas que daban la bienvenida a los recién llegados con una cesta de dulces, pero le daba la impresión de que ninguna se parecería o actuaría como Jason Fortune. Y sus dulces tampoco tendrían nada que ver con aquel beso. Se sentía como si le hubieran dado con un mazo en la cabeza.

Avergonzada por su reacción, se tapó la cara con las manos. Hasta le había gustado su sabor. Qué ridiculez, se dijo, golpeando la puerta con el puño. Qué estupidez. Lo mejor sería enfrentarse a ello de un modo lógico, y puso en práctica una de sus técnicas:

–Diez razones por las que no puedo tener nada que ver con Jason Fortune. Primera: tengo un trabajo importante que realizar aquí y no puedo permitirme el lujo de distraerme. Segunda: no es mi tipo. Aunque parece guapo, sexy e inteligente... –maldijo entre dientes–. No es mi tipo y punto. Tercera: confía demasiado en sí mismo. Cuarta: ve demasiado con esos ojos. Quinta: no sería fácil de manejar. Sexta: besa de un modo que quita el sentido, y a mí eso no me gusta. Séptima: es padre de una hija y yo...

No terminó la frase, pero lo que hubiera querido decir era y yo no podría ser una buena madrastra. Aquel era otro rincón oscuro de su alma. Como no había tenido a sus padres durante la niñez, dudaba enormemente de su capacidad para ser una buena madre. Al fin y al cabo, no tenía modelo en el que fijarse. Y ya que no podía ayudar a un niño con sus habilidades maternales, había consagrado su vida a mejorar la política de los hospitales infantiles.

–Octava: es demasiado sexy –continuó. Si se le daba la oportunidad, Jason Fortune sería capaz de convencerla de que se quitara la ropa en un abrir y cerrar de ojos–. Novena: es demasiado... –dudó. Se estaba empezando a quedar sin argumentos negativos–. Es demasiado alto –dijo en tono triunfal, y recogió su bolsa de viaje para ir más allá del lujoso recibidor de la casa–. Demasiado alto, sin duda. Décima –susurró, ya que era un secreto que ningún otro ser humano conocía–: nunca me verá como alguien permanente.

Toda su vida Adele había deseado que alguien pudiese pensar en ella como en una persona junto a la que se podía pasar toda una vida. Quizás algún día llegase, pero por el momento era algo a lo que no quería darle vueltas.

–Décimoprimera –dijo, intentando encontrar una razón de más mientras entraba en el espacioso dormitorio principal de la vivienda. El día le pesaba en el cuerpo y en la mente como una gruesa manta, y suspiró–: Vamos, Addie, seguro que puedes encontrar una sola razón más. ¿El pelo, quizás? ¿Su cuerpo?

Negó con la cabeza. Había tenido que resistirse al deseo de pasarle la mano por el pelo, y el traje italiano con que iba vestido no ocultaba su musculatura

–Es un caballo salvaje. Y los caballos salvajes son difíciles de domesticar.

«Pero hay que conocer al menos a uno para saberlo», se recordó. Pero desde luego las pruebas no podrían ser con Jason Fortune. Y se había dado ya más de diez razones de por qué.

A la mañana siguiente, se despertó con el timbre de la puerta y del teléfono a un tiempo. Se levantó dando traspiés de la cama, descolgó el teléfono inalámbrico y corrió a la puerta.

–¿Diga? –contestó a ambos.

–Equipaje para Adele O'Neil –dijo el hombre de la puerta.

–¡Maravilloso! ¡Qué beso te voy a dar!

–Acepto la oferta –dijo una voz de hombre al teléfono.

El corazón le dio un vuelco.

–¿Señor Fortune?

–Sí. Es la mejor oferta que me han hecho en lo que va de día.

Adele sintió que las mejillas se le acaloraban y tras darle las gracias al mozo y meter el equipaje en el recibidor, le explicó:

–No estaba hablando con usted, sino con el hombre que me traía el equipaje. Ya estaba empezando a preocuparme.

Se abanicó la cara para refrescársela.

–Entonces, ¿es que pagas el equipaje a base de besos?

–Era solo una forma de hablar.

–Si por el equipaje estás dispuesta a dar besos, ¿qué me darías por un desayuno?

Adele se apretó el puente de la nariz, intentando que la cabeza le funcionase más rápido. Aquel hombre no era el tipo ideal al que enfrentarse sin haber tomado una buena dosis de cafeína.

–Ni siquiera había pensado aún en el desayuno –se escabulló.

–No es necesario. Te recojo en el club de campo dentro de quince minutos.

Adele se miró la enorme camiseta con la que dormía.
–No.
–¿No? –repitió él, como si no estuviera acostumbrado a oír la palabra.
–No estoy preparada aún.
–Pues en la casa no hay comida.

Eso era cierto. Había revisado los armarios la noche anterior y lo único que había encontrado era un paquete de café y un par de ellos de sal. El estómago le rugió.

–Genial –murmuró en voz baja.
–¿Cómo? –preguntó Jason.
–Señor Fortune...
–Llámame Jason.

«Su majestad me resultaría más fácil».

–Es que me he dormido, y aún no estoy vestida para desayunar.
–¿Cuánto tardarás en prepararte?
–En circunstancias normales podría hacerlo en veinte minutos, pero...
–De acuerdo. Estaré ahí dentro de veinte minutos.

Y colgó.

Adele se quedó mirando el auricular.

–¡Veinte minutos! –dijo, mirándolo como si la oyera–. He dicho veinte minutos en circunstancias normales, pero estas circunstancias no lo son. Tengo que sacar la armadura para la ocasión y eso me lleva otros treinta minutos más y... –miró el reloj, angustiada–. ¡Cielos! Va a estar aquí en dieciocho minutos y medio.


Jason aún no había hecho ademán de levantar la mano para llamar a la puerta cuando Adele abrió. Sus ojos tan verdes y tan fríos lo miraron, pero no sonrió. Se había recogido su gloriosa melena en un moño, y los pocos mechones que se escapaban de él lo hacían desafiando ser guillotinados. Llevaba un traje de chaqueta negro y una carpeta de piel bajo el brazo. Casi diría que había un campo de fuerza a su alrededor que ni los expertos de la NASA podrían atravesar.

–Te sienta bien el negro –le dijo.

–Gracias –contestó ella, y echó a andar delante de él, invitándolo a contemplar la línea perfecta de su espalda–. He estudiado la psicología de los colores, y elijo el color de mi ropa según lo que quiero comunicar.

–¿Y qué dice un traje negro?

–Comunica confianza, proyectos, una imagen conservadora y autoridad.

–¿Es para que no me meta contigo?

Sus ojos verdes cobraron un poco de calor, pero no se permitió sonreír.

–Es posible.

Jason le abrió la puerta del coche y luego se sentó en su asiento. La vio abrir la carpeta de piel cuando arrancaban.

–Ya que me has invitado a desayunar, supongo que es porque te gustaría saber qué clase de asuntos vamos a tratar en el comité de ética.

La vio cruzar las piernas y sintió un calor que se esparcía lentamente por su vientre. Medias negras y tacones, y una imagen perversa se la representó con aquellas mismas medias y tacones, pero sin nada más.

–Esa no es la razón de que te haya invitado a desayunar, pero no me importaría saber qué tienes planeado. Esto es más una... bienvenida personal.

Ella lo miró con seriedad.

–Yo creía que ya me habías dado la bienvenida suficientemente bien.

–¿Porque nos besamos?

Adele se irguió.

—Supongo que hay que aclararlo, sí. No deberíamos haber hecho eso.

—Besarnos —aclaró Jason.

—Sí —contestó ella, hirviéndole las mejillas.

—Has enrojecido —dijo él, fascinado.

—No es de muy buena educación señalarlo.

—Es que es muy poco corriente. No recuerdo la última vez que he visto enrojecer a una mujer.

—Es la maldición de mi piel irlandesa —murmuró—. La cuestión es que no deberíamos habernos besado.

—¿Por qué?

Hizo una pausa.

—Porque vamos a trabajar juntos en un comité de ética, y tenemos que proteger nuestra objetividad.

—Según has dicho, nuestro trabajo en considerar los problemas desde todos los ángulos posibles, y si nos conocemos el uno al otro personalmente, podremos apreciar mejor los planteamientos que se presenten.

Un largo silencio lleno de incredulidad se extendió por el Jaguar.

—Señor Fortune...

—Jason.

Ella asintió, pero no dijo su nombre.

—Voy a ser muy sincera contigo: sería absurdo que iniciásemos una relación. Tengo la certeza de que yo no soy tu tipo, y tú no eres el mío.

Su intuición lo molestaba tanto como lo admiraba.

—¿Y cuál crees tú que es mi tipo? —preguntó, evitando que la irritación se hiciera palpable en su voz.

—Tengo la impresión de que tu tipo son las mujeres frías, sofisticadas, inteligentes y dóciles hasta el punto de sumisión. Yo no soy fría. Mi pelo no me permite ser sofisticada. Puedo ser inteligente, pero nunca he cultivado ni la docilidad ni la sumisión.

–¿Y cuál es tu tipo, Adele?

Ella respiró hondo.

–No estoy segura de tenerlo, pero si lo tuviese, diría que prefiero a los hombres inteligentes, compasivos, seguros, con sentido del humor y... –buscó las palabras adecuadas–. Y un hombre que no tenga complejos con el poder o el control, particularmente en lo que se refiere a controlarme a mí.

–¿Y tú crees no tener ningún complejo con el poder o el control? –preguntó con ironía.

–Yo no... –lo miró a los ojos cuando aparcaba ya el coche–. Bueno, es posible que sea un poco exagerada con lo del control, pero no tengo problemas con el poder.

–Yo tampoco.

Ella se echó a reír.

–Claro que no, su majestad.

Él movió la cabeza.

–Tienes que ser la mujer más desafiante que he conocido nunca.

Ella se encogió de hombros.

–¿Lo ves? No soy tu tipo.

Jason tomó su mano y depositó un beso en la palma. El pulso se le aceleró y la vio entreabrir los labios.

–Si no eres mi tipo, ¿cómo explicas esta respuesta?

–Pues... no... no puedo.

–Ah –murmuró–. Una pregunta sin respuesta –sonrió–. Mi debilidad. Si hay una pregunta para la que quiero una respuesta, haré todo lo que pueda para encontrarla.

Ella se mordió un labio.

–¿Es esta tu forma de decirme que eres testarudo?

–Tenaz, diría yo –corrigió, sin dejar de acariciar su muñeca.

–Deberías saber que no me gusta que me presionen.
–No voy a necesitar presionarte. Eres una mujer de mente y corazón fuertes, y antes de que todo quede dicho y hecho, vendrás a mí.

Adele pareció contener la respiración un instante.

–¿Alguna vez te han dicho que tu confianza es exagerada?
–Al contrario. Lo que siempre me han dicho es que es totalmente justificada.

Durante el desayuno Adele se esforzó por concentrarse en el material que había llevado consigo. Intentó encontrar, aunque sin éxito, una parte del rostro de Jason que no la distrajera. Primero las mejillas, pero estaban demasiado cerca de sus ojos, tan inteligentes y seductores. Luego lo intentó con la nariz y la barbilla, pero la boca se interponía recordándole el beso de la noche anterior y el de la palma de la mano. Era demasiado fácil dejar correr la imaginación. Debía ser un amante maravilloso.

Pero no para ella. Adele miró su plato y se encontró con que en algún momento de la última hora, se había comido el desayuno. ¿Qué sabor habría tenido? Con un suspiro, cerró la carpeta.

–En fin, como ves, entre el asunto de los embarazos de adolescentes y determinar qué costumbres tribales pueden permitirse mientras los niños estén en el hospital, tenemos un ámbito muy amplio que cubrir.

–Haces un trabajo muy exhaustivo.
–De eso se trata. Cuanto más exhaustiva sea, mejor funcionará el hospital. Gracias por el desayuno.
–Hoy supongo que querrás instalarte. Si necesitas algo, llámame –se ofreció, y le entregó una tarjeta–. Mañana por la noche estás invitada a cenar a mi casa.

—Ah...

—No te asustarás de mí, ¿verdad? —intervino él, adivinando que iba a rechazar la invitación.

Adele parpadeó.

—¿Asustarme?

—De tu reacción ante mí —aclaró.

—Eh, no —contestó, aunque no estaba segura de que fuese la verdad.

—Bien —sonrió despacio y se levantó—. Puedo dejarte en el aparcamiento de la empresa para que puedas pedir un móvil.

Al salir del restaurante del club de campo, Adele reparó en las miradas a hurtadillas que les dirigieron, y se preguntó si él también lo notaría o ya estaría tan acostumbrado que no se daría ni cuenta. En cierto modo, podía ser como la realeza de aquella ciudad. Era un hombre complejo y si no se andaba con ojo, podía dejarse fascinar por él con facilidad. Su confianza y su inteligencia eran casi arrolladoras, pero habría encontrado el modo de no prestarle atención de no haber sido por su sentido del humor. Especialmente sobre sí mismo. La combinación era casi irresistible, pero ella resistiría.

Jason estaba de pie delante de la ventana viendo como Lisa, su hija de seis años, jugaba en el jardín de atrás. Su pelo largo iba y venía con el movimiento del columpio. Su madre tenía razón. Llevaba demasiado tiempo sin una madre, pero él seguía sintiéndose culpable por la muerte de su esposa, de modo que le era muy difícil volver a casarse.

—¿Solventando una crisis mundial? —preguntó su madre desde la puerta.

Jason se volvió con una sonrisa.

—Mucho más gratificante: estoy contemplando a Lisa.

Jasmine Fortune se acercó a él y dejó la bolsa que traía.

—Es la niña más guapa del mundo.

Jason se rio suavemente, frotándose la nuca.

—Algunos días tiene seis años, pero otros va como un cohete hacia los dieciséis. Estaré bien hasta que llegue a los trece.

—Estarás bien y punto. Eres un padre estupendo. Estaría muy bien que volvieses a casarte para darle a la pobre de tu madre algún nieto más, pero...

Jason movió la cabeza,

—Vuelves a confundirme con Tyler. No es a mí a quien tienes que animar a que se case.

Su madre lo besó tiernamente en la mejilla.

—No te preocupes. Tengo sermones suficientes para todos. He aprendido de la mejor.

—Kate —adivinó Jason.

—Por supuesto. Cree que es su deber conseguir que todos los Fortune se casen.

—Tanto si ellos quieren como si no —murmuró.

—Estoy hablando de que se casen y sean felices.

—Déjalo para Tyler, mamá.

Jasmine suspiró y abrió la bolsa que traía.

—He estado en la tienda y he comprado unas cosas que creo que le gustarán a Lisa.

—¿Ropa o juguetes?

—De las dos cosas.

—La estás malcriando.

—¿Y tú no?

Intentaba no hacerlo, pero era difícil. Siempre tenía la sensación de estar intentando compensar la muerte de su madre.

—¿En qué estabas pensando cuando he entrado? Ni siquiera me has oído llamar al timbre.

Jason suspiró.

—No puedo imaginarme la vida sin Lisa, pero si no hubiera presionado a Cara para que se quedase embarazada, no estaría muerta ahora. Su diabetes no se habría descontrolado y seguiría viva.

—Y tú te habrías divorciado —espetó Jasmine—. No te quería como tú necesitas que te quieran, como te mereces que te quieran.

No podía negar que su matrimonio había sido insatisfactorio para ambos, pero aun así habría protegido a Cara con su vida misma.

—Llevas demasiado tiempo culpándote por ello, y sabes que Cara no se cuidó la diabetes durante el embarazo.

Jason se metió las manos en los bolsillos y miró por la ventana. No tenía sentido hablar de ello. No podía traer a Cara a la vida, y él seguía sintiéndose responsable, así que buscó otro tema de conversación.

—¿Qué me cuentas de la consultora que ha traído Kate?

—Está bien: me doy por enterada de que no quieres hablar de Cara. Kate solo sabe contar maravillas de Adele O'Neil. No sé por qué, yo esperaba a alguien más... no sé, más apacible, pero parece una mujer de carácter.

—Estoy de acuerdo —murmuró—. ¿Qué más sabes de ella?

—Pues no mucho. Tengo entendido que no se deja intimidar con facilidad —dijo, dejando la bolsa sobre el sofá—. Tyler me ha contado que te había oído hablar en el ascensor y lo que te dijo después en la fiesta.

Jason elevó al cielo los ojos.

—Me disculpé —dijo, volviéndose hacia su madre—. Este no será uno de los famosos apaños de Kate, ¿verdad?

Sus ojos se abrieron de par en par con gran dosis de inocencia, y no consiguió distinguir si era sincera o no.

—Desde luego que no, creo yo.

—Bien, porque no sería una esposa adecuada para mí, ni una madre para Lisa. Tiene mucho temperamento y puede ser muy cortante.

–Y tiene un pelo maravilloso –comentó–. Pero seguramente tienes razón. Puede que tú tampoco seas su tipo. No todo el mundo quiere casarse con un Fortune. Por experiencia sé que podéis ser muy arrogantes.

–¿Y qué me dices de las mujeres de la familia? –preguntó, molesto por la similitud de las palabras de su madre y las de Adele.

–Que son perfectas –contestó, señalando a Lisa–. Ahí tienes la prueba.

–Siempre has sido demasiado lista.

–He tenido que serlo para no perder el carro de tu padre –replicó sonriendo–. Esa tal Adele te ha calado hondo, ¿eh?

# Capítulo 3

Una noche de sueño profundo y un coche de confianza habían obrado maravillas en Adele. El deportivo que conducía hacia el cuartel general de la familia Fortune respondía como en un sueño. Llevaba otro traje negro que la ayudaba a sentirse cómoda en su piel y llegaba pronto. Todo ello la ayudaba a sentirse bajo control, ya que tenía la incómoda impresión de que con Jason Fortune iba a necesitarlo más que nunca.

Pero no quería pensar en ello. Brillaba un sol espléndido e iba a tener un gran día. Miró a su alrededor. Unos cactos altos y gordinflones, álamos temblones y paloverdes crecían junto a la carretera. En la distancia se veían unas montañas bajas y desiguales. Frenó en una semáforo en rojo y reparó en un coche que había aparcado en el sentido contrario. Un hombre mayor estaba sacando algo del maletero que parecía un gato.

Adele frunció el ceño. Aunque las apariencias podían engañar, le dio la impresión de que el hombre se tambaleaba un poco. Al ponerse el semáforo en verde, arrancó despacio, y al pasar junto al sedán vio un neumático desinflado y a una mujer también de edad en el asiento delantero.

–Maldita sea –murmuró entre dientes. Aquella iba a ser una de las raras ocasiones en que desearía llevar un teléfono móvil.

Paró enfrente del coche y se bajó.

—Qué faena lo de ese pinchazo –le dijo–. ¿Quiere que los lleve a alguna parte?

El hombre negó con la cabeza mientras luchaba con un tornillo de la rueda y la artrosis de sus manos.

—No, gracias. Es que tenemos una cita en Tucson con el cardiólogo de mi mujer.

Si no recordaba mal, Tucson quedaba a unos cincuenta kilómetros de allí, así que no podría llevarlos y llegar a tiempo a la cena. Pero tampoco podía dejarle solo con lo de la rueda.

—Bueno, eh... ¿quiere que lo ayude con eso?

El hombre sonrió.

—Es usted muy amable, señorita, pero puedo arreglármelas solo.

Un caballero con un toque de orgullo masculino. Adele sonrió. Ella entendía bien el deseo de independencia, pero también se daba cuenta de que el hombre lo estaba pasando mal.

—Claro. Seguro que ha cambiado usted más ruedas que yo. Pero es que su mujer parece un poco inquieta ahí sentada, y seguro que se sentiría mejor si estuviera usted a su lado. Quizás podría darme instrucciones estando junto a ella.

El hombre miró a su mujer y luego a Adele.

—¿Está usted segura de que puede hacerlo? La veo tan menuda...

—Pero luchadora –sonrió, ofreciéndole una mano–. Me llamo Adele O'Neil.

El rostro del hombre se iluminó.

—Ah, una muchacha irlandesa. Soy John O'Malley. Le agradezco muchísimo su ayuda.

—No tiene importancia –contestó ella, agachándose junto a la rueda–. Esperemos que estos tornillos no sean demasiado testarudos. ¿Alguna sugerencia?

John le dio unas cuantas instrucciones. Aunque Adele había seguido unas clases de mecánica y emergencias, pero asintió a todas sus indicaciones. Estaba ya atornillando la rueda de repuesto cuando por el rabillo del ojo vio que otro coche se detenía junto al suyo.

Miró su reloj e hizo una mueca. La posibilidad de llegar pronto a su cita con Jason se había esfumado.

—Casi he...

—Jason Fortune. ¿Puedo ayudarlos?

Adele oyó la voz de Jason y se rompió una uña con el gato.

—Está todo controlado —dijo, apartándose el pelo de la cara, y deseó que fuese verdad—. Casi he terminado.

—Gracias joven, pero entre Adele y yo lo tenemos todo solucionado. Solo ha necesitado unos cuantos consejos míos.

—¿Consejos? —repitió Jason como si no pudiera imaginársela aceptando consejos de nadie.

—¿Ha dicho usted que se apellida Fortune? —preguntó el señor O'Malley—. ¿Es su familia la que está construyendo el nuevo hospital infantil?

—Sí, somos nosotros. Adele, déjame que termine yo con...

—Ya casi está —contestó con firmeza.

Bajó el gato sin mirar a Jason. No le gustaba sentir de aquel modo su presencia, casi como si se hubiese comido un kilo de bombones y estuviera teniendo una subida de azúcar. Apretó una vez más los tornillos, recogió las herramientas e hizo ademán de levantarse.

Jason la ayudó alzándola por el codo y una fragancia de colonia almizclada llegó hasta ella. Las respuestas de su cuerpo seguían siendo tremendamente incómodas, así que sonrió al señor O'Malley.

—Espero que llegue a tiempo a la cita, señor O'Malley.

El hombre recogió las herramientas y las guardó en el maletero.

—Seguro que sí, gracias a usted.

Adele se despidió de ellos con la mano cuando el coche se alejaba.

—¿Por qué no me has dejado ayudarte? —preguntó Jason de pronto.

—Pues porque no necesitaba ayuda —replicó ella. Condenado hombre... ojalá le saliera viruela de la noche a la mañana, a ver si de ese modo no lo encontraba tan atractivo.

—¿Por qué no has llamado a la grúa de la empresa? También se ocupan de estas cosas.

—En primer lugar, porque el señor O'Malley no es empleado de Construcciones Fortune. Y en segundo lugar, porque no llevo teléfono móvil.

Él la miró sorprendido.

—¿Que no llevas móvil? Debes estar de broma, ¿no?

Adele se limpió las manos y echó a andar hacia su coche.

—Pues no. Creo que son molestos e inoportunos excepto en las urgencias, y eso es algo que afortunadamente ocurre muy de vez en cuando.

—La empresa proporciona móviles a sus empleados clave. Así podemos localizarte inmediatamente.

Adele frunció el ceño.

—No es necesario. Ya te he dicho que...

—Por supuesto que es necesario. Mientras estés aquí, en Pueblo, eres un empleado clave de Construcciones Fortune. Si tienes dificultades con el coche, o necesitas ponerte en contacto conmigo, necesitas un móvil.

Adele suspiró.

—¿Eres tan avasallador con todos tus empleados?

—Es que mis empleados no son tan independientes. Es un asunto de seguridad.

Tenía razón. No le gustaba nada tener que admitirlo pero tenía razón. Aunque lo de ser un empleado clave era discutible, era cierto que en caso de que surgieran dificultades con el coche de la empresa en un territorio desconocido, necesitaría poder pedir ayuda.

–Está bien. Tienes razón. Tú ganas.

–¿Tanto te fastidia aceptar ayuda?

Adele se enfrentó a esos ojos de león.

–¿Y a ti? Si hubieras sido tú quien estuviese cambiando la rueda, ¿habrías aceptado mi ayuda?

–No –replicó tras una mínima pausa.

–¿Por qué?

–Porque me gusta terminar lo que empiezo.

Adele asintió.

–Y porque querría evitar que te hicieras daño.

Adele iba a asentir pero no lo hizo. Sintió algo extraño en el estómago.

–No estás acostumbrada a que te protejan, ¿no?

–Pues no. Yo me protejo sola.

–¿Ni siquiera se lo has permitido a los hombres que haya habido en tu vida?

No había tenido tantos, pensó, y desde luego ninguno de quien sintiera que podía depender, así que se encogió de hombros y abrió la puerta del coche.

–Me protejo bien sola.

Jason puso la mano sobre la de ella y Adele lo miró con una docena de sensaciones corriéndole por el cuerpo.

–Puede que lo que necesites sea un tipo distinto de hombre –dijo, y su voz pareció vibrar en su garganta.

Diez minutos más tarde, recuperada por fin del «efecto Jason», llegó detrás del Jaguar y más allá de la puerta de seguridad al edificio de cristal y mármol que era Construcciones Fortune.

«Yo no necesito un hombre». Eso era lo que debería haberle dicho cuando le abrió la puerta del coche y la ayudó a subir. Pero cuando la tocaba, la cabeza dejaba de funcionarle, y el sonido seductor de su voz le sugería que podía necesitar un hombre... un hombre como él.

Había aprendido que no necesitaba tener a alguien al lado para sobrevivir en el mundo. La cuestión era si lo quería o no. Podía querer a un hombre con confianza, un hombre que ardía de pasión, un hombre cómodo con su sexualidad, un hombre al que podía desear con suma facilidad. Un hombre que la protegería.

Adele sintió un extraño retortijón por aquel pensamiento. Era toda una sorpresa para ella experimentar un anhelo así. ¿Sería un deseo largamente reprimido? Era algo que iba completamente en contra de su código de independencia. Desde muy joven había aprendido que tendría que protegerse sola.

Pero la idea de tener a alguien que se preocupara por su salud y por su bienestar lo suficiente le había llegado dentro, a un lugar tierno y vulnerable que ni siquiera sabía que existía.

Alguien llamó con los nudillos a la ventanilla del coche y se sobresaltó. Era Jason. Inspiró hondo para serenarse y con su cartera de piel, abrió la puerta.

—Te acompañaré al despacho.

—Yo creía que el vicepresidente de Fortune tendría cosas más importantes que hacer.

Él la miró ladeando la cabeza.

—Yo diría que puedes llegar a ser muy importante para los Fortune.

El estómago le dio un vuelco. No podía saber si estaba hablando personal o profesionalmente.

Jason alzó una mano y le rozó la mejilla con el pulgar.

—¿Qué haces?

—Tenías un tiznajo de tu intervención como ángel de la misericordia –dijo, y después tocó un mechón que se había escapado de su moño–. Me gusta más tu pelo suelto.

—Lo llevo recogido para que no me estorbe.

Tiró suavemente de su mechón y sonrió.

—Me pregunto qué podría hacer para que lo llevases como a mí me gusta.

—Buena pregunta. Ya la contestaremos en otro momento.

Jason puso la mano en su espalda para guiarla hacia el edificio.

—Cuando te hayas acomodado, te presentaré al abogado que formará parte también del comité de ética.

Al entrar al vestíbulo adornado con arte nativo norteamericano y fotos de hermosos edificios, Adele reparó en que la gente se volvía a mirarlo y que pronunciaban su nombre.

—¿Qué sabes de ese abogado? —preguntó de camino a los ascensores.

—Pues que, como todos los abogados, es un mal necesario. Un proyecto de la envergadura del hospital infantil debe contar con respaldo legal. El hospital no podría prestar servicio a la comunidad si no estuviera protegido, y esa es la función del abogado —entraron al ascensor y pulsó un botón—. Algo me dice que los abogados de hospital no son tus favoritos.

—Tienes razón —admitió—, pero estoy de acuerdo contigo en que las instituciones deben estar protegidas si quieren servir, y servir bien. He aprendido que cuando trabajo con un abogado, si consigo desviar su atención de lo que no se puede hacer a cómo hacer lo que hay que hacer, conseguimos más.

La condujo al que iba a ser su despacho y en el camino le presentó a media docena de personas. Adele se dio cuenta de que era un hombre respetado y querido, y por su experiencia en hospitales sabía que esa combinación no era habitual ni fácil de conseguir.

—Tengo una conferencia telefónica dentro de unos minutos —dijo, tras consultar el reloj—, y después unas cuantas reuniones breves. El abogado llegará a las once. Mi despacho está en el último piso.

Ella asintió.

—Estaré a las once en punto. Gracias por acompañarme hasta aquí.

—Ha sido un placer. ¿A qué hora te recojo esta noche para cenar?

Adele sintió que se le secaba la boca.

—Es que... verás —carraspeó—, he decidido que sería mejor no cenar contigo esta noche.

Él la observó en silencio; parecía un león, depredador, poderoso, pero protector al mismo tiempo.

—¿Te sientes incómoda conmigo? —preguntó, acercándose.

Ella abrió la boca para decir que no, pero no lo consiguió.

—Un poco —admitió a regañadientes.

Él asintió.

—Tú a mí también —admitió él—. Me perturbas.

—Lo cual significa que nuestra relación no debe salir del ámbito profesional.

—Eso sería cobardía.

—Sería sensato —corrigió—. Prudente. Lógico. Sensato —repitió.

Él sonrió.

—Cobarde. Siento curiosidad por una mujer con fuego en el pelo y en los ojos que cambia ruedas a quien se le cruza en el camino y lucha por los niños. Y creo que tú también sientes curiosidad por mí.

Adele se mordió la lengua. No quería decir que sí ni que no.

—La invitación a cenar sigue abierta. Tienes mi número de teléfono, así que puedes llamarme cuando quieras, antes de las seis y media. Nos veremos dentro de un rato —dijo, y salió del despacho.

Adele se sentó en el borde de la mesa.

—Genial —suspiró. Desde luego estaba en un buen lío. Detestaba la idea de comportarse como una cobarde, y seguramente Jason era lo bastante inteligente como para imaginárselo. Sin embargo, había optado por no presionar, por dejar la puerta a la tentación abierta de par en par.

Jason podía sentir curiosidad por ella, pero una vez satisfecha esa curiosidad pasando por ella como el fuego por un bosque, se marcharía dejándola achicharrada.

No le gustaba nada la posición en la que se encontraba. Solo tenía dos opciones: ser cobarde o demostrarle a Jason que era una mujer aburrida.


No había mordido el anzuelo. Eran las seis. Contuvo el deseo de insistir. A parte de su hija, no podía recordar una sola ocasión en la que hubiese encontrado necesario insistir con una mujer. Estaba acostumbrado a conseguir lo que quería y cuando lo quería.

—Estas distraído —le dijo su padre—. ¿Estás preocupado por la oferta de Viceroy?

Jason lo miró.

—No, en absoluto —contestó, refiriéndose al contrato potencial para construir un edificio para el mayor bufete de abogados del este de Arizona—. Somos quienes mejor podemos darles lo que buscan. Lo tendré todo cerrado dentro de dos semanas.

El pelo del padre de Jason estaba veteado de plata, pero su rostro seguía manteniendo los ásperos ángulos de su madre papago, Natasha. Jason sabía bien que Devlin, su padre, había pasado unas buenas dosis de amargura hasta que los Fortune le habían admitido a él y a su hermano Hunter en la familia. Juntos habían hecho de Construcciones Fortune una empresa respetada en todo el mundo. Devlin inspiraba en Jason mucho respeto, aunque no siempre estuviesen de acuerdo.

Devlin paseó hasta la ventana y apoyó la mano en el hombro de su hijo.

—Eres un excelente cazador —dijo—. Lo haces tan bien que la mayoría ni siquiera se da cuenta de que vas a por ellos.

—Quiero que sean felices el máximo tiempo. Así la caza es más fácil y siguen recomendando a Construcciones Fortune.

Su padre parecía divertido.

—Tu forma de proceder con las mujeres es todo lo contrario de la de tu hermano —comentó en voz baja.

—Yo no tengo forma de proceder con las mujeres —replicó Jason, consultando el reloj. Adele no cedía.

—No has necesitado ir a buscarlas. La mayoría han venido a ti. Hay mujeres a las que se las seduce con facilidad, pero una buena pieza requiere paciencia.

—Mamá ha hablado contigo —concluyó Jason.

—Tu madre siempre habla conmigo.

—Me refiero a Adele O'Neil.

—Es bueno que pierdas tu indiferencia con una mujer. Es bueno que una mujer aún pueda hacerte sentir.

Pensó con impaciencia en Adele. Había aprendido mucho tiempo atrás que solo había un modo de ocuparse de las preguntas sin respuestas, y era hacer lo que fuese necesario para contestarlas. Satisfaría la curiosidad que sentía por Adele. Puede que ya se le hubiera metido bajo la piel, pero no iba a permitir que llegase más allá.

—No pienso permitir que sigas inquietándome —se prometió en voz baja, pero entonces vio que su reloj marcaba las seis treinta y uno.

Dos días más tarde, Adele pasó suavemente la mano por el sobre color crema que llevaba las iniciales J.F. Era la segunda nota que recibía de él.

*Adele,*
*¿Estás disfrutando de tus veladas en Pueblo?*
*Te invito a cenar. Mi hija te protegerá si tienes miedo. Llámame antes de las seis y media.*
*Jason.*

Frunció el ceño. Aunque había eludido con éxito las invitaciones de Jason, tenía que reconocer que se aburría como una ostra. El comentario sobre su hija era un golpe bajo. Eran las seis y vente y aún no le había llamado, pero ya no estaba segura de que fuese lo que quería hacer. ¿De qué tenía miedo? Sentía curiosidad por él, y quizás verlo en su casa haría desaparecer la mística y así podría olvidarse de las palpitaciones que la asaltaban cada vez que la miraba.

Miró la tarjeta como si pudiese darle la respuesta. Qué tontería. La dejó a un lado, metió unos cuantos expedientes en la carpeta y la cerró.

El reloj marcaba las seis y veintiocho.

# Capítulo 4

Adele hizo sonar el timbre de la casa estilo rancho de Jason Fortune. Era viernes, y le habían dicho que Lisa y él solían escapar de su casa del centro de la ciudad a aquel rancho fuera de Pueblo. Reparó en la distancia que le separaba de los demás vecinos y le pareció que aquel espacio amplio y abierto encajaba con la personalidad de Jason. Le parecía un hombre inmerso en su trabajo y en la comunidad, pero también celoso de su intimidad.

Hizo sonar el timbre de nuevo, y al no obtener respuesta, encontró que la puerta estaba abierta y entró. Miró rápidamente a su alrededor y se recordó que estaba allí para superar su fascinación por Jason. Afortunadamente, había un montón de cosas que no iban a gustarle de él. Simplemente tenía que encontrarlas.

–Demasiado seguro de sí mismo –se dijo mientras caminaba hacia el interior de la vivienda–. Demasiado guapo. Demasiadas emociones controladas en él, demasiado pagado de sí mismo...

Cortó la letanía al contemplar lo que había en el jardín trasero. Jason, vestido con vaqueros y camiseta, estaba junto a una cesta de bolas de béisbol que le lanzaba a una niña de cabello negro como el azabache que sostenía el bate con toda la concentración del mundo.

La intensidad que había entre ellos le llegó muy hondo. Qué no habría dado ella por conocer a su padre cuando era niña, y cuanto más por haber podido jugar con él.

–¡Lanza, papá! –gritó.

Adele sonrió ante la impaciencia de la niña y vio cómo golpeaba la bola lenta que le había lanzado su padre.

–Buen golpe –le dijo Jason, pero ella no parecía satisfecha.

–Lanza otra –le gritó.

–No pierdas de vista la bola –la aconsejó.

La hija de Jason golpeó la bola con fuerza, y esta fue a parar entre unos arbustos y cactus que decoraban el fondo del jardín. Su rostro se llenó de felicidad y empezó a saltar, entusiasmada.

–¡Bien hecho! –la felicitó su padre.

Adele no quería interrumpir, así que siguió contemplándolos un poco más, dejándose embriagar por el cariño que intercambiaban padre e hija, y se preguntó si alguno de los dos sería consciente del don tan preciado que era ese.

Adele vio a Jason mirar el reloj y luego hacia la casa. Vaya, la había pillado. Echó a andar hacia la casa y ella abrió la puerta y salió.

–¿Cuánto tiempo llevas ahí?

–El suficiente para ver que alguien intenta arrebatarle el récord a Mark McGuire –dijo con una sonrisa–. Es muy buena.

–Lo sé –contestó Jason–, pero lo malo es que ella también lo sabe –añadió.

–Eso no es tan malo.

–Ya, pero es que resulta desconcertante que parezca tener a veces el conocimiento de una persona de cuarenta años –suspiró–. Lisa, ven a conocer a nuestra invitada.

Lisa corrió hasta al porche y miró a Adele con curiosidad.

–¿Es usted la señora que está ayudando con las normas del hospital?

Adele sonrió ante la explicación que Jason le había dado de su trabajo.

—Sí. Me llamo Adele O'Neil. ¿Sabes que eres una buena bateadora?

—Y voy a mejorar —contestó.

—Si sigues practicando así, estoy convencida de ello.

Jason abrió la puerta.

—Vamos a cenar. El ama de llaves ha dejado algo en el horno.

—Espero que no sea nada raro —dijo Lisa.

—Es una tiquismiquis comiendo —le confió Jason a Adele en voz baja.

Lisa tuvo suerte: era un timbal de espaguetis. Después de la cena, su padre le permitió ver un programa de la tele antes de irse a dormir; la niña se sentó en el suelo del salón mientras Jason y Adele lo hacían en el sofá.

—Llevas la ropa de trabajo —comentó él.

Adele asintió.

—Es que no decidí venir hasta última hora.

Él sonrió.

—Eran las seis y veintinueve. ¿Está siendo la velada la tortura que tú esperabas?

—Todavía no. Y no era cuestión de evitar una tortura —añadió, aunque su cercanía la molestaba—. Era cuestión de ser inteligente.

Su mirada ámbar era intensa.

—¿Y qué te ha hecho cambiar de opinión?

«La locura», pensó.

—Pues que en parte, estoy de acuerdo contigo: si se elimina la curiosidad, se elimina la fascinación, ¿no?

Él asintió y bajó la mirada a sus labios. Adele sintió que le ardían.

—A menos que cuando se conozcan las respuestas, sintamos curiosidad de saber más.

Que el cielo la ayudara si llegaba el caso.

Se aclaró la garganta y apartó la mirada.

—Me gusta tu casa. Supongo que debe ser una maravilla poder escapar a un lugar como este.

—Mi padre dice que lo de mis dos casas, lo mismo que lo de las suyas, es una herencia de nuestros antepasados, de su vida en medio de la naturaleza.

—¿Y tú que opinas?

—Es posible. Lo único que sé es que me gustan los espacios abiertos —hizo una pausa—. No suelo traer a muchas mujeres a que conozcan a mi hija.

Adele sintió que perdía un latido en el corazón.

—¿Y por qué yo?

Él se rio.

—Pues porque es obvio que no deseas una posición permanente en mi vida.

Adele no pudo resistir la tentación de pincharlo.

—Ah, ya. Es que debe ser terrible cargar con el peso de todas esas mujeres deseosas de ser la señora de Jason Fortune. ¿Cómo te las arreglas?

Él volvió a mirar sus labios.

—¿Te han dicho que tienes una lengua muy afilada?

El teléfono sonó y Jason contestó, lo que le proporcionó la oportunidad de volver a respirar con normalidad. El programa de Lisa terminó y Jason le indicó por gestos que se fuese a poner el pijama. Pero cuando la llamada se extendió más allá del tiempo necesario para cambiarse y lavarse los dientes, tapó el auricular con la mano y dijo:

—Crisis en una de nuestras cuentas más importantes del medio oeste. Tardaré unos minutos.

\*\*\*

Lisa, vestida con un camisón de algodón blanco que la hacía parecer un ángel, miró a Adele.

–¿Quieres leer un cuento conmigo?

Sorprendida y conmovida a un tiempo, Adele asintió y la siguió pasillo adelante.

–Claro.

–Soy muy mayor para que papá lo lea todo, así que lo hacemos por turnos –dijo, acomodándose en su cama con baldaquino–. Tú lees una página, y yo otra. Este libro es sobre una niña que se llama Junie B. Jones. Es muy divertida y se mete en un montón de lios.

Adele se sentó junto a ella en la cama y reparó en cómo la decoración de la habitación combinaba feminidad con orgullo de su cultura nativa. Tal y como Lisa había sugerido, fueron leyendo cada una una página del libro y lo terminaron enseguida. Lisa se volvió a Adele y comenzó con una especie de turno de preguntas.

–¿Dónde vivías antes de venir a Pueblo?

–En Minnesota –contestó, arropándola.

–¿Cómo es Minnesota?

—Hace mucho más frío que aquí, llueve más y todo está muy verde. Estamos en enero, así que seguramente estará nevando.

Lisa tocó un mechón de su pelo.

–¿Es de verdad?

–¿Qué quieres decir?

–Es que papá salió una vez con una mujer rubia, pero su pelo no era de verdad.

–Ah –comprendió–. El mío es de verdad.

–¿Lo tienes my largo?

–Un poco más allá de los hombros.

Lisa se incorporó.

–¿Puedo verlo?

Desconcertada, Adele no supo qué contestar. ¿Cómo podía parecerse tanto aquella niña a su padre? Para complacerla, se soltó el moño, y los ojillos de Lisa se abrieron de par en par.

–Es rizado. ¿Eso también es de verdad?

–Desde luego –contestó–. He hecho todo lo inimaginable, además de planchármelo para deshacerme de estos rizos, pero ahora ya me he rendido.

Lisa ladeó la cabeza.

–Eres muy diferente de las otras chicas con las que sale mi papá.

Adele se imaginó una larga lista de rubias frías, sofisticadas y etéreas.

–Es no me sorprende –confesó.

Lisa se acercó más.

–¿Tú crees que mi padre está como un queso?


¿Como un queso? Jason estaba escuchando la conversación de Adele y su hija desde la puerta. Adele llevaba el pelo suelto. Al parecer, su hija hacía más progresos que él. Si fuese un hombre compasivo, la salvaría de aquella situación, pero en aquel momento lo que sentía mayormente era curiosidad.

–¿Estás segura de no tener quince años? –preguntó Adele, atónita.

Lisa se rio.

–¿Crees que mi padre está como un queso, sí o no?

Adele se levantó y suspiró.

–Estoy segura de que muchas mujeres piensan que tu padre está como un queso.

Un capotazo, pensó. ¿Se daría cuenta su hija de que había esquivado hábilmente la pregunta?

–¿Pero qué piensas tú?

–Pienso que es un hombre inteligente y fascinante que adora a su hija –hizo una pausa–. Soy nueva en esto, Lisa, pero me da la impresión de que lo de las preguntas es una excusa para no dormir.

La sonrisa que se palpaba en su voz fue para él como una caricia.

–Exacto –dijo él–. Y se le da de maravilla. Dale las gracias a la señorita O'Neil por leer contigo y despídete.

–Gracias por presentarme a Junie B. Jones y buenas noches –dijo Adele antes de que Lisa pudiera hacerlo.

La niña se rio.

–No te obedece siempre, ¿verdad? –preguntó a su padre.

–Yo diría que nunca –contestó, mirando a Adele fingiendo enfado.

–Gracias por leer conmigo. Buenas noches, Addie.

–¿Addie? –Jason iba a protestar por la confianza, pero Adele negó con la cabeza–. Que tengas dulces sueños, cariño.

Adele salió de la habitación y Jason besó a su hija en la mejilla, a lo que la niña contestó con un abrazo. No pasaba un solo día en que no le diera las gracias a su buena estrella por tener a Lisa.

–Me gusta –le dijo la niña al oído–. Es mejor que la rubia.

Jason volvió a besarla, apagó la luz y salió. Adele estaba en el recibidor, rozando apenas con los dedos un tapiz decorativo que colgaba de una pared. Le sorprendió que fuese una persona táctil, y se preguntó si también sería una amante táctil. Tendría que averiguarlo.

–Es de la tribu de mi abuela materna –le explicó.

–Es precioso. Debe ser una maravilla tener todas estas cosas que se pueden ver y tocar para explicar la historia de tu familia.

Jason nunca lo había considerado así, y siendo Adele huérfana, carecería de conexiones con sus antepasados.

–¿Tienes tú algo que perteneciera a tus padres?

Adele negó con la cabeza.

–El brazalete que me pusieron en el hospital al nacer. Lo único que tengo de ellos son sus genes –dijo con una sonrisa–. Y hablando de genes, tu hija es increíble.

Jason notó el cambio de tema, pero lo dejó pasar.

–A veces cuesta trabajo seguirla. No quería que hubieras tenido que leerle.

–No me ha importado. En Minnesota iba de vez en cuando a leerles a los niños en el hospital.

Jason tocó su pelo.

–Veo que te ha convencido para que te lo soltaras.

–Sí. Parece ser que a los dos os intriga bastante.

–Cuéntame cómo lo ha hecho para que yo pueda repetirlo –le pidió, sin dejar de acariciarlo.

Adele cerró los ojos un instante.

–Es que es más guapa que tú.

Él se rio y le dio un tirón.

–¿Es esa tu forma de decir que no estoy tan bueno como un queso?

Adele abrió los ojos de par en par.

–¡Has estado escuchando! –lo acusó.

–No contestaste a su pregunta.

–Estoy segura de que las mujeres de Pueblo ya te lo han dicho de un modo u otro, así que no necesitas oírlo de mí.

Adele tenía razón en una cosa: no necesitaba oírlo de ella. Preferiría que le mostrara cómo se sentía.

–Lisa tiene razón –suspiró–. No se te da nada bien obedecer. Vamos fuera a contemplar el cielo de Arizona –sugirió, acompañándola al jardín de atrás.

–Es hermoso –dijo–. Estando lejos de las ciudades, las estrellas brillan más.

–Hay un observatorio en Tucson. Podríamos ir alguna vez –Jason la vio frotarse los brazos con las manos y se acercó a ella–. No estás acostumbrada a nuestros cambios de temperatura.

–Es que hace tanto calor durante el día.

–Pero por la noche refresca mucho. ¿Has satisfecho tu curiosidad?

–En parte –dijo, mirándolo con los ojos entornados–. Me has sorprendido.

–¿Cómo?

–Eres un padre magnífico.

–¿Y qué esperabas?

–Esperaba que tuvieses una niñera.

–Y la tengo. Soy un padre viudo con un trabajo exigente, así que no puedo hacerlo todo yo solo. En cualquier caso, no pienso perderme la niñez de Lisa – la miraba atentamente–. Pero ya basta de hablar de mí. Ahora me toca a mí satisfacer la curiosidad.

Jason sintió que se ponía a la defensiva.

–Está bien –accedió, pero a regañadientes.

–¿Por qué no te ha casado?

–No estoy segura de que sea una buena idea en mi caso. No tengo pensado tener hijos...

–¿Que no vas a tener hijos? –repitió, atónito–. Pero si te encantan. Precisamente elegiste tu carrera para protegerlos.

–Sí, pero eso no quiere decir que yo pueda ser una buena madre.

–¿Por qué no?

Adele suspiró.

–Porque no sé cómo hacerlo.

–Nadie lo sabe.

–Pero tú tuviste modelos en los que fijarte –replicó–. Yo no. En esos momentos en los que has de tomar decisiones en una décima de segundo, has de tener un aprendizaje, un instinto que te respalde, y yo no tengo ninguna de las dos cosas.

No sabía por qué pero le molestaba mucho que Adele no se creyese capaz de ser una buena madre. Se cruzó de brazos y movió la cabeza.

–No estoy acostumbrado a una actitud como la tuya.

–Estás acostumbrado a mujeres cuya prioridad es casarse y tener hijos, y puede que para ellas sea maravilloso, pero no lo es para mí.

–Has conseguido alcanzar tus metas profesionales, ¿pero qué pasa con las personales?

Dudó un instante antes de contestar.

–Eso es lo bueno de la vida. No hay por qué obtener todas las respuestas al mismo tiempo.

Jason sintió una incómoda impaciencia que lo empujó a pasarse la mano por el pelo.

–Entonces, ¿por qué quiero yo encontrar la respuesta a todas mis preguntas al mismo tiempo? –preguntó, sujetando su barbilla con la mano.

Ella se quedó inmóvil, sus ojos clavados en los suyos.

–No lo sé –dijo con una voz que era casi un susurro–. Soy muy aburrida, te lo prometo.

–Sí, muy aburrida –repitió él y la besó. Sus labios estaban frescos de la brisa de la noche, pero presentía la promesa de calor que latía en ellos. Era una mujer cuya pasión y cuya fuerza podían ser equiparables a las suyas, pero de momento la pasión quedaba fuera de su alcance. Su reticencia estaba clara.

–Esto es una locura –susurró ella.

–Es parte de la curiosidad –contestó él, mordiendo sus labios.

–Pero ya me has besado. Has obtenido la respuesta.

–Sigo sintiendo curiosidad –replicó, y se apoderó de su boca, incitándola a responder. Al principio volvió a paladear su reticencia, hasta que algo en su interior pareció liberarse y le devolvió el beso.

La sentía, sabía a la más pura pasión femenina, y él estaba enardecido de deseo. Era algo que iba más allá del sexo, pero no encontraba otro modo de expresarlo. Despertaba algo muy elemental en su interior.

Deslizó una mano hacia arriba, cubrió su pecho y movió sus caderas contra ella. Su gemido de respuesta fue como añadir gasolina al fuego, y sintió que su control se desvanecía.

Sin dejar de devorar su boca, tiró hacia arriba de su falda, hundió las manos bajo sus bragas de seda y acarició su piel desnuda.

—Quiero más —susurró, acariciándola en su lugar más íntimo, lo cual solo sirvió para que deseara estar dentro de ella, moviéndose, sintiéndola.

Con un estremecimiento, se separó de su boca y dio un paso hacia atrás.

Jason fue a sujetarla al verla perder el equilibrio, pero ella negó con la cabeza y un brazo extendido. Sus ojos se habían oscurecido por el deseo y tenían un brillo de temor.

—Ya te he dicho que era una locura.

Aún palpitando de necesidad, Jason quiso acercarse a ella para calmarla.

—No —se lo impidió—. No he venido aquí esta noche para dejarme seducir. Aunque supongo que no has podido deducirlo de cómo he respondido a tus pretensiones —añadió.

—Mi hija está durmiendo dentro. No pretendía seducirte.

—Esta noche puede que no, pero quizás en otro momento.

Él volvió a pasarse las manos por el pelo.

—Es inevitable que acabemos haciendo el amor, Adele. Hay algo muy poco corriente entre nosotros.

—No es inevitable —replicó—. Somos dos adultos racionales. Puede que nos hayamos dejado llevar por la locura en una ocasión, pero los dos podemos elegir. No tenemos por qué volver a hacerlo.

—¿En una ocasión?

Ella se encogió de hombros.

—Bueno, lo de la otra noche pensé que era una costumbre local —dijo, encogiéndose de hombros.

Jason sonrió.

—No pretenderás racionalizarlo, ¿verdad? Creía que eras más sincera.

Ella lo miró y en sus ojos brillaron a un tiempo pasión, entendimiento y temor.

—Quiero conocerte —dijo él—, en todos los sentidos. Y no estaré satisfecho hasta que lo consiga. Sé que a ti te ocurre lo mismo. Lo siento cada vez que te toco. ¿De verdad puedes decirme con sinceridad que vas a sentirte bien negándote a conocerme?

Ella respiró hondo.

—Así tendrá que ser.

# Capítulo 5

–Loca de atar –se repitió Adele a sí misma montones de veces durante los días que siguieron a su visita al rancho. Estaba loca de atar si accedía a tener sexo con Jason Fortune, pero es que parecía capaz de sacar de ella cosas que ni siquiera sabía que existieran. Deseos que gritaban o susurraban alternativamente. El deseo no era lo peor. Lo había sentido en otras ocasiones y nunca le había planteado problemas. Era el atisbo de los sueños secretos a los que había renunciado años atrás lo que más la inquietaba.

Jason era un hombre integrado a la perfección en su vida; integrado como ella siempre había deseado sentirse y, al mismo tiempo, manteniendo su independencia. Se sentía atraído por él tanto por su intenso sentido de sí mismo como de su familia. Exhibía un magnífico balance de individualismo y conexión con su entorno. Y ella en secreto envidiaba ese equilibrio porque estaba segura de no poseerlo.

Azorada por su respuesta ante él, no se había atrevido a volver a verlo. Afortunadamente, había estado en viaje de negocios todo el lunes. Pero aquella mañana la había convocado a su despacho. Iba a llevarla al edificio en construcción.

Su secretaria la hizo entrar al despacho.

–Adelante. Enseguida estará con usted.

Adele entró en su despacho e inmediatamente sintió la esencia del hombre que pasaba horas allí. Aunque había estado ya antes en su despacho, Jason, el hombre, había acaparado toda su atención, y estando sola en aquel momento pudo asimilar todo lo que había allí y que podía hablarle de él.

Un ordenador portátil ocupaba un rincón de la mesa de caoba. Varios expedientes estaban apilados limpiamente en la otra esquina, una agenda de piel y un complicado teléfono que parecía capaz incluso de preparar café daban testimonio de una apretada agenda.

Dos fotos de Lisa lo acompañaban durante todo el día, especialmente en aquellos momentos duros en que perdiera el ánimo. Viéndola podría volver a encontrar la razón por la que hacía todo lo que hacía.

Miró entonces a la pared y se acercó a un cuadro de luminosos colores. Un grupo de indios parecían reunidos para celebrar algo.

–Es el Festival del Vino de Saguaro, de Michael Chiago –dijo Jason desde la puerta.

Adele sintió que el corazón se le subía a la garganta al mirarlo. Llevaba aquel traje oscuro con suma naturalidad, y aquella camisa tan blanca contrastaba con su piel oscura. La expresión de sus penetrantes ojos de león la dejó sin respiración. La había abrazado. La había acariciado. No lo olvidaría. Y ella, tampoco.

Se aclaró la garganta y se obligó a volver a mirar el cuadro.

–¿Qué es *Tohono O'odham*?

–En los años ochenta, los papago decidieron que querían que se los llamase *Tohono O'odham*. Significa pueblo del desierto. Mi primo Shane está encantado con el cambio, pero Tyler y yo seguimos pensando en nosotros mismos como papagos, porque es el nombre con el que crecimos –se acercó–. ¿Sabías que el vino saguaro es el primero que se hizo en Norteamérica, antes de que los europeos llegaran?

Se arriesgó a mirarlo y vio la sonrisa que iluminaba su rostro.

—¿Y es verdad que lo hacían de cacto?

—De la fruta del saguaro.

—Creo que nunca he visto ese árbol. Desde luego, en Minnesota no abunda demasiado.

—El sabor es una mezcla de higo con un toque de fresa.

—¿Y el vino?

Él se echó a reír.

—Digamos solo que se sube de lo lindo.

Junto al cuadro había otro más pequeño en el que se representaba una cueva en una meseta de roja rojiza.

—¿Y esto?

—*Lightfoot Plateau* —contestó—. Se cree que la cueva puede mostrarnos el camino al corazón. Es un lugar espiritual que pertenecía a la familia de mi abuela. Ahora es propiedad de otros.

En su voz se percibía desaprobación.

—Y por lo que veo, no te satisface.

—A nadie de mi familia. Queremos recuperarla... y la recuperaremos —concluyó.

Adele no lo dudó ni por un instante. No querría ser el enemigo en una batalla con los Fortune.

—Hablaremos de esto en otra ocasión. Ahora, vamos a visitar el hospital.

Adele se unió a Jason en su Jaguar para dirigirse a las obras, a las afueras de la ciudad.

—Es impresionante —dijo con sinceridad al contemplar el edificio de quince plantas—. Y eso que aún no está terminado. Supongo que te sentirás muy orgulloso al verlo.

La miró a los ojos y la luz que vio en ellos la atrajo como un faro en la oscuridad.

—Va a ser nuestro mayor logro.

Apenas habían bajado del coche cuando Tyler lo estaba llamando.

—Voy por delante de lo previsto —dijo, y les entregó a cada uno un casco y una amplia sonrisa—. Estamos casi terminando.

—¿Se lo has dicho a papá y a mamá? —preguntó Jason.

—Creo que voy a esperar a decírselo esta noche en persona, justo cuando vuelvan al ataque con lo del matrimonio —se volvió a Adele—. ¿Te está causando problemas mi hermano?

Adele no pudo dejar de sonreír.

—Más que suficientes —contestó, haciendo un gesto con la mano—. El hospital tiene una pinta fantástica.

—Y aún no has visto nada. Espera a que...

—Señor Fortune —llamó un obrero—. Tengo un problema.

Tyler se encogió de hombros.

—El deber me llama. No os acerquéis al ala oeste. Hay hombres trabajando en el piso catorce y no quiero que os caiga en la cabeza algún martillo perdido. Intentaré veros antes de que os vayáis.

—Vale —dijo Jason, y le colocó a Adele el casco en la cabeza—. No te alejes y ten cuidado de dónde pisas —lo advirtió.

—Tyler y tú parecéis tener mucho cuidado con la seguridad en la obra —dijo. Habían protecciones y carteles de advertencia por todas partes.

—Construcciones Fortune tiene un expediente magnífico en seguridad laboral. No hemos tenido jamás una investigación oficial, y pretendemos seguir así —frunció el ceño como si, de pronto, se le hubiese ocurrido algo inquietante—. Si es humanamente posible, nadie resultará herido en este proyecto.

Su actitud encajaba con su actitud protectora en todos los sentidos, de modo que ¿por qué aquel tono?

—¿Es que ha ocurrido algo para que estés especialmente preocupado por los accidentes?

–No. ¿Por qué lo preguntas?

Adele se encogió de hombros.

–No lo sé. Tu voz, quizás...

Jason miró hacia otro lado, como si se estuviera debatiendo entre decirle algo o no.

–Hace unas semanas tuve un sueño con unas imágenes muy fuertes. En una de ellas aparecía sangre aquí, en la obra.

Adele sintió un escalofrío.

–¿Y qué has hecho al respecto?

–No era más que un sueño, pero desde entonces Tyler, que ya estaba haciendo revisiones dobles, las hace triples.

Ella asintió y siguieron caminando por la obra.

–¿Siempre os habéis llevado tan bien Tyler y tú?

–Casi siempre. Hemos tenido épocas de rivalidad, como es normal: deportes, resultados académicos, coches... pero chicas, nunca –añadió, mirándola–. Yo me casé joven.

–Pero estarías soltero durante un tiempo.

–Detesto tener que admitirlo, pero creo que yo soy la razón de que Tyler no se haya casado. Vio el dolor que causó mi matrimonio y creo que ha llegado a la conclusión de que el amor es demasiado doloroso. En lo que se refiere a mujeres, prefiere la cantidad a la calidad. ¿Y tú qué opinas de él?

Sorprendida por la pregunta, Adele parpadeó.

–No lo conozco bien. Me parece agradable y muy meticuloso en la construcción del hospital.

–¿Dirías que es atractivo?

–Por supuesto –contestó, esquivando unos ladrillos–, pero no se parece a ti.

Jason se detuvo y ella se tropezó con su espalda.

–Ay, perdona.

Su rostro quedaba a escasos centímetros de ella.

–¿En qué sentido no se parece a mí?

Intentó encontrar un modo inocuo de salir del atolladero.

–Eh... bueno, él... él no tiene tus ojos.

–Ojos –repitió–. ¿De qué color los tiene él?

–No lo sé –contestó–. Simplemente son distintos de los tuyos.

Él sonrió.

–Son grises –dijo–. Los de Tyler.

Adele retrocedió un paso.

–Gracias. No lo olvidaré –contestó. Lo mejor sería intentar un cambio de tema. Algo de la investigación que había hecho antes de llegar a Pueblo–. En cuanto al hospital, ¿pensáis tener especialistas en diabetes?

La risa desapareció de su rostro.

–Sí.

Y siguió caminando, dejando a Adele perpleja ante su cambio de actitud.

–Perdona –le dijo, apresurándose para seguirlo–, ¿es que he pisado una mina o algo así? Si he dicho algo que no debía, me gustaría saber qué es.

Él no la miró.

–Mi esposa murió por su diabetes poco después de que naciera Lisa. Cuando la niña nació, Cara sufrió un daño irreversible –apretó los puños–. No pude hacer nada.

Sus palabras habían estado llenas de angustia, y Adele sintió que su corazón volaba a su lado. El protector había sido incapaz de proteger a su mujer. Jason era un hombre fuerte con un carácter igualmente fuerte. Qué insoportable debía haber sido la muerte de su esposa para él.

–Lo siento mucho –dijo, y tocó su brazo.

Ella miró, y el reconocimiento de su dolor pareció palpitar entre ellos. No parecía dispuesto a aceptar su consuelo, e incluso eso lo comprendía, y no podía comprenderse a sí misma en aquel momento, pero odiaba pensar que tuviese que llevar solo aquella carga.

–Has mencionado la diabetes porque has hecho los deberes –dijo él, apoyando brevemente la mano sobre la de ella–. ¿Qué otros especialistas crees que vamos a tener?

–¿Salud mental y tratamiento del alcoholismo?

Jason asintió.

–Tenemos previsto montar un servicio de atención y prevención, tanto externo como interno. También queremos prestar atención a dietas y educación sanitaria. Coordinaremos la medicina tradicional...

–Con las mujeres sanadoras de la tribu –concluyó ella, aprovechando la información que había recogido en Internet.

Jason sonrió.

–Muy bien. ¿Qué más sabes de la reserva?

–Que es la segunda más grande del país.

Él asintió.

–¿Sabías que van a alquilar parte de la tierra para un casino?

–Es la primera noticia que tengo.

–Entonces, aún te quedan unas cuantas cosas que aprender –contestó, y en su mirada brilló una mezcla de misterio y sensualidad.

Unas cuantas, no: muchas que aprender.

Jason no entendía que para ella él podía ser el hombre más peligroso del mundo. Contenía en sí mismo todos sus anhelos, todos sus sueños olvidados. Anhelos y sueños a los que se había aferrado, pero a los que había tenido que renunciar para poder sobrevivir. Él representada una tentación constante y podía llegar a ser con facilidad una obsesión constante.

En el fondo de su corazón, Adele sabía que el sexo con Jason sería mucho más. Sabía que se entregaría a él, que se abriría a él como nunca lo había hecho antes. Sabía que quererlo significaría un cambio irrevocable en su vida, y no estaba preparada para asumirlo.

***

Para celebrar que iban por delante de lo previsto, la dirección de la constructora organizó una fiesta en el campo para el miércoles por la tarde, a la que estaban invitadas todas aquellas personas que tuvieran alguna relación con el proyecto. Mesas con comida se agrupaban en un rincón de Four Corners Park, un hermoso parque público con caminos para bicicletas, un campo de béisbol, otro de baloncesto y una zona de juegos para niños.

Aunque Adele había conseguido evitar a Jason durante la última hora, no podía evitar mirarlo de vez en cuando. Muchos empleados querían hablar con él, y Jason parecía prestarles toda su atención. Esa era otra característica que le gustaba de él. Demasiadas ya.

–Adele, cariño –la saludó Kate Fortune–. ¿Qué tal te adaptas a la vida en Arizona?

–El clima es maravilloso. Entiendo por qué Sterling y tú preferís pasar los inviernos aquí.

–Después de un tiempo, echo de menos el verde –admitió–. Ah, mira, ahí están los padres de Jason. Devlin, Jasmine, ¿conocisteis a Adele en el cóctel?

Adele los vio acercarse y mirarla con curiosidad.

–La vimos un momento –contestó Devlin–, pero hemos oído hablar de ella mucho.

«Dios mío», suspiró Adele.

–Sí, de Jason, Tyler y Lisa –añadió Jasmine, sonriendo–. No estoy segura de que Kate te advirtiera lo que iba a suponer para ti tratar con mi hijo. Es muy duro en el trabajo, y muy concienzudo.

–Adele también lo es –le aseguró Kate–. Si alguien es capaz de manejar a Jason, esa es Adele, ¿verdad que sí?

Adele decidió darle un giro a la conversación.

—El hospital infantil es un proyecto fantástico, y estoy deseando comenzar mi trabajo —por el rabillo del ojo vio a Lisa jugando con un niño mayor que ella—. Jason ha hecho un trabajo espléndido con su hija. ¿Hay algo de lo que tenga miedo?

—Desgraciadamente, no. Con esta niña, el pelo se nos vuelve gris a pasos agigantados —contestó su abuela, con un orgullo evidente en la voz—. Se cree capaz de hacer cualquier cosa.

—Y puede que lo sea —añadió el abuelo.

Jasmine le sonrió.

—Creo que ha heredado de su abuelo la seguridad en sí misma.

—Es una niña afortunada —contestó Adele sin pensar.

Devlin la miró con una intensidad similar a la de Jason. Había tanto respeto y amor entre ellos que por un momento se preguntó qué se sentiría formando parte de aquella familia. Era casi doloroso pensar en algo así, de modo que decidió olvidarlo.

—Estoy segura de que están muy orgullosos de sus dos hijos.

—Ah, sí. Tyler —suspiró Kate, disgustada—. ¿Qué habéis pensado hacer con lo de su soltería?

Jasmine y Devlin se miraron.

—Devlin y yo hemos hablado de ello en profundidad, y estamos de acuerdo en cómo proceder. Lo tenemos todo bajo control —declaró Jasmine con firmeza.

—Bueno, si necesitáis ayuda... —se ofreció Kate.

Devlin sonrió y le dio una palmada en la mano.

—Te lo haremos saber.

Justo en aquel momento, Tyler lanzó un agudo silbido.

—¡Atención todo el mundo! Quiero daros las gracias a todos por estar dando lo mejor de vosotros mismos al proyecto del hospital, tanto que vamos por delante de lo previsto. Os pido un aplauso para todos.

Mientras la gente aplaudía, Adele reparó en una bicicleta que avanzaba a bastante velocidad por el camino. Unos metros más adelante, Lisa cruzaba para recoger una pelota. Adele la llamó, pero la niña no pudo oírla, y con el corazón en la garganta, echó a correr y la empujó para quitarla del camino de la bicicleta. Algo metálico brilló a su derecha un segundo antes de que la bicicleta colisionara con ella. Un dolor agudo y penetrante le laceró el costado derecho y cayó, golpeándose la cabeza contra el suelo. Todo se volvió, de pronto, negro.

Jason vio a un grupo de gente concentrarse en el camino de las bicicletas.

—¿Qué ocurre? —le preguntó a Tyler.

—No tengo ni idea. Estaba en la cola de las hamburguesas.

—La han atropellado. ¡Llamad a una ambulancia!

—¿A quién han atropellado? —murmuró entre dientes, y echó a correr hacia el lugar. Vio a su madre abrazando a Lisa. ¿Dónde estaba su padre?

—¿Quién es? —preguntó.

—No lo sé —contestó alguien, de puntillas para ver por encima de las demás cabezas—. Parece una pelirroja.

Solo había una pelirroja en todo el parque. Se abrió paso entre la gente y vio a Adele tirada en el suelo. Su padre estaba intentando tranquilizar a un chaval con una bici que parecía a punto de echarse a llorar.

Jason se arrodilló junto a ella. Estaba pálida y tenía los ojos cerrados.

—¿Qué ha pasado?

—¡Me ha salvado! —dijo Lisa con lágrimas rodándole por la cara—. La bici iba a pillarme, pero ella me empujó.

—¿Estás bien, hija?

Lisa asintió y hundió la cara en el regazo de su abuela.

—Está inconsciente pero respira —dijo su padre—. No sé si tiene algo roto.

Tenía erosiones en las piernas y en los brazos, e intentando controlarse, rozó sus mejillas y ella gimió.

—Despierta —le rogó—. Despierta, por favor.

Ella movió hacia un lado la cabeza e hizo una mueca de dolor.

—Adele —la llamó.

Por fin abrió los ojos, lo miró y el dolor le hizo fruncir el ceño.

—Ay...

Jason suspiró aliviado. Por lo menos había recuperado la consciencia.

—¿Dónde te duele?

Adele se tapó los ojos con una mano.

—Ay, Dios, ¿dónde no me duele? —susurró, y se humedeció los labios—. Los pies no me duelen. El cuello, tampoco. La cabeza... la cabeza me duele bastante. ¿Está bien la niña?

Jason intercambió una mirada con su padre. Estaba sufriendo y se preocupaba por la niña.

—Tenemos que llevarte al hospital.

Ella intentó negar con la cabeza, pero el movimiento debió dolerle.

—Al hospital, no. A mi cama.

Jason frunció el ceño.

—No seas ridícula. Tiene que verte el médico.

—No. Estoy bien —insistió, y se incorporó—. ¿Lo ves? Puedo sentarme. No necesito ir al hospital —se sujetaba un poco la cabeza y unas gotas de sangre que le manaban del codo empezaron a manchar el pavimento—. Tengo la sensación de que me he golpeado con algo —parpadeó varias veces—. Una bici. Si. Una bici que iba muy rápida.

—Voy a llevarte al hospital —decidió.

—No me gustan los hospitales.

—¿Siempre es así? —preguntó su padre en voz baja.

—Siempre que está despierta —murmuró Jason, y la sujetó por miedo a que se desmayara—. Adele, tú trabajas para un hospital.

—Eso no significa que me gusten —contestó, y dobló una pierna.

—¿Qué demonios estás haciendo? —preguntó, horrorizado.

—Pues ponerme de pie —contestó ella.

—De eso, nada.

—Por supuesto que voy a levantarme. Y si no vas a ayudarme, quítate de en medio.

—Maldita sea —masculló él cuando vio que, decididamente, iba a levantarse, y la rodeó por la cintura para ayudarla. En cuanto se puso en pie, la gente aplaudió.

Ella hizo una débil mueca que pasó por una sonrisa.

—Quiero irme a casa —le dijo a él en voz baja.

—Ocúpate de Lisa —le pidió Jason a su padre.

—Una mujer poco corriente —dijo Devlin Fortune de modo que solo su hijo pudiera oírlo—. Tiene un corazón de leona.

Jason solo sabía que había salvado a su hija, y que ahora era él quien debía protegerla.

# Capítulo 6

–Me has engañado –dijo Adele.

–Te he traído a casa –replicó Jason, de pie para deshacerse de un poco de nerviosismo. Recordarla tirada en el suelo lo descomponía.

–Pero le has pedido un favor a un médico para que venga a verme a casa. Ya te había dicho yo que estoy bien.

–Hombre, eso de que estás bien no es muy exacto que digamos. El doctor Feore ha dicho que tienes la cadera y la espinilla muy dañadas, una pequeña conmoción y muchos rasguños. ¿Por qué eres tan reticente a que te vea un médico?

Adele se encogió de hombros.

–Debe ser la fuerza de la costumbre. En el hogar en el que me crie, teníamos accidentes cada dos por tres. El médico solo venía si había algo grave de verdad: un hueso roto, una herida en la que hubiera que dar puntos o cosas así. Si llorabas, siempre había alguien que terminaba riéndose de ti, así que al final, terminas endureciéndote.

Su respuesta lo molestaba. Es más, toda la situación lo molestaba. Ojalá su infancia hubiera sido distinta. Ojalá alguien hubiera cuidado mejor de ella. No se merecía una niñez así. Se sentó junto a ella en el sofá.

–Ojalá hubiera sido yo quien hubiera visto la bicicleta.

Adele lo miró y le invitó a acercarse moviendo un dedo.

–Ven aquí

Jason se acercó con precaución, y cuando la vio que empezaba a desabrocharle los botones de la camisa, se quedó completamente inmóvil. El roce de sus dedos le recordaba cómo se había sentido al besarla. Cuando se detuvo, se sintió cómo un yo yó, yendo de una emoción a otra.

–Estaba casi segura de que no me iba a encontrar con una camiseta en la que se viera una enorme letra S de Superman, pero quería comprobarlo. No puedes estar en todas partes al mismo tiempo. Simplemente yo estaba en el lugar oportuno en el momento oportuno y vi lo que iba a ocurrir. Cualquier otra persona habría hecho lo mismo.

En eso Adele se equivocaba.

–Yo no he conocido a otra mujer dispuesta a interponerse entre una bicicleta a toda velocidad y mi hija para salvarla.

–Entonces es que no has conocido a muchas chicas hechas de buena madera irlandesa.

Él se rio. Tenía la piel de porcelana con tan solo un rastro de sol en la nariz, y era pequeña aunque sólida. Tenía unas manos también pequeñas y no se resistió al deseo de entrelazar sus dedos.

–Supongo que no –admitió, y se llevó su mano a los labios–. Gracias.

Vio oscurecerse sus ojos con la misma emoción que él estaba sintiendo por dentro.

–No me mires así –dijo, cerrando los ojos–, como si fuese alguien especial, cuando no lo soy.

–¿Y si lo fueras?

Abrió los ojos.

–Es temporal. Durará no más que un castillo de arena. Seguramente ni siquiera toda una noche.

Jason pensó en contradecirla, pero decidió afrontarlo de otro modo.

—No sabía que fueses tan inconstante.

—¿Yo? —exclamó, sorprendida—. ¿Qué quieres decir?

—Has sido tú quien ha dicho que no duraría ni siquiera una noche.

—Estaba hablando de tu interés por mí.

—¿Y por qué crees saber lo que yo pienso? No me conoces lo suficiente.

Claramente desconcertada, fue a contestar, pero sonó el timbre de la puerta. Jason fue a abrir. Eran su madre y Lisa.

—Lisa estaba tan preocupada por Adele que ha insistido en que viniéramos a verla —explicó su madre a modo de disculpa.

Con un plato envuelto en papel de plástico, Lisa entró decidida y corrió al lado de Adele.

—Te he traído una hamburguesa, patatas, pepinillos, un postre de gelatina y una galleta de chocolate —hizo una mueca—. La abuela ha puesto también un poco de ensalada de patata porque dice que a los mayores os gusta. ¿Te has roto algo?

—Nada de nada —contestó Adele con una sonrisa—. ¿Cómo has sabido que me moría de ganas por una hamburguesa con pepinillos, patatas fritas, gelatina, galletas y ensalada de patata? ¿Es que sabes leer el pensamiento?

Jason vio una rara expresión de complacencia iluminar el rostro de su hija.

—Me lo he imaginado —contestó—. Gracias por salvarme. Siento mucho que te hayas hecho daño.

Adele acarició su mejilla.

—De nada, Lisa. Además, no son más que unos cuantos rasguños —quitó el papel de plástico del plato—. ¿Quieres unas cuantas patatas?

—Se le dan de maravilla los niños —musitó Jasmine.

Jason le dirigió una mirada de advertencia.

—Ni se te ocurra, mamá.

—Puede que no sea de mí de quien tengas que preocuparte —replicó, señalando hacia el sofá.

Lisa se había sentado en el regazo de Adele para compartir con ella la comida, y aquella imagen provocó en él sentimientos encontrados. Ver a su hija absorbiendo la atención de una mujer que podría haber sido su madre le recordó todo lo que la niña se había perdido, y al mismo tiempo quería protegerla de la sensación de pérdida que iba a sufrir cuando Adele volviese a Minneapolis.

—No quiero que se entusiasme con Adele.

—Puede que ya llegues tarde —contestó su madre—. Es difícil no sentirte unida a una persona que te salva de un terrible accidente, sobre todo si tiene el pelo rojo y comparte contigo su galleta.

Su madre tenía razón. Era difícil no establecer un vínculo especial con la mujer que había salvado a su hija.

—Lisa, será mejor que te vayas ya a casa con la abuela. Adele necesita descansar.

La interesada enarcó las cejas.

—¿Ah, sí?

Lisa se echó a reír.

—No se le da nada bien obedecer, papá.

—Seguramente eso es bueno para papá —dijo su madre—. Vamos, cariño. Adele, gracias por hacer de ángel guardián de Lisa.

Adele enrojeció.

—De nada. Y ya basta, ¿eh? No quiero oír nada más de todo eso. La hamburguesa estaba muy buena.

—Espero que te sientas mejor ahora que has comido —dijo Jasmine, y Lisa y ella se marcharon.

—Tú también puedes irte —le dijo Adele a Jason cuando se cerró la puerta—. He comido, me han vendado y estoy perfectamente bien. No hay nada más que puedas hacer por mí.

Él sonrió de medio lado.

—Supongo que pretendías ser delicada diciéndome que no me necesitas, ¿no?

—Sé que te va a costar trabajo comprender lo que te voy a decir, pero llevo toda mi vida ocupándome de mis heridas, y por ahora lo he hecho bastante bien.

—¿Y es que nunca has deseado darte un descanso y que sea otra persona quien lo haga por ti?

En sus ojos apareció un anhelo secreto, pero rápidamente bajó la mirada.

—¿Nunca has deseado tener a alguien en quien confiar lo suficiente para permitir que cuide de ti de vez en cuando?

Ella levantó la cabeza y lo miró desafiante.

—Por supuesto que sí, pero yo no he crecido en tu posición de bienestar. Y no me refiero al bienestar económico, sino al familiar, así que desear poder depender de alguien era un deseo muy peligroso. No me seduzcas con tu familia cuando lo que en realidad quieres es una aventura de una noche.

—Nos faltas al respeto a ambos cuando dices que todo lo que quiero es una aventura de una noche —explotó, airado—. ¿Cómo puedes pensar que bastaría con eso?

Adele contuvo la respiración.

—Jason, en lo que a ti respecta, no sé mucho. Precisamente por eso no quiero empezar nada contigo. Los dos sabemos que no estamos interesados en algo permanente, así que aclárame de qué diablos estás hablando: ¿algo más que una noche y menos que para siempre?

Su pregunta era tan directa, tan adecuada y tan equivocada a un tiempo que sintió ganas de aullar. Haber estado años trabajando para no perder la serenidad y que ahora Adele se la hiciera perder tan fácilmente lo destrozaba aún más. Jamás mujer alguna había tenido aquel impacto en él.

—Te estoy volviendo loco, ¿verdad? —preguntó ella.

–Sí –suspiró.

–Bien. Al menos en eso estamos iguales.

Jason se pasó la mano por el pelo y pensó en besarla, pero al final decidió que no. Ya estaba suficientemente alterado.

–Quiero besarte. Ahora mismo –le confesó–. Quiero hacerte el amor hasta que lo único que seas capaz de decir sea mi nombre. Pero acabas de sufrir un accidente y no estás convencida sobre nosotros, aunque estoy seguro de que esas dos circunstancias van a cambiar. Si me necesitas para algo, para lo que sea, llámame.


El silencio que quedó en la casa tras la marcha de Jason debía ser igual al que quedaba tras el estallido de una bomba. Su energía y su pasión reverberaban entre aquellas paredes.

Adele se pasó el resto de la tarde paseándose por la casa y cambiando de canal en la televisión. Se fue a la cama pronto en busca del descanso que todos insistían en que necesitaba, pero solo consiguió dar vueltas y más vueltas.

Miró el reloj. Era media noche, y maldijo a Jason Fortune por romper la paz de su vida. Dejándose llevar por un impulso, marcó el número del despacho de Jason. Sabía que nadie contestaría a esas horas y que saltaría el contestador automático, que era precisamente lo que quería. No estaba de humor para hablar directamente con él, así que le dejó un mensaje diciendo que se tomaría el día libre y que volvería al trabajo el viernes.

Colgó, quitó el timbre del teléfono y suspiró aliviada. Un día sin Fortunes a la vista.

Aquella decisión funcionó como un encantamiento. Se quedó dormida inmediatamente y no se despertó hasta bien entrada la mañana, pero enseguida se aburrió de dar vueltas por la casa. Echaba de menos Minneapolis y las cosas que le hacían sentirse segura. Aunque la casa estaba bien equipada, se dio cuenta de que había estado tan ocupada que no había añadido ningún toque personal.

Durante uno de sus muchos viajes a las oficinas de la constructora, había visto un vivero, y allí se dirigió.

—¿Puedo ayudarla en algo? —se ofreció el dependiente.

—Quiero escoger unas cuantas plantas de interior. Soy de Minnesota y echo mucho de menos el verdor.

El dependiente asintió con una sonrisa.

—Tenemos una gran variedad. Puede que tenga que regarlas un poco más de lo que estará acostumbrada, pero sobrevivirán perfectamente.

—Gracias —contestó Adele y el dependiente se alejó.

—¿He oído hablar de Minnesota? —preguntó una voz femenina que le resultaba familiar—. ¿Eres tú, Adele?

Adele se dio la vuelta para encontrarse con Jasmine Fortune que sonreía. Verla produjo en ella una mezcla de sentimientos. Jasmine era una mujer tan encantadora y vital que era un placer encontrarse con ella, pero también era la madre de Jason y estaba haciendo todo lo posible por no pensar en él al menos durante un día.

—Señora Fortune —la saludó.

—Llámame Jasmine. Entre tu trabajo en el hospital y el rescate de Lisa, eres prácticamente parte de la familia.

Adele sintió una honda satisfacción, y tuvo que recordarse que la palabra «prácticamente» era la clave del asunto.

—¿Has venido a comprar plantas de interior?

—Puede que te parezca una tontería, pero echo de menos a mis plantas, y espero que poniendo más verde a mi alrededor, me sienta casi como en casa.

—Un poco de nostalgia —dijo Jasmine, apoyando una mano en los hombros de Adele y mirando el expositor de plantas—. No te lleves eso. ¿Quieres algo que florezca?

Durante una hora, Jasmine, con sus maneras abiertas y cálidas, la ayudó a elegir casi un bosque en miniatura para su casa.

–Espero no matarlas todas –dijo Adele cuando pagaban.

Jasmine abrió el bolso.

–¿Por qué no me dejas que te las regale como presente de bienvenida?

–De ningún modo –contestó con más aspereza de la que pretendía, e inmediatamente suavizó el tono–. Te lo debo por pensar en la ensalada de patata ayer.

Jasmine se echó a reír.

–Nunca me habían rechazado de un modo tan original. ¿Quieres comer conmigo, o has de volver al trabajo?

–Me he tomado el día libre –contestó, y aunque no estaba segura de que fuese una buena idea, no tuvo el valor de rechazar a Jasmine por segunda vez.

–Kate está entusiasmada contigo –comentó Jasmine cuando las dos se hubieron acomodado en un encantador café que había cerca del parque.

–Es una mujer maravillosa –contestó Adele–, y cuando está convencida de algo o de alguien, es la persona más generosa que conozco.

Jasmine asintió.

–Sé que le costó trabajo asimilar el hecho de que su marido fuese el padre de Devlin y Hunter con otra mujer, pero desde que por fin lo consiguió, ha sido una entusiasta de la familia. Además es una casamentera de cuidado. Está decidida a conseguir que todos los miembros solteros de la familia acaben felizmente casados.

–¿Quién es el primero de la lista? ¿Tyler?

Jasmine enarcó las cejas.

–Tyler es el primero de la lista de todos. Por ahora ha esquivado las flechas, pero estoy segura de que eso cambiará pronto.

Adele tomó un sorbo de té.

–¿Ha conocido a alguien?

Jasmine sonrió.

–Si no la ha conocido, la conocerá –replicó, e hizo un gesto disuasorio con la mano–. Pero ya basta de todo eso. Háblame de ti.

–Soy de Minnesota, me he graduado en Filosofía y he hecho después un curso de posgrado en ética de la empresa y leyes.

–Ya sé que eres toda una eminencia, pero de lo que me gustaría saber es de tus intereses y tu familia.

Adele intentó no parecer nerviosa. Era una tontería, pero no quería que la opinión que Jasmine tuviese de ella empeorara por su falta de familia.

–Mi trabajo me ha mantenido muy ocupada hasta ahora, pero me gusta nadar y pescar cuando tengo la oportunidad. En Minnesota trabajo muchas veces como voluntaria con los niños del hospital. Les leo cuentos y cosas así. Familia no tengo. Crecí en un hospicio. Allí fui entrenadora de voleibol hasta que me fui.

–No tienes familia –repitió Jasmine–. Entonces supongo que los Fortune debemos parecerte un poco agobiantes a veces.

–A veces –admitió con una sonrisa–, pero pienso que sois afortunados de teneros los unos a los otros.

–Somos una familia muy unida, pero mis hijos son muy reservados en cuanto a su vida personal, y yo, como madre, no puedo evitar preocuparme por ellos. Jason se casó joven y se vio obligado a madurar deprisa. Devlin y yo también nos casamos jóvenes, pero fue muy distinto –sus hermosos ojos oscuros se tornaron pensativos. A veces pienso que Jason se oculta tras sus responsabilidades en la constructora y con Lisa.

La preocupación de Jasmine por su hijo la afectó profundamente. El amor y la ternura de Jasmine eran como una brisa cálida. No había deseo de interponerse en la vida de su hijo, o de saber más, y sintió el irrefrenable deseo de consolarla.

—Tu hijo es un hombre fuerte. Lo educaste maravillosamente bien.

Jasmine sonrió.

—Devlin y yo supimos que teníamos material de primera entre las manos cuando llegó Jason —ladeó la cabeza e hizo una pausa—. Tienes buen corazón, Adele.

Y ese corazón se le inflamó dentro del pecho. Era la primera vez que alguien le hacía un cumplido así. Habían alabado su inteligencia, su disciplina, su perseverancia, pero nunca su corazón. De hecho, siempre había tenido la vaga impresión de que le iba mejor siguiendo los dictados de su cabeza que los del corazón, pero en aquel instante fue como si tuviese una madre y hubiera sido ella quien hubiese alabado su buen corazón.

—Gracias —dijo, pero la palabra le pareció inadecuada ante su regalo.


Las palabras de Jasmine la acompañaron durante el día siguiente y no pudo evitar contemplar a Jason desde una perspectiva diferente. Pasaron la tarde confeccionando un borrador sobre lo que iba a ser la política del centro en casos de embarazo juvenil.

—Admiro hasta qué punto estás dispuesto a comprometerte —le dijo—. Hay hospitales infantiles que ni siquiera quieren tocar el tema.

Él se echó hacia atrás en su sillón y dejó el bolígrafo sobre la mesa.

—No podríamos dar de lado este tema. Mi abuela, Natasha Lightfood, se quedó embarazada a los diecinueve años de mi padre y su hermano –dijo, y miró hacia otro lado–. Mi mujer se quedó embarazada por primera vez también con diecinueve años.

–¿Por primera vez?

–Tuvo un aborto –confesó, y Adele volvió a sentir que para Jason era difícil hablar de su mujer. Cuando la miró de nuevo, sintió que iba a cambiar de tema–. Mi madre me ha contado que comisteis juntas ayer, y le he preguntado cuál era su secreto.

–¿Su secreto?

–Sí, el secreto para conseguir que vayas a comer con ella.

Adele sintió un intenso calor al ver brillar la pasión en sus ojos.

–¿Y bien? ¿Cuál es el secreto?

–Yo.. eh... –tuvo que morderse la lengua para dejar de balbucir–. Es que ella no me afecta del mismo modo que tú –espetó, e inmediatamente deseó poderse fundir con la alfombra que tenía bajo los pies.

Él sonrió.

–Supongo que eso es bueno.

Para no encontrarse con sus ojos miró el reloj.

–Las seis y media. No me había dado cuenta de que fuese tan tarde. Tu hija se va a lanzar a tu cuello cuando llegues a casa.

Jason movió la cabeza.

–Lisa está en la fiesta de cumpleaños de una amiga, y va a quedarse a dormir allí.

–Ah –contestó. El estómago le estaba haciendo cosas raras.

–He pensado que podíamos cenar en...

El teléfono sonó y Jason frunció el ceño.

–¿Quién llamará a estas horas? Jason Fortune –contestó, y abrió de par en par los ojos–. ¿Un accidente en la obra?

Adele sintió que la sangre se le helaba en las venas. Jason

se levantó y con el teléfono pegado a la oreja, se acercó a la ventana.

—¿Hay algún herido?

Adele aguantó la respiración. Luego lo vio colgar con expresión sombría y tensa.

—Ha habido un accidente en la obra —dijo, casi con demasiada serenidad—. El ascensor de obra se ha desplomado. El capataz, Mike Dodd, iba dentro y ha muerto.

—Dios mío...

—Tengo que irme para allá ahora mismo, pero antes he de llamar a los miembros del consejo.

—¿Quieres que los llame yo? —preguntó, desesperada por ayudar.

Jason asintió.

—Sí. Ten, aquí tienes sus números de teléfono —dijo, sacando una lista del cajón de su mesa—. Diles que aún no tenemos detalles, pero que dentro de una hora volveremos a ponernos en contacto —Jason se colocó la chaqueta y se pasó una mano por el pelo—. Dios... muerto. Así. Sin más.

—¿Lo conocías?

Jason asintió.

—Mike tuvo una juventud complicada, pero ahora parecía irle todo bien. Ser capataz del proyecto era muy importante para él —suspiró, y Adele vio el peso de la responsabilidad casi físicamente sobre sus hombros—. Los próximos días van a ser una pesadilla. Una muerte en la obra —cerró los ojos un instante—. Es la primera vez que ocurre algo así en una de nuestras obras —los abrió y la miró—. Los miembros del consejo van a tener mil preguntas, y yo, dos mil.

—Puedo quedarme aquí y servirte de enlace. Si quieres, puedo llamar a Lisa para que no se asuste.

—Buena idea —miró el reloj—. Esto se va a prolongar, y hoy es viernes.

–No tengo nada mejor que hacer.

–De acuerdo –contestó, y la confianza vibró en el aire.

Podía contar con ella. Saberlo despertó algo en su interior. Era lo que más deseaba en el mundo: que contase con ella. Quería ser ella la persona de la que pudiese llegar a depender.

Con el corazón en la garganta, lo vio llegar a la puerta.

–Si hay algo más que pueda hacer, lo que sea, házmelo saber, por favor.

Parecía tan fuerte, tan dolido y tan solo en aquel momento en el que el proyecto para el que tanto había trabajado, que tanto significaba para su familia colgando de un hilo que, siguiendo su corazón en lugar de su cabeza, se acercó a él y lo besó. Y cuando lo vio alejarse por el pasillo, tuvo la sensación de que todo en su mundo estaba a punto de cambiar.

# Capítulo 7

Al llegar a la obra, Jason aparcó el coche tras varios vehículos con luces brillantes en el techo: un coche de bomberos, un todo terreno de la policía y una ambulancia que se puso en movimiento nada más llegar él.

Jason sintió un nudo en el estómago. En aquella ambulancia debía ir el cuerpo de Mike Dodd. La pesadilla había comenzado.

Vio a su hermano hablando con un policía.

–Jason Fortune –se presentó.

–Oficial Crowther. ¿Son hermanos?

Tyler asintió mientras Jason miraba a su alrededor. Era difícil creer que hubieran estado celebrando la buena marcha del hospital solo dos días antes.

–Estaba diciéndole a su hermano que al haber habido una muerte, tendrá que haber una investigación por parte de Sanidad y Seguridad Laboral.

Sabía que ese tipo de investigaciones podían causar grandes retrasos en una obra.

–Siempre hay preguntas que hacer en estos casos –añadió el oficial.

–Créame –contestó Jason–: nosotros deseamos más que nadie dar repuesta a esas preguntas. ¿Nos disculpa un momento, por favor?

—Claro.

Jason y Tyler fueron al barracón de oficinas.

—¿Qué hacía Dodd aquí a estas horas? —preguntó en cuanto cerraron la puerta.

Tyler estaba aturdido. Nunca lo había visto así, casi sin palabras.

—No lo sé. Todo el mundo se había ido ya. Quizás estuviera revisando algo. Parece ser que el ascensor cayó desde el piso quince.

—Entonces, ¿no había nadie más aquí?

—Nadie excepto Angelica Dodd, la hermana de Mike, y Riley.

Aquello era cada vez más confuso. Riley Fortune, su primo, era el director financiero de Construcciones Fortune.

—¿Riley? ¿Y qué demonios estaba haciendo aquí? ¿Es que ha habido alguna discrepancia en las cuentas?

—No que yo sepa, y en cuanto a Angelica lo único que sé es que prácticamente ha sido ella quien ha criado a Mike, y que trabaja como camarera en el Camel Corral. Es posible que supiera que se había quedado a trabajar hasta tarde y le trajera algo de comer.

—¿Sabías que hubiera problemas con el ascensor?

—No, ninguno —contestó Tyler, y lanzó un juramento—. Si hay algún proyecto que no quería que se complicara de ningún modo, era este. No sé cómo ha podido pasar algo así.

—No es culpa tuya. Llamaremos a los abogados de la empresa y te prometo que averiguaremos qué ha pasado aquí,

—Hoy es viernes. Nos va a costar trabajo encontrar a alguien.

—Los pagamos para que estén localizables en cualquier momento, y no vamos a permitir que alguien de fuera inicie una investigación antes que ellos. Hay demasiado en juego.

Su sueño de sangre y muerte se había hecho realidad y sintió un escalofrío.

Media hora después, tras haber hablado de nuevo con el oficial Crowther, llamó a Adele para ponerla al corriente, y su voz le sonó como el agua tras haber vagado por el desierto.

—Hay muchos detalles que desconocemos aún —le explicó—. Ya tenemos a uno de nuestros abogados aquí. Tyler está revisando los partes diarios de la obra y yo he hablado con la prensa. ¿Podrías decirle a mi madre que será mejor que Lisa se quede con ella unos días? Voy a tener mucho trabajo.

—Desde luego. ¿Has comido algo?

—Ni siquiera he pensado en comer.

—No te preocupes: ya me ocupo yo.

—Tú ya puedes irte a casa, Adele. Hasta mañana.

Y colgó preguntándose por qué el simple hecho de hablar con ella y oír su voz le hacía sentirse mucho mejor.

Un rato después, un guardia de seguridad entró con una bolsa de comida.

—¿Quién de ustedes es Jason Fortune? —preguntó. Tyler y Devlin, que había llegado hacía poco, estaban también allí.

—Soy yo.

El guarda metió la mano en la bolsa y sacó un sándwich envuelto.

—Una pelirroja muy guapa, pero un poco mandona me ha hecho prometer que se lo entregaría en mano. Dice que también hay unas cuantas galletas en la bolsa.

El hombre depositó la bolsa sobre la mesa mientras los tres se miraban en silencio. La atmósfera de la oficina estaba tan tensa que las palabras del vigilante la cortaron como un cuchillo.

—Una pelirroja guapa y un poco mandona —repitió Tyler, sonriendo—. Me pregunto quién puede ser.

Jason movió la cabeza y no pudo evitar sonreír.

—Le dije que se fuera a casa.

—Y seguramente lo ha hecho, pero después de haber ido a

comprar la comida y de acosar al pobre vigilante. Anda, pásame la bolsa –le pidió su hermano.

La noche de pesadilla continuó. Jason apareció en el informativo de televisión a la mañana siguiente y luego se reunió con el consejo de dirección. Las comidas siguieron llegando a intervalos regulares, entregadas todas ellas, según le decían, por una pelirroja. Aquella noche volvió por fin a casa y pudo dormir unas horas.

El domingo se reunión con Link Templeton, un detective de magnífica reputación con quien Jason conectó inmediatamente. Link tenía el aire de hombre experimentado y para él fue un alivio saber que alguien capaz iba a intentar llegar al fondo del asunto.

Era ya domingo por la tarde cuando volvía de nuevo a casa, pero desasosegado como estaba por los incidentes del día, tomó la dirección de casa de Adele en lugar de la suya.

Adele le abrió la puerta y verla fue como ver amanecer. Llevaba una bata de seda larga, tenía la cara lavada y sin una gota de maquillaje y el pelo suelto.

–Pasa –le dijo sin dudar.

Antes de verla, se sentía como en carne viva por el accidente, pero en aquel momento, se sintió en carne viva por el deseo que lo inspiraba aquella mujer. Cerró la puerta e inmediatamente la abrazó.

–¿Cómo estás? –le preguntó ella, mirándolo con sus ojazos verdes.

–Muy bien alimentado –contestó–. ¿Cuántas veces has llevado comida a la obra?

–Unas cuantas. Supuse que te olvidarías de comer a menos que alguien se encargara de ponerte la comida delante de las narices.

–No te equivocabas. ¿Cómo conseguiste que los vigilantes te obedecieran?

—Perseverancia —le explicó—. Y galletas,

Jason se echó a reír y hundió las manos en su pelo.

—Galletas con los colores del arcoiris. A mi padre le han gustado.

Ella sonrió.

—Me alegro.

Tenía la sensación de haber esperado toda una eternidad para besarla, y no pudo esperar un minuto más. Su sabor prendió en su cuerpo como en una tea. En otro momento, podría haber ido más despacio, porque se merecía el tiempo y la seducción, pero en aquel instante tuvo que hacer un esfuerzo desmesurado por separar los labios de su boca.

—No puedo ir despacio hoy —le confesó, y su voz le sonó áspera incluso a él—. Si quieres que me vaya, dímelo ahora. Contaré hasta diez.

Adele se limitó a mirarlo sin contestar, y los segundos fueron pasando al ritmo de las palpitaciones de su corazón. Un brillo fugaz de temor apareció en sus ojos y los cerró, pero aun así no dijo nada.

El tiempo pasó y por fin abrió de nuevo los ojos. El temor había sido reemplazado por un deseo ardiente que fue para él como la más íntima de las caricias. Hundió las manos bajo su bata y tiró de ella. Adele quedó totalmente desnuda ante él.

Sin preocuparse por su desnudez, enredó los dedos en su pelo negro y lo besó en la boca. Jason giró hasta que Adele sintió la pared fría en su espalda y calor en todo el resto del cuerpo.

Tuvo un sobresalto de temor. Su pasión era tan poderosa que se preguntó si la consumiría hasta que no quedase nada de ella. Nunca había conocido a un hombre que la deseara de aquel modo. Nunca se había imaginado que pudiera llegar a desear así a un hombre.

Pero dejó a un lado los temores y se dejó guiar por el corazón, y sin pensar, le quitó la chaqueta y desabrochó los botones de la camisa.

Jason se deshizo de la camisa y sin dejar de mirarla con fuego en los ojos, la tomó en brazos y la llevó al dormitorio. La dejó sobre la cama, sacó los preservativos de la mesilla y se quitó el pantalón y los calzoncillos.

Los músculos de su pecho y su abdomen se contraían con los movimientos, y su sexo era fuerte y vibrante. Se tumbó sobre ella, cubriéndola con su musculoso cuerpo.

–Te he deseado desde el primer momento en que te vi –confesó, y devoró su boca mientras la mano viajaba a encontrarse con su pezón. Las sensaciones eran tan intensas que se sintió enardecida.

–¿Por qué? –preguntó sin aliento–. ¿Por qué yo?

–Porque eres más fuerte que cualquier mujer de las que conozco –con la otra mano separó sus piernas y la acarició–. Tenía que poseerte –dijo, hundió un dedo en su interior y ella gimió–. No es suficiente. Te deseo toda, y ya.

Y se deslizó sobre su cuerpo para llegar con la boca a sus pezones.

Adele se arqueó contra él y sintió que la volvía loca con la boca y las manos. Su urgencia alentaba la suya. La necesidad ardía como el fuego. Deslizó las manos por sus hombros y su pecho, y él se incorporó para devorar sus labios.

–Quiero besarte por todas partes –susurró.

Adele bajó las manos por su abdomen y rozó su sexo con los dedos.

Jason se quedó inmóvil.

–No...

Adele volvió a acariciarlo y sintió que él se tensaba.

–¿Por qué...?

Con una maldición entre dientes, Jason buscó protección y, sin dejar de mirarla, separó sus piernas y la penetró.

Adele contuvo la respiración y él cerró los ojos y apretó los dientes.

—Eres tan pequeña...

—Pues tú no —gimió ella.

—No quiero hacerte daño —dijo, mirándola a los ojos.

—No me lo has hecho —contestó Adele, que ya empezaba a adaptarse a él.

—¿De verdad?

—Más bien ha sido sorpresa. Bésame.

Sus ojos se oscurecieron más, si es que era posible, y la besó en la boca con caricias tan ardientes que ella temió volverse líquida. No se movió. Siguió besándola hasta que ella no pudo permanecer quieta por más tiempo.

—No —le dijo él, pero Adele no lo escuchó—. No se te da bien obedecer —añadió tras unos segundos.

—¿Y no te alegras de ello? —lo desafió, y sintió entonces que se hundía dentro de ella.

Contemplando su cuerpo, comenzó a moverse rítmicamente, dentro y fuera.

—No sé cómo voy a saciarme de ti —dijo, y volvió a besarla.

El movimiento de su lengua era el mismo que el de sus caderas, y las sensaciones que con ello provocaba no se podían describir. La respiración de ambos se hizo entrecortada y Adele se sintió más cerca de la cumbre.

—Vamos, Addie, lo quiero todo —susurró él.— Lo quiero todo de ti.

Como un tornado que hubiera llegado por sorpresa, Adele se sintió catapultada hacia las alturas, y tuvo que aferrarse a él para no caer cuando el clímax le hizo perder todo el control.

Un momento después, intentó volver a pensar y a respirar, con la cabeza de Jason apoyada en el hueco de su hombro, su respiración tan agitada como la suya. Cuando su cabeza volvió por fin a funcionar, estaba menos preocupaba por sus pulmones y más por otra parte mucho más vulnerable de su ser. Temió que el hombre que acababa de apoderarse de su cuerpo hubiera hecho lo mismo con su corazón.

Jason la deseaba otra vez. Aquello era increíble. Nunca se había sentido tan satisfecho sexualmente y tan hambriento al mismo tiempo. En su cabeza volvía a hacerle el amor, y sintió que su cuerpo reaccionaba a la velocidad del rayo.

Adele se movió un poco bajo su peso y él se tumbó a su lado para quitarle de encima el peso de su cuerpo, pero sin dejar de abrazarla por la cintura. Ella hizo ademán de apartarse, pero él la sujetó instintivamente y la miró a la cara.

Parecía perdida.

—¿Qué ocurre? —le preguntó.

Ella tragó saliva.

—Yo... es que... —se humedeció los labios—. No estoy acostumbrada a esto —dijo, temblándole la voz.

Él se incorporó, pero no se separó de ella.

—A hacer el amor —concluyó él. Por eso la sorpresa y la tensión de su cuerpo.

—Eso también —dijo—. No estoy acostumbrada a... a este.

Las manos también le temblaban y el instinto de protección de Jason afloró a la superficie.

—¿A qué? —preguntó, abrazándola.

—A ti —contestó en voz baja—. A tener la sensación de que he sido engullida por un tornado.

—Ha sido demasiado rápido.

—No, no —hizo una pausa—. ¿Para ti sí?

La confianza que vio en su mirada lo atrapó como en una red.

—Sí —contestó, acariciando su mejilla con el dorso de la mano–. Pero es que no podía esperar. Quizás para ti no tenga sentido, pero tengo la sensación de haber estado esperando para hacerte el amor desde que nos conocimos –hizo una pausa–. ¿Y tú?

Ella lo miró a los ojos y la intensidad de la emoción que vio en ellos lo dejó obnubilado.

–Antes –dijo por fin.

–¿Antes de qué? –preguntó él, confuso.

–Desde antes de conocerte –susurró, y puso su mundo de nuevo patas arriba.

Después, Jason la tuvo en brazos durante un tiempo infinito, hasta que dejó de temblar y se relajó. Después, casi ya con el alba, se despertó y volvió a hacerle el amor con tanta ternura que ella volvió a temblar.

Al fin y al cabo, puede que no tuviera nada que ver con la prisa, pensó ella al levantarse despacio de la cama sin despertarlo. Quizás los temblores fueran solo por él. Aquel inquietante pensamiento creció al recoger su ropa y la de Jason del recibidor, y para cuando se puso la bata y se lavó la cara con agua fría, tenía la sensación de haber cometido un terrible error.

Los brazos de Jason en su cintura la pillaron desprevenida y dio un grito. Completamente a gusto con su desnudez, él la miró enarcando una sola ceja.

–¿Estás un poco nerviosa esta mañana?

–Supongo que sí –dijo, y se volvió a mirarlo–. No sé cómo hacer esto.

–¿Hacer qué?

–Pues... lo que estamos haciendo –contestó, y se preguntó si alguna vez había estado más torpe.

Él sonrió.

—Pues yo diría que lo has hecho de maravilla para no saber lo que estabas haciendo.

Ella suspiró.

—No me refiero a eso. Esto es precisamente por lo que no quería hacer esto– qué desastre. Parecía incapaz de expresarse con claridad–. Lo que quiero decir es que yo no estoy hecha para ser la amante de nadie, y Dios sabe que tampoco voy a ser tu esposa. Pero es que todo ha sido tan intenso... Y además, está tu familia.

—Dejemos a mi familia a un lado y mantengamos en la intimidad lo que es íntimo –dijo–. Yo sé cómo cuidar de ti.

Sus palabras fueron como un jarro de agua fría.

—¿Ah, sí? Sé que eres un hombre seguro de sí mismo, pero tu familia forma también una parte muy importante de ti. ¿Cómo no van a darse cuenta de lo que está ocurriendo?

Él apretó los dientes.

—Ya lo he hecho antes.

—¿No me digas? –era como si le hubiese dado una bofetada–. Y yo que juraría haberte oído decir que esto era diferente para ti. Pero ya veo que te has sentido exactamente igual en otras ocasiones y con otras mujeres.

Su expresión cambió.

—Adele...

—Creo que lo mejor será que te vayas.

—Me has malinterpretado.

—Sí, creo que sí. Creo que debes irte. No puedo pensar contigo ahí desnudo. Bueno, la verdad es que no podría pensar ni aunque estuvieras vestido de esquimal y a diez metros de mí. Vete, por favor.

Pero él no se movía. El miedo iba en aumento y supo que tenía que hacer algo drástico.

—No pienso irme.

—Está bien: tú vístete y yo me iré al salón.

Él la miró como si no confiase en ella, y hacía bien.

–De acuerdo –accedió a regañadientes–. Estaré ahí en un minuto.

Él sí, pero ella no, pensó mientras recogía cinco dólares de la cocina y las llaves del coche. Debió oír la puerta, porque justo antes de cerrarla, lo oyó gritar:

–¡Adele!

# Capítulo 8

Desde luego, había perdido la cabeza.

–Mantengamos en la intimidad lo que es íntimo –repitió en voz alta–. Sí, claro. Como si no se me notara en la cara cada vez que se acerca a menos de diez metros de mí.

Lo bueno de los autoservicios era que no necesitaba una bajarse del coche para pedir la comida, así que, vestida con su bata, pidió varias cosas, ya que suponía que iba a tardar un buen rato en volver a casa. Luego, aparcó en un rincón del aparcamiento lejos de la carretera y tomó un bocado de su sándwich de huevo, beicon y queso.

Puede que no fuera el paso más racional del mundo salir de la casa sin zapatos y con tan solo aquella fina bata de seda, pero no lo era más que acostarse con Jason Fortune.

Tomó un sorbo de zumo de naranja y frunció el ceño. Debía estar bien lo de tener esa clase de control. Ella también lo había tenido, siglos atrás.

Tomó un trago largo de café y cerró los ojos. Jason se quedaría un rato en su casa, pero ya que era don importante en Construcciones Fortune, no podría quedarse demasiado tiempo allí un lunes por la mañana. Recordó entonces el accidente en la obra, y su apetito se desvaneció.

Con un suspiro, echó lo que le quedaba de sándwich en la bolsa y decidió que lo mejor sería enfrentarse al gran león de los Fortune cuando hubiese recuperado la compostura. El desayuno, una buena ducha y el pelo recogido en un austero moño ayudarían a proyectar la imagen de calma que buscaba.

Cuando Jason llegó a la oficina, estaba que mordía.

—Barbara —le ladró más que le pidió a su asistente—. Póngame con la señorita O'Neil en cuanto llegue.

—Sí, señor. Tiene varios recados y su hermano...

Jason abrió la puerta para encontrarse con Tyler.

—Tu hermano está aquí dispuesto a matar el tiempo hasta que la inspección acabe con el edificio.

Jason respiró hondo. La verdad es que comprendía la incapacidad de su hermano para quedarse de brazos cruzados. Lo que había ocurrido podía destrozarle los nervios a cualquiera... lo mismo que aquella pelirroja que le había dejado plantado.

—Puedes ocuparte de los preliminares del proyecto de Westin en Río —le sugirió Jason, cerrando la puerta a su espalda.

—Creía que aún no estaba aprobado.

—La semana pasada nos dijeron que sí.

Tyler se encogió de hombros.

—Por eso eres tú el director de marketing. Si hay alguien capaz de transformar un no en un sí, eres tú.

Jason volvió a pensar en Adele y tuvo que morderse la lengua.

Tyler lo miró atentamente, reparando especialmente en los puntos en los que su hermano se había cortado al afeitarse.

—No tienes buen aspecto. ¿Es que has pasado mala noche?

—Estoy bien. Es que no he tenido buena mañana.

Tyler se alarmó.

—¿Es que te ha llamado el investigador? ¿Hay malas noticias?

—No, no. No es nada de eso.

—Entonces, ¿qué demonios...? —hizo una pausa—. No tendrá nada que ver con nuestra pelirroja, ¿verdad?

Jason tardó un segundo de más en encontrar una respuesta. Lo supo por la expresión de Tyler.

—¿Te la has llevado a la cama por fin?

—No es eso —contestó, irritado—. Me has pedido algo que hacer, ¿no? Pues sal de aquí y ponte con lo de Westin.

—Déjame adivinar: habéis pasado la noche juntos y ahora quiere que te cases con ella.

—No exactamente. Me ha dejado plantado esta mañana —dijo, aún incrédulo.

Tyler se encogió de hombros.

—Eso pasa de vez en cuando. Las mujeres son raras. Puede que no se sintiera cómoda en tu casa, o algo así.

—No estábamos en mi casa.

—¿Eh? ¿Pues dónde estabais?

—En la suya. Empezó una conversación de lo más raro, me pidió que me marchara y cuando le dije que no, se escabulló por la puerta de la cocina mientras yo me vestía. No llevaba nada de nada debajo de esa condenada bata —murmuró, y empezó a pasearse por el despacho.

Tyler se echó a reír.

—¿De verdad te ha dejado plantado en la casa que se supone que es suya mientras esté aquí? —volvió a reír—. Eso es pura desesperación, Jason. ¿Qué le has hecho a la pobre?

Tyler recordó la noche que habían compartido y dejó de pasearse.

—Nada que la haya obligado a marcharse. Nada que... —se interrumpió y frunció el ceño—. Cuando llegue, voy a darle un curso acelerado de etiqueta, si es que me resisto a estrangularla primero.

Tyler asintió despacio.

—Sí, ya. Sería una forma estupenda de convencerla para que volviera corriendo a casa.

—Esto no es asunto tuyo —espetó de mal humor—. Y ni se te ocurra hablar de ello con nadie, y mucho menos con mamá y papá.

—¿De verdad crees que papá no se va a dar cuenta de nada? Lee en nosotros como en un libro abierto.

—No me importa. No quiero que hables de ello, y punto. Cuando hablo con ellos jamás toco el tema de tu soltería, y te garantizo que podría hacerte la vida muy difícil.

—Vale, vale —contestó, componiendo con los dos índices el símbolo de la cruz.

Jason sacó de un cajón el expediente de Westin y se lo entregó.

—Esfúmate.

—Como ordenéis, mi amo. Y suerte con la pelirroja.

La pelirroja llegó cuando Jason estaba atendiendo una videoconferencia, pero en cuanto terminó, respiró hondo y llamó a la puerta del despacho de Adele. Tenía la puerta entreabierta y estaba sentada a su mesa leyendo una publicación profesional y tomando notas. Llevaba el pelo en un moño más tirante de lo habitual, e iba vestida de negro.

Levantó la mirada y en sus ojos leyó una turbulenta emoción. Parecía estar de guardia con todos sus sentidos. Se levantó.

—Siento haberme marchado de ese modo esta mañana, pero por otro lado, no lo siento.

Jason se acercó.

—No hemos podido hacer nada al marcharte.

—Yo sí: he desayunado y he trabajado para recuperar la cordura.

—¿Y lo has conseguido?

La vulnerabilidad de su mirada le llegó al corazón.

—He iniciado el camino —contestó, y miró hacia otra parte—. Hemos cometido un error.

Jason sintió un nudo en el estómago.

—Si pudieras hacer retroceder el tiempo, ¿harías otra cosa?

Ella cerró los ojos y guardó silencio durante un momento.

—No —dijo al fin—, pero no va a funcionar. Puede que tú seas capaz de ocultar tus sentimientos, pero yo no tengo esa capacidad.

Jason se acercó a ella por la espalda y la rodeó con los brazos.

—Quizás ninguno de los dos deberíamos ocultarlos.

Adele se dio la vuelta para mirarlo como si hubiera perdido el juicio.

—¿Y tú crees que Kate, tu padre o tu madre no tendrán nada que decir al respecto? Ya sabes cómo es Kate. Habrá elegido las flores para la iglesia antes de que puedas darte cuenta.

Jason hizo una mueca. Tenía razón, pero estaba decidido a seguir viéndola.

—Estás decidida a no seguir, ¿verdad?

Ella frunció el ceño.

—No lo sé. Solo sé que no estoy hecha para ser la amante o la esposa. ¿Qué crees que puedo ser entonces?

—¿Qué tal compañera, amiga, fuerza impulsora de mi vida?

Ella lo miró pensativa.

—Podría ser —admitió de mala gana—. ¿Y cómo contestamos a las preguntas?

—No tenemos por qué hacerlo —respondió con una sonrisa—. Se cambia de tema o se dice abiertamente que no se quiere hablar del asunto.

Adele no parecía convencida.

–¿Y crees de verdad que funcionará?

Jason cerró la puerta, echó el pestillo y volvió a abrazarla.

–No quiero que pienses en Kate, en mis padres, o en ninguno de los demás Fortune –la besó levemente en los labios y el recuerdo de su intimidad compartida revivió con fuerza–. Quiero que pienses en mí –concluyó, e hizo todo lo que pudo por conseguirlo.

Mucho después, volvió a pasar por su despacho.

–Te invito a cenar esta noche –le dijo. Se la había encontrado trabajando descalza, los pies apoyados en un armario bajo y con unos cuantos mechones de pelo que habían escapado al férreo control de las horquillas. No parecía la misma persona de aquella mañana. Mirarla le hacía sentir dolor y calma a un tiempo. Qué desesperación.

–Creo que será mejor que no –contestó, arrugando la nariz–. No estoy preparada para una aparición pública.

Su rechazo lo pilló desprevenido. Se había pasado la vida perseguido por mujeres mucho más interesadas en su apellido, su dinero y el prestigio que acarreaba verse asociadas con él.

–¿Estás diciendo que no quieres que te vean conmigo?

Ella sonrió tímidamente.

–Más o menos –se levantó–. Pero puedes venir a cenar a mi casa, si quieres.

Lo que quería por encima de todo era llegar a comprenderla.

–Creía que no querías ser una amante.

–Y no quiero. Lo que ocurre es que no estoy preparada para que hablen de mí como la chica del momento de Jason Fortune.

Él elevó al cielo a mirada.

–Vuelves a confundirme con Tyler.

Ella lo miró muy seria.

–En absoluto.

Jason no terminaba de decidir cómo se sentía. Por un lado deseaba esconder lo que tenían y por otro, deseaba contarlo a los cuatro vientos. Lo que sí sabía bien era que experimentaba una irracional posesividad hacia ella que, de saberlo Adele con su fiera independencia, se horrorizaría.


Adele preparó una cena que no habían terminado de comer cuando él le hizo el amor. Luego, envueltos con una manta, la acurrucó contra su pecho, y se llevó su mano a los labios para besarla.

–¿Por qué no llevas joyas?

–Me pongo pendientes de vez en cuando.

–Pero nunca anillos, ni adornos en el cuello.

–Cuando era pequeña, tuve una compañera de habitación en el hogar que se llamaba Annabelle. Decía que su madre iba a volver a buscarla en cuanto se pusiera bien, pero como ese era el sueño de todas nosotras, nadie la creía –sonrió–, excepto yo. Yo sabía lo de sus aderezos.

–¿Aderezos?

–Annabelle tenía joyas: un anillo que su madre le había metido en la tarta de su sexto cumpleaños, un brazalete con una inscripción grabada en su interior, un camafeo con una foto en pequeñito de su madre y ella... cuando no llevaba todo aquello puesto, lo guardaba en una preciosa caja de música que también le había regalado su madre y que sonaba con la canción *Edelweiss*, que era la que su madre la cantaba al acostarla por las noches.

–¿Y vino su madre a buscarla? –preguntó, acariciando su pelo.

Adele asintió.

—Sí. Había estado enferma de tuberculosis y tardó un tiempo en recuperarse, pero cuando lo consiguió fue a buscarla. Lloré porque nunca había visto a dos personas tan felices. Creo que fue ella quien modeló mi opinión sobre las joyas.

—¿En qué sentido?

—Pues que si voy a llevar joyas, quiero que tengan historia. Si no, son solo aderezos.

Conmovido por la historia, guardó silencio, pero pensó en Cara y en lo importante que eran para ella las joyas: cuanto más grande y más brillase el diamante, mejor. A veces había tenido la sensación de que el dinero y la posición de su familia eran más importantes para ella que él. Luego pensó en Adele, y en las carencias de su niñez, y sintió un deseo irrefrenable de darle todo lo que nunca había tenido y que jamás debió faltarle. Tan intenso era el deseo que se asustó. No estaba preparado para sentir algo así por alguien.

A cada respuesta que iba obteniendo, surgían nuevas preguntas. ¿Adónde le conduciría todo aquello?


Al día siguiente, Adele intentó acostumbrarse a la nueva sensación de estar constantemente en las nubes. Su corazón no latía como de costumbre.

—A lo mejor necesito un marcapasos —musitó en voz baja. Estaba en el despacho de Jason, esperando a que él terminase de hablar con alguien que lo había llamado desde el otro lado del mundo. Jason Fortune había puesto patas arriba su ordenada existencia , y para ella se trataba de escoger entre dos males. Pero lo que Jason le hacía sentir era demasiado intenso como para dejarlo pasar.

Habían pasado la mañana trazando las directrices del programa de atención de embarazos juveniles. Era admirable su capacidad.

Jason colgó por fin el teléfono y sonrió.

—¿Dónde estábamos?

—En un punto de descanso estupendo —recordó—. ¿Qué tal fue la fiesta de Lisa?

—De perlas, y para remate, mi madre la ha estado mimando durante los días que ha estado con ella. Anoche volvía a casa. Por eso no me quedé hasta tarde contigo. Por cierto: me ha preguntado por ti.

Adele se sintió enormemente complacida.

—¿Ah, sí? Hace un momento que yo también estaba pensando en ella.

Él asintió, pero no dijo nada.

Adele lo miró a la cara y presintió que algo no iba bien.

—¿Qué pasa, Jason? ¿Estás preocupado por ella?

Él suspiró

—No, está bien. Lo que pasa es que aún no he decidido cómo afrontaros a las dos.

—¿Afrontarnos?

—Lisa nunca ha tenido la figura de una madre en toda su vida excepto a su abuela, y ahora está muy impresionada contigo.

Adele se habría sentido profundamente halagada de no haber visto a Jason preocupado.

—No sé... es que me preocupa que pueda encariñarse contigo.

El corazón le dio un brinco. En sus palabras estaba la esencia temporal de su relación, lo cual estaba bien. Era lo que ambos querían. Ninguno de los dos estaba hecho para algo permanente.

—Tu trabajo aquí habrá terminado en cuanto completemos el estudio de las prácticas del hospital.

Estaba claro que le había leído el pensamiento. Ojalá se le diera mejor ocultar las emociones.

—Comprendo que desearías una influencia femenina permanente para tu hija.

Él se levantó para acercarse a ella.

—Es tan pequeña... puede que no tenga sentido, pero quiero protegerla de cualquier posible pérdida. Ya ha sufrido bastante en su corta vida.

Adele comprendía su necesidad de protegerla. Ojalá entendiese también por qué le dolía tanto.

—No te preocupó la primera noche que me invitasteis a cenar.

—Es que no tenía ni idea que iba a encariñarse contigo tan pronto.

O lo prono que iba a encariñarse ella con la niña.

—No es nada personal —aclaró Jason—. Es solo que...

Adele levantó una mano.

—Lo comprendo. Es bueno que estés pendiente de proteger a tu hija —dijo, aunque le doliera. Se aclaró la garganta y miró el reloj—. Siento tener que recordártelo, pero es hora de que nos vayamos al funeral de Mike Dodd.

—¿Te llevo?

—No. Prefiero llevar mi coche.

Necesitaba distanciarse un poco.

—No quiero que esto te haga daño —dijo Jason, tomando su mano—. Preferiría sufrir yo a que lo hicieras tú.

Adele parpadeó varias veces para contener las lágrimas que tanto revelarían.

—Estoy bien —dijo, sacando fuerzas de flaqueza. Le habían conmovido sus palabras—. Tenemos que irnos.

En el funeral, el ministro empezó hablando de la naturaleza efímera de la vida, y de que debemos apurar la vida al máximo mientras podemos, amar al máximo mientras es posible.

Con el corazón en un puño, Adele estudió el perfil de Jason. Nunca había querido antes a un hombre, y él la estaba llegando a lugares desconocidos para ella; estaba enseñándole cosas sobre sí misma que no conocía, y su mayor temor era llegar a descubrir que no era tan fuerte ni tan independiente como creía, porque cuando aquello acabara, volvería a estar sola.

# Capítulo 9

–Papá, ¿quién era el señor que se ha muerto? –preguntó Lisa cuando su padre la llevó a la cama, en casa de sus abuelos. Jason había decidido seguir dejándola allí para ofrecerle mayor seguridad durante la crisis.

–Era un capataz –le explicó, apartándole el pelo de la cara.

–¿Y por qué se ha muerto?

Su hija estaba siempre llena de preguntas, sobre todo al ahora de irse a dormir.

–Porque se rompió el ascensor.

–¿Y ya lo han arreglado?

–El viernes estará arreglado –contestó, y rozó su nariz con un dedo–. Ya es hora de dormir, hija. Mañana tienes colegio.

Lisa se incorporó.

–Pero es que no te he enseñado los brazaletes que estoy haciendo.

Jason sabía que solo pretendía ganar tiempo, pero no le importó dedicarle unos minutos más.

–Pues enséñamelos.

Lisa sacó dos brazaletes de cuentas de la mochila que tenía junto a la cabecera de la cama.

Mi profesora me ha ayudado a empezarlos. ¿Te has fijado en los colores? Verde, rojo, negro y ámbar –lo miró, orgullosa–. ¿A qué no adivinas por qué los he elegido?

Su entusiasmo le hizo sonreír.

—Ni idea.

—Porque Adele tiene los ojos verdes y el pelo rojo, y yo tengo el pelo negro y los ojos ámbar. Quiero regalarle uno por haberme salvado.

Jason sintió que el corazón se le encogía. Le gustaba la gratitud que mostraba su hija, y su generosidad, pero estaba demasiado encariñada con Adele.

—Cariño mío: son unos brazaletes preciosos y es un detalle muy bonito de tu parte con Adele, pero no quiero que te olvides de que no se va a quedar para siempre en Pueblo. Está haciendo un trabajo especial para el hospital, pero cuando termine, volverá a Minnesota.

Lisa frunció el ceño, confusa.

—¿Tendré tiempo de darle el brazalete antes de que se vaya? ¿Mañana ya no estará?

—Sí que estará. Seguramente se quedará en Pueblo unos cuantos meses.

Lisa sonrió.

—Entonces tengo mucho tiempo para dárselo, y así, cuando vuelva a Minnesota y lo mire, se acordará de mí. ¿Crees que se lo pondrá?

Jason pensó en la respuesta de Adele a aquel regalo.

—Yo creo que sí.

Se agachó para besarla en la mejilla y la niña lo abrazó.

Luego salió despacio de la habitación y fue al salón, donde encontró a su madre leyendo.

—¿Dónde está papá? —le preguntó.

—Fuera. Ya sabes cuánto le gusta la lluvia —contestó con una sonrisa.

Jason salió por la puerta trasera. Su padre estaba allí, bajo la lluvia, y contempló su perfil orgulloso. Era una curiosa mezcla de papago y Fortune. Se había graduado entre los primeros de su promoción en la universidad, pero no por ello había perdido sus cualidades espirituales. Solía decir que él las había heredado, pero por el momento él no lo sentía así.

Recordó las muchas ocasiones en las que, siendo niño, había salido con él a disfrutar de las raras veces que llovía en aquella región. Había pasado mucho tiempo desde entonces, pero aquella noche no era diferente de otras, así que salió.

–Qué maravilla –murmuró Devlin.

–Está un poco fría. Estamos en febrero.

Devlin sonrió.

–Estás inquieto.

Jason sabía que era inútil negarlo.

–Por varias cosas.

–El accidente –suspiró–. Todo el mundo está muy preocupado. Pero además, tú lo estás por esa mujer.

No necesitó que especificara.

–Lisa se está encariñando con ella demasiado rápido, y lo va a pasar mal cuando Adele se vaya.

–Seguramente.

Jason esperó a que siguiera, pero como no lo hizo, tuvo que insistir.

–¿Y?

–Pues que, al igual que pasa con la lluvia, la gente buena y la mala entra y sale de nuestras vidas. ¿Renunciarías al beneficio de la lluvia solo porque tardará mucho en volver?

La sabiduría de su padre, como siempre, era sencilla y acertada. Jason echó hacia atrás la cabeza para mirar al cielo y disfrutar de la maravillosa sensación del agua fría sobre la cara.

–¿Cuándo llegaste a ser tan listo?

–Cuando tú cumpliste veinticinco –contestó Devlin, sonriendo–. Todos los hijos creen que sus padres son ignorantes hasta que salen de la adolescencia.

\*\*\*

Adele apenas vio a Jason el miércoles. Entre la firma de los nuevos contratos y su seguimiento de la investigación del accidente, estaba desbordado. ¿Cómo podía echarle tanto de menos por haber pasado tan solo un día sin verlo? Era absurdo. Él no era como el oxígeno que necesitaba para respirar, por ejemplo.

Se repitió aquella misma idea un montón de veces durante el día y la noche, pero cuando se quedó dormida, soñó con Jason. La despertó el timbre de la puerta y miró sobresaltada su reloj. ¡Las seis de la mañana! ¿Quién podría ser?

Se levantó de la cama y dando tumbos mientras se ponía la bata, llegó a la puerta y miró por la mirilla. ¡Jason!

Abrió inmediatamente.

—¿Pero qué dem...?

—Rápido: tu película infantil favorita.

Adele estaba medio dormida.

—Mm... Blancanieves.

—Otra.

Ella cerró los ojos para concentrarse, pero el olor de su colonia la distraía.

—El mago de Oz.

—¡Acertaste! —exclamó, y le entregó el libro.

—¿Qué es esto?

—Ábrelo y lo verás —contestó él, y tocó su pelo—. Me encanta verlo así.

—Sí, ya. Debo parecer la bruja piruja.

—Yo diría que te pareces más a Ricitos de Oro, pero en pelirroja.

Adele sintió algo muy tierno en su interior. Podría acostumbrarse a oír cosas así, pensó, volviendo su atención al paquete. Al quitarle el papel, se encontró con una caja de música de porcelana con un arco iris pintado, una maceta con flores y unos pájaros. La abrió y escuchó la melodía.

—Un lugar más allá del arco iris. ¿Por qué? —preguntó, conmovida.

—Ha habido mucha lluvia en tu vida, pero vives como si fueses un arco iris —se guardó las manos en los bolsillos, incómodo—. Es un poco cursi, pero es cierto.

Adele sintió que el corazón le iba a estallar y tuvo que darse la vuelta para secarme rápidamente unas lágrimas delatoras.

—Me han llamado muchas cosas en mi vida, pero nunca arco iris —inspiró hondo—. Bueno, ¿es que no piensas cantármela?

Jason parpadeó.

—¿Qué?

—La canción —aclaró, señalando la caja.

—No quiero hacerte sufrir más de lo necesario.

Ella se echó a reír, casi más para ocultar que no sabía qué decir.

—Gracias por haberme dado una historia —dijo, acurrucándose en su pecho.

Adele estaba con su caja como niño con zapatos nuevos. Se la llevó al trabajo para poder verla durante el día, y tuvo que hacer un esfuerzo por no contárselo a todo el mundo.

Aquella caja era algo permanente, pero no por eso debía dejarse llevar y creer que ella podía ser también algo permanente. Sí, se había enamorado de él, pero no podía perder de vista el hecho de que era temporal. Ella no era Cenicienta, ni tenía hada madrina. Y cuando todo terminase, no quería convertirse en calabaza.

—Hola, arco iris —la saludó el hombre que convertía su cerebro en membrillo.

Adele sonrió.

—Hay algo distinto aquí, y no sé qué —bromeó, mirando a su alrededor.

—Ya, ya.

—¿Te la has traído a la oficina?

—Es que me siento bien cuando la veo.

—Genial. Y ahora dime cómo te sientes cuando me ves a mí.

—Tú me haces sentir muchas cosas —contestó ella, rozando sus labios con un beso, pero como no quería decírselas, desvió la conversación—: hambre, por ejemplo.

—Estupendo. Entonces, quedamos en el Camel Corral para cenar —aprovechó la ocasión.

—¿He dicho hambre? No era eso lo que quería decir.

—Pues es exactamente lo que has dicho. Además, sirven la mejor carne de toda la ciudad.

—¿Te he comentado alguna vez que soy vegetariana?

—No, porque no lo eres.

—Podría preparar un...

—Quiero salir contigo —la interrumpió—. ¿Por qué tú no quieres?

—No es que no quiera salir contigo. Es que no me apetece tener que aguantar cuchicheos y comentarios después. Es tan maravilloso así, solos los dos —arrugó la nariz—. No quiero interrupciones.

—No habrá ninguna interrupción, así que deja de escabullirte.

Con tanta insistencia no podía negarse, así que aquella noche fueron en su Jaguar al famoso restaurante de carne de Four Corners Crossing. Ocuparon la mesa de una tranquila esquina, iluminada por una vela.

—Muy bonito —dijo—, pero no creo que mi caja de música hubiera encajado aquí.

Él sonrió.

–Me alegro de que te guste.

–¿Estás buscando algo? –le preguntó al verlo mirar a su alrededor.

–Es que me acabo de acordar de que la hermana de Mike Dodd trabaja aquí. Se está hablando mucho de lo diligente que ha sido Riley en consolar a Angelica de su pérdida.

–¿Y eso es algo que deba preocuparte?

–Pues no lo sé. Ya sabes lo que me pasa con las preguntas.

–Sí: que te gusta tener respuesta para todas.

–Exacto. Bueno, ¿alguna interrupción por ahora? –cambió de tema.

–No. Y es estupendo no tener que fregar los platos después de una buena cena.

La camarera llegó y pidieron. Adele se relajó y la conversación fluyó entre ellos. La forma en que Jason le prestaba toda su atención era muy especial. La miraba de tal modo que tenía la impresión de que le estaba haciendo el amor con la mirada.

–Quiero hacerte el amor –dijo él.

–Lo sé.

Su mirada se oscureció.

–Si esto fuese un hotel, dentro de unos minutos estaríamos en una habitación.

–Supongo que esa es la ventaja de comer en casa.

–Jason –interrumpió una voz femenina–, cuánto tiempo sin vernos.

Adele levantó la mirada. Una mujer rubia y fría estaba de pie junto a la mesa, e inmediatamente supo que la relación de Jason con aquella mujer había sido más que puramente casual. El estómago se le hizo un nudo.

–Te presento a Adele O'Neil –dijo, poniéndose en pie–. Colleen Johnson.

Adele le ofreció la mano.

–Encantada.

–Lo mismo digo –contestó la rubia–. ¿Eres nueva en la ciudad? No recuerdo haberte visto antes.

–No llevo mucho tiempo aquí. Estoy trabajando con Jason para el hospital infantil.

–Ah –exclamó, mirándola de arriba abajo–. El hospital. Ya le he dicho a Jason que me parece maravilloso lo que está haciendo su familia –se volvió hacia él y sonrió–. Te he echado de menos. Llámame.

Y se alejó dejando un rastro de perfume en el aire y un mal sabor de boca en Adele.

Jason se sentó.

–Es pasado –dijo, mirándola a los ojos.

–Pues me parece que a ella le gustaría que fuese presente.

–Es probable –se encogió de hombros–. Siente mucho cariño por mi apellido y por lo que se puede conseguir con él en un banco.

–Subestimas tu atractivo. Si te apellidases Smith, o Jones, seguirías siendo un hombre fuerte y dinámico que despertaría interés, admiración y... –se inclinó hacia él–...deseo.

Sus ojos brillaban como llamas y tomó su mano.

–Como sigas hablando así, puedes meterte en un lio.

–En público estoy a salvo. Sé que eres un hombre discreto.

–No me provoques.

Pero Adele sintió deseos de hacer precisamente lo contrario, y se llevó sus dedos a los labios.

–No me estará usted amenazando, señor Smith, ¿verdad?

–No te amenazo. Solo te advierto.

–Pues a mí me ha sonado a desafío, señor Smith –contestó, y dejándose llevar por el impulso, acarició sus nudillos con la lengua.

Jason se quedó inmóvil.

—Te lo he advertido —dijo, se levantó y tiró de ella antes de que Adele pudiera reaccionar.

—¡Que no hemos pagado!

—Lo pondrán en mi cuenta.

La condujo al coche y la besó hasta poner el mundo patas arriba.

—¿Quiere esto decir que ya no debo seguir llamándolo señor Smith? —preguntó cuando recuperó el aliento.

Jason se echó a reír y puso el coche en marcha.

—No podrías detenerme con eso.

Condujo hasta casa de Adele y la abrazó en cuanto paró el motor.

—Esta noche no puedo quedarme —se disculpó—. Tengo que ir a casa con Lisa.

Una sensación de urgencia parecía colgar en el aire.

—Te deseo —dijo con voz ronca, y la besó apasionadamente, tanto que los dos parecían consumirse en un mismo fuego. Podría naufragar en aquel sabor. Sus pechos se rozaban, pero Adele emitió un débil gemido de frustración.

—¿Qué ocurre?

—Estás demasiado lejos.

Jason echó su asiento completamente hacia atrás y la levantó para colocarla a horcajadas sobre él y devorar su boca. Soltó su pelo y acarició sus caderas, haciendo que se moviera sobre su vientre.

Luego, deslizó sus manos muslos arriba.

—¿Qué estamos haciendo?

La necesidad de la voz de Adele lo pilló desprevenido.

—Tengo protección —dijo él, deslizando las manos bajo sus bragas.

Ella tragó saliva con dificultad.

—¿Por qué llevas protección?

—Siempre la llevo cuando estoy contigo —dijo en un tono tan

oscuro que resultó muy sexy–. Ya he perdido la cuenta de las veces que he deseado tumbarte sobre mi mesa.

La excitación creció.

–Estamos en un coche –susurró.

Jason acarició su sexo y lo encontró inflamado y húmedo.

–¿Alguna vez lo has hecho en un coche?

–No.

–¿Alguna vez has deseado hacerlo? –preguntó, y le mordió un labio.

Adele se estremeció.

–No.

Sus manos seguían destrozándole los nervios.

–¿Lo deseas ahora?

Adele sabía que se detendría si se lo pedía, pero no quería hacerlo.

–Sí –susurró, y el siguiente sonido que se oyó fue el de la tela de sus bragas al romperse.

# Capítulo 10

A la mañana siguiente, aún temprano, Adele se despertó al oír que alguien llamaba a la puerta trasera de su casa. Apenas había amanecido.

Los golpes siguieron, cada vez más fuertes.

—¿Pájaros carpinteros en Arizona? —murmuró, y metió la cabeza bajo la almohada.

Necesitaba dormir. Después de lo de la noche anterior... enrojeció de tan solo recordarlo. No podía creer hasta qué punto se había desinhibido. En el coche...

Después de haber hecho el amor de un modo salvaje, él la había acompañado hasta la puerta. Su ternura y las pocas ganas que tenía de marcharse la habían dejado sin fuerza en las rodillas y habían ablandado un corazón ya casi derretido.

Los golpes consiguieron penetrar su sueño y lanzó la almohada contra la pared antes de levantarse y meter los brazos con movimiento torpes en las mangas de la bata para bajar.

Abrió la cortina de la puerta del patio y se encontró con que era Jason quien estaba al otro lado del cristal.

—¿Qué haces aquí?

—Abre la puerta —dijo desde fuera.

Y al abrir lo primero que oyó fueron las notas de su caja de música.

—Te la dejaste anoche en el coche. Tengo que marcharme durante unos días de la ciudad, y no quería que estuvieras sin ella.

Adele estaba conmovida porque se hubiera tomado la molestia de traerle la caja de música, y triste porque se marchaba.

—Gracias —le dijo, cruzándose de brazos. Hacía frío—. ¿Adónde vas?

—A Los Ángeles. Tengo una reunión con un cliente extranjero —la abrazó—. ¿Me echarás de menos?

—Ya he empezado a hacerlo —confesó.

—A mí tampoco me hace ninguna gracia marcharme —contestó, y rodeándola por la cintura con un brazo y sujetando su mano con la otra, empezó a bailar.

—¿Qué haces?

—Bailar contigo antes de irme. No quiero que me olvides —sonrió, como si fuese lo más normal del mundo estar bailando con ella a aquellas horas de la madrugada. Y como si para ella fuese posible olvidarlo.

—Reserva la noche del día de San Valentín para mí. Kate va a organizar una fiesta para la familia

—¿Estás seguro de que es buena idea que vaya yo?

—Sí. Lisa quiere darte un regalo.

—Creía que no querías que se encariñara conmigo.

—¿Y qué quieres que le diga: haz lo que yo te digo, pero no lo que yo hago?

El corazón le dio un brinco, pero no quería creer que se estaba encariñando con ella.

—Tú no te estás encariñando conmigo.

—¿Ah, no? ¿Entonces, qué estoy haciendo?

—Satisfacer una curiosidad temporal.

—¿Quién es ahora la que se está subestimando?

—Sobrevalorar algunas cosas puede ser muy peligroso —contestó, recordándose que no debía acostumbrarse a sentir los brazos de Jason a su alrededor–. Pásatelo bien en la ciudad de la contaminación.

–Si fueses mía, te obligaría a que vinieses conmigo –contestó él.

«Si fueses mía...» «Olvídalo», se dijo. «Haz como si no lo hubieras oído». Se obligó a sonreír.

–Desde luego, te encanta dar órdenes.

–¿Vendrías? –la desafió.

–Quizás –mintió–. Si me lo pidieras con suma delicadeza.

Sin mediar palabra, la levantó en brazos.

–¡Bájame!

–Quizás –contestó él, y fue bajándola muy despacio, rozándose los cuerpos, hasta que su boca quedó a escasos centímetros de la suya–. Si me lo pidieras con suma delicadeza...

No había forma de salir de aquel callejón, así que lo besó, y mientras lo hacía se le ocurrió pensar que Jason Fortune era mucho más peligroso de lo que se había imaginado, y no por su poder o su dinero, sino porque le estaba dando cosas que recordar.

Cinco días después, Adele se preparaba con nerviosismo para su cita con Jason. Se había cambiado de vestido tres veces, el pelo no dejaba de llevarle la contraria y se había hecho una carrera en un par nuevo de medias. No estaba nerviosa por volver a ver a Jason tras su ausencia, ni por aparecer con él delante de su familia.

Estaba nerviosa porque había tenido un retraso.

«Un retraso no quiere decir nada», se repitió. Habían usado protección siempre. Había habido tan solo aquella ocasión en mitad de la noche, pero los dos habían sido siempre tan meticulosos con lo de la protección que estaba segura de que en aquella ocasión, también lo habían sido. No podía estar embarazada. El retraso tenía que ser un trastorno pasajero, nada más. No podía estar embarazada lo mismo que no podía ser amor lo que sentía por él.

—Maldita sea —murmuró, cuando hizo otra carrera en el último par de medias que le quedaban—. No es amor. Es gratitud. Respeto, fascinación, deseo... —contuvo las ganas de llorar—. ¡No puedo enamorarme de él! Sería una estupidez.

Respiró hondo y cerró los ojos. Tenía una cita con el ginecólogo al día siguiente para empezar a tomar la píldora. Todo quedaría arreglado en unas horas.

El timbre sonó, y ella dio un respingo. Abrió los ojos, se miró al espejo y vio a una mujer enamorada.

—Basta —masculló entre dientes, y se apresuró a abrir.

Allí estaba el hombre que había asediado su cabeza durante los últimos días

—Hola —dijo él.

Sintió su mirada de arriba abajo. Llevaba un vestido ajustado de terciopelo granate y se había dejado el pelo suelto para él.

—Estoy tentado de olvidarme de la fiesta y guardarte solo para mí, pero Lisa me mataría —la besó en los labios—. Maldita sea... me has seguido incordiando incluso mientras estaba fuera.

—En ese caso, estamos en paz —contestó.

—¿Estás nerviosa? —preguntó él, ladeando la cabeza.

Adele asintió.

—¿Es por la fiesta?

«La fiesta, se me retrasa el periodo, te quiero y quiero que tú me quieras».

Adele se mordió un labio y asintió.

—No te preocupes —dijo él, de camino al coche—. Cuando empiecen a meterte palillos bajo las uñas, nos iremos.

–Qué tranquila me dejas.

Se detuvo antes de abrir la puerta.

–No nos quedaremos mucho. Tengo otros planes.

Pero en cuanto llegaron a la casa, los separaron.

Kate acudió a saludarla y la acompañó a una mesa llena de aperitivos. Adele no tenía ni pizca de hambre, pero tomó un canapé.

Tyler apareció a su lado.

–Qué buena pinta –dijo, mirando la mesa.

–Estupenda. ¿Cómo estás?

–Ya han terminado el informe preliminar, y el ascensor de servicio ya está reparado, así que nos han dado luz verde para continuar trabajando –tomó de la mesa una gallea salada y puso en ella un poco de caviar–. ¿Dónde está tu acompañante?

Vio a Jason al otro lado de la habitación y él, como si lo hubiera sentido, la miró.

–Alguien lo secuestró nada más llegar. Creo que era del ayuntamiento.

–Ah, sí –contestó, mirando a su hermano–. Es el alcalde.

–¿Y tu acompañante?

–No tengo.

–Es gracioso: tu reputación con las mujeres está en boca de todo el mundo, pero yo no te he visto aún con ninguna.

Él sonrió.

–Pues yo me esfuerzo todo lo que puedo.

–Ya. Pero no es más que mucho ruido y pocas nueces, ¿eh?

Tylor la miró con una expresión que le recordó vagamente a Jason cuando estaba enfadado.

–Ya me ha dicho mi hermano que eres demasiado lista.

Ella sonrió.

–Lo que pasa es que tu hermano está acostumbrado a salirse con la suya.

–Eso es cierto, pero no dejes que te engañe. Parece hacerlo todo sin dificultad, pero las cosas no siempre han sido fáciles para él.

Adele hubiera querido preguntarle a qué se refería, pero alguien eligió aquel momento para golpear una copa de champán con una cuchara. Era el vivo retrato de Devlin Fortune, que intentaba llamar la atención de todo el mundo.

–¿Es el hermano de tu padre?

–Hunter –asintió.

Hunter se aclaró la garganta y sonrió a una preciosa joven de pelo negro y ojos violeta, y a un joven alto y agradable.

–Amigos, tengo el placer de comunicaros el compromiso de mi hija Isabelle con Brad Rowan.

Los invitados rompieron a aplaudir y Adele volvió a mirar a Jason. Durante unos segundos, en su cabeza se materializó una visión prohibida. Hasta aquel momento no se había permitido soñar con un futuro junto a Jason, pero ¿y si algo mágico ocurriese y pudieran estar juntos para siempre? ¿Y si Jason y ella estuvieran destinados a casarse? ¿Y si él llegase a ser su marido, y ella su esposa? Sintió que el pecho se le inflamaba al imaginárselo. Despertarse con él cada mañana, compartir la felicidad, las dificultades y el amor.

–¡Adele! ¡Adele! Te he hecho una cosa –la llamó Lisa, arrancándola de su ensoñación.

–¿Ah, sí? Tu padre me había dicho que ibas a darme un regalo.

Lisa pareció descorazonarse.

–¿Se le ha escapado? ¿Ya te ha dicho lo que es?

–Qué va. Me muero de curiosidad.

Lisa la tomó de la mano y fueron a sentarse a un sofá.

–Quería hacerte un regalo por no dejar que me atropellara la bicicleta.

–Cariño, no era necesario.

—Pero yo quería hacerlo —contestó, y sacó dos brazaletes de una pequeña bolsa de tela—. Mi profesora me ha ayudado un poco. Las cuentas son verdes, rojas, negras y ámbar. Verdes y rojas por tus ojos y tu pelo, y negras y ámbar por los míos.

Adele estaba tan conmovida que no encontraba las palabras y las lágrimas le escocían en los ojos. Tomó a Lisa en brazos y la abrazó.

—¿Te gusta? —preguntó la niña, insegura.

Adele sintió que una lágrima le rodaba por la mejilla.

—Es lo más bonito que me han regalado en toda mi vida.

—¿Ah, sí? —se asombró, y su confusión derivaba de la vida de privilegios que había vivido.

—Sí. Y quiero ponérmelo ahora mismo.

—Las pulseras de brillantes son más bonitas.

—Cariño... es mil veces más bonita que una de brillantes —insistió, y volvió a abrazarla—. Gracias.

Estuvieron sentadas un rato más, hablando de el colegio y el béisbol.

—¿Sabes una cosa? Me gustaría que papá y tú...

Adele sintió crecer el miedo.

—No, no, Lisa. No hemos...

—Vaya, vaya. Ya veo que te han hecho un regalo —dijo Jason a su espalda.

Adele se volvió.

—Sí. Es maravilloso —contestó, sintiendo de nuevo la amenaza de las lágrimas.

—¿Puedo comerme otra galleta? —preguntó Lisa, mirando la mesa de los postres.

—Solo una más —advirtió su padre muy serio, pero luego le dio un tirón de la coleta cuando se alejaba—. ¿Por qué lloras? —le preguntó a Adele, sentándose a su lado.

—Lo ha hecho con sus manos —explicó, intentando que no le temblase la voz—. Y tiene historia.

Jason sonrió.

−¿Y no era eso lo que querías?

−Sí, pero... no habrás tenido tú nada que ver, ¿verdad?

Él negó con la cabeza.

−No. Mi hija puede ser muy creativa sin mi intervención. Vámonos −añadió en voz baja y junto a su oído.

−No llevamos mucho rato.

−Es que tengo otros planes para ti.

−¿Qué clase de planes?

−Ya lo verás.


Jason no podía apartar de ella las manos. En cuanto entraron en el recibidor, la besó. Quería estar dentro de ella. ¿Qué tenía aquella mujer que le hacía desear poseerla una y otra vez? ¿Por qué sentía la necesidad de dárselo todo? ¿Sería porque, por fin, había encontrado una mujer en quien confiar?

Se separó un poco y respiró hondo.

−Eres un reto para mí.

Ella se humedeció los labios.

−¿Qué clase de reto?

−Pues el de desearte demasiado.

−Yo tengo el mismo problema −contestó, mirándolo a los ojos, y él la condujo al dormitorio principal prometiéndose ir despacio en aquella ocasión.

−El ama de llaves no está y Lisa se quedará a dormir en casa de mi madre. Quédate conmigo.

Ella se echó a reír.

−¿Qué?

−¿Acaso lo dudabas? −contestó.

Jason suspiró.

−Muy bien. ¿Quieres el champán antes o después de que te quite el vestido?

–¿Quieres decir que no te gusta mi vestido?

Jason contestó que no con la cabeza. Aquel vestido se ceñía perfectamente a sus curvas y confería a su pelo una calidad de fuego.

–Es un vestido precioso. El único problema es que me estorba.

–¿Siempre tienes que ser tú el que mande?

–¿El que mande en qué?

–El que lleve el control –aclaró, deslizando una mano por los botones de su camisa.

Lo miraba de tal modo que Jason se sentía en llamas, pero aguantó la necesidad.

–Hagámoslo por turnos –sugirió él.

–De acuerdo –contestó ella con una sonrisa–. Me pido ser la primera.

# Capítulo 11

Su expresión le estaba haciendo muy difícil la espera, y para resistirse a que Adele pudiese disfrutar de su turno, respiró hondo.

–Primero, una copa de champán –dijo, con la esperanza de que el vino frío y espumoso lo ayudara a mantener el control. Sacó de la nevera la botella y con dos copas, volvió al dormitorio.

Pero ella solo le ofreció una cuando Jason descorchó la botella.

–Compartámosla.

Sirvió el champán y al verla a ella pasarse la lengua por los labios después de beber, perdió otro poco del control que tanto valoraba.

Después fue ella quien le acercó la copa a los labios, y Jason la apuró hasta el fondo. Luego volvió a llenarla, y como ella no quiso, se la bebió de un trago.

–Tenía entendido que el champán no podía beberse de golpe, sino a pequeños sorbos –comentó mientras empezaba a desabrocharle lentamente la camisa.

–No me vendrían mal un par de tragos de whisky –admitió él, enredando una mano en su pelo y fingiendo no sentir que Adele estaba manipulando su cinturón–. Si pudiera hacer lo que quisiera, te tomaría aquí mismo, en el suelo.

Ella lo miró y Jason vio en sus ojos la misma intensidad de deseo que él estaba sintiendo.

—¿Por qué te deseo de este modo? —preguntó ella en voz baja, y su pregunta fue una mezcla de deseo torturado y algo más profundo.

Y es que él siempre había sabido que su deseo iba más allá también de lo puramente físico, a pesar de que había habido un tiempo en el que pensaba que poseerla físicamente satisfaría su necesidad. Pero Adele lo besó en aquel momento como si no pudiera saciarse de él. De él, del hombre. Ser consciente de ello era irresistible.

Le devolvió las caricias, devorando sus labios y su boca, del mismo modo que quería hacerlo de su cuerpo. Bajó una mano hasta su pecho y encontró su pezón erecto bajo el terciopelo del vestido.

Adele se separó ligeramente.

—Me haces olvidar que este es mi turno.

Jason contuvo un gemido cuando la sintió desabrocharle el botón del pantalón y bajar la cremallera. Con una mano y mientras le rozaba la boca con los labios, acarició su sexo, y Jason empezó a sudar. Su mano pequeña y sabia siguió acariciándolo hasta que en su mente no quedó sitio para otra cosa que no fuese ella. Deseaba su cuerpo, deseaba su mente, deseaba su alma con una intensidad frustrante. Le gustaba todo de ella: su imprudencia, su sentido del humor, su belleza, su sensualidad... ¿Sería posible absorberlo todo de ella? ¿Podría sentirse completo al fin?

La pregunta había surgido de la nada, y lo golpeó como un rayo. Él siempre se había sentido completo; siempre había tenido la certeza de que no necesitaba a una mujer. ¿Pero y si se equivocaba?

Destrozado por la excitación y la profundidad del deseo que experimentaba por ella, devoró su boca con urgencia.

–¿Cuánto tiempo dura tu turno? –preguntó con voz ronca y profunda.

–Todavía no he terminado –contestó ella, y se fue agachando para recorrer su pecho con los labios y con la lengua, despertando hasta la última de sus terminaciones nerviosas, hasta llegar a su vientre.

Apenas capaz de respirar, la vio bajar en una senda de besos hasta su sexo y rodearlo con su boca. Verla así era irresistible, e incapaz de soportar aquella sensación ni un momento más, se separó de ella y se apoderó de su boca. Su sabor era oscuro e intenso, y saber que olía a él le volvió loco.

–¿No te gusta? –preguntó ella.

Jason gimió.

–Demasiado –contestó, y se deshizo de su vestido y sus braguitas en un abrir y cerrar de ojos–. Ahora me toca a mí.

Fue reconociendo la piel de sus pechos, de su espalda, de sus nalgas, restregando contra su vientre la parte de sí mismo que ella había acariciado con la boca.

–Coloca las piernas alrededor de mi cintura –le dijo, y la llevó a su dormitorio.

Más que nada en el mundo deseaba perderse en sus profundidades de terciopelo, pero sabía que debía protegerla. Tenían que protegerse, aunque en lo más recóndito de su ser deseara no tener barrera alguna entre ellos.

Al tumbarla sobre la cama, vio su pelo desparramarse sobre la almohada y sus ojos brillar con un fuego salvaje. Sacó de la mesilla un pequeño envoltorio plastificado y se colocó el preservativo, y al volver a mirarla tuvo la impresión de que quería decir algo, pero que se contenía.

–¿Qué pasa? –le preguntó.

Ella cerró los ojos y negó con la cabeza.

–Mírame –le pidió él, llevándose una mano de ella a la mejilla–. ¿Qué es?

Adele abrió los ojos; los tenía llenos de miedo y de deseo, y Jason se hundió en ella.

–Se supone que no debo quererte –confesó ella con la voz rota–, pero así es. Te quiero.

Sus palabras lo conmovieron hasta la médula. Quería darle todo lo que nunca había tenido. Quería ser todas las personas que hubiera podido necesitar a lo largo de su vida. A cada lado de su cuerpo entrelazaron las manos y comenzó a moverse con un ritmo que iba cobrando cada vez más velocidad. Se iba a perder en sus ojos y en su cuerpo.

A punto de llegar a la cima, se quedó suspendido con un pie en el aire del acantilado y el otro en tierra firme. Ella gimió su nombre, y oírlo de sus labios le proporcionó una satisfacción inconmensurable. El placer lo consumió como una llama, como las llamas de sus sueños. Y justo antes de alcanzar el clímax pensó que había tomado mucho, sí, pero que también él se había dado.


A la mañana siguiente Jason se despertó con la sensación del pelo de Adele rozándole el hombro y su mano puesta sobre el corazón. Saber que estaba desnuda le despertó de nuevo el deseo, pero al mirar el reloj y ver la hora que era, suspiró. Llevaba varios días sin estar en la oficina por el viaje a Los Ángeles y sabía que había varios asuntos que requerían su atención.

Se preguntó cuándo se saciaría de ella, y si es que alguna vez llegaba a saciarse. Despertaba en su interior una extraña mezcla de sensaciones: satisfacción, deseo, desafío e instinto de protección. No quería que volviese a Minnesota. Ya encontraría él el modo de que su trabajo fuese permanente. Aquella decisión lo tranquilizó un poco y la besó suavemente en la frente.

Adele abrió los ojos y se acurrucó contra él instintivamente.

–Eres tan guapa que es muy difícil salir de la cama por la mañana.

–¿Guapa? ¿Por la mañana? No quiero ni imaginarme qué pelos debo tener. ¿Cuánto tiempo hace que necesitas gafas?

Jason se rio y le dio un apretón en el trasero.

–Tenemos que levantarnos –dijo sin ganas–. Tengo que llegar pronto a la oficina.

–Yo no. Tengo una cita.

Él se incorporó.

–¿Con quién?

–Con el médico.

Jason frunció el ceño.

–¿Ocurre algo?

Ella enrojeció.

–Quiero tomar anticonceptivos.

El asintió satisfecho y la besó.

–Bien. Ven a verme cuando llegues a la oficina.

–¿No estarás demasiado ocupado?

No le dijo que verla le mejoraría el día al menos diez veces, pero lo pensó.

–No. Te estaré esperando.


–Señorita O'Neil, debo decirle que por lo resultados de las pruebas que le hemos hecho al llegar, no va a necesitar tomar anticonceptivos.

Agarrándose a los brazos del sillón en el que estaba sentada, miró atónita a la ginecóloga.

–¿Perdón?

La doctora Carolyn Wingfield dejó el informe de Adele y entrelazó las manos.

–Por los retrasos de la menstruación, le hemos hecho una prueba de embarazo y ha dado positivo.

La habitación comenzó a darle vueltas.

–¿Positivo?

La doctora Wingfield asintió.

–Sí. Está embarazada.

–Pero no puedo... –tragó saliva–. Yo... –pero si siempre habían utilizado protección. Aunque, aquella vez en mitad de la noche... intentó recordar, pero no lo consiguió–. No sé cómo...

La doctora Wingfield sonrió, compasiva.

–Sé que debe ser una sorpresa, pero tranquilícese. No tiene por qué tomar una decisión ya. Está embarazada de muy pocas semanas.

–¡Decisión! –repitió, asustada.

–Le sugiero que se tome el resto del día libre y que intente relajarse. Lo único que debe hacer es empezar a tomar ácido fólico y deberá hacerse unas pruebas más –cumplimentó una receta y se la entregó–. Concierte una cita para la semana próxima, pero si necesita verme antes, no dude en llamar. De todos modos, su estado general es muy bueno, y por ahora, lo más importante es que se tranquilice.

Adele aún estaba intentando recuperar el ritmo normal de la respiración cuando llegó a su casa. Embarazada. El aire se le quedó atascado en los pulmones una vez más. ¿Cómo podía haber pasado? ¿Acaso importaba de verdad? Estaba embarazada, y punto.

Se tapó la cara con las manos. Nunca se había imaginado un embarazo, al menos no desde que era muy niña. Hacía ya mucho que había llegado a la conclusión de que carecía del entrenamiento necesario para ser madre y no quería infligir su ignorancia a un niño inocente. Pero en aquel momento, se había quedado sin la capacidad de decidir.

Ojalá tuviese alguien con quien hablar. El reloj dio las diez y sintió un estremecimiento de temor. Jason la estaba esperando, pero no podía enfrentarse a él. No podía decírselo y, al mismo tiempo, no podía dejar de hacerlo. Las rodillas empezaron a temblarle y se sentó en el sofá. Descolgó el teléfono y marcó su número.

—Soy Adele O'Neil —le dijo a su ayudante.

—Hola, Adele. Enseguida te paso. Jason me ha dicho que quería hablar contigo en cuanto llegases.

—¡No! —contestó, asustada por su propia desesperación. Tomó aire—. Estoy segura de que Jason debe estar muy ocupado, así que dile que ya no iré hasta mañana. Muchas gracias. Hasta luego.

Y colgó, decidida a ordenar sus pensamientos con el tiempo que acababa de comprarse.

Tras un día de muchísimo trabajo, Jason llamó a Adele por tercera vez a las seis de la tarde, y con el ceño fruncido esperó a que el timbre sonara y sonara. Luego, colgó. Tenía en el estómago una extraña sensación que nada tenía que ver con el hambre, algo casi sobrenatural que le había andado rondando toda la mañana.

Llamaron a la puerta y Tyler asomó la cabeza.

—¿Quieres venir a tomar algo? Así te pongo al corriente de los progresos de la obra y de la investigación. Creo que estamos en buenas manos con Link Templeton. Es un buen investigador.

Jason tapó la pluma y se levantó.

—La cena me la debes, y mañana por la mañana hablaremos de todo lo demás.

Tyler asintió.

—¿Es que cenas con la pelirroja?

—No hay nada planeado —contestó, poniéndose el abrigo.

Tyler se frotó la barbilla.

–¿Ocurre algo? Te noto preocupado.

–No lo sé. Es que tengo una especie de premonición extraña sobre ella.

–¿Con Adele?

–Sí.

–Te pareces a papá. Él también tiene esas premoniciones.

–No será nada –intentó quitarle importancia, pero en el fondo estaba impaciente por verla.

–Bueno, pues si se trata de algo muy importante, házmelo saber.

Jason asintió, pero su pensamiento estaba ya a ocho kilómetros de allí.


Adele aparcó delante de su casa y respiró hondo. Para conseguirlo había tenido que conducir hasta Tucson y volver, cenar algo ligero y tomarse su primera pastilla de ácido fólico, pero por fin podía respirar casi con normalidad. Miró hacia arriba, y las estrellas y la luna del cielo de Arizona le recordaron el extraño giro que había dado su vida. Sabía que se estaba enfrentando al mayor reto de su vida, y cruzándose de brazos se dijo que estaría bien si, aunque fuese solo por una vez, no tenía que enfrentarse a él sola.

Salió del coche.

–Te he echado de menos. ¿Dónde has andado? –preguntó Jason a su espalda.

Adele dio un respingo.

–Necesitaba tomarme unas horas libres hoy, y pensé que estarías demasiado ocupado poniéndote al día.

–Pero yo quería verte.

Adele se encogió de hombros, y le vio guardarse las manos en los bolsillos.

—¿Qué tal la visita al médico?

Sintió una tremenda presión en el pecho. Aún no había decidido cómo decírselo a Jason. Es más, aún no se había acostumbrado a la idea de que estaba embarazada.

—Bien. Luego me he ido a Tucson, he cenado un poco y he vuelto.

Un silencio incómodo se extendió entre ellos.

—Adele, tengo la impresión de que está ocurriendo algo que no quieres decirme, y quiero saber qué es —hizo una pausa—. ¿Estás saliendo con alguien más?

—¡Claro que no! —exclamó, sorprendida.

—Entonces, ¿qué es?

Adele suspiró.

—Estoy un poco cansada. Creo que sería mejor hablar de esto en otro momento.

—¿Qué es «esto»?

—Ahora no, Jason.

—¿Cuándo?

—No lo sé. Aún no lo he decidido. Todavía no me he hecho a la idea.

—¡Maldita sea, Adele! Dime qué está pasando. Si no se trata de otro hombre, ¿qué es?

Adele hubiera jurado que su mirada era como un láser, capaz de ver más allá.

—No me has contado qué tal te ha ido en el médico.

—Me ha dicho que estoy perfectamente —contestó, cruzándose de brazos.

—Entonces, te habrá recetado los anticonceptivos.

—No —admitió de mala gana.

—¿Por qué?

Desde luego, no le gustaría tener a aquel hombre como enemigo. Era implacable.

—Ven. Entremos —dijo al final, y echó a andar. Estaba muy

asustada, pero sabía que no iba a quedarle otro remedio que contárselo.

En cuanto cerró la puerta, se volvió a mirarlo y espetó:

—No me ha recetado la píldora porque estoy embarazada.

Él se quedó boquiabierto.

—No puede ser —dudó un momento y su expresión se endureció—. A menos que haya otro hombre.

Adele lo miró con incredulidad.

—Por supuesto que no. ¿Cómo puedes pensar eso? —preguntó indignada—. Tú has sido el único hombre con el que he hecho el amor desde hace más de un año.

—No puedes estar embarazada —insistió—. Hemos utilizado preservativos en todas las ocasiones. Estoy completamente seguro.

—Eso pensaba yo. Me he pasado la tarde dándole vueltas a la cabeza, repasando cada vez que... —la voz le falló y miró hacia otro lado—. La primera vez que estuvimos juntos, en mitad de la noche... no estaba segura de si lo había soñado. Ahora sé que no estaba dormida, aunque no estábamos tampoco muy despiertos. Fue todo instinto y necesidad. No recuerdo haber usado protección.

Volvieron a quedar en silencio. Jason masculló algo entre dientes y se volvió. Su reacción le dolía, aunque Adele era consciente de que ella se había comportado del mismo modo.

—¿Qué vas a hacer?

—¿A qué te refieres?

—¿Vas a tener al bebé?

Adele se llevó una mano al vientre por instinto. Ella había sido el resultado de un embarazo no deseado, y su niñez no había sido ni mucho menos ideal. Precisamente por eso había adquirido el compromiso de no tener hijos, pero ahora que estaba embarazada, no podía pensar en otra cosa que no fuera proteger y querer aquel bebé.

—Sí, voy a tenerlo. Aún no lo he decidido todo, pero no tienes que preocuparte porque no pienso pedirte nada. Puedo hacerme cargo yo sola.

—Nos casaremos inmediatamente —respondió Jason.

Adele sintió un tremendo dolor en el corazón. En el fondo deseaba ser su mujer, pero no de aquel modo.

—No es necesario. Hay cosas mucho peores que ser madre soltera.

Él negó con la cabeza.

—He visto sufrir a mi familia por el resultado de la ilegitimidad, y no pienso permitir que un hijo mío tenga que soportar esa carga.

Adele no percibió ni un ápice de ternura en su voz.

—No estoy segura de que unos padres que se hayan visto obligados a casarse sean la mejor opción para criar juntos a un niño.

—Ya estás embarazada, así que la mejor opción no está disponible —espetó—. Si nos casamos cuanto antes, el niño estará protegido. ¿Y si te ocurriera algo? Tienes que pensar en el futuro, Adele. Un niño necesita tener a su padre y a su madre, porque supongo que no querrás que tu hijo acabe en un hogar de acogida como tú, ¿no?

Solo imaginárselo le provocó náuseas.

—No —contestó—. Por supuesto que no.

—Entonces, nos casaremos —decidió él.

Adele lo miró y sintió como si algo se cerrase en su interior bajo siete llaves. Jason se estaba comportando como si aquello fuese una negociación, un acuerdo comercial. Se le hizo un nudo en el estómago. Su matrimonio sería un acuerdo comercial.

# Capítulo 12

Tres días después, Adele tenía un problema en los pies: los sentía permanentemente fríos. Y cada vez que pensaba en casarse con Jason, se le enfriaban aún más.

No había vuelto a tocarla desde que le había dicho que estaba embarazada. Seguramente la culpaba de ello. Es más, ella misma también se culpaba. Debería haber tenido más cuidado. Ahora su vida estaba patas arriba, lo mismo que su cabeza. Era curioso pero no le preocupaba tanto el caos que podía crear un niño en su vida como lo del matrimonio. No había nada que no hiciera por el bebé, pero a veces se preguntaba si casarse con Jason en aquellas circunstancias era una buena decisión.

Aquel iba a ser el día que le iba a comprar el anillo de compromiso. Jason la condujo a la mejor joyería de Pueblo. Cortés como siempre, abrió la puerta para que pasase y la acompañó al interior.

–Debes elegir algo que te guste –dijo–. Vas a llevarlo mucho tiempo.

Aquello parecía más una sentencia que cualquier otra cosa.

El joyero los condujo a la parte trasera de la tienda.

–Enhorabuena a los dos –dijo, y sacó una bandeja con brillantes–. Estos son nuestros mejores anillos.

Adele sintió un escalofrío al mirarlos. Parecían tan fríos.

–Son muy bonitos –dijo, intentando sonreír.

El joyero escogió un anillo de oro blanco con una esmeralda y rodeada de pequeños brillantes.

–¿Qué le parece este? –preguntó, colocándoselo en el dedo.

–Es demasiado grande –objetó en voz baja.

–Pueden dejártelo a tu tamaño –contestó Jason.

–No, no es eso... –intentó sonreír de nuevo y le devolvió el anillo al joyero–. Es bonito, pero no sé, no me siento cómoda con él.

–¿Y este? –sugirió el joyero, deseoso de complacer. Sacó un brillante engastado en oro amarillo y rodeado de perlas.

El diseño era tan elaborado que casi resultaba de mal gusto.

–No, creo que no.

Y siguió ocurriendo lo mismo durante veinte minutos más. Adele sentía la exasperación del joyero y de Jason, y la tensión crecía en su interior por momentos.

–Creo que deberíamos dejarlo para otro día –dijo al final–. Quizás tenga usted un folleto que pueda llevarme para hacerme una idea de lo que me gusta.

El joyero suspiró aliviado.

–Enseguida se lo traigo.

–¿De verdad no te ha gustado ninguno? –preguntó Jason, una vez estuvieron e el coche–. El primero era de cuatro quilates.

–Habían algunos muy bonitos, Jason, pero no eran más que aderezos –le contestó.

–Necesitas un anillo de compromiso.

–No. No necesito un anillo. Necesito refugio, ropa, comida, respeto, objetivos y unos cuantos amigos de verdad.

«Y me gustaría ser amada», añadió una vocecilla en su interior, pero Adele no lo repitió en voz alta. Se negaba a profundizar en un deseo que iba a permanecer insatisfecho.

–Podemos volver otro día –dijo él en un tono mezcla de paciencia agotada y decisión–. Pero creo que deberíamos casarnos dentro de una semana, así que habrá que empezar con los preparativos de la boda.

Adele sintió que la sangre se le helaba.

–Una semana –repitió, desmayada–. No hay por qué tener tanta prisa.

–Sí que hay –insistió, poniendo el coche en marcha–. Estás embarazada, y el tiempo pasa.

–Pero aún pasará un tiempo antes de que se me note.

–La gente cuenta semanas y meses, y las compara con los nacimientos. Cuanto antes nos casemos, mejor para el bebé. Había pensado darles la noticia a mis padres esta noche, una vez tuviéramos el anillo. Estoy seguro de que mi madre estará encantada de ayudarte a organizar una pequeña ceremonia. ¿Dónde te gustaría que se celebrara?

–No he pensado en ello. ¿Por qué no nos limitamos a ir ante el juez?

–Podríamos hacerlo así, pero creo que a la larga sería mejor que mis padres y Lisa estuvieran en la celebración.

Si aquello iba a ser una celebración, ¿por qué ella se sentía como en un funeral?

–¿Estás seguro de que no podemos esperar un poco más?

–Sí. No olvides que yo ya lo he hecho antes.

Adele parpadeó.

–¿Qué quieres decir?

–Pues que no sé si se te ha olvidado, pero la situación fue similar a esta en mi primer matrimonio. Cara estaba embarazada también.

Adele se dio cuenta inmediatamente de que ella iba a ser un recordatorio constante para Jason del sufrimiento de su primer matrimonio. Había pasado de ser una alegría a una carga, y no estaba segura de poder soportarlo.

Aquella noche después de cenar, la llevó al rancho de sus padres a las afueras de Pueblo. La madera pulida y el decorado del sur transmitían la impresión de lujo y tradición.

–No has cenado demasiado –comentó Jason cuando llegaban al vestíbulo de sus padres.

La cena había transcurrido en un incómodo silencio.

–Supongo que estaba un poco nerviosa.

–A mis padres les gustas –dijo–. Estarán encantados.

Adele se mordió la lengua durante un segundo.

–No estoy segura de que ellos sean el problema.

Él la miró.

–Lisa se volvió loca de alegría cuando se lo dije.

–Ya, pero ¿y qué pasa contigo?

Vio un músculo temblar en su mejilla.

–Estoy haciendo lo correcto.

El honor por encima de todo, pensó Adele, y el corazón le dolió. En aquel momento, apareció el padre de Jason, y este le pasó un brazo por los hombros.

–Tengo noticias que daros –dijo–. ¿Dónde está mamá?

–Aquí estoy –contestó Jasmine, acercándose a ellos con los ojos llenos de curiosidad–. Vamos al salón.

Con el estómago hecho un manojo de nervios, Adele entró junto a Jason a la habitación. Sus padres se sentaron, pero él no lo hizo.

–Adele y yo hemos decidido casarnos –anunció.

Jasmine dio una palmada entusiasmada.

–¡Qué maravilla, Jason! –se levantó y los abrazó a los dos–. Qué contenta estoy. Sé que seréis felices juntos.

–Gracias –murmuró Adele, y tragó saliva. Jasmine se alegraba sinceramente por ellos, y se sentía culpable. Si Jasmine lo supiera todo, puede que no se alegrara tanto.

–Champán –dijo Jasmine–. Devlin, creo que esto se merece un brindis.

–Voy a por la botella de la nevera –contestó, y salió a buscarla.

–Qué maravilla –repitió Jasmine–. ¿Habéis fijado la fecha?

–Nos gustaría una ceremonia íntima –contestó Jason–. Y pronto.

–¿Cuándo? –preguntó Devlin que volvía con la botella y las copas.

–En una semana.

–¡Una semana! Habiendo tanto que hacer...

Devlin sonrió.

–Si necesitáis ayuda con los preparativos, creo que no deberíais pedírsela a ella –bromeó.

Se volvió hacia Adele y la miró con atención, y ella tuvo la misma incómoda impresión que cuando Jason la había mirado unos días antes. Era como si Devlin pudiese leer en su interior, pero lo que emanaba de él era una fuerte e intensa compasión.

–Bienvenida –le dijo, y la abrazó.

Adele se sintió tan conmovida por el recibimiento de la familia de Jason que las lágrimas le escocieron en los ojos.

Tras quince minutos de brindis y una silenciosa vuelta a casa, Jason la acompañó a la puerta.

–Creo que todo ha ido bien –dijo–. ¿Por qué no has bebido champán?

Sorprendida de que se hubiera dado cuenta de ello, Adele lo miró a hurtadillas. Había fingido beber.

–Estoy embarazada. Tengo que reducir el alcohol.

–Cara no lo hizo.

–Yo no soy Cara.

—No, no lo eres —contestó sin tocarla, y en sus ojos aparecieron unas sombras oscuras de tristeza.

El vestido de novia que colgaba de la puerta del armario parecía burlarse de ella. Jasmine había estado encantada de ayudarla a elegirlo, lo mismo que con los preparativos de la boda.

Hacía quince minutos que, contemplando aquel vestido, había tomado una decisión: había llamado a Jason para pedirle que fuera a su casa cuando tuviese un momento.

Miró el reloj y sintió un ataque de nervios.

—Puedes hacerlo —se dijo—. Puede que no sea lo mejor, pero tienes que hacerlo.

El timbre sonó y dio un respingo. Respiró hondo y acudió a abrir. Era Jason. ¿Seguiría su corazón dando saltos cada vez que lo viera?

—Gracias por venir tan pronto.

Él entró y la miró atentamente.

—Parecía urgente.

—Urgente, no. Necesario.

Él miró a su alrededor y al ver el vestido de novia, desvió la mirada deliberadamente hacia otro lado.

—Ya veo que has estado de compras con mi madre. ¿No se supone que el novio no puede ver antes de la boda el vestido de la novia?

—En este caso, da lo mismo. No voy a ponérmelo.

—¿Cómo dices?

—Siéntate.

—¿Qué?

—Por favor, siéntate y escucha.

Jason obedeció. Bien. Tenía su atención. ¿Y ahora, qué?

—He estado pensando mucho —dijo, y empezó a pasearse por la habitación—. Hace mucho tiempo, lo más importante para mí era tener mi propia familia. Quería crecer, tener un marido e hijos, gente que me necesitara y me quisiera. Cuando era niña, no podía imaginar nada mejor que pertenecer a una familia. Pero cuando crecí, dejé a un lado ese sueño. Estar contigo y con tu maravillosa familia me ha hecho volver a desearlo. Por mucho que me dijera lo contrario, una parte de mí deseaba poder casarme contigo, que tú me pertenecieras y que yo te perteneciera a ti –respiró hondo–. Durante mucho tiempo, llegué a pensar que no podía haber nada peor que eso, pero creo que estaba equivocada. Lo peor de todo sería fingir pertenecer a alguien. Tú eres un hombre maravilloso, pero desde que decidiste que debías casarte conmigo has sido profundamente desgraciado.

La voz se le rompió y tardó un momento en volver a mirarlo.

–No puedo casarme contigo.

Jason se levantó y la miró con incredulidad.

–¿Se puede saber qué estás diciendo?

–Pues que no puedo casarme contigo. Me niego a estropearte la vida y a fingir que estamos bien juntos.

–No estoy triste porque vaya a casarme contigo –declaró.

–Pues lo parece. ¿Te das cuenta de que no has vuelto a tocarme desde que te dije que estaba embarazada? –le preguntó, temblándole la voz. No quería llorar.

Él hizo una mueca de dolor.

–Cara no quería que la tocase cuando se quedó embarazada.

Adele vio el daño que le había causado su primer matrimonio.

–Creía que ya estábamos de acuerdo en que yo no soy Cara.

–Pero he sido yo quien te ha dejado embarazada, y no estamos casados.

–Y ahí es donde se termina todo el parecido.

–Ella no quería tener a Lisa. Fui yo quien la empujó a ello. Quizás fuese esa la causa de su muerte.

Adele lo miró con los ojos muy abiertos.

–¿No quería tener a la niña?

–Cara era diabética, y no se cuidaba demasiado. Cuando se quedó embarazada de Lisa, creí que serviría para unirnos, pero por más que yo la perseguía, no se cuidó nada durante el embarazo, y eso le causó mucho daño.

–Y te culpas por ello –concluyó Adele.

–En cierto sentido, sí –admitió–. No podría soportar que te ocurriera a ti lo mismo.

Adele se acercó.

–Eso no me va a ocurrir a mí. No soy diabética. Yo voy a cuidar de mí y del bebé. ¿Es que no has oído eso de que los buenos mueren jóvenes y los malos duran para siempre? Yo soy mala –le aclaró con una sonrisa–. La última vez que tuve un resfriado fue hace ocho años. Estoy tan sana que los demás se ponen enfermos. De hecho, me ha dicho la ginecóloga que si todo va como está previsto, podré dar a luz en casa con una comadrona.

Él palideció.

–De ninguna manera. Tendrás a nuestro hijo en el hospital.

–Como usted ordene, excelencia.

–Y te casarás conmigo.

Adele suspiró.

–Ya estamos dando órdenes. No puedes obligarme. Te quiero demasiado para estropearte la vida casándome contigo.

Él se pasó una mano por el pelo.

–Eres la mujer más exasperante que conozco. No estoy triste, y solo podrías estropearme la vida si no te casas conmigo.

Adele se cruzó de brazos.

–Te quiero –dijo–, pero no te creo.

Jason vio en sus ojos su desafío y abrazándola, la besó.

–No puedo perderte, Adele. Tengo la sensación de haber encontrado una parte de mí que no conocía. No puedo perderte.

Después de haber estado toda la semana hundida en el temor y el aislamiento, los brazos de Jason eran como un puerto tras la tormenta en alta mar.

–¿Por qué habías dejado de abrazarme? –le preguntó–. Creía que ya no me querías.

Jason sintió que el corazón se le partía en dos, y puso un dedo sobre sus labios.

–No, no era eso. En lo único que podía pensar era en lo que ocurrió la otra vez y en que todo era culpa mía.

–Pero Jason, eso no es así. Aunque tú y yo no lo habíamos planeado, este bebé es el mejor regalo.

Sus palabras le llenaron de una paz que nunca había experimentado.

–Te quiero. No sabía que no tenía por qué sentirme tan solo.

Vio que las lágrimas brotaban de sus ojos por la magia que habían obrado sus palabras, y deseó no haberlas retenido tanto tiempo. Ojalá no se hubiera dejado arrastrar por las dudas, y al mirarla supo con toda certeza que podía confiar en ella y en lo que tenían cuando estaban juntos.

–Te quiero –repitió–. Por favor, cásate conmigo.

Adele se secó las lágrimas.

–Creo que te he molestado.

–Y lo has hecho –contestó–. Y quiero que sigas haciéndolo durante el resto de mi vida.


Después de aquella noche, Jason no dejó de tocarla, o de recordarla que la quería, y Adele nunca había sido más feliz.

Era ya el día anterior a la boda, y aquella noche se habían

reunido todos para cenar hacía un rato. Pero Jason había insistido en que salieran en secreto, dándole instrucciones de antemano de que se abrigara bien.

Fue a buscarla en un Jeep y con él tomaron un camino de tierra poco más allá de donde se estaba construyendo el hospital. Unos metros más adelante se detuvo y la miró con un brillo misterioso en los ojos.

–¿Estás preparada?

–¿Qué vamos a hacer? –le preguntó al bajar del coche y mientras él abría la puerta de una valla de madera muy vieja.

–Colarnos –contestó él.

–Genial. Yo sabía que la gente suele organizar una despedida de solteros antes de casarse, pero claro, no conozco las tradiciones locales.

–Es una tradición familiar.

–¿Ah, sí?

La luna llena iluminaba el paisaje desierto.

–Allí es –dijo, señalando hacia lo alto con la linterna.

–Pero si es el cuadro que tienes en casa –exclamó–. Lighfoot Plateau.

Una sencilla estructura de adobe cubría la entrada de la cueva.

–La familia Lightfoot lleva siglos siendo los guardianes de la cueva. Los padres de Natasha fueron la última pareja que se prometió aquí. Cuando mi abuela Natasha dio a luz sin estar casada, su familia cayó en desgracia en la comunidad, así que le negaron a su hija el derecho a heredar la tierra y prefirieron venderla. Nosotros pretendemos volver a comprarla.

–Es un lugar especial.

Jason la condujo a la entrada de la cueva.

–La leyenda dice que si en un hombre y una mujer se prometen en esta cueva, su amor se mantendrá puro y durará toda su vida.

Adele miró a los ojos al hombre que amaría toda la vida.

–Te quiero, Adele. Sé que he sido creado para ti y tú para mí. Haré todo lo que esté en mis manos para hacerte más feliz aun de lo que hayas podido soñar.

Sus palabras le curaron las heridas del alma.

–Y yo me aseguraré de que no olvides nunca lo maravilloso que eres. Te querré siempre, y siempre estaré a tu lado.

Jason se sacó algo del bolsillo.

–He mandado hacer este anillo para ti –con la linterna iluminó una turquesa rodeada de brillantes–. La turquesa perteneció a Natasha Lightfoot, mi abuela.

Adele sintió que el corazón se le desbordaba de emoción.

–Es increíble. Has vuelto a hacerlo –susurró–. Me has dado otra historia.

–Y no he hecho más que empezar –contestó abrazándola–. Pienso seguir dándote historias el resto de mi vida.

# UN MARIDO MILLONARIO

LEANNE BANKS

# Capítulo 1

Un día más, cien mil dólares más. Justin Langdon subía por las escaleras de la Escuela de Primaria Edward St. Albans. Se encontraba bien, excepto porque sentía un molesto dolor en el estómago. Se tomó dos pastillas antiácido y pensó que lo mejor del mercado de valores era que una persona astuta podía ganar dinero tanto si subía como si bajaba. Justin confiaba en que ganaría dinero en ambas situaciones, por algo el *St. Albans Chronicle* lo consideraba uno de los mejores agentes de bolsa.

Después de pasar su infancia en el hogar infantil Granger Justin encontró un trabajo e invirtió cada centavo en bolsa. Ya no tendría que comer judías de lata, se había hecho multimillonario. Cuando le iban mal las cosas no se agobiaba. Además, dos compañeros suyos del hogar infantil Granger le habían pedido que los ayudara a crear una fundación benéfica, el Millionaires' Club.

A veces, Justin no estaba seguro de si debía de haberse comprometido con el Millionaires' Club, pero haría su labor. Caminó por el pasillo de la Escuela de Primaria hacia el lugar de donde provenían las voces de los niños. Su tarea era investigar el programa de actividades extraescolares para decidir si el Millionaires' Club debía donar dinero y en qué cantidad.

Dobló la esquina del pasillo, se frotó el vientre y miró dentro de la ruidosa clase. Había una mujer con el pelo rizado y rojizo disfrazada de letra J que les cantaba a los niños palabras que empezaban por J. ¿Sería Amy Monroe, la directora del programa? Era esbelta y tenía una gran sonrisa. Gesticulaba y bailaba animando a los niños a que cantaran más alto. Justin nunca había visto tanto entusiasmo en una persona.

−¡Jamón, Japón, Javier, jarrón!

Justin sintió que se le formaba un nudo en el estómago y frunció el ceño. «Debe de ser el ruido», pensó. No podía negar la efectividad de la señora Monroe, hasta él estaba a punto de unirse al coro.

Amy lo vio y lo saludó.

−Ven a jugar con nosotros −le dijo, y sonrió a los niños−. ¿Jugar empieza con...?

−¡J! −gritaron a coro.

Justin entró en la habitación y se sentó en una sillita. Le molestaba el estómago más que nunca, pero trató de olvidarse del dolor y decidió que debía ser a causa del ruido que hacían los niños.

No es que no le gustaran los niños, pero durante su vida había aprendido que, para un hombre, tener una esposa y después una ex esposa e hijos era lo peor para su cuenta bancaria. Era la lección que recibía todos los meses en casa cuando, después de divorciarse, su madre recibía el dinero para la manutención de los hijos que le pasaba el padre, y se dedicaba a comprar hasta que se terminaba el dinero. Nunca llegaban a fin de mes y por eso Justin tuvo que irse al hogar infantil Granger. Él había prometido que nunca haría pasar por esa situación a nadie que él quisiera, lo que significaba que no se casaría ni tendría niños.

Se fijó en la silueta de Amy Monroe. Que no pensara casarse no significaba que no pudiera salir con chicas. Su amigo Michael le aconsejaba que debía trabajar menos y salir más.

—Hasta el Jueves —dijo ella para despedirse de los niños—. Aprenderemos la K.

Justin se puso en pie al ver que los niños se apresuraban a salir de la clase. Cuando el aula quedó en silencio, miró a Amy y dijo:

—Tú debes de ser Amy Monroe, la coordinadora del programa especial de preescolar.

Ella asintió.

—Y tú eres Justin Langdon. Recibí el mensaje de que a lo mejor venías a verme, pero no sé nada más —lo miró curiosa—. ¿Tienes algún niño al que quieras meter en el programa?

—Oh, no. Estoy haciendo un estudio sobre el programa. Parece que sabes ganarte a los niños —dijo—. Me gustaría saber más cosas. ¿Puedo invitarte a cenar esta noche?

Amy Monroe trató de ignorar el hecho de que la mirada inteligente de Justin Langdon le llamaba la atención. Trató de no fijarse en los marcados rasgos de su rostro ni en la sensual curva de sus labios e intentó no pensar en cómo sus anchas espaldas le sugerían fuerza y protección. Podía sentir que se atraían mutuamente, pero no debía ni pensar en ello. Aunque no recordaba cuándo había sido la última vez que salió a cenar con un hombre guapo e inteligente, sabía que en su vida no quedaba espacio para ese tipo de cosa.

—Lo siento, hoy no puedo.

—¿Entonces, mañana? —dijo él y se encogió de hombros.

—Mañana tampoco es buen día. De hecho, es probable que este año no pueda ir ninguna noche.

—¿Por qué?

—Por tres motivos —dijo ella—. Tienen cinco, tres y tres años. Son mis niños —dijo sin más. Desde que murieron su hermana y su cuñado, ocho semanas atrás, Emily, Jeremy y Nick se habían convertido en sus niños.

Justin Langdon parpadeó asombrado.

—Tienes tres hijos —dijo él—. No he visto que lleves anillo...
—Ah, no estoy casada. Nunca he estado casada.
—Ya comprendo por qué vas a estar ocupada —Justin se frotó el estómago—. ¿Hay servicio aquí?
—Claro, nada más salir por esa puerta. ¿Estás bien? —preguntó al ver que su rostro tenía una expresión extraña.

Él murmuró algo y se dirigió al lavabo.

Amy frunció el ceño. Sabía que los niños asustaban a los hombres, pero no esperaba que les produjeran nauseas. Se apresuró a ordenar el aula para poder marcharse. Oyó que él tosía muy fuerte y se quedó preocupada.

—Señor Langdon —dijo y llamó a la puerta—. Justin, ¿te encuentras bien?

Él tosió otra vez.

—¿Señor Langdon, puedo entrar?
—Sí, pero...

Amy abrió la puerta y vio que el hombre estaba muy pálido. Tenía una toalla de papel en la mano que estaba manchada de sangre.

—¿Te sangra la nariz?
—No, he tosido.

Amy sintió una opresión en el pecho. No sabía por qué sangraba, pero sabía que no era nada bueno.

—Tienes que ir al hospital.


Justin comenzó a protestar, pero al cabo de unos segundos tosió otra vez. Se concentró para no toser y superar el mareo que sentía. Veía borroso, pero en los momentos en que veía con claridad observaba cómo Amy Monroe conducía su Volkswagen Escarabajo todo lo rápido que le permitía el tráfico.

Apenas podía respirar del dolor que sentía. Notó que Amy tenía cara de preocupación.

—Respira —le dijo ella.

—Enseguida —murmuró él.

—No —dijo ella—. Respira. Estás muy tenso y eso hace que te duela más. Es como un parto. Si respiras, puedes controlarlo.

—Tú debes saberlo —dijo Justin y tomó aire. Se estaba quedando aletargado, se sentía como si los párpados le pesaran mucho. Si pudiera descansar durante unos minutos...

—¡Señor Langdon! ¡Justin!

—¿Qué? —preguntó con gesto de dolor y sin abrir los ojos.

—Ya casi estamos en el hospital.

Nunca se había sentido tan cansado. Se le ocurrió que debía darle las gracias a Amy por llevarlo hasta el hospital. Trató de hablar, pero no lo consiguió.

El coche se detuvo y Justin sintió movimiento a su alrededor. Oyó voces.

—...tose sangre —dijo Amy Monroe—. Creo que le duele el estómago.

—...úlcera. Es posible que haya que operarlo —dijo una voz masculina.

Justin trató de protestar, pero no pudo. Hizo un esfuerzo para abrir los ojos y vio que Amy Monroe lo miraba preocupada.

—Grac... —intentó decir.

Ella colocó un dedo sobre sus labios y le dijo:

—Gúardate las fuerzas. Todos estamos en el mundo por algún motivo. Hoy eres uno de mis motivos. Respira —se agachó y le dio un beso en la mejilla.

Justin sintió que lo trasladaban en camilla. Sentía tanto dolor que se le cerraron los ojos y no trató de abrirlos. La imagen del hospital se desvaneció de su cabeza y todo se volvió oscuro.

—Operación de emergencia —oyó que decía una mujer, después no oyó nada más.

***

Una imagen apareció en su cabeza. Sus amigos Michael y Dylan estaban hablando.

—Era tan joven —decía Michael.

—Qué lástima —decía Dylan—. Lo único que hizo en su vida fue trabajar y preocuparse por el dinero.

Kate, la mujer de Michael, dijo con tristeza:

—Nunca lo consiguió. Creo que estuvo a punto de hacerlo, pero nunca lo consiguió.

«¿Conseguir qué?», se preguntaba Justin.

—Luchó por ello —dijo Dylan.

«¿Por qué luché?», quería saber Justin.

—No puedo creer que no tenga testamento. Se escandalizaría si supiera que el gobierno se va a quedar gran parte de su fortuna.

«¡Un testamento!», pensó horrorizado. Nunca lo había hecho porque siempre pensaba que tendría mucho tiempo. Comenzó a sudar. ¿Estaba muerto?

Kate se secó las lágrimas.

—Me hubiese gustado que hubiera hecho más cosas. Es una lástima. No puedo imaginarme llegando al final de mi vida sabiendo que podía haber hecho muchas otras cosas, pero que no las hice. No puedo imaginar que nunca hubiera amado a alguien. Es una lástima —dijo ella, y Michael la tomó entre sus brazos.

Justin se preguntaba si estaba muerto. Todas las cosas que quería hacer en su vida pasaron por su cabeza. Lo peor de todo fue el sentimiento de vacío que se apoderó de él. ¿Sería cierto que su vida no había servido para nada? Había estado tan preocupado por ganar dinero que no había hecho nada más, ni siquiera se había preocupado por nadie.

¿Qué había hecho para intentar que el mundo fuera un lugar mejor?

«Si estás ahí, Dios, te pido perdón. He perdido mucho tiempo. Si me das una segunda oportunidad...», rezó en silencio.

«Qué tontería», pensó Justin. Si él hubiera sido Dios, ¿cómo iba a darle otra oportunidad? ¿Qué había hecho para merecérsela? Bueno, quizá Dios no fuera tan egoísta como él. Quizá fuera mejor persona que él y creía en las segundas oportunidades. «Si puedes darme una segunda oportunidad. Trataré de descubrir cuál es el propósito de que esté en este mundo y lo cumpliré».


Justin hizo un esfuerzo para abrir los ojos.

–Parece que se está despertando –dijo alguien cuya voz le resultaba conocida. Trató de localizar quién era.

–Eh, Justin, bienvenido al mundo de los vivos –dijo otra voz conocida.

Justin parpadeó y miró a sus dos amigos, Michael Hawkins y Dylan Barrows.

–Nos has dado un buen susto –dijo Michael con cara de preocupación. Justin pensó que desde que su amigo se había casado y convertido en padre, se había vuelto más humano.

–Sé que querías retrasar todo lo posible ese donativo para el programa extraescolar de lectura, pero ¿de verdad era preferible operarse?

Justin trató de reírse pero el dolor no se lo permitió.

–Un poco de respeto, Dylan.

–Estás como si te hubiese atropellado un camión.

–Gracias –dijo Justin.

–No, en serio –dijo Dylan agarrándolo del brazo–. Tienes que cuidarte más. No quiero que te ocurra nada malo. Aunque seas un tacaño, eres un buen chico.

—Quizá no tan bueno —murmuró al recordar el sueño que había tenido.

—Me gustaría quedarme, pero la semana pasada me compré un billete de avión —dijo Dylan—. Me voy más tranquilo sabiendo que estás mejor.

—¿Te vas a Río o a París? —preguntó Justin con curiosidad. Dylan siempre iba de un lado para otro. A veces, parecía que huía de sí mismo.

—A ninguno de los dos. Al Caribe. Voy a pasar el fin de semana en Belize. Quizá puedas venir conmigo cuando te encuentres mejor.

—¿Rubia o morena? —preguntó Justin.

Dylan esbozó una sonrisa y dijo:

—Esta vez voy solo. Invité a Alisa Jennings, pero rechazó la invitación. Es la tercera vez en lo que va de mes.

—Parece que te desaparece el fuerte orgullo que tienes cuando se trata de ella.

—Supongo que soy masoquista. Iré a bucear, a pescar, y reflexionaré mucho —miró su reloj de oro y después a Justin—. Cuídate amigo. Te veré a la vuelta. Tú también, Michael.

En cuanto Dylan se marchó, Justin miró a Michael.

—¿Dylan? ¿Pensando?

—Está muy quedado con Alisa.

—Me sorprende que no haya ido a por la siguiente. Parece que Dylan siempre tiene una ristra de mujeres esperándolo.

—Creo que Alisa y él estaban más comprometidos de lo que él admite.

—Eso es lo que yo siempre había pensado —dijo Justin.

—Ya basta de hablar de Dylan. Parece que te estás durmiendo, será mejor que me vaya...

—Un minuto —dijo Justin—. Yo, uh... supongo que podía haberme muerto.

—Sí —dijo Michael.

Sintió un nudo en el estómago.

–He pensado en todo lo que no he hecho.

–¿Como ir a Belize? –preguntó Michael.

–No, en cosas importantes –un extraño sentimiento se apoderó de él y se encogió de hombros–. Parece que tú vives en paz. ¿Por qué?

–Oh, es muy sencillo. Por Kate y el bebé. Cuando todo esté dicho, puede que todo el mundo se vaya, pero sé que siempre tendré a Kate –hizo una pausa–. Y me gusta lo que estoy haciendo contigo y con Dylan. Es divertido. Kate dice que los tres estamos acomplejados por nuestra riqueza. Supongo que repartir una parte de ella hace que me sienta mejor –Michael lo miró durante un instante–. Necesitas descansar –le dijo–. Te pondrás bien.

Después de que Michael se marchara, Justin se quedó pensando en lo que le había dicho su amigo. No podía creer que su función en el mundo tuviera algo que ver con convertirse en padre y marido. Cerró los ojos y decidió que tendría que seguir buscando.


Tres semanas más tarde, Justin todavía se sentía extraño pero, por fortuna, no tenía nada que ver con la úlcera. Quería darle las gracias a Amy Monroe por haberlo llevado al hospital, buscó su dirección y condujo hasta su casa en cuanto cerró la bolsa. Aparcó detrás del coche de Amy. Miró a su alrededor y se fijó en el vecindario. Había muchos robles y sauces llorones, también muchos niños, al menos una docena de ellos.

Sacó el ramo de rosas del coche, subió al porche y llamó al timbre. Apareció una niña con coletas y lo miró de arriba abajo.

–Hay un hombre en la puerta –gritó a pleno pulmón.

En ese momento los dos niños se acercaron a la puerta.

Uno de ellos se metió el dedo en la boca. Justin se fijó en que eran gemelos y se alegró de que ser padre no formara parte de su función en la vida.

Amy salió vestida con un pantalón corto que dejaba a la vista sus bonitas piernas. Acarició la cabeza de uno de los gemelos y, sorprendida, miró a Justin y a las flores. Sonrió.

Justin sintió que le daba un vuelco el corazón.

Amy abrió la puerta.

–Pasa. He llamado al hospital unas cuantas veces para asegurarme de que habías sobrevivido. ¿Cómo estás? ¿Era una úlcera?

–Estoy mucho mejor –dijo él–. Sí, era una úlcera. Después de la operación, me han mandado antibióticos –cuando se enteró de que todo podía haberse evitado con una simple receta, se sintió fatal.

–Los chicos odian ir al médico, ¿verdad? –comentó ella.

–Yo sí –dijo y le tendió el ramo de rosas–. Toma, son para ti. Gracias por salvarme la vida –las flores no eran suficiente, pero Justin no iba a detenerse ahí, tenía otros planes para Amy y su programa extraescolar.

–De nada –dijo ella y aceptó el ramo. Los dos niños se agarraron a sus piernas.

Justin no podía culpar a los pequeños por querer estar cerca de ella. Amy irradiaba una mezcla de optimismo y carácter femenino que atraía tanto a los chicos pequeños como a los grandes. Además, era muy sensual.

Amy miró a los dos niños.

–Oh, se me olvidaron los modales. Justin Langdon, te voy a presentar a mis chicos, Jeremy, Nick y Emily. Oled estas rosas preciosas –dijo ella agachando el ramo. Después se dirigió a Emily–. ¿Te importaría traerme un jarrón con agua, cariño? Hay uno debajo del fregadero. La cena está casi preparada, así que id a lavaros las manos.

Los niños salieron corriendo hacia el baño.

—¡Yo primer! —dijo Nick.

—¡Yo primer! —exclamó Jeremy.

—El pollo es uno de sus platos favoritos —explicó Amy—. Comida especial, llevo haciéndola desde que murieron mi hermana y su marido.

Justin frunció el ceño.

—¿Tu hermana ha muerto hace poco?

Amy asintió y sus ojos marrones se llenaron de tristeza.

—Su marido también. Los niños perdieron a su madre y a su padre el mismo día.

Justin trató de asimilar.

—¿No son tus hijos?

—Ahora sí son míos —dijo ella—. Y se quedarán conmigo a pesar de lo que diga la asistente social acerca de mi edad o mi situación.

Justin tuvo la sensación de que detrás de todo aquello había algo que no le iba a gustar.

Emily apareció y estiró de la blusa de Amy. Ella se agachó y la pequeña le susurró algo. Amy sonrió.

—Emily quiere saber si vas a quedarte a cenar. La cena estará buena, pero... quizá ponga a prueba tu medicación para la úlcera.

Justin miró a las dos y se sorprendió al ver cómo reaccionaba ante ellas. La mirada de Emily reflejaba tristeza y él no pudo evitar recordar los sentimientos de abandono que tuvo durante su infancia, pero la mirada atrevida de Amy hizo que recordara algo totalmente diferente. «Así me informaré acerca del programa extraescolar», pensó para justificar su rápida decisión.

—Me encantará acompañaros —dijo él y notó cierta satisfacción en la mirada de Amy.

—¿Estás seguro? —preguntó ella. Pero Justin tuvo la sensación de que en realidad le preguntaba *¿Eres suficiente hombre para esto?*

Justin sintió algo en su interior. Era una cualidad que no solía mostrar ante la gente, la firme decisión de conseguir algo, para demostrarse a sí mismo que valía mucho. Solo había sentido lo mismo unas cuantas veces en su vida y sabía que era como encender un mechero en un cuarto lleno de gasolina. Fue así como consiguió una beca para ir a la universidad y como salió adelante comiendo latas de judías día tras día hasta que ganó su primer millón.

Amy Monroe tenía algo que también encendía esa llama. Era una mujer con brillo en la mirada, un cuerpo de curvas peligrosas y tres niños aún más peligrosos. Justin no sabía por qué, pero sentía la inexplicable necesidad de demostrarle a Amy que era lo suficiente hombre para cualquier cosa que ella necesitara.

# Capítulo 2

–Me gustaría extender el programa al menos a cinco escuelas de enseñanza primaria del distrito –dijo Amy después de que Justin le preguntara sobre el programa extraescolar–. Me encantaría que se expandiera por todo el condado, y si quieres te digo lo que deseo antes de que sople las velas de mi tarta de cumpleaños, me encantaría ver que el programa se extiende por todo el estado, y después por todo el país –hizo una pausa para mirar a Justin. Sabía que algunas personas se quedaban abrumadas tras escuchar su deseo, pero sentía que él la comprendía al mismo tiempo que se sorprendía.

–Amy, la Emperatriz de la Alfabetización –dijo él.

Habló con un tono sexy más que de broma, pero quizá era solo porque era un chico sexy.

–No puedo negarlo –dijo ella–. Dos horas y media a la semana pueden marcar la diferencia en la vida de los niños que participan en el programa.

–¿Qué necesitas para que suceda? ¿Dinero?

–Eso me ayudaría –dijo ella–. Los profesores que participen en el programa se alegrarán de recibir dinero a cambio de su experiencia. También hay que darle más publicidad al programa. Sería estupendo que nos apadrinara una asociación de mujeres o que nos patrocinara alguna empresa, pero desde que me he convertido en madre –dijo sonriendo a Nick, Emily y Jeremy–, he tenido una de las mejores distracciones del mundo –notó que Nick se movía inquieto en la silla–. ¿Quieres ir al baño?

El pequeño asintió.

–No quiero perderme el postre.

–Corre. Prometo que te guardaré un poco –cuando Nick se marchó, Amy miró a Justin–. A veces espera demasiado –explicó–. ¿Puedes comer chocolate?

Justin frunció los labios y la miró con sensualidad.

–Puedo comer todo lo que quiera –le dijo en voz baja, y ella se preguntó qué se sentiría al recibir toda su atención.

Se mordió el labio inferior y trató de quitarse esa provocativa idea de la cabeza. Si estaba así tras llevar seis meses sin salir con un chico, ¿cómo estaría cuando llevara un año? Se aclaró la garganta y se puso en pie.

–Bien, entonces puedes tomar un trozo de la tarta que Emily y yo hemos hecho esta tarde.

Nick entró en la habitación.

–Ya estoy aquí.

–¿Te has lavado las manos?

El pequeño se quedó en silencio.

Amy se rio y le acarició la cabeza.

–Ve a lavártelas con jabón.

–¿Eres profesor como mi tía Amy? –le preguntó Emily a Justin.

Amy miró a Justin con curiosidad.

–No, yo comercio con acciones.

–¿Para qué agencia de corretaje? –le preguntó Amy.

–Lo hago a través de Internet.

–¿Y qué haces cuando el mercado cae?

–Intentar reservar acciones a un buen precio, y si el mercado cae, retirarme y no comprar.

–No sabía que se podía hacer.

—Estados Unidos es el único sitio en el que se puede ganar o perder dinero con algo que no es de tu propiedad. No está hecho para la gente que no le gusta el riesgo.

—¿Pero produce úlceras? —dijo ella.

—En parte —admitió Justin—, pero no ganar dinero produce más úlceras.

—¿Qué es una úlcera? —preguntó Emily.

—Algo que se forma en la tripa y que duele —dijo Amy.

—Cuando me duele la tripa, vomito —dijo Jeremy. Después miró el pastel y añadió—, pero ahora no me duele la tripa. Mi tripa está contenta porque va a tomar pastel.

—Mi tripa está más contenta —dijo Nick.

—No, no lo está —dijo Jeremy.

—Sí lo está —dijo Nick.

—Está...

—Si no se callan vuestras tripas, a lo mejor no comen pastel —dijo Emily.

Se quedaron callados durante unos instantes. Sonó el timbre de la puerta.

—No lo está —susurró Jeremy.

—Voy yo —dijo Emily, y salió corriendo.

Amy frunció el ceño y dejó los platos con tarta delante de cada niño.

—¿Quién será...?

—Es la señora Hatcher —gritó Emily desde el recibidor.

Amy sintió un nudo en el estómago.

Notó que Justin la miraba con curiosidad.

—¿Hatcher?

—Una de las trabajadoras sociales —susurró—. Creo que no le caigo bien.

Él se puso en pie.

—¿Para qué necesitas a una trabajadora social? ¿Eres el pariente más cercano a los niños, no?

Amy asintió.

—Sí, pero mi hermana no dejó testamento, así que es un poco complicado —miró la tarta e hizo una mueca—. No le va a gustar que les de tarta.

—¿La tarta? —preguntó Justin incrédulo—. ¿Qué hay de malo en comer tarta?

—Encontrará alguna pega.

Al oír que se acercaba, Amy sonrió para recibir a la trabajadora social.

—Señora Hatcher, qué sorpresa. Estábamos a punto de tomar el postre. ¿Quiere acompañarnos?

La mujer echó una mirada cortante a los niños y al pastel de chocolate.

—Si los niños toman dulce a estas horas, no podrán dormirse —miró a Amy—. Y es peligroso que la pequeña Emily abra la puerta. Debería saberlo.

—Estaba cortando el... —comenzó a decir Amy. No sabía por qué, pero la señora Hatcher la hacía sentirse incómoda. Amy se había formado para la enseñanza y, aunque no hubiera recibido formación para ser madre, estaba decidida a ser la madre que sus sobrinos necesitaban.

—Se habrá dado cuenta de que Emily no abre a menos que conozca al visitante. ¿Puedo ayudarla en algo más?

—El departamento de salud vendrá a hacer una inspección la semana que viene —la informó la señora Hatcher.

Amy se sintió un poco aliviada.

—Eso significa que estamos un poco más cerca del final.

—Aún quedan otros pasos en el proceso —le recordó la señora Hatcher mirando a Justin.

Él tendió la mano para presentarse.

—Soy Justin Langdon. Conocí a Amy a través de su programa extraescolar. Estoy seguro de que usted conoce los estupendos resultados de su trabajo.

Sorprendida por la ayuda, Amy lo miró y le dio las gracias de manera silenciosa.

–Estoy segura de que la señora Monroe puede defenderse sola –dijo la señora Hatcher–. Acompáñeme a la puerta –le dijo a Amy.

Amy siguió a la mujer hasta el recibidor y aguantó la bronca de la señora Hatcher. Después de que se marchara, Amy se apoyó en la puerta. Se sorprendía de cómo la presencia de una persona puede llenar el ambiente de tanta tensión. No comprendía qué era lo que la señora Hatcher tenía en su contra. Aunque el primer encuentro no fue muy bueno, parecía que la señora era incapaz de superarlo. Amy sabía que la mujer no la aprobaba. Pensaba que era demasiado joven y no le gustaba que no estuviera casada. Aun así, no tenía motivos para conseguir que Amy no ganara la custodia de los niños. Lo único que podía hacer la señora Hatcher era ponerle las cosas difíciles a Amy, y eso era lo que intentaba.

Amy suspiró y regresó a la cocina. Los gemelos se estaban chupando los dedos y Emily se había comido la cubierta helada del pastel, pero se había dejado lo de dentro. Los tres tenían la cara llena de chocolate y todos estaban contentos. Amy sintió que se le encogía el corazón. Quería mucho a esos niños.

–No nos ha gustado nada –dijo Justin levantando el plato y mirando a Amy a los ojos–. Tenías que habernos dado gachas en vez de pastel.

–¿Qué son gachas? –preguntó Emily.

–Una sopa malísima –dijo Amy, y frunció los labios–. Ahora tenéis que demostrar que la señora Hatcher está equivocada e iros a la cama.

Los tres pequeños se quejaron al unísono.

–¿Por qué esa señora es tan gruñona? –preguntó Nick.

–Está enfadada con la tía Amy porque la tía Amy lanzó una

pelota de béisbol contra el parabrisas de su coche y se lo rompió –dijo Emily.

Amy sintió la mirada penetrante de Justin y se sonrojó.

–Le pedí disculpas y le pagué la reparación –le explicó.

–Todavía está enfadada –dijo Emily.

–Tendría que comer más tarta –sugirió Jeremy–. ¿Puedo comer otro trozo?

–No, cariño, no puedes. El primero que se prepare para irse a dormir será al primero que le cuente un cuento.

Los tres salieron corriendo de la cocina y la habitación quedó en silencio.

Justin se rio.

–Le rompiste el parabrisas la primera vez que la viste.

–Fue un accidente –dijo ella, y retiró los platos de la mesa–. Y fue antes de conocerla –se encogió de hombros–. ¿Cómo se supone que tenía que saber que iba a entrar en mi camino?

–Me recuerda a alguien –dijo Justin.

–¿Llamado Atila? –preguntó Amy, y abrió el grifo para limpiar los platos.

–Casi –dijo él–, pensé que ya se le había caído una casa encima.

Amy se rio al recordar a la bruja del *Mago de Oz*.

–Estoy segura de que bajo su fachada de dura...

–...tiene un corazón de acero inoxidable –se puso serio–. ¿Puede evitar que consigas la custodia de los niños?

–No creo –dijo Amy–. Solo puede ponerme las cosas difíciles. No le caigo bien.

–¿Por algún motivo aparte del pelotazo?

–Soy demasiado joven, trabajo y estoy soltera –Amy suponía que iba a quedarse soltera el resto de su vida y le parecía bien.

–Y sonríes demasiado –dijo él, y ella sintió un nudo en el estómago–, te ríes demasiado y no eres lo suficientemente fea.

«No soy lo suficientemente fea», pensó complacida.

–¿No lo soy?

Justin se acercó a ella.

–Te faltan verrugas y un tercer ojo.

Ella miró sus ojos verdes y deseó tener un poco más de tiempo y una pizca más de libertad. Él era el hombre más interesante que había conocido desde hacía mucho tiempo, y su presencia le hacía recordar que era una mujer. Amy oyó que Nick estaba haciendo gárgaras. No tenía tiempo ni libertad, así que sería mejor que dejara esos pensamientos para un día lluvioso.

–Gracias por venir, Justin Langdon –dijo, y siguiendo un impulso, lo besó. Quería haberlo besado en la mejilla, pero sin embargo, lo hizo en la boca. En dos segundos, sintió su fuego interno y su sabor a chocolate. Era una combinación muy seductora. Se retiró.

–¿Besas a todos los hombres a los que les salvas la vida? –preguntó Justin.

Sorprendida por lo que había hecho, Amy contestó:

–No salvo muchas vidas. Una vez salvé a un niño de primer grado que intentó tragarse un perrito caliente entero–se mordió el labio inferior–. Gracias por hablar bien de mí delante de la señora Hatcher.

–¡Tía Amy! –gritaron los gemelos.

–Tengo que marcharme. ¿Te importa si no te acompaño hasta la puerta?

Él negó con la cabeza y la miró pensativo.

–Buenas noches –dijo ella–, y ten cuidado con las acciones no te vaya a salir otra úlcera –se marchó dejando a Justin y a los platos sucios en la cocina, sabía que, cuando regresara, los platos seguirían allí, pero que él ya se habría marchado.

Después de leer cuentos y cantar con los niños, Amy metió

a los pequeños en la cama y cerró la puerta. Se apoyó en la pared del pasillo con los brazos cruzados y disfrutó del silencio.

–Puedo hacerlo –susurró–. Puedo ser lo que los niños necesitan que sea –aunque Amy siempre se había considerado una luchadora, se sorprendía de lo cansado que resultaba ser madre. Se sentía un poco hastiada, pero pensó que con el tiempo se recuperaría.

Se dirigió a la cocina con la idea de lavar los platos y se sorprendió al ver que se había equivocado en una cosa. Justin Langdon se había marchado, pero había fregado los platos.

Le dio un vuelco el corazón. Pasó los dedos por la encimera de la cocina. Justin era un enigma. Lo encontraba un hombre cautivador. En otro momento, quizá intentara resolver alguno de los misterios que veía en sus ojos. Pensó en los niños y negó con la cabeza. En otra vida.


Justin subió los escalones que llegaban hasta la puerta principal de su casa, situada en un opulento vecindario. Entró en la casa y se percató del silencio que reinaba en ella. Después del ruido y del caos que había en la casa de Amy, la suya era demasiado tranquila.

Frunció el ceño. No era posible. La casa de Amy simbolizaba lo que él siempre había querido evitar en su vida. Las cargas familiares. Había rellenado innumerables declaraciones de impuestos y en todas contestaba *No* a la pregunta *¿Tiene cargas familiares?* De pequeño se había llevado una gran decepción con su familia y él no quería decepcionar a nadie.

Pensó en Amy y se sintió incómodo. Ella tenía demasiadas responsabilidades y muy poco apoyo. De pronto, Justin recordó la promesa que le había hecho al Todopoderoso. Tenía que descubrir el motivo por el que estaba en el mundo. ¿Tendría algo que ver con Amy y sus niños? Se le formó un nudo en el estómago, no le gustaba pensar en posibles cargas familiares. Se dirigió al estudio y busco una película de James Bond en DVD. La habitación estaba en penumbra y Justin se imaginó a Amy tumbada en el sofá de cuero, sus labios seductores y su cuerpo irresistible. Recordó el besó que le había dado y cómo había sentido que una ola de deseo recorría su entrepierna, también que Amy olía a zumo de manzana y a sexo.

Justin se imaginó a las criaturas de Amy corriendo por la casa y se puso tenso.

Trató de dejar de pensar en ello y encendió el DVD. Le había fregado los platos a Amy y le daría una buena suma de dinero para su programa extraescolar, pero se aseguraría de que no habría nada más entre ellos.

Durante la semana siguiente, Justin dejó de pensar en Amy y volvió a concentrarse en el trabajo de cambiar acciones. No obstante, había momentos en los que recordaba su cara sonriente, su risa y la sensación que experimentó cuando lo besó en los labios. Como sabía que pronto tendría que reunirse con los otros miembros del Millionaire's Club para contarles cómo iban las cosas, en cuanto cerró la bolsa se dirigió a ver a Amy. Dobló la esquina justo cuando ella terminaba su clase y se alegró de verla.

–Palabras que empiecen por P –dijo ella.

–¡Preciosa!–gritó una de las niñas.

–Pirata –dijo un niño.

–Pasteles –gritó otro.

Y así hasta que Amy alzó las manos y dijo:

–Creo que lo habéis entendido. Es la hora de marcharse –anunció–. Lo habéis hecho muy bien. Decidles a vuestros padres que os enseñen cosas con la letra Q. Adiós.

Esperó a que los niños se marcharan y miró a Justin a los ojos. Él se acercó.

—Me has vuelto a sorprender —dijo ella—. Pero dime, por favor, que no has tenido una recaída de tu úlcera.

—Sigo bien —dijo él y recordó el motivo de su visita—. Te he preguntado varias veces por el programa y por las necesidades económicas que tenía, pero nunca me contestaste.

—Y tú nunca me contaste por qué estabas interesado.

—Sé de alguien que a lo mejor está interesado en ayudarte.

—Oh, eso sería estupendo. Si nos da un cheque en blanco, también sería maravilloso —bromeó. Después se le oscurecieron los ojos—. Una trabajadora social nueva sería lo mejor.

—¿La señora Hatcher sigue causando problemas? —preguntó él.

—Cada vez que creo que avanzamos, ella me pone otro impedimento —dijo Amy dando un suspiro—. Empiezo a preguntarme si de verdad puede conseguir que no adopte a los niños.

Al verla tan desanimada, Justin sintió ganas de arreglar su situación. No debía importarle pero, por alguna extraña razón, aquella mujer sí que le importaba.

—Tengo algunos contactos. ¿Te ayudaría tener otro abogado?

—Creo que lo que necesito es tener diez años más y estar casada —contestó—. ¿Tienes algún milagro en el bolsillo?

*Milagro*. La palabra llamó su atención. Justin tragó saliva para tratar de deshacer el nudo que tenía en la garganta. Los milagros estaban muy relacionados con el Señor.

—Así que dices que si tuvieras diez años más o estuvieras casada, ¿no tendrías problema para tener la custodia de los niños?

—Lo mejor sería tener las dos cosas —dijo ella—, pero de momento, creo que valdría con una sola.

—¿Regalarías diez años a cambio de esos niños? —preguntó incrédulo.

—Oh, sí. Tener una familia estable que te quiera durante la infancia puede marcar una gran diferencia en la vida.

Hablaba como si se hubiera criado en un entorno así. Justin sintió un poco de envidia.

—¿Para ti significó una gran diferencia?

Ella hizo una pausa y lo miró.

—Yo no tuve una infancia muy estable. Siempre he pensado que podría superar mi pasado, y creo que lo he hecho en su mayor parte. Quiero que los hijos de mi hermana tengan algo diferente.

Justin miró los ojos marrones de Amy y sintió que estaba contemplando el rostro del motivo por el que estaba en el mundo.

# Capítulo 3

—No, no y no —murmuró Justin al entrar en el bar de O'Malley aquella noche—. Esto tiene que ser una broma —se dijo a sí mismo. Y a Dios—. Creía que había quedado claro. Sabes mejor que nadie que no soy un buen candidato para nada que esté relacionado con el matrimonio o con los niños —Justin continuó hablando con el Todopoderoso mientras se dirigía hacia el lugar donde estaban sentados Michael y Dylan—. Sé que eres perfecto y que nunca te equivocas, pero esto no me gusta.

—Justin, ¿con quién hablas? —le preguntó Dylan.

Justin se encogió de hombros.

—No lo comprenderías.

—¿Has hecho la investigación? —dijo Dylan sonriendo—. Llevamos meses hablando del programa extraescolar de alfabetización.

—He hablado con la mujer que lleva el programa y me ha dicho una cantidad. Creo que es muy baja.

Dylan y Michael lo miraron sorprendidos.

—¿Baja? —repitió Michael—. ¿Eso quiere decir que crees que hay que darle más dinero?

Justin asintió.

—Sí, y quizá podamos encontrar una asociación de mujeres que patrocine el programa. Necesita que le den más bombo.

—Nunca imaginé que algún día pensaras que debemos dar

más dinero –dijo Dylan–. Nunca pensé que te oiría pronunciar la palabra *más* relacionándola con repartir nuestro dinero.

Justin se encogió de hombros. Regalar otros treinta mil dólares no era lo que más lo preocupaba en aquel momento.

–Las cosas cambian.

Dylan frunció el ceño.

–¿Cómo va la bolsa últimamente?

–Sube y baja, como siempre. ¿Por qué?

–¿Sigue yéndote bien?

«Mejor que bien», pensó Justin.

–La mayor parte de los días –dijo–. ¿Por qué? ¿Necesitas una propina?

–No, solo que pareces distinto.

Justin aceptó la cerveza que le ofreció Michael.

–Soy distinto. No me basta con ganar dinero y acumularlo. Nunca me gustó gastarlo solo por el placer de gastarlo.

–Como a mí –dijo Dylan retándolo con la mirada. Justin sabía que, a pesar de sus juegos y bromas, Dylan tenía un lado profundo.

–Digamos que tú no has tenido el mismo complejo que yo a la hora de gastar –dijo Justin, y dio un trago a su cerveza.

–He tenido más tiempo para gastar mi herencia. Hasta ahora, mi puesto en la junta directiva de la empresa de mi difunto padre ha sido inexistente. Aunque está a punto de cambiar –dijo Dylan con frialdad.

–¿Y esto a qué se debe? ¿Al viaje a Belize? –preguntó Michael– ¿Sin Alisa?

–Belize es maravilloso –dijo Dylan–. No hay carreteras asfaltadas, ni mucho que hacer aparte de bucear y cuidar a las crías de los tiburones. El aire te quita todas las tonterías de la cabeza. Puede que sea Alisa la que se ha marchado, pero la plaza en la junta es mía y es hora de que la tome.

–Cuidado, chicos –dijo Michael levantando el vaso para

brindar–, si os casarais y tuvierais un hijo, la vida os iría mucho mejor. Por cierto, tengo fotos nuevas de Michelle.

Justin y Dylan rezongaron.

–Que las cosas os hayan ido bien a ti y a Kate, no significa que nosotros debamos contraer matrimonio –Dylan le dio un codazo a Justin–. ¿Verdad? Mi amigo Justin es el chico perfecto para quedarse soltero. ¿A qué sí?

Justin pensó en las palabras Matrimonio y Milagro. Había motivos para que ambas palabras se le ocurrieran a la vez, pensaba que para que un matrimonio saliera bien, se necesitaba un milagro.

Dylan le dio otro codazo.

–¿A qué sí?

–Sí –murmuró Justin, y bebió otro trago de cerveza. Sintió que Michael lo miraba con curiosidad y no tenía interés en contestar más preguntas.

–El estudio del programa extraescolar está hecho, así que ahora te toca a ti hacer el estudio médico –le dijo a Dylan.

–No hay problema –dijo Dylan–. ¿Alguna otra cosa?

–No, excepto que Kate quiere que os invite a una comida al aire libre este fin de semana.

–¿Estará Alisa? –preguntó Dylan.

–No lo sé –dijo Michael–. Creí que dijiste que ya se había terminado.

–Así es –dijo Dylan con tono frío.

–¿Crees que podrás ir? –le preguntó Michael a Justin.

–Ya te lo diré. Nunca se sabe cuándo puede surgir una emergencia familiar.

–Pero si tú no tienes familia –dijo Michael confuso.

–Exacto –dijo Justin pensando en Amy y sus niños. Si terminaba teniendo una familia, sin duda sería una emergencia–. Tengo que mirar unos gráficos. Hasta luego –dijo, y salió del bar sabiendo que sus amigos se habían quedado sorprendidos.

\*\*\*

Aquella noche no le sirvió de nada ver una película de James Bond. Después de estudiar un par de gráficos de bolsa, puso el DVD, pero no consiguió olvidarse de Amy. Decidió que le haría un cheque para el programa extraescolar y conseguiría el mejor abogado, pero aun así, no se quedó tranquilo. Finalmente se metió en la cama y, al cabo de una hora de dar vueltas, se quedó dormido.

Soñó con los niños de Amy, que aparecían pobres y necesitados. La pequeña Emily nunca sonreía y el brillo había desaparecido de los ojos de los gemelos. La señora Hatcher aparecía como una tutora malvada. Él era el personaje que podía haber cambiado todo para que Amy y sus niños tuvieran una vida mejor, pero no se decidía, y murió antes de cambiar de opinión. Desesperada por conseguir la custodia de los niños, Amy se casó con un hombre que la anulaba como persona.

Horrorizado, Justin presenciaba cómo Amy se entregaba a aquel hombre.

–¡No! ¡No, no!

Justin se sentó en la cama. Estaba empapado de sudor y el corazón le latía con furia.

Respiró hondo. Se levantó de la cama y, desnudo, se acercó hasta la ventana. Abrió la cortina y miró la luna.

No estaba muerto. Amy y los niños todavía estaban a salvo. Solo había sido un sueño.

–Sí, claro –murmuró Justin. Eso no había sido un sueño, era un tormento. No tenía que buscar más. Tenía claro cuál era el motivo por el que estaba en el mundo. Debía casarse con Amy.

\*\*\*

—¿Que crees que debemos qué? –dijo Amy, incapaz de creer lo que había oído. Él la había llamado para decirle que pasaría a hablar con ella después de que hubiera acostado a los niños. A pesar de que estaba cansada, Amy había aceptado.

—Creo que debemos casarnos –dijo Justin–. Dijiste que necesitabas un marido para que te dieran la custodia de los niños. Es a mí a quien necesitas.

Al oír sus palabras se le encogió el estómago.

—Pero no nos queremos.

—Exacto –admitió él.

—Ni siquiera nos gustamos.

—En eso no estoy de acuerdo –dijo él–. Tú me gustas.

Amy inclinó la cabeza y se tapó la cara con las manos.

—Me gustas. Casémonos –susurró ella–. Esto no tiene sentido. ¿Por qué quieres hacer esto? Quiero decir, no necesitas una tarjeta de residencia, ni nada por el estilo ¿verdad?

—No. Soy ciudadano de los Estados Unidos –dijo él y miró a lo lejos–. Es muy difícil de explicar.

—Inténtalo –dijo ella.

—Tú tienes ese sentimiento de que uno de los objetivos de tu vida es ayudar a esos niños de preescolar, ¿verdad?

—Sí.

Justin se puso en pie y metió las manos en los bolsillos. Caminó hasta el otro lado de la habitación.

—Bueno, cuando me llevaste a urgencias tuve un sueño y, en cierta manera, recibí el mensaje de que había un motivo por el que yo estaba en el mundo y tenía que averiguar cuál era.

—¿Y? –preguntó sin comprender nada.

Él se volvió para mirarla.

—Anoche tuve otro sueño extraño. Soñé contigo y con los niños, y creo que... –apretó los dientes–. Sé que tengo que casarme contigo.

—Cieeelos –dijo ella–. Crees que tu misión es casarte conmigo.

—No lo llamaría misión –dijo él.

—¿Entonces cómo lo llamarías?

—Lo mismo que tu me dijiste cuando me llevaste al hospital. Eres uno de los motivos por los que estoy en el mundo.

Habló con tanta convicción que Amy estuvo a punto de creérselo. Lo hubiera hecho si no le pareciera una locura.

—Por favor, no te lo tomes a mal, ¿pero hay algún antecedente de enfermedad mental en tu familia?

Justin soltó una carcajada.

—No. Estoy más sano de lo que parece. Necesitas un marido y yo tengo que cumplir el trato que hice con el Todopoderoso.

—Yo no hice tu trato con el Todopoderoso –señaló Amy.

—Pero hiciste un trato contigo misma de que obtendrías la custodia de los hijos de tu hermana y les proporcionarías amor y un hogar.

Tenía razón, y Amy no estaba segura de si eso le gustaba.

—Pero no necesito que tú cumplas el trato que yo hice conmigo misma.

Justin la miró arqueando las cejas.

—No debería necesitarte –dijo ella mirándolo. En esos momentos no le gustaba su altura, ni la fuerza que expresaba en su rostro. Sobre todo no le gustaba que estuviera menos incómodo que ella–. No sé nada de ti. No sé si tienes antecedentes policiales.

—No tengo.

—No sé que nivel educativo tienes –continuó ella.

—Me licencié en Finanzas en la universidad de St. Albans.

—No sé si tienes problemas con el alcohol.

—No tengo.

Amy no podía creer lo que estaba pasando. La desesperación se apoderó de ella.

—Los niños suponen muchos gastos. Puede que no ganes mucho dinero. No puedo permitirme mantener a otra persona.

Los ojos de Justin brillaron con un toque de humor.

—Gano bastante dinero.

—Los niños suponen muchos gastos —insistió ella.

—Gano mucho dinero —dijo él.

Amy tuvo que morderse la lengua para no hacerle la pregunta correspondiente.

—Soy millonario —dijo él al fin.

Amy se quedó de piedra.

—¿Perdón?

—Millonario. Con seis ceros —dijo él.

—Pero no pareces un millonario.

—¿Y qué aspecto tiene un millonario?

—No lo sé —dijo ella pensando que Justin era un hombre muy atractivo—. ¿Bill Gates?

—Él es multimillonario —dijo Justin.

—Oh —dijo ella—. Bueno, cuando se pasa de seis ceros, ¿qué más da?

—Un multimillonario tiene muchos ceros.

—No importa —dijo ella—. ¿Estás seguro de que no estás majareta?

Él le dirigió la mirada más cuerda que Amy había visto nunca.

—No estoy majareta. Te he propuesto matrimonio porque...

—...es tu misión.

—Porque creo que es uno de los motivos por los que estoy en el mundo —dijo él—. Aunque parezca una locura, espero que sabrás respetarlo.

—Más o menos —dijo frotándose los ojos. Se sentía como si estuviera en otro mundo.

—¿El sábado te parece bien?

Amy suspiró.

–¿Para qué?

–Para contraer matrimonio –dijo él con calma.

–Eso es dentro de cuatro días.

–¿Quieres hacerlo antes? –preguntó él.

–¡No! No sé si puedo hacerlo. No sé si es una buena idea. Tendré que pensar en ello.

–De acuerdo –dijo él–. Para mí también ha sido duro, al principio.

Ella lo miró con curiosidad.

–¿Y qué has hecho?

–Decir que no muchas veces y empaparme en sudor frío.

–Ahora no pareces preocupado –dijo ella.

–Estoy bien –dijo él–. Nunca pensé que sería así, pero así es –se acercó a ella y le agarró el brazo–. Piénsalo, pero recuerda a la señora Hatcher.

–No podré dormir si pienso en la señora Hatcher.

–Yo puedo conseguir que se vaya –dijo él con una promesa.

Amy se estremeció. La última frase era la oferta más seductora que le habían hecho en años. Sería un sueño convertido en realidad. Conseguir que la señora Hatcher la dejara en paz.

–Pensaré en ello –le dijo.

–Di una fecha –dijo él, como si estuvieran quedando para tomar café–. Y yo prepararé todo.

Por el tono de su voz y la mirada de su rostro, Amy supo que Justin conseguiría todo lo que se propusiera.

–Buenas noches –dijo él y le acarició la mejilla antes de dirigirse hacia la puerta.

Amy sentía que le ardía la cara a causa del roce de sus dedos. Se tapó la cara con la mano y observó cómo Justin se dirigía al coche.

Un remolino de sentimientos ocupaba su corazón. Había bromeado acerca de que necesitaba un marido para cumplir las expectativas de la señora Hatcher, pero no era exactamente una broma.

Su relación con Justin había sido extraña desde el principio. Le había propuesto matrimonio cuando ella pensaba que no le importaría salir con él. ¿Cómo podía estar tan tranquilo? Sin duda, debía estar loco.

Nunca se había imaginado casada. Tampoco criando a los tres hijos de su hermana. Cerró la puerta y fue a ver a los gemelos. Jeremy estaba destapado y chupándose el dedo. Nick dormía boca abajo y con la boca abierta.

Dormidos, parecían más vulnerables. A Amy se le encogió el corazón. Habían perdido tanto a una edad tan temprana. Recordó la pérdida de su hermana.

Se acercó a la cama de Jeremy y lo tapó. Se agachó y le dio un beso en la mejilla. El pequeño suspiró y ella sonrió.

Salió de la habitación y fue a ver a Emily. Al ver a la pequeña, se puso tensa. Emily estaba abrazada a un osito de peluche. Era lo suficientemente mayor como para darse cuenta de lo que había perdido. Intentaba actuar como un adulto, como si pudiera controlarlo todo. Era como si tuviera miedo de llorar, como si no confiara lo suficiente en la situación para relajarse. Amy se arrodilló junto a la cama y acarició la frente de la niña. Aunque la idea chocaba con sus convicciones feministas, Amy sospechaba que Emily se beneficiaría de tener un hombre en la casa. ¿Sería Justin el hombre adecuado?

Recordó a la señora Hatcher y sintió un escalofrío. Frunció el ceño. Los niños la necesitaban. Necesitaban su amor y estabilidad, necesitaban formar parte de su vida.

Pensó una vez más en la propuesta de Justin.

Mucho tiempo atrás, cuando era más joven, soñaba con encontrar un hombre a quien amar, un hombre que le proporcionara seguridad ante las cosas malas de la vida. Después creció y se dio cuenta de que era ella misma quien tenía que proporcionarse la seguridad y que tener a un hombre a su lado podía hacer que fuera incluso más vulnerable.

Antes de convertirse en una persona adulta, Amy ya había decidido tomar las riendas de su vida. La idea de compartir los mandos la incomodaba.

Miró a Emily una vez más y pensó en lo que para ella significaba la muerte de sus padres. La propuesta de Justin reapareció en su cabeza, provocándole rechazo y atracción a la vez.

El teléfono de Justin sonó a las seis de la mañana. Amy quería verlo después de que se marcharan los niños. Había llamado al colegio para decir que llegaría tarde. Justin aparcó detrás del coche de Amy y se dirigió al porche. Miró el reloj y llamó al timbre. Esperaba regresar a casa justo a tiempo para la apertura de la bolsa. Si iba a responsabilizarse de tres niños, tenía que seguir ganando dinero.

«Tres niños». Se le formó un nudo en el estómago. Sería mejor que el Señor lo ayudara, porque lo que sí sabía era que nada de eso había sido idea suya.

Amy abrió la puerta. No sonreía y Justin pensó que le hubiera gustado verla sonreír. Se dirigieron hasta el estudio y ella hizo un gesto para que se sentara en el sofá.

Justin se sentó. Ella no. Paseó de un lado a otro de la habitación.

–Tengo muchas preguntas acerca de tu prop... –hizo una pausa–, de tu sugerencia acerca de que nos casemos.

Él se percató de que no quería pronunciar la palabra propuesta. Suponía que si él hubiera tenido alguna fantasía secreta acerca del matrimonio, también le habría costado pronunciarla. La única fantasía que él tenía respecto a ese tema era evitar el matrimonio, pero puesto que había hecho un trato con el Todopoderoso, no le quedaba más elección.

–¿Qué preguntas?

–¿Dónde viviremos? ¿Cuánto tiempo estaremos casados? ¿Te gustan los niños? –dijo mirándolo de reojo–. Me da la sensación de que no te gustan.

–No me disgustan. No he pasado mucho tiempo con ellos. En cuanto a dónde viviremos...

–Tenemos que vivir aquí –dijo ella–. Los niños no pueden sufrir más cambios en su vida. Ya han tenido bastante.

Él asintió.

–Necesitaré una habitación para poner mi despacho.

–Hay una habitación de sobra –dijo ella–. Si decidimos casar... Si decidimos hacer esto, creo que debemos hacerlo durante dos años y después decidir si queremos continuar con nuestras vidas por separado.

–Me parece bien. Haré que mi abogado prepare un contrato prematrimonial para pasarte dinero a ti y a los niños.

Amy lo miró horrorizada.

–¡Oh, no! No aceptaré que me des una pensión alimenticia cuando esto termine.

Él se encogió de hombros.

–Pensé que sería lo mejor.

Ella lo miró un instante y dijo:

–¿Porque es tu misión?

El tono de su voz hizo que Justin reaccionara. Amy tenía una voz que haría que los hombres de tres a noventa y tres años se arrodillaran ante ella. Y un cuerpo... Justin no estaba arrodillado, pero no negaba que no le afectara su presencia.

–Uno de los motivos por las que estoy en el mundo –le corrigió.

Ella asintió.

–De acuerdo. Creo que cuantas menos sorpresas, mejor. Quiero que sepas que soy una mujer muy independiente, que no acepto órdenes y que no me gusta que interfieran en mis asuntos.

–Eso no me sorprende –dijo él–. No estoy interesado en interferir ni en darte órdenes. Estoy aquí para ofrecerte la manera de conseguir la custodia de tus sobrinos y para ayudarte económicamente.

Ella asintió y lo miró inquieta.

–¿Qué más? –preguntó Justin con impaciencia.

Ella se cruzó de brazos y dijo:

–Tenemos que hablar de sexo.

# Capítulo 4

Justin se quedó en silencio. En algunos momentos en los que había conseguido no pensar que el matrimonio acabaría con él, tanto económica como mentalmente, había pensado en llevarse a Amy a la cama. No era difícil imaginarse sus piernas esbeltas rodeándole las caderas y sus senos acariciándole el pecho mientras él la poseía. Ella vivía la vida con tanta pasión que él deseaba comprobar si también era tan apasionada en la cama.

–¿Has pensado en el sexo? –preguntó él, y se puso en pie. Se le ocurrió que quizá su cordura corriera peligro si viviera muy cerca de Amy y no pudiera tocarla.

–Uhmm, más o menos, bueno, no exactamente –rectificó–. Puedes dormir en la habitación que hay de sobra. También puede servirte de despacho.

Justin la miró un instante.

–Eso podemos cambiarlo después.

–Sí. Eso, después. Quiero decir, ni siquiera hemos salido juntos una sola vez. No te conozco. Tú no me conoces. Puede que no nos deseemos –terminó la frase casi sin habla. Lo miró como si hubiese dicho la mentira más grande de su vida y confiase en que él no se diera cuenta.

Era como si hubiese lanzado el mayor desafío del mundo y quisiera retirarlo. Justin se preguntaba si alguna vez ella se imaginaba cómo sería compartir una cama con él. Sabía que Amy se sentía atraída por él. Sospechaba que si ella no tuviera que ocuparse de los tres niños y del resto del mundo, se dejaría llevar.

Se acercó a ella y le acarició la barbilla.

—Eres una mujer muy guapa —le dijo—. Te deseo. Y tú me deseas.

Amy tragó saliva.

—Eres un poco arrogante, ¿no crees?

—No es arrogancia si es cierto. Tienes un cuerpo que podría detener el reloj de todos los hombres de St. Albans.

Amy sintió una pizca de placer, pero intentó no sentirse adulada.

—Hay montones de cuerpos.

—Sí, pero no todos se mueven como el tuyo —dijo él. Se había fijado en cómo caminaba y en la expresión de sus ojos—. Tienes una llama en tu interior. Se ve en tus ojos, en tu voz, en muchas otras cosas. A los hombres siempre les ha gustado jugar con fuego.

La imagen de Justin, desnudo, acariciándola, hizo que Amy se excitara. De pronto, él inclinó la cabeza y la besó. Primero acarició sus labios, y más tarde introdujo la lengua en su boca. Amy estaba asombrada e hipnotizada a la vez. Él la besó como si estuviera abriendo las ventanas de una casa que llevaba meses cerrada. ¿O años?

Amy sintió una tentación peligrosa de acercarse a él para sentir su pecho fuerte contra sus senos. El corazón le latía muy rápido. La cabeza le daba vueltas. Era una locura. Pensó que tenía cosas mucho más importantes que hacer. Al recordar el motivo de su propuesta de matrimonio se sintió como si le hubieran echado un jarro de agua fría y se separó de Justin.

—Esta no es la razón por la que quieres casarte conmigo —le dijo—. Es más, ni siquiera deseas casarte conmigo —le recordó–. Quieres casarte conmigo porque crees que es tu misión.

–Uno de los motivos por los que estoy en el mundo –dijo él.

–Lo que sea –dijo ella–. No me has sugerido que nos casemos porque estás locamente enamorado de mí. No voy a fingir que fue así.

–Igual que tú no has aceptado casarte conmigo porque no puedas vivir sin mí –comentó él.

–Yo no he aceptado.

–¿Ah, no? ¿Y ahora quién está mintiendo?

Amy frunció el ceño. En ese momento, él no le gustaba. No le gustaba porque tenía razón.

–De acuerdo, maldita sea. Me casaré contigo. Por los niños. Quizá me atraigas un poquito, pero eso no quiere decir que esté interesada en acostarme contigo –dijo–. Tengo claras mis prioridades. Y te agradecería que tú hicieras lo mismo. No me voy a casar contigo para que me salves o me cuides. Hace mucho tiempo que aprendí que podía hacerlo yo sola.

A Justin se le oscurecieron los ojos.

–Entonces hacemos buena pareja. Yo aprendí la misma lección.

A Amy se le ocurrieron un montón de preguntas. ¿Qué le había forzado a aprender la misma lección que ella había aprendido? Se moría de ganas de preguntárselo.

Justin miró el reloj.

–Hablando de prioridades, tengo que irme. La bolsa abre dentro de quince minutos. ¿Cuándo quieres que nos casemos?

–No estoy segura. El viernes o el sábado –dijo ella–. O la próxima semana –añadió al mismo tiempo que sabía que, cuánto antes lo hiciera, antes ganaría la custodia de los niños.

–Preferiría no hacerlo durante el horario de la bolsa –dijo Justin.

Amy asintió.

—Entonces, el sábado —dijo, recordándose que solo era para dos años.

—El sábado. Seguiremos en contacto —dijo él, y se marchó.

Amy y Justin quedaron para hacerse los análisis de sangre y para solicitar la fecha de la boda. El sábado llegó enseguida y Amy comenzó a sudar. ¡Qué estaba haciendo!

Emily llamó a la puerta del dormitorio de Amy y entró en la habitación. Saltó sobre la cama y exclamó:

—¡Hoy nos casamos!

Amy tragó saliva y esbozó una sonrisa.

—Sí, hoy nos casamos.

—¿Quieres que haga tortitas para desayunar?

Amy sintió que se le encogía el estómago.

—Oh, es una idea buenísima, pero estoy tan nerviosa que no sé si podré comer. ¿Puedes hacer tortitas otro día?

—Sí, cuando Justin venga aquí a vivir —dijo Emily sonriendo.

—Sí. Muy buena idea —dijo Amy, y salió de la cama—. Ayer elegiste tu vestido y la ropa de los niños está sobre sus camas. ¿Cómo quieres peinarte?

—Con una coleta —dijo Emily—. ¿Y con un lazo?

—Puede ser —dijo Amy, y sacó un cepillo de la cómoda.

Emily se puso delante de ella, mirándose al espejo mientras la peinaban.

—¿Vas a ponerte un vestido largo y blanco como el de mi Barbie?

—Oh, no, cariño. La gente que lleva vestidos largos suele haber planificado la boda con mucha antelación.

—¿Con más de una semana? —preguntó Emily.

—Exacto.

–¿Entonces qué vas a ponerte?

Amy todavía no lo sabía. El día anterior había comprado el anillo de boda y encargado un ramo de flores que pensaba recoger de camino a los juzgados. Confiaba en que el helado y la tarta que había comprado fuera suficiente para distraer a los niños y que no notaran la falta de sentimientos que habría en la ocasión.

Emily le tiró de la manga.

–¿Qué vas a ponerte?

–Una sorpresa –dijo Amy. También sería una sorpresa para ella.


–¿Esto es lo que llamas una emergencia familiar? –preguntó Dylan cuando entraron a los juzgados.

–Cualquier boda lo es –dijo Justin. Había pasado la mayor parte de la noche discutiendo con el Todopoderoso, intentando convencerlo de que él no era la persona adecuada para el trabajo que le había encomendado.

–Sigo sin comprenderlo. Has hecho un trato con Dios –dijo Dylan–. ¿Estás seguro de que no se equivocaron con la anestesia durante tu operación? Quizá haya afectado a tu cerebro...

–Estás aquí como testigo –dijo Justin–. Si hay algo que no necesito en este momento es que me psicoanalicen.

–Vale, pero tengo que preguntártelo, ¿estás seguro de que no se casa contigo por tu dinero?

–Ya te lo he dicho. No tiene nada que ver con el dinero. Tiene que ver con la custodia –levantó la vista y se alivió un poco al ver a Michael y a su esposa, Kate.

–Sin duda sabes cómo evitarte todos los líos de la boda –dijo Michael–. Sin iglesia, sin banquete...

–Cutre –dijo Kate con desaprobación.

—Oportuno —dijo Justin rechinando los dientes—. Gracias por venir.

—¡Oh, cielos! —exclamó Kate al ver a Amy con un ramo de flores y agarrada de la mano de los gemelos. Emily llevaba la parte de atrás del vestido de Amy y un pequeño ramo de flores; llevaba un vestido rosa de volantes y una coleta un poco ladeada.

Justin sintió que se le detenía el corazón. Amy iba con un vestido de encaje de color crema que resaltaba las curvas de su silueta. Llevaba el pelo recogido en un moño, pero algunos rizos le caían a los lados de la cara. Estaba sonrojada y se mordisqueaba el labio inferior con nerviosismo. Era su novia. La idea lo llenó de ternura.

—Los niños son adorables —dijo Kate.

Dylan se aclaró la garganta.

—¿Por qué no me dijiste que ella era...?

—¿Era qué? —preguntó Justin.

Dylan se encogió de hombros.

—Bueno, es muy guapa. Te diré una cosa —dijo dándole un codazo—, después de todo puede que este matrimonio no sea tan malo.

«No tiene ni idea», pensó Justin. Amy lo miró de arriba a abajo y después a los ojos. Si sus ojos hubieran podido hablar, habrían dicho:

«¿Estamos locos?»

Él se acercó a ella.

—Estás preciosa —dijo, y le agarró la mano.

—Gracias —dijo ella—. Tú también estás muy guapo —Justin sintió que Amy trataba de ocultar sus temores—. Me ha ayudado Emily —dijo ella.

—Tú también estás muy guapa —le dijo Justin a la pequeña.

—¿Te gustan nuestras flores? —preguntó la niña con una sonrisa.

—Son casi tan bonitas como tú.

—Tengo que ir al baño —dijo Nicholas moviéndose de un lado a otro.

—La tía Amy dice que cuando lleguemos a casa podremos tomar tarta y helado —dijo Jeremy.

—Es la recompensa que utilizo en el trabajo —dijo Amy.

—Es una buena idea para los niños.

—Y para mí —murmuró ella—. Tengo que acompañar a Nicholas antes de que tengamos un accidente.

—Deja que lo lleve Justin —intervino Kate, y dio un paso adelante—. Soy Kate Hawkins. Este es mi marido, Michael, y nuestro amigo, Dylan. Chicos, ¿por qué no lleváis a los otros niños a beber a la fuente mientras ayudo a la novia?

—¿Ayudarla a qué? —dijo Michael confuso.

—A prepararse para la ceremonia —dijo Kate.

—La ceremonia no llevará más de cinco minutos, así que...

—Cariño, ¿te importaría llevar a los niños a beber a la fuente?

—Claro. Vamos —les dijo a los niños.

Justin sorprendió a Amy al agarrar la mano de Nick.

—Yo lo llevo —le dijo.

—¿Estás seguro de que sabes cómo...?

—Creo que sabremos hacerlo.

Amy los observó marchar.

—Puede que sea una tontería, pero me da la sensación de que Justin nunca ha ayudado a un niño de tres años a ir al baño.

—Dada su aversión a los niños, yo también lo dudo —dijo Kate.

—¿Aversión? —repitió Amy, y miró a Kate.

—Eso era antes de la operación, ahora parece que ha cambiado. ¿Quieres ir a darte el último retoque?

Amy asintió y se dirigieron al baño de señoras.

–¿Y cómo era Justin antes de la operación?

–Muy cuidadoso. Yo tenía la impresión de que nunca iba a casarse ni a tener hijos.

–¿No le gustan los niños?

–No puedo decir eso –dijo Kate–. Está loco por nuestro bebé, Michelle –suspiró–. Estos tres hombres tienen aspectos ocultos de su personalidad. Quizá sea porque pasaron mucho tiempo en el hogar para niños Granger. Quizá...

Amy se quedó boquiabierta.

–¿Justin vivió en el hogar para niños Granger?

Kate asintió y le agarró el ramo de flores.

–Oh, sí. Los tres vivieron allí. ¿No lo sabías?

Amy trató de asimilar la nueva información. Aquello reforzaba su idea acerca de que sabía muy pocas cosas de la vida de Justin. Si había vivido en Granger, entonces comprendería muy bien por qué Amy quería la custodia de los niños y por qué deseaba crear un espacio seguro para ellos.

–¿Pero sabes que compra y vende acciones y que es muy bueno en ello? –preguntó Kate.

–Sí. Cuando me sugirió que nos casáramos, le dije que no podía alimentar a otra persona y él me dijo que era millonario.

–Esto ha sucedido tan rápido que estoy segura de que no ha tenido tiempo ni de hacerte un contrato prematrimonial –dijo Kate.

–Lo firmé el día en que nos hicimos los análisis de sangre. Era más que generoso –miró a Kate a los ojos–. No estoy interesada en su dinero. Solo me caso con Justin porque me facilita los trámites para obtener la custodia de los niños. Para ser sincera, yo nunca había pensado en casarme, y menos con un hombre rico. Siempre he pensado que cuando las mujeres toman esa decisión pierden independencia y autoestima.

Kate la miró sorprendida y sonrió.

—Creo que vas ser una buena mujer para Justin.

Amy se miró en el espejo y sintió emociones contradictorias. En menos de quince minutos estaría casada.

—Puede que este matrimonio no dure mucho —confesó susurrando.

—Michael y yo no nos casamos en el mejor momento y yo no creía que nuestro matrimonio fuera a durar.

—¿Cambiaste de opinión?

Kate sonrió.

—Michael me hizo cambiar de opinión. Por lo que dice, Justin es una persona con la que se puede contar. Cuando las cosas van mal y todo el mundo te falla, él es el único que sigue a tu lado.

Eso sonaba muy tentador. Amy a veces sentía que se pasaba la vida ayudando a los demás. Le sudaban las manos. «Por los niños», se dijo en voz baja.

—Creo que es la hora.

Kate la miró con simpatía.

—Hoy habíamos quedado para comer, ¿por qué no aprovechamos para celebrar la boda?

—En casa tengo tarta y helado para los niños —dijo Amy.

—Tráelo —dijo Kate—. Eh, una comida menos que tienes que hacer. Mi niña adorará a los tuyos porque pueden caminar y correr.

—Gracias por la invitación. Primero terminemos con la ceremonia —dijo Amy sintiendo unas ganas terribles de salir corriendo.

—Será corta —le dijo Kate y le devolvió el ramo—. Estás muy guapa.

Amy y Kate salieron del baño y se reunieron con el resto del grupo. Justin se acercó a Amy.

—¿Estás preparada?

«No», pensó Amy, pero asintió.

–No soy un asesino –le aseguró–. Para que me quede tranquilo, ¿no tendrás nada que ver con Lorena Bobbit, esa mujer que le cortó al marido el...?

Amy estuvo a punto de soltar una carcajada.

–No. ¿Ha ido todo bien con Nick?

–Ningún problema. Le he desabrochado el pantalón y lo he puesto delante del urinario, a partir de ahí, él lo ha hecho todo.

Amy sintió que alguien tiraba de su vestido, bajó la vista y vio a Nick.

–Justin me ha enseñado una nueva manera de hacer pis. Es mucho mejor que hacerlo sentado. Jeremy quiere probar.

Amy miró a Justin.

–Gracias por tu contribución.

–De nada –dijo él–. Cosas de chicos. ¿Estás lista?

«No, pero quiero quitármelo del medio», pensó Amy y después dijo:

–Vamos.

El juez, un agradable señor de unos cincuenta años, acababa de llegar de un partido de golf, contento por los resultados.

–Es un día estupendo para casarse –dijo cuando le presentaron a Amy–. He obtenido sesenta y cinco puntos y he dejado al resto por los suelos.

Amy sonrió, preguntándose si con el paso de los años recordaría esa anécdota.

–Seré breve, para que podáis pasar a la mejor parte –dijo el juez.

Amy dejó de sonreír. Le faltaba oxígeno. Justin seguía agarrado a su mano.

–Acepta a este hombre... –comenzó el juez y Amy temía desmayarse. Desesperada, decidió hacer algo que nunca hacía. Actuar. Actuar como si estuviera haciendo un pedido en Burger Doodle.

—...de ahora en adelante, para lo bueno y para lo malo...

Amy lo tradujo en *¿quiere mostaza y pepinillos en su hanmburguesa?*

—Sí —susurró.

—En la salud y en la enfermedad...

*¿También quiere patatas fritas?*

—Sí —susurró de nuevo.

—¿Hasta que la muerte los separe?

*Y una tarta de manzana.*

—Sí —dijo en voz alta.

Escuchó que Justin contestaba de la misma manera. El juego que había formado en su cabeza se desvaneció cuando el juez pidió los anillos. Emily se acercó con el anillo de Justin y se lo dio.

Con manos temblorosas, Amy le puso el anillo a Justin y repitió las palabras:

—Con este anillo, te acepto como esposo.

Miró el anillo de oro y brillantes que Justin le puso en el dedo anular y escuchó cómo pronunciaba las mismas palabras que ella. Sintió el frío del metal sobre su dedo. Se alegró de no tener que decir nada más porque estaba demasiado asombrada con el anillo y no podía pronunciar palabra. Sin duda, el anillo no era una hamburguesa con mostaza y pepinillos, patatas y tarta de manzana.

Levantó la vista y vio a Justin contemplando el anillo de oro que ella le había puesto.

—Puede besar a la novia —dijo el juez.

Justin la miró y ella tuvo la sensación de que había jugado con el destino. Aunque quisiera, los votos que acababa de aceptar no era los del Burger Doodle.

Justin la besó en la boca y terminó la representación.

# Capítulo 5

Amy se sentía como si hubiera pasado el día en el circo pero sin divertirse. Después de la ceremonia, todos se fueron al Hawkin's para celebrarlo con una barbacoa. Los niños lo pasaron muy bien y Amy se relajó un poco hasta que Dylan hizo el segundo brindis. Era la hora de marcharse. Los niños estaban muy excitados y no durmieron siesta, así que *ayudaron* a Justin a instalarse en la casa.

Amy preparó unos sándwiches para la cena y una sopa de fideos. Como los niños estaban cansados, Amy los acostó pronto. Cuando terminó, se apoyó en la pared del pasillo, cerró los ojos y suspiró. El único ruido que oía era el tictac del reloj del piso de abajo y el de los cables del modem y del ordenador que Justin estaba instalando en su despacho.

Amy tocó el anillo de oro que llevaba desde aquella tarde. Necesitaba estar sola, pero todavía no quería irse a su dormitorio, así que se dirigió al piso de abajo y se tumbó en el sofá del cuarto de estar.

Momentos más tarde, apareció Justin. Una silueta oscura de anchas espaldas que solo con su presencia desprendía mucha fuerza. Amy se preguntaba si la fuerza estaría solo en su imaginación. Había tantas cosas que no sabía de él.

–Una pregunta –dijo él en voz baja–. ¿Cómo consigues hacer algo cuando los niños te ayudan?

Ella sonrió.

–La regla de oro es: si eres mujer, añades una hora más al tiempo en el que estimas realizar la tarea por cada niño que te ayuda.

Él se acercó y la miró.

–¿Y si eres un hombre?

–Añades ocho –dijo Amy.

–¿Ocho?

Amy asintió con la cabeza apoyada en la almohada.

–Ocho por cada niño que te ayuda. Es una pena, pero los hombres tienen dificultades para centrarse en más de una cosa al mismo tiempo. No estoy segura de si se debe a las hormonas o al cromosoma Y.

–¿Dónde aprendiste esto tan curioso?

–Oh, se sabe. Pregúntale a cualquier mujer casada –Amy lo miró. Había un extraño en su casa. Su marido. Le dio un vuelco el corazón. Cerró los ojos, pensando que quizá, si no lo miraba, no le afectaría tanto–. ¿Una de las razones por las que me sugeriste que me casara contigo es porque viviste en Granger, el hogar para niños?

–Has hablado con Kate.

–Un poco –dijo Amy–. No todo fue malo. No has contestado a mi pregunta.

–Mi experiencia en Granger me ha influido, pero no ha sido el factor decisivo.

–Tu misión ha sido el factor decisivo –dijo ella.

Sintió la mano de Justin sobre el tobillo y abrió los ojos.

–¿He captado tu atención? –preguntó él.

–Sí, y mi pie.

–Bien –dijo él, sin soltarle el tobillo–. Si vamos a vivir juntos, tenemos que ponernos de acuerdo en una serie de cosas.

Amy se distrajo al sentir las caricias que él le hacía en la parte interior del tobillo.

–¿En qué cosas?

–En tu anodina descripción de por qué te he propuesto matrimonio –dijo él.

–Una misión –dijo ella–. ¿Qué hay de malo en ello?

–Te he dicho que es uno de mis motivos –comentó él entredientes.

–Semántica. ¿Te importaría soltarme el pie?

–Cuando lleguemos a entendernos –dijo él.

–Quieres que lo llame motivo –dijo ella.

–Eso sería mejor.

–Ya nos entendemos –dijo ella al sentir que él volvía a acariciarla–. Ya puedes soltarme el pie.

–Aún no. Aún no nos entendemos. No nos conocemos.

–¿Qué quieres decir?

–No tenemos que hacer que esto se convierta en un infierno.

Ella lo miró a los ojos, preguntándose cómo sus dedos podían conseguir que se derritiera por dentro.

–¿Y cómo conseguiremos eso?

–Tenemos que conocernos –dijo él con un tono que hizo que Amy se imaginara noches calientes y sábanas enredadas.

Quería decirle que no tenía tiempo para conocerlo pero, en ese momento, él le acarició la planta del pie.

–Para nuestra tranquilidad –continuó él.

–Vale.

–Empezamos esta noche. Yo te hago una pregunta y después tú me haces otra a mí.

–Verdad o atrevimiento –dijo Amy, sin estar segura de que aquello fuera una buena idea.

–Verdad.

–Vale, las señoritas primero –dijo ella incorporándose un poco y dispuesta a preguntarle lo que llevaba pensando todo el día–. ¿Cómo llegaste a vivir en Granger?

Justin apretó los dientes.

—Mi madre no podía cuidar de mí.

—¿Por qué? —preguntó ella.

—Eso son dos preguntas —dijo él—. Me toca. La primera vez que te vi te invité a cenar. Si no hubieras tenido que cuidar de tus sobrinos, ¿cuál habría sido tu respuesta?

Amy se movió un poco. Era mucho más divertido hacer preguntas que responderlas.

—Cielos, eso fue hace mucho tiempo, ya casi han pasado dos meses. Y me alteré mucho cuando te dio el ataque de úlcera —dijo ella tratando de eludir la pregunta.

—¿Cuál habría sido tu respuesta?

—Quizá.

—Tu respuesta habría sido, *quizá* —dijo él.

Amy frunció el ceño al oír su tono de incredulidad. ¿Cómo sabía que la había atraído desde el principio?

—Vale —admitió—. Quizá sí.

—No sé qué quiere decir quizá sí. Estoy seguro de que es culpa del cromosoma Y. ¿Puedes explicármelo? —preguntó mientras le acariciaba el tobillo.

—Significa sí. Estabas interesado en mi programa extraescolar. ¿Cómo iba a resistirme? —preguntó de forma retórica. Trató de convencerse de que su mirada de ojos verdes y las facciones tan marcadas de su rostro no le afectaban.

Él asintió y le soltó el pie.

—Duerme bien, Amy —le dijo, y se dispuso a marcharse.

Ella se levantó del sofá un poco ofendida.

—¿Que duerma bien? ¿Eso es todo?

Justin la miró arqueando una ceja.

—Me he atenido a mi propuesta. Una pregunta —dijo él—. ¿Querías algo más?

Su voz era como una caricia de terciopelo sobre su piel. La forma en que la miraba le recordaba que era una mujer. Cruzó los brazos y dijo:

–No. Buenas noches.

Después de que él se marchara, se quedó allí unos instantes tratando de recuperar la calma. Subió por las escaleras y entró en su habitación, se desnudó y se puso un camisón de algodón. Se metió en la cama y trató de no pensar en que al otro lado del pasillo había un hombre extraño, y que ese hombre era su marido.

Justin estaba acostado en una cama llena de bultos y en una habitación que era la mitad de grande que su vestidor. Su prometida, quien tenía un cuerpo que haría que él ardiera de deseo durante las noches siguientes, estaba a pocos metros de distancia. Esperaba que Dios estuviera muy contento.

Justin esperaba sentir la paz que se merecía por haber cumplido la primera etapa del motivo por el que estaba en el mundo. Sin embargo, cuando cerró los ojos vio a Amy tumbada en el sofá, con el pelo alborotado y su mirada sensual. Recordó sus delicados tobillos y cómo le hubiera gustado acariciarle la pantorrilla, el interior de sus muslos y más.

Se preguntaba si podía haber algo peor que estar casado con una mujer que lo rechazaba y lo necesitaba al mismo tiempo. Después pensó en los niños y la tensión de su pecho se alivió ligeramente. Aunque eran un poco entrometidos, ruidosos y caros, no deseaba que tuvieran la misma educación que él. Admiraba a Amy por cómo se había comprometido y por el sacrificio que hacía por ellos. En cierto modo, el objetivo final de ambos los unía.

Se preguntaba si se volvería loco durante los dos próximos años y la idea lo mantuvo despierto durante horas.

Finalmente se quedó dormido, hasta que un sonido agudo lo despertó. Se tapó la cabeza con la almohada, pero el ruido continuaba.

Era un niño llorando. Justin se sentó en la cama y escuchó con atención.

–Nick.

Salió de la cama, corrió hasta el pasillo y se chocó con Amy. Al ver que se caía, la abrazó. Ella se quedó boquiabierta y él sintió el roce de sus senos contra su pecho. Amy se agarró a sus bíceps.

–Oh, cielos, ¿estás desnudo? –susurró.

–En ropa interior –dijo él y sintió el roce de sus piernas contra las de ella. Nick sollozó de nuevo–. Nick está llorando.

–Lo sé –susurró ella y se soltó–. Lo hace de vez en cuando. Antes lo hacía todas las noches. Creo que es una manera de liberar su pena. Voy a verlo.

Abrió la puerta con cuidado y se acercó a la cama. Justin observó cómo le acariciaba el brazo y le decía:

–Está bien, pequeño.

–¿Tía Amy? –preguntó el niño entre sollozos.

–Soy yo –dijo ella acariciándole la cara–. Está bien.

–He tenido una pesadilla. Estaba en Chica's Pizza y todos se iban. Me quedaba solo y no te encontraba.

–Eso no va a suceder –dijo ella–. Estás conmigo. ¿Quieres beber un poco de agua e ir al baño?

Él asintió.

–¿Puedo hacer pis como me ha enseñado Justin?

Justin sonrió y entró en la habitación.

–Sí, yo te ayudaré –dijo y le tendió la mano a Nick.

Para sorpresa de Amy, Justin llevó al pequeño al baño, lo levantó para que bebiera del grifo y le ayudó para que hiciera pis. Después le devolvió el niño a Amy.

–Nunca ha estado tan motivado para usar el baño –murmuró Amy.

–El cromosoma Y es útil cuando menos te lo esperas.

Amy sonrió.

–Voy a acostarlo.

–¿Y yo qué? –preguntó él.

–¿Tú qué?

–¿Cuándo vas a acostarme a mí? –preguntó–. Es mi primera noche aquí. Puede que tenga pesadillas.

–Cuenta ovejitas –dijo ella.

Justin se preguntaba cómo una mujer que era tan cariñosa con los niños podía ser tan insensible con él. Sabía que Amy estaba molesta porque lo necesitaba para cumplir su objetivo.

Y así comenzó el matrimonio poco apasionado de Justin y Amy. El día siguiente fue muy activo y los niños *ayudaron* a Justin a que terminara de instalar su ordenador. Los niños se apegaron mucho a él y Amy se preguntaba si crecerían unidos a él.

Aquella tarde, se vieron otra vez en el cuarto de estar. Ella se sentó como un indio para que él no tuviera acceso a sus tobillos.

–¿Por qué tu madre no podía cuidar de ti? ¿Estaba enferma?

Él se colocó detrás del sofá y le acarició el cabello. Ella volvió la cabeza para mirarlo.

–No estaba enferma físicamente –dijo–. Tampoco psicológicamente. Solo que no podía manejar dinero. Todos los meses recibía un cheque de mi padre y se lo gastaba en tres días. Tenía montones de deudas, el casero nos echó, nos cortaban la electricidad. A veces pasaba toda la noche fuera de casa. Un vecino se enteró y llamó a los servicios sociales. Poco después, comencé a vivir en Granger.

Amy sintió que se le encogía el corazón al imaginarse cómo había sido la infancia de Justin. La suya tampoco había sido estupenda pero, al menos, su madre estaba con ella aunque pasara muchas noches borracha.

—Abandono —murmuró ella—. ¿Cuántos años...?

—Una pregunta. Me toca. ¿Qué te hizo decidir que querías cambiar el mundo?

Amy frunció los labios. Más de una persona le había bromeado acerca de eso.

—No tengo que cambiar el mundo —dijo ella—. Aunque no estaría mal. Me contento con trabajar en una pequeña parte de él.

Justin se encogió de hombros.

—No me has contestado. ¿Qué te hizo decidir...?

—Vale. Cuando tenía trece o catorce años, me di cuenta de que en el mundo hay dos tipos de personas. Aquellos que marcan diferencias y aquellos que malgastan sus vidas. Había visto demasiada gente malgastando su vida como para saber que yo no quería hacer lo mismo con la mía.

Podía imaginarse cuál iba a ser la siguiente pregunta, pero Justin asintió y dijo sin más:

—Buenas noches.

Amy sintió la misma indignación que el día anterior. Sin duda él era menos curioso que ella.

—Buenas noches —dijo ella.

Justin la miró por encima del hombro.

—Será mucho mejor para los dos cuando dejes de estar enfadada por haber aceptado mi ayuda. Que duermas bien —le dijo, y subió por las escaleras.

«¡Enfadada! ¿Enfadada yo?». Estuvo a punto de subir y demostrarle lo enfadada que estaba. Podía ser cierto que estaba contrariada por cómo funcionaba el sistema legal y que le molestaba que casarse le facilitara las cosas para obtener la custodia de los niños, pero no estaba enfadada con Justin. No estaba contenta por haber tenido que casarse con un extraño, y el matrimonio estaba cambiando su vida, pero su rabia iba dirigida a los abogados y a cierta trabajadora social. No a Justin.

\*\*\*

El lunes se produjeron los problemas habituales del primer día de la semana. Justin se marchó temprano diciendo que trabajaría en su casa hasta que tuviera todo instalado. Emily perdió el autobús del colegio, Nick tuvo un pequeño accidente y cuando Amy fue al colegio se encontró con que montones de niños estaban enfermos.

Aquella tarde, Justin no fue a casa para cenar y, para colmo, la señora Hatcher apareció por allí. Amy consiguió que Emily no fuera a abrir la puerta, esbozó una sonrisa y fue a recibir a la señora Hatcher.

–Buenas tardes, señora Hatcher. Pase. Ha llegado justo a la hora de la cena –dijo Amy tratando de ser amable.

–He estado a punto de tropezarme con el triciclo que hay en la acera –refunfuñó la señora Hatcher.

–Lo siento mucho –dijo Amy, pensando que era una lástima que no se hubiera roto algo–. Me gustaría poder ofrecerle algo de postre, pero...

Amy oyó que se abría la puerta de la casa. Al ver a Justin se le hizo un nudo en el estómago. No habían preparado nada. No sabía si darle un beso o si pedirle que se marchara. La visita de la señora Hatcher era algo muy importante, y ella y Justin ni siquiera habían hablado de ello.

–Justin –dijo mordiéndose el labio–. Ha venido la señora Hatcher.

–¡Hola, Justin! –gritaron los gemelos.

Saludó a los niños y se acercó a Amy.

–Me alegro de verla señora Hatcher. ¿Le ha contado Amy las nuevas noticias?

La mujer frunció el ceño y Justin rodeó a Amy por la cintura.

–¿Noticias? ¿Qué noticias?

–Nos hemos casado este fin de semana. Puede ser de las primeras en darnos la enhorabuena.

–¿Se han casado? ¿Tan rápido? –preguntó asombrada.

Él acarició el cabello de Amy.

–Así es. Es mejor no esperar. Amy y yo nos tenemos el uno al otro, y los niños tienen un padre y una madre.

–Pe... pero ¿y la luna de miel?

Amy se quedó pasmada.

Justin le acarició el antebrazo y la mano para entrelazar sus dedos.

–Me gustaría muchísimo estar a solas con mi esposa, pero hemos pensado que para los niños es mucho mejor que no nos vayamos durante un tiempo –apretó la mano de Amy–. ¿Verdad, cariño?

Amy asintió.

–Verdad. Los niños se llevan muy bien con Justin y creo que será estupendo para los gemelos y para Emily tener un buen modelo masculino en la familia –Amy se imaginó con perlas, tacones y una aspiradora, igual que una esposa de los años cincuenta.

–Bueno, tendremos que hacer una entrevista al señor Langdon y hacer nuestras comprobaciones rutinarias –dijo la señora Hatcher, claramente sorprendida.

Amy se puso un poco nerviosa. ¿Y si había algo oscuro en el pasado de Justin?

–Con toda libertad. Es importante que haga su trabajo –dijo Justin, pero para Amy era como si hubiera dicho: «Hágalo, vieja entrometida. No tengo nada que esconder».

Amy tenía que conseguir que la señora Hatcher se marchara. No podría actuar como una esposa de los años cincuenta durante mucho más tiempo.

–¿Hay algo en lo que podamos ayudarla? –preguntó Amy.

–No, que yo sepa...

–Entonces, permítame que la acompañe hasta la puerta –dijo Justin. Amy se preguntó si había notado que estaba muy tensa.

Justin soltó la mano de Amy y agarró a la señora Hatcher del brazo.

–Gracias –dijo para sí, y sintió que, cuando la señora se dio la vuelta, se le empezó a mover el hombro.

Emily la miró curiosa.

–¿Tía Amy, por qué mueves así el brazo?

–No lo sé, cariño –dijo, e hizo un círculo con el brazo–. Creo que estoy un poco tensa. «O quizá sea alérgica a la señora Hatcher».

Justin regresó y miró a Amy.

–Ya se ha ido.

Amy suspiró aliviada y corrió hacia él. Le dio un abrazo y lo besó en la boca.

–No sabes cómo te agradezco que aparecieras justo en ese momento. Gracias. Gracias. Te debo un favor muy grande.

Justin la miró de arriba abajo y la observó desafiante.

–¿Cómo de grande es el favor que me debes?

Uy. Amy sintió que se le paralizaba el corazón. Se preguntaba si habría cambiado a la Bruja Malvada, la señora Hatcher, por el Lobo Malo, su marido.

# Capítulo 6

Amy notó que alguien le tiraba de los pantalones cortos. Era Jeremy.

–¿Qué es la luna de miel? –preguntó.

–Es cuando los novios hacen un viaje especial.

–¿A Disney World?

–Sí, o a la playa. Puede ser a cualquier sitio.

–¡Creo que tenemos que irnos de luna de miel! –exclamó.

–¡Sí! –gritó Nicholas–. ¡Vamos de luna de miel!

–Chicos, no podemos ir de luna de miel. Los niños no van. Solo los mayores.

Jeremy frunció el ceño.

–Qué porquería.

–Exacto –dijo Amy–. Os echaríamos muchísimo de menos, por eso no vamos de luna de miel.

Jeremy cambió de expresión.

–Vale. ¿Tenemos galletas?

–¿Te has comido los guisantes? –preguntó Amy, y miró a la mesa.

–Dos –dijo Jeremy, y miró a Justin–. ¿Tú comes guisantes?

–Sí, con los guisantes te vuelves muy alto.

Jeremy abrió bien los ojos y miró cómo era Justin de alto.

–¿De verdad? –Nick sonrió–. Voy a ser muy alto –dijo–. Me los comeré con ketchup.

Amy se puso de espaldas a los niños y le preguntó a Justin:

–¿Los guisantes hacen que seas alto?

–No será malo –dijo él, y señaló hacia la mesa de la cocina–. Funcionó.

Amy se volvió y vio que Jeremy se estaba comiendo los guisantes.

–Impresionante –murmuró–. Enseñaste a los niños a hacer pis como los chicos, sacaste a la señora Hatcher de aquí y ahora consigues que Jeremy se coma la verdura –lo miró–. Voy a tener que recomendarte para que te hagan santo.

–Oh, no –dijo Justin mirándola de arriba abajo una vez más–. Te garantizo que no soy un santo. Estoy deseando que me complazcas en una cosa que yo sé.

Amy intentó no dejarse llevar por su imaginación al oír aquellas palabras. Se sonrojó. Necesitaba cambiar de tema.

–Helado. ¿Quién quiere helado?

Más tarde, por la noche, Amy se tumbó en el sofá del cuarto de estar y cerró los ojos. Oyó que Justin se acercaba y entraba en la habitación, pero continuó con los ojos cerrados. Acarició el anillo de boda y levantó la mano al aire.

–¿Por qué me has comprado un anillo tan bonito? Podías haberme comprado una circonita.

–¿Y cómo sabes que no es una circonita?

Amy abrió los ojos y miró a Justin.

–¿Lo es?

Él puso una media sonrisa.

–No, no lo es. Aunque me llamen tacaño, yo sabía que no era lo apropiado para la ocasión.

Ella se incorporó para sentarse.

–En cierto modo, sería muy apropiado –dijo ella–. Nuestro matrimonio no es normal.

Él arqueó las cejas.

—Por lo que sé, la normalidad no siempre es lo mejor. El anillo es un reflejo de ti. Creo que eres auténtica, así que pensé que te merecías una piedra auténtica.

Emocionada, Amy miró el anillo y comprendió el significado que tenía. Era una de las cosas más bonitas y sinceras que le había dicho un hombre y hacía que se sintiera vulnerable y un poco confusa. Levantó la vista para mirar otra vez a Justin, consciente de sus confusos sentimientos y de cómo los vaqueros que llevaba Justin resaltaban sus largas piernas. Deseaba acariciarle el cabello y la línea del mentón. Anhelaba conocer todos sus secretos. «Peligroso», pensó, y trató de encontrar un tema más seguro.

—¿Qué tal te ha ido en la bolsa hoy?

—Muy bien —dijo él—. Me toca. ¿Qué entiendes por un gran favor?

«Otra vez no», pensó.

—Es un término relativo. Tú idea de lo que es grande y la mía puede que no coincidan.

—¿Y qué hay de la duración? —preguntó sentándose a su lado.

A Amy se le aceleró el corazón.

—También es relativo. Diría que un favor de no más de, digamos, tres minutos —dijo, apostando que tres minutos de cualquier cosa con Justin podría crearle muchos problemas. Tres minutos no eran suficientes para... Bueno, si con tres minutos era suficiente, entonces no podía ser muy bueno. Volvió a ponerse colorada.

—Tres minutos —dijo él.

Ella asintió, hipnotizada por su intensa mirada.

—¿De cualquier cosa?

—Dentro de lo razonable —dijo ella.

—De acuerdo, quiero que me devuelvas el favor esta noche —dijo Justin.

Le dio un vuelco el corazón.

–¿Tan pronto?

–Ya te dije que no era ningún santo.

Ella tragó saliva.

–Pero si utilizas el favor ahora, luego no tendrás nada.

–Está bien. Tres minutos –dijo él.

Ella tragó saliva de nuevo.

–¿Tres minutos de qué?

–Una cosa –dijo él–. Un beso de tres minutos.

Amy se quedó sin respiración.

–Eso es un beso muy largo.

–Depende de a quién estés besando –dijo él, y se acercó aún más.

Amy se echó un poco para atrás.

–¿Estás asustada?

El orgullo se apoderó de ella y alzó la barbilla.

–Por supuesto que no, es solo un beso. ¿Debo traer el cronómetro de la cocina?

Él soltó una carcajada.

–Tengo uno en mi reloj. Puedo programarlo –dijo, y apretó un par de botones de su reloj.

Después, Justin la miró, levantó las manos y enredó los dedos entre los cabellos de ella. Como si no tuviera prisa, besó una y otra vez los labios de Amy, saboreando la dulzura de su boca.

Ella suspiró al ver que el acercamiento era relajado. Él le mordisqueó el labio inferior y se lo acarició con la lengua. Deseos secretos afloraron dentro de Amy. Justin le inclinó la cabeza con cuidado y le acarició la nuca mientras sus lenguas jugueteaban.

Él comenzó a acariciarle la barbilla. Amy inhaló su aroma masculino y deseó besarlo de la misma manera que él la besaba a ella. Quería acariciarlo. Cerró los puños para evitar tocarlo, al mismo tiempo que abría más la boca para que él explorara su interior.

En menos de un segundo, él la besaba de forma apasionada. Sabía a sexo. Deslizó la mano por el brazo de Amy, indicándole que lo acariciara.

Amy sentía los senos hinchados y estaba excitándose. Se acercó a él y colocó la mano sobre su hombro. La fuerza de su cuerpo la atrapó. Justin apretó el pecho contra sus senos y provocó que una ola de calor recorriera el cuerpo de Amy. Le acarició los pechos y Amy le permitió que introdujera la lengua en lo más profundo de su boca.

Ardía de deseo. Quería más. Quería que Justin metiera la mano por debajo de la blusa y le acariciara los pezones. También con la boca.

Él acercó los dedos a sus pezones erectos y ella gimió de placer.

De pronto oyeron un pitido. Cada vez sonaba más fuerte. Justin se detuvo y maldijo en silencio. Se retiró y ella luchó contra el deseo de seguir besándolo.

Amy se percató de que era la alarma. Habían pasado tres minutos, pero su cuerpo deseaba más. Respiró hondo. El sonido de su respiración se mezclaba con el de Justin en la oscuridad.

Asombrada por cómo él le había afectado en solo tres minutos, se puso en pie y se abrazó a sí misma. Sabía que era algo más que una tentación sexual, también era emocional. La idea la asustaba tanto que le temblaron las manos. Se agarró los brazos para detener el temblor.

Siempre había sospechado que Justin podría ser peligroso. La mezcla de fuerza, inteligencia y sensualidad, era algo demasiado atrayente. Cerró los ojos para tranquilizarse.

Él le tocó el hombro y ella se sobresaltó.

—¡No! —susurró ella sin aliento—. No me toques, por favor.

Él no la tocó, pero su susurro fue casi peor.

–Vale –le dijo al oído–. Quiero hacer más aparte de acariciarte. Quiero escuchar tu cuerpo y no esa maldita alarma. Quiero besarte todo el cuerpo, pero tres minutos no serán suficientes. Tres horas tampoco –le dijo, y Amy sintió que sus palabras eran como una caricia íntima en los lugares secretos.

–Duerme bien –dijo él, pero parecía más un reto. Amy sospechaba que no iba a dormir bien. Había subestimado el efecto que él tenía sobre ella.

Una hora más tarde, Justin se dio la vuelta en la cama una vez más. Todavía estaba excitado. Aunque había sentido que Amy era una mujer apasionada, no se imaginaba que su respuesta haría que él perdiera el control tan rápido.

Cada vez que cerraba los ojos, recordaba el sabor de sus labios y de su boca y cómo sus senos querían que los acariciaran. Había estado a punto de llegar más lejos, de quitarle la blusa y contemplar sus senos antes de acariciar sus pezones con la lengua, de quitarle los pantalones cortos para sentir la humedad de su excitante entrepierna.

Era su mujer.

Pero quizá no llegara a serlo.

Derrotado por el insomnio, Justin se levantó de la cama y encendió la lámpara del escritorio. Encendió el ordenador y se frotó la cara con las manos. Si no podía dormir, sería mejor que estudiara algunos gráficos de acciones.

Al día siguiente, Amy se sentía vulnerable y estaba enfadada consigo misma por su vulnerabilidad. No debía haberse dejado afectar por aquel beso. Pero, vaya beso. Fue a dejar el zumo de naranja sobre la encimera y lo derramó.

—Uy —dijo Nicholas
—Uy —se rio Jeremy.
Los dos niños dijeron a la vez:
—¡Justin! —y Amy se sobresaltó.
Siempre se alegraban mucho de verlo. Lo malo era que ella se alegraba tanto como ellos.
—Buenos días —dijo Amy, y notó que tenía los ojos un poco más cerrados de lo normal y que estaba despeinado. «Quizá haya dormido igual de mal que yo», pensó, y se avergonzó de pensar así. A pesar de haber pasado una mala noche, estaba muy guapo.
—Buenos días, niños —dijo él, y miró a Amy—. Buenos días.
—Buenos días, Justin —dijo Emily con dulzura y se comió una cucharada de cereales.
Justin le devolvió el saludo y Amy se tranquilizó un poco. Acarició la melena de su sobrina.
—Le preguntaré a los Coleman si puedes utilizar su piano hoy, ¿vale, cariño?
Emily sonrió y asintió.
—¿Quiénes son los Coleman? —preguntó Justin.
—Una familia que vive en esta calle. Son muy amables y dejan que Emily utilice su piano. Creo que le gustaría recibir clases —Amy no se había planteado cómo iba a pagar las clases o el piano, pero decidió que lo haría en otro momento.
Justin asintió pensativo.
—Voy a ir a trabajar a mi otra casa y después he quedado con unos amigos, así que llegaré tarde. Chicos, tened un buen día —hizo una pausa y miró a Amy—. Tú también, Amy.


Aquella noche, Justin retomó contacto con su vida de soltero. Quedó con Dylan en O'Malley's para tomar una cerveza y una hamburguesa.

—Michael llegará tarde —dijo Dylan, mientras se sentaba junto a Justin.

—¿Algún problema? —dijo Justin.

—Sí, va a cenar comida casera en lugar de una hamburguesa. No me sorprendería si Kate se quedara embarazada otra vez.

—¿Tan pronto?

—Creo que quieren formar una gran familia —dijo Dylan y, por la cara que puso, Justin recordó los días que pasaron en Granger.

—¿Recuerdas cuando todos queríamos tener una gran familia? —dijo Justin, y dio un trago de cerveza.

—Queríamos un padre, una madre, montones de hermanos y un par de hermanas para que atrajeran a las chicas cuando fuéramos adolescentes.

—Puede que no sea tu familia directa, pero técnicamente tú ya tienes familia —dijo Justin—. Eres parte de los Remington, así que tienes dos hermanastros y una hermanastra.

Dylan se rio.

—Hermanastro es la palabra clave. Se pondrían muy contentos si desapareciera. Sobre todo, Grant. Él es el mayor y sé que piensa que quiero quedarme con la compañía.

—¿Y no es así?

Dylan lo miró de reojo.

—Cuidado, alguien puede enterarse de que no me importa un pimiento. No quiero el control de toda la empresa, solo de una parte.

—No me extraña que Grant no duerma por las noches.

—Ya vale de hablar de mí. ¿Qué tal tu vida de casado? ¿Qué tal las ventajas de esa vida? —preguntó con sonrisa burlona.

—Amy y yo no nos conocemos desde hace mucho, así que todavía no hemos llegado a esa etapa —suspiró—. Además estoy casado con una descendiente de Juana de Arco, así que no cree que tenga necesidades humanas.

—Lo siento, colega. Pero sabes que hasta Juana de Arco al final cedió. ¿Qué tal lo demás? ¿Te estás gastando el dinero como si fuera agua?

—Aún no –dijo Justin–. Hoy he comprado una cosa para uno de los niños y he abierto una cuenta para cuando vayan a la universidad.

Dylan arqueó las cejas.

—Esto me suena a algo real.

—Los niños son algo real –dijo Justin encogiéndose de hombros–. Los niños necesitan mucha planificación. Siempre lo he sabido. Lo que no sabía es que también pueden ser divertidos.

—¿Y Amy?

—Amy podría ser muy divertida si dejara de intentar salvar el mundo durante quince minutos.

—Quizá puedas conseguir que te salve a ti –dijo Dylan sonriendo.


Amy estaba sentada sola en la oscuridad del cuarto de estar. Los niños estaban dormidos y Justin aún no había regresado. Debía de apreciar aquellos momentos de soledad.

Sin embargo, no dejaba de mirar el reloj. Se preguntaba dónde estaría Justin y con quién. No era asunto suyo, así que se levantó y caminó de un lado a otro de la habitación. Después de todo, no se habían casado en el verdadero sentido de la palabra. Si su idea de salir con sus amigos incluía verse con una mujer que cubriera sus necesidades, a Amy debía de parecerle bien. En términos sexuales, no tenía nada que decir.

¿Entonces por qué cuando pensaba en Justin con otra mujer se le aceleraba el corazón?

—Por eso no quería casarme –murmuró–. Preocuparse demasiado por un hombre interrumpe tu vida. Sentir demasiado por un hombre consume tu energía.

Miró el reloj otra vez. Eran las once y media. Ese día no habría preguntas, echaba de menos esos momentos en los que podía saciar la curiosidad que sentía por él y estaba disgustada consigo misma por preocuparse demasiado.

Respiró hondo para tranquilizarse y subió por las escaleras. Sabía que tenía que llevar el mando de sus sentimientos. Solo debía depender de sí misma y de nadie más. Siempre.

# Capítulo 7

Al día siguiente por la tarde, Amy se encontró en un aprieto. Los niños del programa extraescolar estaban a punto de llegar a la clase y, justo en ese momento, la niñera llamó con una urgencia. Necesitaba que Amy recogiera a Emily, Nicholas y Jeremy.

Trató de ponerse en contacto con Justin. Primero llamó a casa de él pero, para su sorpresa, lo encontró en la suya.

–¿Qué ocurre? –preguntó él.

–Tengo un problema. Mi niñera ha tenido un imprevisto, y yo estoy aquí a punto de empezar con la clase, así que necesito que alguien recoja a los niños de casa de la niñera –hubo una larga pausa y ella contuvo la respiración–. Olvídalo –dijo al fin–. No tienes que...

–Por el amor de Dios, dame un minuto –dijo él–. La bolsa todavía está abierta y me quedan dos posibles operaciones por hacer. Haré una solicitud limitada. ¿Dónde vive la niñera?

Amy se apresuró a darle la dirección y a explicarle cómo llegar. Odiaba tener que pedirle ayuda, pero al mismo tiempo se sentía aliviada.

–Te lo agradezco muchísimo –dijo ella. Te debo un... –hizo una pausa–, un gran favor.

–Ya veremos –dijo él. Hasta luego.

Amy se percató de que él tampoco bromeaba acerca del

gran favor. Quizá ya no estaba interesado en ella. Trató de convencerse de que eso era buena señal, a pesar de que sentía un nudo en el estómago. Era algo estupendo.

Se lo repitió una y otra vez durante la clase y cuando encargó las hamburguesas para llevar. Al hacerlo, se acordó de la ceremonia de boda. Cuando llegó a casa, subió las bolsas hasta la puerta y pensó que solo le faltaba la visita de la señora Hatcher para terminar de estropearle el día. Abrió la puerta y recordó que debía limitarse a dar las gracias a Justin. No necesitaba meterse en más problemas.

Amy oyó el sonido de un piano. Durante un instante se preguntó si era un disco, pero no tocaban como un profesional. Se dirigió hacia el salón y vio a Emily y a los niños tocando un piano.

Casi se le caen las hamburguesas.

–¿Emily, de dónde has sacado ese piano?

–¡Justin! –gritaron los niños.

Emily se volvió con una gran sonrisa en la cara.

–¡Nos lo ha comprado Justin!

Justin asomó la cabeza por la esquina con el teléfono pegado a la oreja. Miró a Amy y no dijo nada. Solo la miró de arriba a abajo, consiguiendo que se pusiera nerviosa.

Amy respiró hondo y miró el piano. Quedaba muy bien en la habitación y no ocupaba demasiado espacio. Ella no habría escogido uno mejor. ¿Cómo se suponía que iba a agradecerle aquello?

Nicholas tomó aire por la nariz y se frotó la tripa.

–Huele a hamburguesas.

–No puedes comer porque has vomitado en el coche de Justin –dijo Jeremy.

Amy hizo una mueca. Los hombres eran muy especiales con los coches. Le sorprendía que Justin todavía estuviera en la casa. Miró a Nicholas y le preguntó:

—¿Estás enfermo?

Él dijo que no con la cabeza.

—Abrió el bote de galletas de casa de la niñera y se comió muchas —dijo Emily.

—Justin no me deja comer nada porque dice que no quiere que me ponga enfermo otra vez —dijo Nick.

Sorprendida por el sentido común que demostraba Justin, sintió que los tres niños la miraban como si esperaran su veredicto.

—Justin tiene razón. Tu estómago tiene que asentarse antes de meter nada en él.

Nick miró la bolsa de comida rápida.

—¿Y qué pasa con mi hamburguesa?

—Ya veremos. Os llamaré dentro de unos minutos —dijo ella, y se dirigió a la cocina. Dobló la esquina y se chocó con Justin, él la agarró para estabilizarla.

Amy inhaló el aroma de su *aftershave* y recordó cómo la había besado.

—De acuerdo, mañana comprobaré mi programa para corregirlo —dijo él. Después colgó el teléfono—. Mi programa de cambio de la red ha cometido una equivocación y la acabo de descubrir.

La miró con sus ojos verdes y Amy trató de mantener el control.

—¿Por qué has comprado el piano?

—¿Quién ha dicho que he sido yo?

Ella sonrió y dijo:

—Bueno, no es Navidad, así que sé que no lo ha traído Papa Noel por la chimenea. Me habías dicho que eras un tacaño.

—Lo soy —dijo—. Esto es diferente.

—¿Por qué es diferente?

Él se encogió de hombros y le quitó las bolsas de comida para llevarlas a la cocina.

—Emily quería recibir clases de piano, así que necesitaba un piano.

—¿Necesitaba?

—No es gran cosa, así que no hagas que lo sea –dijo él.

—Es mucho para ella y para mí –añadió ella–. Gracias.

Nicholas y Jeremy entraron en la cocina, rompiendo el clima de intimidad que había enter Justin y Amy.

—¡Queremos hamburguesas! ¡Queremos hamburguesas! –gritaron.

—Los salvajes tienen hambre –dijo él–. Será mejor que les demos de comer.

A lo largo de la tarde, Amy sintió que había un clima de incertidumbre entre ella y Justin. En ciertos momentos, él la miraba a los ojos. Ella sentía que su corazón hacía cosas raras, como si al verlo se ablandase. Sus sentimientos variaban de la fascinación y la atracción, al miedo. Cuando acostó a los niños, se sentía como si estuviera en una carroza de carnaval.

Bajó al cuarto de estar pensando en qué pregunta le haría él esa noche. ¿Cuál de sus múltiples preguntas le respondería él? Después de un rato, se tumbó en el sofá. Se despertó cuarenta y cinco minutos más tarde, pero Justin no estaba allí.

Decepcionada y resentida, subió al piso de arriba y vio luz bajo la puerta de su habitación. Se disponía a llamar, pero se detuvo a tiempo. Sería mejor mantener las distancias. Él era su marido, pero solo en teoría.


Al día siguiente, Justin evitó ver a Amy. Quizá sus ojos expresaban un *sí*, pero él sabía que con la boca diría que *no*. Si no tenía cuidado, podría obsesionarse con que cambiara de opinión. ¿Podría? ¿A quién intentaba engañar?

Al oír que se cerraba la puerta de la calle, Justin se dirigió a la cocina para tomar un café. Al ver que sobre la encimera había una bolsa con comida, y después de pensárselo bien, salió corriendo hacia la puerta.

Amy estaba sentando a Jeremy en el coche.

—Te has olvidado algo —dijo él.

Ella lo miró y dijo:

—No, no me he olvidado nada.

Confundido, miró la bolsa.

—¿Esto no es una comida?

—Sí —dijo ella y entró en el coche.

—¿Para quién es?

Ella lo miró y puso una sonrisa tan sexy que lo afectó de la misma manera que si le hubiera besado el torso desnudo.

—Para ti —dijo ella, y cerró la puerta—. Tengo que irme. Que tengas un buen día.

Justin consiguió no quedarse boquiabierto mientras observaba cómo se marchaban y los niños se despedían de él. Miró la bolsa de comida con asombro. Amy no sabía que, nunca, nadie le había preparado una bolsa de comida.

Abrió la bolsa y miró lo que había dentro. Un sandwich de queso y pavo, un plátano y una nota:

*No te pondré galletas hasta que no sepa cuáles son tus favoritas. ¿De mantequilla de cacahuetes o de chocolate?*

«La bruja pelirroja», pensó Justin y sintió un escalofrío. Desde que se habían casado se acostaba todas las noches ardiente de deseo. No sabía que Juana de Arco pudiera significar tanto tormento.


*Ambas. Gracias, J.*

Amy leyó la nota de Justin por tercera vez y no pudo evitar sonreír. Así que tenía a más de un monstruo de las galletas en casa. Se metió la nota en el bolsillo y cuando sonó la alarma del reloj de cocina, metió la segunda bandeja de galletas en el horno. El aroma de galletas recién hechas inundó el ambiente.

—¿Tu misión en la vida es torturarme hasta la muerte? —le preguntó Justin desde la puerta.

Amy se volvió a mirarlo y se quedó deslumbrada. Tenía el pelo mojado porque acababa de salir de la ducha, llevaba puestos unos pantalones, pero no llevaba camisa. Al ver su torso desnudo se quedó sin respiración.

—Bueno, ¿qué dices? —preguntó él, y se acercó a ella.

Amy tragó saliva.

—No. ¿Cómo te estoy torturando?

—De muchas maneras —murmuró él, y miró las galletas—. El olor es perturbador.

—Son un regalo de agradecimiento.

—¿Para quién?

—Para ti.

Él pestañeó, se encogió de hombros y agarró una galleta.

—No voy a discutir, ¿pero por qué?

—Porque fuiste a recoger a los niños y me enteré de que tu coche salió perjudicado.

—De nada —dijo él, y dio un mordisco a una galleta.

Su torso era muy perturbador.

—¿Qué miras?

Amy se sonrojó y se volvió para no mirarlo.

—Nada —dijo ella mientras sacaba las galletas con una espátula.

—No me lo creo —dijo él, y la agarró por el hombro para que se volviera—. ¿Qué ocurre?

—Nada —insistió ella.

—No te creo —dijo él—. Contesta a mi pregunta.

«Maldita sea», pensó Amy. Suspiró y dijo:

—Miraba tu torso.

Él miró hacia abajo.

—¿Qué le pasa?

—Nada —murmuró ella—. Ese es el problema.

—No entiendo.

—No tienes que entender nada —dijo ella consciente de que estaba roja como un tomate.

—Estás sonrojada.

—Qué observador.

Él la miró durante un instante.

—A mi torso no le pasa nada y ese es el problema —repitió—. Te gusta mi torso.

Ella se mordió el labio.

—Yo no he dicho...

Se calló cuando él le llevo la mano hasta su pecho. El calor de su piel y el latido de su corazón la desconcertaron.

—No puedo creer que a Amy de Arco le guste mi torso.

—No soy Amy de Arco —protestó ella. Él le movió la mano sobre el musculoso pectoral y después la llevó al centro de su vientre.

—Vas al gimnasio —dijo Amy.

—Un par de días a la semana —él le soltó la mano, pero ella no la retiró. Justin la miró a los ojos y le acarició el cabello y la nuca. Después la abrazó—. ¿Qué es lo que quieres?

Ella susurró la única palabra que podía salir de su boca.

—Más.

Justin le acarició los labios con la lengua. Amy se quedó helada. Él la abrazó con más fuerza para que sintiera el latido de su corazón.

Al sentir su torso desnudo, Amy deseó poder sentirlo sobre sus senos desnudos. Él metió su piernas entre las de ella y el pantalón fino de algodón permitió que Amy sintiera su excitación. Amy le acarició la nuca, incitándolo para que siguiera. En términos legales, él era su marido, pero para Amy, solo era un territorio prohibido demasiado irresistible.

Deseaba que la poseyera. Lo besó de forma apasionada y él le acarició los pechos, la cintura y el trasero. Se movió despacio para que su miembro viril la acariciara con suavidad. Amy se volvía loca de deseo.

–¿Qué es lo que quieres? –preguntó él jadeando.

–Más –susurró ella otra vez.

Justin metió la mano por debajo de su blusa y metió un dedo debajo del sujetador.

–¿Quieres que pare?

–No –dijo ella, y él le desabrochó el cierre.

–Eres tan suave –murmuró el–. Quiero probarte.

Amy se estremeció al oír el deseo en su voz.

Justin le acarició los pezones hasta que comenzó a gemir. De pronto, la sentó encima del mostrador y le levantó la blusa para contemplar sus pechos. Inclinó la cabeza y le acarició los pezones con la lengua. Al mismo tiempo, metió la mano por dentro de sus pantalones cortos y le acarició el centro de su deseo.

–Oh, Amy –dijo al sentir que estaba preparada–. Estás muy húmeda.

Ella no recordaba haberse sentido tan femenina, poderosa y vulnerable a la vez.

Aquello no era solo la manera de agradecerle a Justin su ayuda. Aquel hombre la atraía como ningún otro hombre la había atraído antes. No lo comprendía muy bien, pero deseaba que él la conociera. Como una mujer.

Ella se arqueó y Justin metió un dedo en el interior de su cuerpo. Jugueteó con su pezón erecto y provocó que Amy se estremeciera de placer.

–Quiero estar dentro de ti. Quiero sentir tu cuerpo húmedo y tenso alrededor del mío. En el mostrador de la cocina, en tu cama, o en la mía. Tú eliges –le dijo.

–En la tuya...

–Vale –dijo él. La tomó en brazos y la llevó a su habitación. La soltó despacio, frente a él–. Tu última oportunidad. ¿Estás segura de esto?

«Por supuesto que no», pensó ella. Respiró hondo y dijo:
–¿Quién soy yo, para ti?

Él la miró un instante y después contestó:
–Una bruja.

Amy se quedó boquiabierta.
–Una bru...
–Eres la bruja que hace que no pueda dormir por las noches –dijo él, y el insulto se convirtió en halago–. Eres Amy de Arco, decidida a salvar el mundo.
–No soy Amy de...
–Yo soy un cretino egoísta, así que te admiro por ello.

Amy no protestó más.
–Por cosas del destino, eres mi esposa. Y necesito conocerte, en todos los aspectos.

Las palabras de Justin llegaron a lo más profundo de su ser y Amy no pudo rechazarlo. Aquello no iba a resultarle fácil. Él le acariciaría sitios que nadie le había acariciado antes, haciéndole sentir cosas que nunca había sentido.

–Si soy la bruja que te ha mantenido despierto –dijo ella rodeándole el cuello–, entonces, enséñame cómo hacerte dormir.

–Eso va a llevar algún tiempo –dijo Justin con brillo en los ojos.

# Capítulo 8

La acompañó hasta la cama y la sentó en su regazo. Le quitó la blusa y el sujetador, de forma que la parte superior de su cuerpo quedó al descubierto.

–Tus pechos me vuelven loco –le dijo.

Amy bajó la vista para contemplar su cuerpo desnudo, esperaba sentir indiferencia hacia sí misma, como siempre le ocurría al verse desnuda. Sin embargo, al ver cómo la mano de Justin acariciaba sus pezones, se sintió muy sexy.

–No suelo pensar en ellos –confesó.

–Yo sí –murmuró él y la atrajo hacia sí para acariciarle los pezones con la lengua.

Amy vio la escena en el espejo del armario. Le resultó provocativo ver a Justin escondiendo la cabeza entre sus pechos.

No había pensado que era una mujer especialmente sexy. ¿Aquella mujer del espejo era ella?

Él levantó la vista y la miró. De pronto, Amy agachó la cabeza. La había pillado.

–¿Qué ocurre? –preguntó él en tono íntimo.

–Nunca había mirado...

Él se puso en pie y se quitó los pantalones. Amy lo miró. Su cuerpo era muy masculino. La levantó y la besó en la boca al mismo tiempo que le desabrochó los pantalones y se los bajó junto con la ropa interior.

La abrazó y le volvió la cabeza hacia el espejo.

—Mira ahora.

Amy sintió que se le secaba la boca al ver sus cuerpos entrelazados.

—¿No tienes nada que decir? —preguntó él acariciándole los senos.

Ella cerró los ojos pero la imagen continuaba en su cabeza.

—Eres un guaperas —dijo ella mordiéndose el labio.

—¿Qué quieres decir? —le preguntó él entre risas.

—Quiero decir que tu cuerpo es... Tu cuerpo es impresionante —dijo avergonzada.

—¿Estás impresionada con mi cuerpo? Creí que no te habías fijado.

—Mentiroso —dijo ella mirándolo a los ojos.

—¿No sabes lo excitante que es enterarse de que una mujer sexy está impresionada con mi cuerpo?

—No soy una mujer sex... —comenzó a decir antes de que él le tapara la boca con la mano.

—Profesora, en algún momento, tu educación ha estado un poco desatendida —dijo él y la besó—. Y voy a enseñarte que tengo razón.

La besó de nuevo y Amy sintió que la habitación daba vueltas.

—Mira —dijo él—. Mírate —la colocó delante de él y apoyó la cabeza en su hombro. Después le acarició los pechos, el abdomen y continuó bajando hasta la parte interna de los muslos.

Con los ojos entrecerrados, ella contempló la escena erótica mientras él la excitaba con sus grandes manos. Sus caricias eran demasiado perturbadoras, lo que ella sentía algo irresistible y el deseo que sentía hacia él demasiado fuerte. Se volvió hacia Justin.

—¿Por qué no miras?

—Prefiero mirarte a ti —dijo ella y él gimió.

La tumbó en la cama y se colocó encima, besándole los pechos y acariciándole todo el cuerpo con la lengua. Cuando la besó en la zona íntima, ella se puso tensa.

—Quiero probarte —dijo y sus palabras derritieron la resistencia que ella ofrecía.

Con la lengua buscaba zonas erógenas mientras que con las manos acariciaba la parte interna de sus muslos. Encontró el centro de su femineidad y lo acarició hasta que ella comenzó a retorcerse. Estaba ardiente de deseo.

—Justin —dijo ella y le acarició el cabello.

—Estamos a punto —dijo él y lamió de nuevo su cuerpo.

Indefensa ante su ataque sensual, se dejó llevar. Arqueó su cuerpo y sintió un poderoso estremecimiento. Gimió de placer.

Justin le besó todo el cuerpo hasta llegar a la boca. Antes de que Amy pudiera recuperar el aliento, él le separó las piernas y mirándola a los ojos, la poseyó.

Amy se quejó. A pesar de su excitación, se sentía forzada. Su miembro era grande y duro.

Justin pronunció un sonido, mezcla de placer y de frustración.

—Estás muy tensa —murmuró.

—Ha pasado algún tiempo —confesó ella.

—¿Cuánto?

Ella respiró y se contoneó, sintiendo que poco a poco, comenzaba a sentirse más cómoda.

—Un poco.

—¿Cuánto? —repitió él.

—¿Tenemos que hablar de esto ahora? —preguntó ella—. ¿No puedes pensar en algo mejor que hacer?

Él la miró como si hubiera acabado con su paciencia. Flexionó los muslos y la penetró otra vez. Llevó sus manos a la cabecera de la cama y dijo:

–Espera –y comenzó a moverse rítmicamente.

Sus pechos se rozaban y a cada movimiento, él la besaba. Amy sentía la fricción de sus muslos contra los de él. Por un momento, Justin salió de ella casi del todo y Amy se arqueó para que volviera a entrar.

–¿Te gusta lo que se siente cuando estoy dentro de ti, verdad?

Amy se contoneó, pero no dijo nada.

–Contéstame –le ordenó.

–Sí –susurró ella.

Y él la poseyó con toda la furia que le había prometido al mirarla. Amy estaba cada vez más excitada, y quería disfrutar al máximo de ese placer. Justin tensó el cuerpo y cerró los ojos.

–Amy –murmuró con voz sexy.

Su orgasmo la llevó hasta el clímax y sus cuerpos se movieron a la vez.

Pasaron unos minutos antes de que Amy pudiera respirar con normalidad. Le latía tan fuerte el corazón que estaba segura de que él podía oírlo. Justin se tumbó a su lado y la abrazó. Nunca se había entregado así a un hombre, y no se había sentido tan vulnerable en toda su vida. Quería que la abrazara siempre.

–¿Estás bien? –preguntó él y ella cerró los ojos. Si no veía su mirada, no podría interpretar su confusión.

Se aclaró la garganta y dijo:

–Sí.

–¿Estás segura?

–Sí –contestó. ¿Por qué se sentía como si la hubieran roto en mil pedazos y aunque los juntaran nunca volvería a ser la misma Amy? Sintió una ganas tremendas de llorar. Apretó los dientes para contener el llanto y tensó el cuerpo.

Justin le rodeó la cintura con el brazo y se juntó más a ella.

–Me has agotado –le murmuró al oído.

Aunque sospechaba que sus escalas de agotamiento eran muy diferentes, saber que lo había impactado, al menos la mitad de lo que él a ella, le permitió respirar con normalidad.

Varias horas más tarde, Amy se despertó desorientada. ¿Qué estaba haciendo allí? Aquella no era su cama. Justin estaba abrazado a ella y eso le recordó los momentos de intimidad que habían compartido. Al moverse, su cuerpo se lo recordó aún más.

Sintió una pizca de desconcierto. Había algo en todo aquello que era demasiado agradable. Le resultaría muy fácil acostumbrarse a Justin. Y aunque la noche anterior habían conectado muy bien, ninguno de los dos había hablado de amor. Se le encogió el corazón.

No podía amar a Justin. No lo conocía lo bastante como para amarlo. Además, si le entregaba su corazón ¿qué haría cuando él se marchara?

Contuvo la respiración y salió de la cama. Buscó su ropa y se dirigió a su habitación. Se puso un camisón, la ropa interior, y se metió en la cama. Creía que allí se iba a sentir mejor, pero siguió temblando. Trató de no pensar en Justin porque sabía que al día siguiente necesitaría pensar con claridad.


Desde la puerta de la cocina, Justin observó cómo Amy se servía un zumo y un plato de cereales. Se preguntaba por qué se había marchado. Recordaba que habían hecho el amor con mucha pasión y pensó que quizá debido a su inexperiencia, ella se sentía desbordada.

Amy levantó la vista después de beber un poco de zumo y, al ver a Justin, se atragantó. Se levantó rápidamente y corrió a su lado.

–Yo... Tú... –se aclaró la garganta–. ¿Quieres un poco de zumo?

—Ya me lo sirvo yo –dijo él. Salió al pasillo para tener un poco de intimidad y ella lo siguió–. Te marchaste. ¿Por qué?

Ella se mordió el labio.

—Yo, eh... Fue demasiado –dijo al fin–. Tú...

—Al principio –admitió él recordando lo tensa que se había puesto ella–, pero te acostumbrarás a mí.

Amy se sonrojó.

—No me refería a eso –cerró los ojos como si no fuera capaz de tener esa conversación–. Me refería a que todo fue demasiado. No estoy acostumbrada a hacer el amor así.

—Eso espero –dijo Justin.

Amy abrió los ojos.

—Y no pensé en cómo afectaría a los niños.

Confuso, Justin puso la mano sobre su hombro.

—Amy, ¿de qué estás hablando? Lo de anoche no tiene nada que ver con los niños.

—No pensamos en cómo íbamos a dormir ni en cómo se sentirían los niños si nos descubriesen en la misma cama.

—¿No sería lo normal para un matrimonio?

—Si fuéramos un matrimonio normal –dijo ella–. Pero no lo somos. Empecé a pensar en lo que haremos cuando terminen los dos años y en que si tú te marchas los niños sufrirán mucho.

«Pero ella no», pensó Justin y trató de liberar la tensión que sentía en el pecho.

—Parece el arrepentimiento del día siguiente.

—Algo así –admitió ella.

—Puedo marcharme si eso hará que te resulte más fácil –dijo él.

—Los niños.

Él recordó a los pequeños y asintió.

—Está bien. No me marcharé antes de que se solucione el asunto de la custodia –dijo él–. Intentaremos no entrometernos en la vida del otro.

Amy no dijo nada.

Justin se preguntaba cómo haría para no verla veinte veces al día, para no oír su voz y para no inhalar su aroma. ¿Cómo borraría la imagen de lo que ella había sentido entre sus brazos? No sabía cómo lo haría, pero tenía que hacerlo.

Amy dejó la bolsa de la comida para Justin sobre la encimera. Cuando regresó aquella tarde, la encontró en el mismo lugar donde ella la había dejado. No se la había comido. Tampoco se había comido las galletas que ella le había preparado especialmente. Al pasar por delante de su habitación, vio un montón de gráficos colgados en la pared. Justin no se reunió con ellos para cenar, ni después, cuando ella podría haberle explicado por qué se comportaba así. Quizá era mejor si no intentaba explicarle nada, ya que ella tampoco lo entendía muy bien.

Solo sabía que haría todo lo posible para ofrecerles un hogar seguro a los hijos de su hermana y sentía que Justin, al mismo tiempo que la ayudaba a conseguir su objetivo, representaba una amenaza. Él le recordaba que era una mujer y añadía una nueva dimensión muy tentadora a su vida.

Pero lo que ella tenía que conseguir era demasiado importante como para dejarse atrapar por la pasión de un hombre de ojos verdes y poderoso atractivo.

«¿Pero por qué estoy pensando en él?», se preguntó Amy mientras le preparaba otra bolsa de comida. Frunció el ceño, envolvió dos galletas en papel de plástico y las metió en la bolsa. La imagen de Justin desnudo, con los ojos llenos de deseo y poseyéndola, apareció en su cabeza. Una ola de calor recorrió su cuerpo. Se mojó la cara con agua fría y pensó que quizá se parecía más a Juana de Arco de lo que creía. Cuando pensaba en Justin se sentía como si la estuvieran quemando en la hoguera.

Cuando al día siguiente volvió a encontrar intacta la bolsa de comida que había preparado para Justin, decidió que él la estaba ignorando. Sin embargo, no podía culparlo por el trato que le daba a los niños. Emily había hecho algunos dibujos para que él los colgara en su habitación. Amy sabía que él le había agradecido el esfuerzo a la pequeña. Los niños revoloteaban a su alrededor para llamar la atención y él los llevaba fuera para jugar a la pelota.

Justin saludó a Amy haciendo un gesto con la cabeza cuando se dirigía a su habitación para estudiar algunos gráficos. Hasta esos papeles eran más comprensibles que su esposa.

–Ha llamado Kate Hawkins –dijo Amy.

Justin se detuvo.

–¿Qué quería?

–Invitarnos a una barbacoa. He aceptado.

Él asintió despacio.

–También han llamado de la asociación de agentes de bolsa para preguntar si preferías lomo de ternera o crepes de espinacas y marisco para la cena en la que vas a participar. Les dije que cordero. Cuando la mujer se enteró de que era tu esposa, me invitó a ir.

–Te aburrirías –dijo él.

Ella alzó la barbilla y lo miró a los ojos.

–Le dije que contara conmigo.

–¿Por qué? –preguntó él enfadado.

–Cuidado –dijo ella con una dulce sonrisa–, no vaya a ser que me dé la impresión de que no quieres que vaya.

–Igual que yo tengo la impresión de que no quieres hacer el amor conmigo.

Amy se quedó sorprendida y se puso colorada. Se acercó a él.

–Sé que para ti es difícil comprenderlo, pero nadie me ha dado un manual de instrucciones sobre cómo manejar una situación como esta. No tenemos una relación normal. Créeme, no tengo una décima parte de tu experiencia sexual, así que nadie debería sorprenderse de que hacer el amor contigo me dejara totalmente indefensa. ¡Perdona si necesito un tiempo para aclararme!

Desconcertado, la miró a los ojos.

—Nunca contestaste a mi pregunta acerca de tu experiencia sexual.

—Tienes razón. Apenas podía respirar, y menos hablar. No como tú —contestó ella y se marchó.

Él la siguió hasta el cuarto de estar, desde dónde miraba a los niños por la ventana.

—¿Cuánto tiempo había pasado?

Ella lo miró de reojo.

—Tres años y medio —dijo ella en voz baja.

—¿Por qué tanto?

Amy cruzó los brazos.

—Estaba demasiado ocupada. Cuando estaba en la universidad trabajaba para pagarme mis estudios. No tenía tiempo ni energía para tener una relación.

—¿Quién era él?

—Un chico muy persistente. Me persiguió el tiempo suficiente como para atraparme en un momento en que estaba... —se encogió de hombros.

—Débil —contestó él.

—Curiosa —lo corrigió ella como si la palabra débil no existiera en su vocabulario.

—¿Satisfizo tu curiosidad?

—Sí, pero no mucho más.

—¿Un mal amante?

—No tenía ninguna base para comparar.

—¿Fue tu único amante?

Ella asintió.

–Y el último, hasta que llegaste tú.

–¿Me estás diciendo que solo has tenido dos experiencias sexuales en tu vida? –le preguntó él con incredulidad.

–No –dijo ella–. Después de la primera vez con él, lo intenté dos veces más. Estar contigo fue... Muy diferente. Pero, es tan grande tu... –lo miró–, orgullo, que estoy segura de que ya has oído algo parecido antes.

Justin se sentía confuso. Por un lado quería darle un puñetazo al hombre que la había poseído sin cuidarla, por otro, estaba muy contento de ser él quien le había enseñado lo placentero que era hacer el amor. Se acercó a ella y le acarició la nuca. A pesar de su aspecto de dura, sospechaba que lo que necesitaba era ternura, algo qué él no le había ofrecido aún.

–Nunca hubiera pensado que tenías tan poca experiencia –le dijo.

–¿Por qué? –dijo ella mirándolo.

–Diablos, Amy, tienes el cuerpo de una mujer que podría posar en una revista para hombres. Te ríes y todos los hombres de entre cuatro y noventa y cuatro años compiten por atraer tu atención.

–¿De verdad crees que podría posar en una revista para hombres?

Justin se crispó con la idea. Se frotó la cara.

–No tengas ideas. La dirección del colegio no lo aceptaría, ni yo tampoco. Ojalá hubiera sabido todo esto.

–Eso es lo que yo decía. No me conoces. No te conozco. No me quieres –dijo ella–, pero vamos a hacer esto durante dos años, ¿no es así?

Él asintió, se preguntaba si dos años sería tiempo suficiente para aprender todo lo que deseaba aprender acerca de Amy.

–Si hubiéramos estado saliendo menos de un mes y hubiéramos hecho el amor, ¿habrías esperado que me quedara toda la noche?

—¿Después de una noche como esa? —preguntó él y la vio asentir—. Te hubiera hecho quedarte en la cama durante tres días seguidos.

—Oh, no conozco el protocolo...

Él le apretó el cuello con suavidad.

—Olvídate del protocolo, Amy —dijo él con ternura—. Esto tiene que ver con estar contigo el máximo tiempo posible.

# **Capítulo 9**

Amy sintió un nudo en el estómago al ver la cara que puso Justin. Tenía la sensación de que cada vez que estaba con él, se imaginaba que todo había terminado. Deseaba que no fuera verdad.

¿Cómo habían acabado teniendo esa discusión? ¿Cómo habían pasado de hablar de una barbacoa y una cena de agentes de bolsa a la historia de su vida sexual? Hubiera preferido comerse una vaso que decirle a Justin que nunca había tenido un romance, pero había hecho un trato consigo misma. Si quería que Justin contestara a sus preguntas, ella tenía que contestar a las suyas.

–¿Podemos volver al tema de la cena?

–Te aburrirás –dijo él.

–No, no me aburriré. Me dará la oportunidad de comprender algo más acerca de tu trabajo.

–Puedo mostrarte algunos gráficos en cualquier momento.

–Será lo más parecido a una cita que tú y yo hayamos tenido nunca –dijo sin más.

Él la miró con curiosidad.

–¿Quieres una cita? –preguntó.

–Sí.

–Nunca llevaría a alguien que me gustase a una reunión como esa. Además... –dijo él mirándola de arriba a abajo.

—¿Además qué?

—Además, si tuviera una cita contigo, mi misión sería acostarme contigo —*su misión*. Amy sintió un escalofrío al pensar en que podía ser la misión sexual de un hombre como Justin—. Pero no en una reunión de agentes de bolsa. En otros tiempos, podría haber elegido a una mujer de allí, pero...

—¿Elegido a una mujer? ¿Es por eso por lo que tal vez no quieres que vaya? ¿Porque interrumpiría tu cacería? —dijo enfadada.

—He dicho en otros tiempos —le dijo Justin.

—Sí, y nuestro matrimonio es algo teórico, ¿así que qué podrías impedirte que vayas de cacería? Por lo que sé, podrías estar con alguna mujer cuando dices que sales con tus amigos.

Él la miró incrédulo.

—¿Estás celosa?

—No estoy celosa —contestó—. Pero si vas a seducirme, quizá deba preocuparme por practicar sexo seguro.

—No soy yo el que se escapa de tu cama a mitad de noche —dijo Justin—. Y si estabas tan preocupada por el sexo seguro, ¿entonces por qué la otra noche no hablaste de anticonceptivos?

Amy tragó saliva.

—Estoy tomando la píldora.

—¿Por qué?

No era asunto suyo.

—¡Porque tengo el período irregular! —dijo apretando los dientes.

Él hizo una larga pausa.

—Vale —dijo al fin—. Puedes venir a la cena de agentes de bolsa si te apetece.

Estaba demasiado resentida como para razonar.

—No importa —dijo y salió a jugar con los niños.

***

«Va a volverme loco», pensó Justin. Si sus amigos hubieran sido buenos amigos, no le habrían permitido casarse.

Primero lo tortura sin dejar que le haga el amor, después haciendo el amor con él. Más tarde, deja de acercarse a él, y cuando es él quien decide mantener las distancias, ella insiste en acompañarlo a una aburrida cena de agentes de bolsa. Lo halaga diciéndole que se había quedado sin habla después de hacer el amor, y lo estropea todo, insinuando que se va de cacería.

Justin miró por la ventana y la vio jugando con Nick en brazos. Era un ángel y una malvada a la vez, pero la deseaba.

Durante los siguientes días, Amy se comportó de manera altiva con Justin, pero de forma amistosa. Por las mañanas le dejaba preparada una bolsa de comida. Cuando no se la comía, al día siguiente le pegaba una nota en la pantalla del ordenador para recordarle que debía comer. Aquella nota hacía que Justin se sintiera extraño. No recordaba cuándo había sido la última vez que alguien se había preocupado por que comiera. Esa noche iban a reunirse con los Hawkin para hacer una barbacoa y Justin se preguntaba si su esposa se dignaría a hablar con él en presencia de otras personas.


–No está bien guardar rencor –Amy podía oír las palabras de su madre.

«Puede que no esté bien, pero es seguro», pensó ella. Y mucho más seguro era mantener las distancias. Sin embargo, era difícil guardarle rencor a un hombre que hacía que Emily se riera con sus bromas. Aparcaron frente a la casa de los Hawkin y los niños comenzaron a gritar para salir del coche.

Amy sacó a Nick de la sillita, mientras Justin sacaba a Jeremy. Emily salió del coche con una gran bolsa de patatas en la mano.

—Aquí estás —dijo Kate llevando a su bebé en brazos—. Michelle te está esperando.

—¿Puedo montarla en el columpio? —preguntó Emily.

—Claro que sí —dijo Kate con una sonrisa.

—¿Podemos subir nosotros? —dijeron los niños.

—Todo vuestro —dijo Kate señalando al columpio—. Michael se ha empeñado en montar el gimnasio para el bebé aunque ella todavía no puede usarlo. Me alegro de que alguien lo utilice este verano —miró a Amy y a Justin y dijo— Justin, parece que estás muy tranquilo, teniendo en cuenta que ahora eres un padre de familia. Esperaba que tuvieras tics, temblores y úlceras.

—Se porta muy bien con los niños —dijo Amy.

—Nunca dejará de sorprenderme —dijo Kate.

Justin suspiró y dijo:

—¿No vas a perdonarme aquello que dije en O'Malley's, verdad? ¿Serviría de algo si te digo que nunca he visto a Michael tan feliz y que tú eres el motivo de esa felicidad?

Kate le dio un abrazo.

—Claro que te perdono. Algo me dice que te estás enfrentando a tus propios retos —miró a lo lejos—. Oh, ahí viene Alisa. Ahora vuelvo.

—Estoy seguro de que Dylan se pondrá a dar volteretas cuando se entere de que Alisa está aquí —murmuró él.

Amy observó que Kate saludaba a una mujer con melena rubia. Miró a Justin.

—¿A Dylan no le cae bien Alisa?

—Viene de lejos —dijo él y sacó la comida del coche.

—¿Cómo de lejos?

—De los tiempos de Granger, el hogar para niños. Su madre era la directora de la cafetería y Alisa solía robar galletas para algunos de nosotros. Ella y Dylan tuvieron un enamoramiento de adolescentes. Dylan no deja de pedirle salir, pero ella no quiere saber nada de él –esbozó una sonrisa–. Hablando de comida, acerca de la cena de agentes de bolsa... –comenzó a decir.

Amy alzó la barbilla.

–No importa.

–No vas a empezar a ser altiva otra vez, ¿no?

–Yo no soy altiva.

Él la miró.

–Sí lo eres. Desde que hablamos de la cena.

–No.

–Sí –dijo él con calma.

–No –insistió ella.

–Demuéstralo.

–¿Cómo?

–Bésame –la desafió.

Le dio un vuelco el corazón.

–Tienes las manos ocupadas –dijo ella.

–Mi boca está vacía.

Ella suspiró. No estaba preparada para perder la cabeza esa noche, y sabía que si besaba a Justin, la perdería.

–Amy –dijo Kate en ese momento–, quiero presentarte a Alisa Jennings.

–Salvada por la campana –murmuró Justin.

Amy se volvió hacia Kate, aliviada.

–Tengo que irme –le dijo a Justin.

–Amy, esta es Alisa Jennings. Conoció a Justin cuando él tenía... –se calló para que lo contara Alisa.

–Unos diez años –dijo Alisa y tendió la mano para saludar a Amy–. He de felicitarte por haber conseguido que Justin se ponga un anillo de boda. Siempre había dicho que no iba a casarse, así que debes de tener algo muy especial para que haya cambiado de opinión.

Amy sintió un nudo en el estómago. Estaba claro que Alisa no sabía por qué se había casado con Justin.

–Uh, no estoy segura de...

–... bueno, tú sabes lo que puede hacer una mujer –interrumpió Kate y colocó la mano sobre el brazo de Amy.

Alisa sonrió.

–Sí, ya he visto lo que has hecho con Michael.

Kate miró a Amy.

–¿Ves que lista es? Por eso quería presentártela.

Amy sonrió.

–Además, se sabe todas las historias de cuando Michael y Justin eran pequeños.

–¿De verdad? ¿Y qué recuerdas de Justin? –preguntó Amy con curiosidad.

–Siempre trabajaba. A veces en más de un empleo. Trabajó en el equipo de limpieza de Granger hasta que tuvo edad para conseguir un trabajo a tiempo parcial mejor pagado –dijo Alisa–. Y era el mejor administrador que había en el hogar. El resto de los niños compraban caramelos o material de deporte con el dinero que ahorraban. Justin no. Él lo guardaba. Todo el mundo le pedía préstamos –dijo con una sonrisa–, pero Justin puso un límite de dos dólares y no dejaba más dinero hasta que no se los devolvieran.

–Vamos hacia las mesas de picnic –dijo Kate–. ¿Y ya lo llamaban tacaño?

–No. Un año había un niño que quería ir a visitar a sus padres por Navidad pero no tenían dinero suficiente para el billete porque su padre estaba muy enfermo. Justin le pagó el autobús.

Kate se detuvo con cara de sorpresa.

–¿De verás? Nunca hubiera pensado que...

Amy se imaginó a Justin de niño, compartiendo el dinero que tanto le había costado ganar. Desbordada por el deseo de defender a Justin, interrumpió a Kate.

—Yo no conozco la faceta de tacaño de Justin —soltó, y se mordió el labio—. Él se describe así, pero yo no lo creo. Compró un piano para Emily dos días después de que yo comentara que ella quería recibir clases. Y el programa extraescolar que organizo yo acaba de recibir un donativo anónimo.

Kate asintió en la dirección de su marido.

—Lo mismo ocurrió con el hogar para madres solteras adolescentes donde trabajo de voluntaria. Cuando le pregunté a Michael, me contestó con evasivas. A veces pienso que los tres hacen cosas juntos, pero cuando me dispongo a preguntárselo, él... —hizo una pausa y sonrió—. Él me distrae.

Alisa se rio.

—¿No es esa una de las cualidades de un buen marido? ¿La habilidad de distraer?

—Quizá —dijo Kate—. ¿Has encontrado a alguien que te distraiga últimamente?

Alisa dejó de sonreír.

—No.

—Kate —la llamó Michael—. Tu madre al teléfono.

—Oh, y allí está Dylan. Perdónadme —dijo Kate.

—Creí que no iba a venir —dijo Alisa en voz baja cuando se marchó Kate.

—¿Perdón?

—Nada. Dylan y yo éramos muy amigos de pequeños, pero ya no tanto.

—Justin me dijo que, de jóvenes, estabais enamorados —dijo Amy—. También que Dylan intenta llamar tu atención, pero que tú no quieres saber nada de él.

—Justin siempre tuvo la habilidad de meterse en donde no lo llaman. La historia se repite una y otra vez, en lo que a Dylan y a mí se refiere. Nos volvimos a encontrar en la universidad y...

Amy podía ver el dolor en los ojos de Alisa y, aunque no la conocía, podía sentir su sufrimiento.

—Y no funcionó —terminó la frase por ella.

Alisa la miró y ella tuvo la sensación de que acababa de hacerse una nueva amiga.

—Exacto —dijo Alisa—. Tengo la sensación de que Justin ha encontrado en ti justo lo que necesita.

Amy miró a Justin, que estaba al otro lado del jardín. Era su marido. ¿Y si el destino se había cruzado en su camino? ¿Y si todo aquello era algo más, aparte de una manera de obtener la custodia de los niños y de que Justin cumpliera su trato con Dios? ¿Y si alguien los había unido porque estaban hechos el uno para el otro?

La tarde era agradable. Había mucha comida, el ruido de los niños, y nubes de tormenta. Al final se puso a llover y todos corrieron hacia la casa.

Nicholas miró hacia atrás y señaló hacia las mesas.

—¡Las magdalenas! ¡No he comido ni una!

—Yo voy —Amy salió corriendo a buscar las magdalenas, pero Justin llegó antes y agarró la bolsa. Después agarró a Amy de la mano y la llevó hasta el sitio seco más cercano a la casa.

Tenía el pelo empapado y las gotas de agua caían por su barbilla.

Amy soltó una carcajada.

—Estás empapado.

—¿Y crees que tú no? —sacudió la cabeza y la salpicó.

Amy levantó las manos para cubrirse la cara y se rio de nuevo.

—¡Para!

Se retiró el pelo de la cara y vio que Justin estaba mirándole los pechos. Bajó la mirada y se dio cuenta de que estaba tan empapada como él. La camiseta estaba casi transparente y le quedaba pegada a los pechos. Avergonzada, cruzó los brazos.

–Uups.

–Sí, si estuvieras en un concurso de camisetas mojadas, ganarías, pero no quiero que nadie te vea así –dijo él. Se quitó la camisa y se la dio.

Era un gesto tan caballeroso y protector que no sabía qué decir. Se quedó allí mirando a Justin y cientos de sentimientos se apoderaron de ella. Desnudo porque acababa de dejarle su camisa, era el mismo hombre que había vivido en Granger y le había dado dinero a un niño para que pudiera visitar a sus padres. Era el mismo hombre que le había hecho el amor. Su marido.

Se puso de puntillas y lo besó. Le rodeó el cuello con los brazos y con el beso, intentó decirle todas las cosas que no podía articular. Una vez más, sintió el deseo de llegar hasta el final.

Él la retiró y la miró.

–¿Y a que se debe esto?

–Son las gracias –improvisó ella con el corazón acelerado–, por haberme dejado la camisa.

–Quizá puedas devolverme el favor algún día –dijo él y le colocó un mechón detrás de la oreja.

Aquella noche, cuando los niños ya estaban acostados, Justin encontró a Amy en el piso de abajo mirando por la ventana.

–Me preguntaba si vendrías esta noche. Has estado muy ocupado con los gráficos de la bolsa.

–Estamos casi al final de la temporada –le dijo, pero reconocía había estado evitándola. Se preguntaba si también debía evitarla aquella noche.

—¿Temporada? Creía que la bolsa estaba abierta todo el año.

—Así es, pero hay una teoría acerca de que la mejor época para comprar es entre Octubre y Mayo. Puesto que ya estamos casi en Mayo, tengo que estar atento.

—¿Qué es lo que más te gusta de jugar en bolsa?

—Me gusta la idea de que se puede controlar. No puedo controlar el mercado, pero si estudio los gráficos y les aplico teorías diferentes, entonces, me doy cuenta de que aumentan mis posibilidades de ganar.

—¿Y lo celebras cuando ganas?

—Normalmente no.

—No lo celebras porque ganas a menudo.

—Gano más veces de las que pierdo.

—Si eres tan bueno que los agentes de bolsa quieren que hables en público, decir que ganas más veces de las que pierdes sería quedarse corto —dijo ella tocándole el pecho con un dedo.

Él le agarró la mano y le besó el dedo.

—Hay una línea muy fina entre sentirse seguro o demasiado seguro. La diferencia puede costarte una fortuna. Las razones por las que he tenido tanto éxito son porque sé cuál es esa diferencia y me centro en el proceso de la transacción.

Sacó la lengua para acariciarle el dedo. La miró y se preguntó qué necesitaba para que una mujer como Amy se enamorara de él. ¿Cómo sería la vida junto a ella? Era peligroso pensar en ello. Era el tipo de cosa que nunca se había permitido desear.

Ella se acercó a él de modo que sus cuerpos casi se rozaban.

—Eres como un libro que nunca pensé que quisiera leer, pero

que una vez lo abrí, no pude cerrar. Cada día aprendo algo nuevo de ti –dijo ella en voz baja–. Pero quiero saber más.

Justin inclinó la cabeza y la besó. Ella reaccionó inmediatamente y abrió los labios para que la besara de forma apasionada. Justin deseaba acariciarle todo el cuerpo con la boca. Metió la mano por debajo de la camiseta y le acarició un pecho, ella suspiró de placer y él metió la otra mano para acariciarle los dos a la vez.

Amy gimió y se contoneó. Él presionó su cuerpo contra el de ella, para que notara su masculinidad. Cuando Amy separó las piernas, Justin comenzó a sudar. Sabía lo que ella sentía.

Amy le acarició la nuca y se movió para que él continuara besándola. Estaba ardiente de deseo y era como si no pudiera saciarse. Deslizó la mano hacia abajo y le acarició las partes íntimas por encima del pantalón. Él gimió de placer. La quería desnuda. Deseaba que lo besara por todo el cuerpo. La deseaba a ella.

–Acaríciame –le pidió con un susurro.

Amy le desabrochó el pantalón con las manos temblorosas y cubrió su miembro viril. El roce de su piel hizo que Justin sintiera que iba a estallar. Lo miró con sus ojos oscuros, llenos de deseo.

–Quiero poseerte –le dijo él–. No me importa cómo ni dónde, pero quiero hacerlo ahora.

El cuerpo de Amy era un auténtico *sí*. Él deslizó las manos hasta sus caderas. Sería muy fácil bajarle los pantalones, tomarla en brazos para que lo rodeara con las piernas y después poseerla.

La besó y comenzó a desabrocharle los pantalones.

En la distancia, se oyó un sonido agudo. Estaba tan centrado en Amy que no le dio importancia. Lo oyó de nuevo. Era el llanto desconsolado de un niño.

A pesar de su excitación, Justin se retiró para escuchar.

–Tía Amy –llamó Nicholas desde las escaleras–. He tenido una pesadilla.

Justin agachó la cabeza y respiró profundamente. Sabía que Amy sentía lo mismo que él.

–Tienes que irte –murmuró.

# Capítulo 10

Una hora y media más tarde y después de darse un ducha de agua fría, Justin todavía ardía de deseo por Amy. Pero no iría a verla. Dentro de su habitación se sentía encerrado. Por mucho que la deseara, su esposa era una mujer compleja. Atrevida y tímida, y de algún modo, valiente y vulnerable. Justin no quería que saliera corriendo de su lado otra vez. Cuando hicieran el amor, quería despertarse junto a ella.

Se preguntaba cómo habría progresado la relación si no se hubieran casado por conveniencia. Trató de imaginarse saliendo con Amy, pero le resultaba difícil hacerlo, al fin y al cabo, tenía tres niños a su cargo. Una vez más se preguntó qué sentiría si ella le entregase su corazón. Nunca antes había deseado el corazón de una mujer. El problema era que, probablemente, si Amy le entregaba el corazón, querría el suyo a cambio.

–Diviértete –le dijo Amy cuando él se marchaba a la cena de agentes de bolsa. Estaba casi tan guapo vestido de esmoquin como desnudo.

–Tengo que hablar en público –contestó él con una mueca.

Ella se encogió de hombros.

–Bueno, entonces rómpete una pierna.

–Espero que no. Hasta luego –dijo, y cerró la puerta.

Amy se dirigió a los niños.

–Voy a salir esta noche, así que una niñera os dará pizza para cenar.

–¡Bien! ¡Pizza! –gritó Nicholas.

–¿Quién es la niñera? –preguntó Emily.

–Jennifer Stallings. Creo que la conoces. Vive al final de la calle y es muy simpática.

Emily asintió dubitativa.

Preocupada, Amy se agachó y miró a su sobrina.

–¿Qué ocurre, cariño? ¿Te encuentras mal?

Emily dijo que no con la cabeza.

–No vas a tener un accidente, ¿verdad? –preguntó en voz baja.

Amy le dio un abrazo.

–No tengo intención de tener un accidente. Sé que es difícil no tener miedo, pero no podemos quedarnos encerradas en casa. Ni tú, ni yo –la miró a los ojos–. Te diré una cosa. Voy a llegar a casa hacia medianoche, y cuando venga, iré a darte un beso, ¿vale?

–Vale. ¿A dónde vas?

–A darle una sorpresa a Justin.

–¿Es su cumpleaños?

Amy se rio.

–No, pero va a dar un discurso y voy a ir a escucharlo. ¿Puedes cuidar de tus hermanos mientras me arreglo?

Emily asintió y Amy se dirigió a su habitación. Su selección de ropa de fiesta era muy limitada. Eligió un conjunto negro, un jersey sin mangas y una falda. Se puso tacones y un collar.

No quería dejar en ridículo a Justin. ¿Y si no se alegraba al verla entre el público? ¿Y si no quería que fuera por algún otro motivo además de porque se iba a aburrir? Como por ejemplo, que hubiera otra mujer. Solo de pensarlo se ponía nerviosa.

Se vistió y se pintó los ojos. Después comenzó a peinarse.

—¿Por qué no te haces un moño como el día de la boda? —preguntó Emily desde la puerta.

Amy miró a la pequeña y sonrió.

—Si lo dice mi niña favorita, es la solución perfecta. ¿Qué haría yo sin ti?

—¿Quieres que traiga unas flores del jardín?

—Dientes de león —murmuró Amy recordando el jardín. Se mojó el cabello y comenzó a colocarlo en su sitio—. Gracias, Em, pero esta vez voy a ponerme horquillas. ¿Me puedes ayudar a ponérmelas?

Emily la ayudó y Amy pensó que la niña tenía mejor pulso que ella en esos momentos. Después de darle instrucciones a la niñera y de besar a los niños, se marchó.

La reunión se celebraba en un club selecto de St. Albans. Entre los coches de lujo, ella le dio las llaves del suyo al aparcacoches, quien la miró sorprendido.

—Es un clásico —le dijo con una sonrisa—. Asegúrese de que lo cuida bien.

Entró en el lujoso recibidor decorado con estatuas y fuentes y buscó el salón donde se celebraba la cena. Casi todas las mesas estaban llenas. También la de Justin. Encontró un sitio en una de ellas y se sentó.

Aunque se sentía fuera de sitio, cenó e intentó pasar desapercibida mientras los demás hablaban a su alrededor. Miró hacia la mesa principal y vio que Justin estaba sentado entre dos mujeres muy elegantes. Eran todo lo que ella no era, pero trató de no sentirse inferior. Amy se fijó en que la mujer morena no dejaba de tocar a Justin. Sintió envidia.

—Está muy lleno esta noche —le dijo el hombre que se sentaba a su lado—. Todo el mundo quiere escuchar lo que dice el mejor corredor de bolsa de St. Albans, el que se ha hecho millonario. Yo creo que ha tenido mucha suerte y que no ha encontrado ningún obstáculo en su camino.

Indignada, Amy se controló para no dar una mala contestación, a pesar de que la mujer morena estaba demasiado cerca de él y no dejaba de sonreírle.

El hombre joven que se sentaba a su otro lado dijo:

–No estoy de acuerdo. ¿No lo has oído? Lleva años en bolsa. No ha conseguido su fortuna de la noche a la mañana, o de un solo golpe.

–Hablas como si fueras un fan de Langdon –dijo el otro señor.

El joven se encogió de hombros.

–Estoy intrigado, igual que las otras trescientas personas que han venido esta noche. Si comparte su secreto, estaré contento de poder sacarle provecho.

–Si fuera tan fácil, lo haría todo el mundo –refunfuñó el señor y se dirigió a Amy–. Soy Allan Walters. No la he visto antes. ¿Para que agencia trabaja?

Amy le dio la mano.

–No me dedico a esto. Soy profesora...

–...de marketing o de económicas –acabó la frase por ella–. Está bien que los profesores de económicas vean estas cosas, pero espero que les cuente a sus alumnos que este es un caso extraño y que la gente pierde su dinero tan rápido como lo gana.

–Hay que retirarse a tiempo –dijo el hombre joven.

–He oído que Langdon trata con las mujeres como con las acciones –dijo Allan mirando el escote de Amy–. Uno de los lujos de ser joven y rico.

Ofendida, Amy se mordió la lengua y contó hasta diez.

–Parece que sabe mucho acerca del señor Langdon. ¿Lo conoce?

–No, pero se rumorea.

—Así que su opinión está basada en lo que se rumorea —le dijo Amy.

Allan se colocó la corbata.

—Bueno, está claro a qué juega. Mire, tiene una mujer a cada lado.

—Lo único que está claro es que la cena se ha preparado para que la gente se siente: hombre, mujer, hombre, mujer —dijo, y trató de convencerse de que estaba en lo cierto.

—Bueno, sé que el hombre no está casado, porque si no habría salido en los periódicos.

—No puedo decirle mucho acerca de la vida romántica del señor Langdon, pero estoy segura de que no saca el dinero de venderse a los periódicos. Quizá por eso tiene tanto éxito.

—Bien dicho —murmuró el hombre joven y le tendió la mano—. Me llamo Ben Haynes, ¿y usted es?

—Amy Monroe —dijo ella.

—No es el tipo de mujer que suele venir a estos sitios —dijo Ben, como si fuera un cumplido.

—¿Y cuál es ese tipo de mujer?

Él sonrió.

—Piense en una barracuda.

Amy sintió un nudo en el estómago. Así que, si quería llamar la atención de Justin tendría que competir con un animal marino de dientes afilados. La cabeza comenzó a darle vueltas. Quizá no había sido una buena idea ir allí.

En la cabecera de la mesa, Justin contuvo un suspiro. A pesar de que había mostrado su anillo de boda y mencionado a su esposa varias veces, Gabi, la mujer morena que estaba a su lado, no lo dejaba tranquilo.

No se alegraba de tener que hablar delante de toda esa gente. Aunque muchos lo admiraban y lo respetaban, muchos otros sentían envidia porque había tenido mucho éxito. Ellos eran profesionales. Él no, y por tanto no debía tener éxito.

—Oh, Justin —continuó Gabi, pero él se volvió para escuchar al presidente de la asociación que estaba subido en la tarima.

—Damas y caballeros —comenzó a decir el hombre—, tengo el placer de presentarles a nuestro invitado especial en la reunión de primavera de la Asociación de Agentes de Bolsa de Virginia. Este hombre comenzó a realizar operaciones con muy poco dinero y ha conseguido grandes beneficios. Su fortuna tiene ahora más de seis cifras...

Justin contuvo un bostezo y miró el reloj. Al cabo de un momento, el presidente dijo:

—Damas y caballeros, les presento a Justin Langdon —la gente comenzó a aplaudir y Justin se puso en pie. Subió a la tarima y se fijó en que la sala estaba llena, pero como había poca luz, no podía reconocer a nadie.

—Hola, me llamo Justin Langdon y soy un... —hizo una pausa—, un tacaño.

Entre el público, Amy sintió que su corazón se llenaba de orgullo y de algo que parecía amor. Justin era un hombre increíble.

La gente se rio y Justin continuó con su discurso.

—Sé que a muchos les molesta saber que he conseguido mi fortuna sin la ayuda de un agente de bolsa. Y peor aún, que ningún agente se ha beneficiado de mis comisiones. Pero lo único que he hecho ha sido convertirme en mi propio asesor. Mi sistema de cambio está diseñado para mí, mis objetivos, mi interminable estudio del mercado, saber cuánto puedo arriesgar para poder seguir durmiendo por las noches y mi compromiso a realizar operaciones con un poco de emoción. Ustedes tienen que diseñar todo esto para cada uno de sus clientes, y, por fortuna, sus clientes no son clones.

A excepción del comentario acerca de que era un tacaño, lo demás parecía acorde con su vida. Desde el principio, Amy supo que era un hombre que se conocía bien, que se había puesto a prueba y que había triunfado. Sabía que mucha gente lo admiraba por el dinero que había conseguido, ella lo admiraba por cómo era el hombre en que se había convertido.

–La mayoría de sus clientes no se parecen a mí –dijo Justin–, así que parte de mi plan no les serviría a ellos. Pero voy a darles una respuesta para la próxima vez que sus clientes les digan algo así como: *he oído que Justin Langdon aumentó su fortuna de tres cifras a siete, él solo. Quizá yo también deba probar.* Aquí tienen el proceso, paso a paso, de lo que ha hecho Justin. Primero, alojamiento barato. Una casa de una habitación en una zona en donde, por las noches, en la calle se oyen peleas y sirenas de policía. Segundo, comer barato. El menú consiste en latas de judías y macarrones preparados. Pueden permitirse derrochar una vez al año y salir a cenar, a McDonald's –la gente se reía. Pensaban que estaba bromeando, pero no era así. Él había pasado por aquello–. Tercero, no tener coche durante tres años. Caminar o ir en autobús. Cada moneda que se gasta en el mantenimiento del coche, la gasolina y el parking, va directa a la cuenta bancaria. Cuarto, despedirse de las horas de sueño. Cuando ya hayan empezado a hacer un poco de dinero, busquen un trabajo en el turno de noche, de forma que se pueda estar todo el día delante del ordenador y trabajar toda la noche. Quinto, nada de vida social durante tres años. La cerveza es un lujo, el vino bueno un sueño –Justin sonrió al pensar que ya había eliminado al noventa por ciento de la gente que quería hacer lo mismo que Justin Langdon–. Sexto, nada de citas durante tres años. Salir con mujeres cuesta dinero y si quieren hacer lo mismo que Justin, tienen que invertir hasta la última moneda.

Bebió un poco de agua y miró a la multitud. La luz brillaba sobre unos cabellos pelirrojos. Hizo una pausa. «¿Amy?», pensó.

Su corazón comenzó a latir muy rápido. ¿Cuándo había entrado? ¿Por qué no le había dicho que estaba allí? Ella miró a un lado y a otro, después lo miró a los ojos y sonrió, como si supiera que él la estaba mirando.

Bebió un trago más de agua y se fijó en que llevaba un conjunto negro que resaltaba todas las curvas de su figura. Los hombres que estaban a su lado también se habían fijado en ella.

Continuó con el discurso un poco más rápido de lo que quería. Cuando vio que el hombre mayor que estaba sentado junto a Amy se fijaba en su escote, Justin tuvo que contener las ganas de bajar para darle un puñetazo. Decidió hacerlo de forma más civilizada y dijo:

—Me gustaría aprovechar esta oportunidad para presentarles a mi esposa. Ha llegado un poco tarde —Justin vio que la cara de Amy se ponía del color de sus cabellos—. Amy, no seas tímida y saluda a la gente.

Ella obedeció, pero por su expresión él supo que se la iba a cargar. La gente aplaudió, él le dio la mano al presidente y se dirigió hacia la mesa de Amy.

El joven que estaba junto a ella se levantó y le tendió la mano.

—Señor Langdon, soy admirador suyo desde hace mucho tiempo.

Justin le dio la mano y asintió, después se dirigió a Amy.

—Intentaba pasar desapercibida —le dijo ella.

—Así vestida, imposible —contestó él con un susurro.

—Amy —dijo el hombre mayor—, ya entiendo por qué lo defendías.

—¿Me has defendido? —preguntó Justin.

—Él estaba... —aturdida, se calló y después dijo—. Más tarde.

—Es una mujer encantadora —dijo el hombre con un guiño—. Buen trabajo.

Amy deseó tirarle un vaso de agua a la cara. Miró a Justin y vio que él tensaba su mandíbula.

Justin sonrió como un tiburón.

—Sí sabe lo que le conviene —dijo con demasiada amabilidad—, quite los ojos de encima del escote de mi mujer, ¡pedazo de carcamal! Vamos —le dijo a Amy y la guio hasta la salida—. ¿Por qué no me dijiste que ibas a venir?

—Quería darte una sorpresa.

—Lo conseguiste —dijo él—. ¿Por qué no te acercaste a mi mesa?

—Estaba llena —dijo ella y no pudo evitar añadir—. Ya estabas rodeado de mujeres, muy solícitas. ¿Dónde vamos? —preguntó cuando él llamó al ascensor.

Él se desabrochó la pajarita.

—Igual que tú estabas rodeada de hombres solícitos —dijo él—. La asociación me ha dejado un salón para esta noche.

—¿Un salón?

Se abrieron las puertas del ascensor y entraron.

—Puede que esto te sorprenda, pero hay gente que está impresionada conmigo, Amy. Gente que piensa que soy un plato caliente.

—Yo también lo creo —dijo ella—, aunque probablemente por motivos muy distintos a los de la mayoría.

—¿Y cuáles son tus motivos? —preguntó él mirándola con desafío.

Se abrieron las puertas del ascensor y la guio hasta una habitación.

—¿Qué me estabas diciendo...? —preguntó Justin.

—Que te admiro por darle dinero a un niño de Granger para

que pudiera ir a ver a su familia, por no enfadarte con Nicholas cuando devolvió en tu coche. Por ser capaz de tratar conmigo.

–¿Qué quieres decir con eso de por ser capaz de tratar conmigo?

Incómoda, Amy se volvió y continuó hablando.

–Bueno, te casaste conmigo y no soy una esposa de verdad –dijo–. Es más, podías llamarme una no-esposa.

Él se colocó detrás de ella.

–Vas a tener que explicarme esto. Nunca he oído hablar de las no-esposas.

–En mi caso, es una mujer que no quería casarse y que siempre ha pensado que no tiene aptitudes para el matrimonio. Además, si añades el hecho de que me siento muy atraída por ti y siento algo por ti, tratar conmigo debe de ser la cosa más difícil que has intentado nunca.

Se hizo un silencio y Amy deseó que la tragara la tierra.

–¿Por qué has venido esta noche?

–Ya te lo he dicho –respondió ella–, quería darte una sorpresa y... –se calló. Demasiadas confesiones. Ella notó que él le acariciaba un mechón de la melena y continuó–. Quería que estuviéramos a solas un rato, sin los niños. Un rato solos, tú y yo.

–Tú y yo solos está bien, pero no debías haberte puesto esto –dijo él acariciándole el cuello.

Ella se quedó de piedra. Se sentía fuera de lugar y él le confirmaba sus sospechas.

–¿Por qué? ¿No es lo suficiente elegante? –preguntó y se dio la vuelta–. ¿Qué hay de malo en ello? Creía que lo había hecho muy bien, teniendo en cuenta que siempre voy vestida como una profesora de preescolar.

–Tu conjunto es muy bonito. Te queda muy bien. Demasiado bien. El problema es que todos los hombres que había en la sala querrían verte sin ropa –dijo él con las manos en las caderas.

Amy pestañeó.

–Oh –se fijó en lo atractivo que estaba con el esmoquin y lo miró a los ojos–. Tengo una pregunta. Si todos los hombres de la sala querrían verme sin ropa, ¿eso te incluye a ti?

# Capítulo 11

Justin se acercó a Amy y se detuvo frente a ella. «Mucho más cerca, pero aún demasiado lejos», pensó Amy. El corazón le latía muy rápido.

–No he mencionado ninguna excepción, ¿no, Amy de Arco?

–No me llames así.

–Solo quiero que sea mi turno –dijo él y le acarició la cara.

–¿Tu turno?

–Has estado muy ocupada salvando al mundo. Es mi turno –dijo él, le agarró la mano y la colocó sobre su hombro–. Sálvame.

«Sálvame». Era tan ridículo que lo dijera él. Era un hombre fuerte, de los que no necesitaban que nadie los salvara.

–Estuve a punto de salvarte cuando te llevé al hospital –dijo ella.

–Acércate –le dijo, y acercó la boca a la de Amy.

Se tomó su tiempo, como si supiera que ella necesitaba tiempo y atención. Necesitaba poder estar un momento sin la presión del resto del mundo. No tenía que preocuparse porque los niños entraran en la habitación, ni de que sonara el teléfono o de que la señora Hatcher apareciera de improviso. Estaban solo Justin y ella. Y sus corazones.

Aunque Amy sabía que una parte de ella no quería rendirse ante el matrimonio porque ser independiente era lo que la había salvado durante muchos años, también sabía que lo que sentía hacia Justin era algo muy poderoso, algo que nunca había sentido antes.

No podía encontrar las palabras, o quizá tenía miedo de pronunciarlas. Tenía que demostrárselo. Lo besó de forma apasionada durante largo rato.

—Demasiado rápido —murmuró él—. Siempre te deseo demasiado rápido —le acarició el interior de la boca con la lengua—. Quiero ir despacio —dijo—. Quiero besarte todo el cuerpo.

Justin le quitó el jersey y le desabrochó el sujetador. Agachó la cabeza hasta la altura de sus senos y le mordisqueó los pezones. Ella sintió que se derretía de placer. Él metió la mano por debajo de la falda y de la ropa interior para acariciar su zona secreta y húmeda. Introdujo un dedo en su cuerpo y ella gimió de placer.

Incapaz de permanecer inactiva, Amy le desabrochó la camisa y se la quitó. Le rozó el pecho musculoso con las mejillas, saboreando su aroma masculino. Llevó las manos hasta su cintura, y le desabrochó los pantalones. Justin respiraba cada vez más rápido y Amy lo interpretó como una invitación para que continuara, para que llegara más lejos.

Le acarició el pecho con la lengua y sintió que él colocaba una mano en su cabeza.

—¿Qué estás haciendo? —preguntó él.

—Acercarme más —le dijo y se arrodilló ante él bajándole los pantalones y la ropa interior. Con la mejilla, acarició su masculinidad y después la besó. Tomándola en su boca, saboreó su excitación y el sonido del placer que él sentía. Su miembro viril estaba cada vez más duro, en su boca.

Él le acarició el cabello y gimió. Ella levantó la vista y lo miró a los ojos.

Él se estremeció.

–No sabes lo erótica que estás entre mis piernas, con los senos desnudos, tu dulce cara y tu boca en mi cuerpo –dijo, y la puso en pie–. Deseo adentrarme en ti.

Le quitó la falda y las medias de un solo movimiento. No había cama en la habitación, solo uns sillón. Se sentó en él y la colocó encima.

–Agárrate a mis hombros –le dijo, y la deslizó sobre su miembro con cuidado.

Era tan grande, que Amy pensó que no podría hacerlo. Cerró los ojos e intentó relajarse.

–Eres casi demasiado grande –susurró ella.

–Tendremos que hacer esto muchas veces para que te acostumbres a mí.

–No estoy segura de si... –se calló cuando él la guio para que se moviera de arriba abajo. El placer se apoderó de ella. Nunca se había sentido tan voluptuosa. Comenzó a llevar su propio ritmo, a cabalgar sobre él.

Él le besó los pechos con la lengua y ella comenzó a gemir. Estremeciéndose cabalgaron hasta que llegaron al orgasmo.

Después, con las piernas flojas, ella se deslizó a un lado y lo abrazó. Nunca se había sentido tan femenina y poderosa, y al mismo tiempo, tan indefensa.

Él la atrajo hacia sí.

–Voy a necesitar mucho tiempo para saciarme de ti, Amy.

Amy suspiró y cerró los ojos. Por una vez, iba a confiar en él y en su poderío. ¿No sería maravilloso si pudiera contar siempre con él? ¿Y si era cierto que aquello no tenía por qué terminar?

Justin la ayudó a recuperarse, haciéndole reír mientras la ayudaba a vestirse.

–¿Qué les ha pasado a tus huesos? –le preguntó al ver que sus extremidades eran delgadas.

—Me los has derretido —dijo ella, pensando que también le había derretido el corazón.

Él le acarició las piernas todavía desnudas.

—Me gustas así. Creo que te voy a dejar así. ¿Cuánto tiempo le has dicho a la niñera que se quedara? ¿Una semana? —bromeó.

Ella se rio.

—Eres tan gracioso. A medianoche, me convierto en calabaza.

Justin miró el reloj y se dio cuenta de lo tarde que era.

—Algún día te tendré durante toda una noche.

—Si nadie está enfermo y encontramos una buena niñera —dijo ella con una sonrisa—. Y si las estrellas están en una buena alineación.

—Ocurrirá pronto —le aseguró él y la acompañó hasta el coche antes de subir al suyo. La ayudó a subir y le dio un beso, haciendo que se sintiera como nunca se había sentido.

De camino a casa, pensó en otras realidades. En cosas muy importantes que no habían cambiado. Habían aceptado intentar aquello durante dos años. Habían firmado un contrato prematrimonial que establecía las condiciones del fin de su matrimonio. Habían acordado que no se amaban.

La última idea le sentó como una puñalada.


Justin pagó a la niñera antes de que Amy pudiera abrir el bolso.

—No era necesario. Podía haber pagado yo —le dijo ella.

Él no hizo caso de su protesta y la miró con cuidado. Otra vez parecía que estaba incómoda con él, y se preguntaba por qué. No le parecía posible, pero la mujer sensual que lo había llevado a la luna horas antes, se había protegido tras una pared invisible que había construido de camino a casa.

—Estás muy callada —dijo él.

—Estoy cansada, y le prometí a Emily que le daría un beso cuando llegara a casa.

Él asintió.

—Vale.

Ella se mordió el labio y lo miró a los ojos.

—Estuviste maravilloso durante el discurso, y después —dijo ella—. Maravilloso. Buenas noches.

Justin sintió que su humor decaía.

—¿Otra vez estás mal?

—Creo que es un problema de realidades.

—¿Lo de esta noche no te ha parecido suficientemente real?

—Nuestro matrimonio es lo que no me parece real.

—Quizá si durmiésemos juntos...

—... no creo que esa sea la solución —dijo ella—. Es algo más. Cuando pronunciamos los votos, yo actué como si estuviera pidiendo en Burger Doodle. Nos comprometimos durante dos años. Si hubiera sido real, nos habríamos comprometido para siempre —bajó la vista—. No nos amamos —dijo con tono de dolor—, y la guinda del pastel es el contrato prematrimonial.

Justin se puso tenso. Su abogado lo había advertido de que no era extraño que las esposas pidieran cambios después de casarse. No era raro que las mujeres hicieran chantaje con los sentimientos o el sexo para conseguir más dinero. Pensó que Amy no era ese tipo de mujer.

—¿Qué quieres decir? ¿Crees que el acuerdo es injusto?

—No, pero piénsalo. Un contrato prematrimonial es la planificación de un divorcio. Es el libro de instrucciones para cómo terminar con nuestro matrimonio.

—¿Estás diciendo que si tiramos nuestro acuerdo, estarás dispuesta a dormir conmigo toda la noche?

Amy palideció.

—No, no es eso lo que estoy diciendo. No lo comprendes.

Es mucho más que un ridículo contrato prematrimonial. Mucho más –dijo y se marchó.

Después de aquella noche, Justin sentía que estaban muy distantes. Amy era amable, pero reservada. Él se sentía como si hubiera perdido algo maravilloso. Habían estado tan unidos.

Todo había acabado. Vivir en la misma casa con ella era muy doloroso, mucho más de lo que él nunca hubiera imaginado. No podía recordar si alguna vez había sentido tanto dolor. Ni siquiera cuando su madre lo abandonó en Granger.

Su desesperación aumentaba a medida que pasaban las horas. Un día salió a comprar equipo de informática y tardó más de lo esperado. Cuando regresó vio que frente a la casa había un coche último modelo y un camión. Dos hombres estaban bajando unos columpios. Con curiosidad, Justin se dirigió al jardín de atrás.

Amy estaba de pie junto a los hombres. Emily estaba junto a ella y los niños corrían dando vueltas. Nicholas dijo:

–¡Justin, Justin! ¡Tenemos columpios! ¡Voy a ser el primero en subir!

–No –dijo Jeremy–, soy yo.

–No –dijo Nicholas–, soy yo.

–No –dijo Jeremy.

–No –dijo Emily–. Primero vamos la tía Amy y yo porque nos estamos portando bien y vosotros no.

Nicholas y Jeremy se callaron en el acto.

Amy miró y sonrió a Justin. Se le encogió el corazón, ella lo miraba como si se hubiera olvidado de la conversación de la semana anterior. Pero enseguida la recordó y su sonrisa se desvaneció.

–Ayer compré un columpio.

—Ya veo —dijo Justin.

—Estos señores dicen que acabarán de montarlo para cuando terminemos de cenar.

—¡Bien! —gritaron los niños.

—¿Y ese coche nuevo que hay en la puerta?

Amy sonrió.

—En parte ha sido un impulso y en parte algo necesario. Meter las sillitas en el Volkswagen era complicado. Pasé por un concesionario de camino a casa y... tengo coche nuevo.

—¿Por qué no me lo dijiste? Podía haberte ayudado a comprar las dos cosas —dijo Justin.

—No, el columpio es un regalo mío. Llevo planeándolo desde hace semanas. Y ya era hora de cambiar de coche —se rio—. Para eso son los sueldos, ¿no?

—Supongo —dijo él.

—Además, todo se contrarresta con la cena de hoy.

—¿Qué quieres decir?

—Comida barata —dijo ella—. Chicos, vamos dentro a cenar para que estos hombres puedan trabajar. Quizá esté oscuro, pero a lo mejor podemos columpiarnos un poco esta noche.

Los niños entraron corriendo a lavarse las manos. Justin estaba un poco preocupado por Amy. No sabía que era una compradora compulsiva.

La observó desde la puerta de la cocina mientras ella hablaba con Emily.

—Es la hora de cenar —les dijo a los niños—. ¿Vais a ser capaces de cenar quietecitos?

—¿Cómo de quietos tenemos que estar? —preguntó Jeremy.

—Solo un poquito —contestó Nicholas.

—Bien, porque tengo ganas de saltar.

—Yo de columpiarme —dijo Nicholas.

—Yo también.

—Sentaos —dijo Amy y los niños corrieron a sus sitios—. Lo

siento por el menú –le dijo a Justin–, pero a veces lo más apropiado es abrir una lata de judías.

El estómago de Justin se rebeló de inmediato. Un montón de imágenes pasaron por su cabeza. Un día, su madre compró un camión de bomberos para él y un vestido y unos zapatos para ella. En la cena, comieron judías de lata. Unas navidades, la madre compró una nevera y una televisión, y para Justin unos videojuegos. Les habían cortado la luz por falta de pago y él recordaba que habían tenido que calentar una lata de judías en la chimenea. Él había comido montones de latas de judías cuando tenía que invertir todo su dinero para conseguir la seguridad económica que nunca había tenido de pequeño.

Era demasiado.

Se acercó a Amy y habló en voz baja.

–Me voy a mi casa. Te informaré de cuándo voy a volver –no esperó su respuesta y se marchó sin más.

Horas más tarde, Justin estaba sentado en el sofá de su casa. Había un gran silencio y se sentía extraño. Estaba acostumbrado al ruido de los niños y a la voz de Amy.

Miró el reloj y pensó que cualquier otro día habría estado ayudando a Amy a acostar a los niños. Pensó en que siempre sentía la presencia de Amy, aunque ella estuviera en la otra punta de la casa o dormida.

Se preguntaba si alguna vez dejaría de desearla y si ella lo habría deseado alguna vez. Se sentía como si hubiera encontrado la pieza que faltaba en el puzzle de su vida, pero no pudiera colocarla.

Había regresado a su casa para estar tranquilo, pero la tranquilidad lo agobiaba.

Aquella noche, el teléfono lo despertó.

–Hola, soy Michael. Acaba de llamar Dylan y pensé que a lo mejor querías ir a verlo. Está en el hospital.

Alarmado, Justin se sentó en la cama.

−¿Está herido?

−No. Alisa Jennings ha tenido un accidente. Es grave. Está inconsciente en la UCI y Dylan está dispuesto a quedarse allí hasta que se despierte.

−¿Cómo se ha enterado Dylan de que está herida?

−Al parecer, su madre está de viaje y no han podido localizarla. Encontraron la tarjeta de Dylan en su bolso y lo llamaron. Parece que él está bastante mal. Yo iré enseguida, pero tú estás más cerca del hospital. He intentado llamarte a casa de tu esposa −dijo Michael.

−Necesitaba tiempo para pensar −dijo Justin.

−Hmm. Vale. No te tomes mucho tiempo −le advirtió Michael como si él hubiera aprendido algo acerca de esperar demasiado−. Te veré en el hospital.

Justin se vistió y salió para el hospital. Sacó dos tazas de café de la máquina y buscó a Dylan en la sala de espera de la UCI. Tenía muy mala cara.

−Hola −dijo Justin y le ofreció una taza de café−. ¿Qué ha pasado?

Dylan aceptó el café, pero no se lo bebió.

−Alisa salió corriendo detrás del perro de un vecino que se había escapado y la atropelló un coche.

−Cielos −dijo Justin y recordó a Alisa de niña−. Era una chica muy dulce que se convirtió en una guapa señorita. Es una lástima. ¿Cuál es el pronóstico de su estado?

−No me dicen gran cosa −dijo Dylan−. Graves lesiones en la cabeza e internas. No saben si va a salir de esta −dijo con desolación.

−¿Te han dejado verla?

−Sí. Les dije que soy su novio.

Justin sabía que a Dylan siempre le había gustado Alisa, pero no sabía que fuera para tanto.

—Era la única manera de que me dijeran algo. Además, su madre está de viaje por Europa y Rusia, y cambia de sitio cada dos días. Puede que Alisa no me quiera —dijo—, pero en estos momentos me necesita.

—¿Cuánto tiempo llevas enamorado de ella?

Dylan soltó una carcajada.

—Desde siempre. Es lo que he deseado desde antes de saber lo que era desear, pero lo estropeé todo cuando volvimos a vernos en la universidad. Fui un idiota. No la traté bien, y ahora estoy pagando por ello. No sé qué voy a hacer si se muere.

—Pero no habéis estado juntos —dijo Justin.

—No lo comprendes —dijo mirándolo a los ojos—. Solo saber que existe y que está viva, hace que yo sea feliz.

Justin se sintió identificado con Dylan. Saber que Amy existía, hacía que el mundo le pareciera un lugar mejor. Se preguntó qué haría si a Amy le pasara algo así. ¿Y si Amy muriera? ¿Y si no existiera? ¿Y si él perdía la oportunidad de estar junto a ella?

Sintió nauseas.

—Cuando se está enamorado —dijo Dylan—, solo existen dos lugares en el mundo... donde ella está y donde ella no está.

Justin se quedó con Dylan el resto de la noche, pero en su cabeza, se había ido a casa con Amy. Eso fue lo que hizo a la mañana siguiente. De camino a su casa, llamó a su abogado y le ordenó que anulara el contrato prematrimonial. Cuando el abogado protestó, Justin fue tajante.

—O lo haces tú, o pago a otro para que lo haga.

Cuando llegó a la casa, se dirigió al piso de arriba.

La voz de Amy lo detuvo.

—¿Cómo está Alisa? —le preguntó desde detrás de él.

Él se volvió y dijo:

—Sigue inconsciente, está en la UCI.

—Es terrible —dijo ella y se cruzó de brazos—. No he podido dormir, intenté llamarte después de que llamara Michael, pero ya te habías marchado al hospital.

—Sí, Michael está con él ahora. Tenía que verte.

Amy asintió.

—Tienes razón. Tengo que hablar contigo.

Justin alzó una mano.

—Tengo algo que decirte.

Aterrorizada por si él le decía que abandonaba el matrimonio, habló deprisa.

—No, tengo que decirte que lo siento. Sé que es muy difícil. Lo siento si no me he parecido en nada a una esposa. Estaba tan decidida y tan asustada —dijo—, que no quería confiar en ti. Justin, eres el hombre más fuerte que conozco y me gustaría confiar en ti, pero tengo miedo. Nunca he podido confiar en nadie. Mis padres eran alcohólicos y desde muy pequeña aprendí a ser autosuficiente. No sé cómo ser más equilibrada —confesó con un nudo en la garganta—, pero me gustaría aprenderlo contigo.

Justin se acercó a ella y la miró.

—De camino aquí, he llamado a mi abogado.

Amy sintió un nudo en el estómago. Era demasiado tarde. Él ya había iniciado los trámites de separación.

—Le he dicho que anule el contrato prematrimonial. Quiero que te cases conmigo, Amy.

La cabeza le daba vueltas y era incapaz de asimilar sus palabras.

—No te comprendo. Creía que ya habías tenido suficiente y que te marchabas.

—Ya he tenido bastante de actuar como si fuera algo temporal, porque para mí no lo es —le dijo—. No puedo explicarlo, sé que suena muy raro, pero creo que estamos hechos el uno para el otro. Eres la mujer que hubiera deseado si hubiera sabido que existía. Haces que el mundo tenga sentido. Yo no... –se calló–. ¿Por qué estás llorando? –preguntó horrorizado.

Amy notó que las lágrimas corrían por sus mejillas.

–Creí que te habías marchado para siempre.

Él la abrazó con fuerza.

–No, las judías hicieron que me marchara, pero...

–¿Perdón? –dijo ella–. ¿Las judías?

–Es una larga historia –dijo él–. Una de esas comidas que traen malos recuerdos.

–Es el plato favorito de Jeremy.

–Puede tomarse mi parte.

Entre sus brazos, Amy se sintió mejor.

–No comprendo lo que has dicho del precontrato matrimonial.

–Lo he anulado –dijo–. No lo necesitamos.

–No tenías que hacer eso –dijo ella, porque sabía que para él era algo que le daba seguridad. Quería que Justin tuviera todo el amor y la seguridad que no había tenido de pequeño. Quería ser ella la mujer que se lo diera.

–Sí –dijo él–. Quiero pasar toda mi vida contigo. Quiero estar comprometido en todos los aspectos. No quiero que te vayas.

A Amy, los ojos se le llenaron de lágrimas otra vez

–He tenido tanto miedo de amarte, pero te amo. Amo al niño que fuiste, al hombre que eres, y quiero tener la oportunidad de amar al hombre en quien te convertirás.

Él la besó con mucha ternura y amor y Amy se preguntaba cómo había tenido tanta suerte.

–Solía pensar que mi misión era casarme contigo por el bien de los niños. Ahora sé que mi misión es amarte por mi bien.

\*\*\*

Una semana más tarde, Amy sorprendió a Justin cuando llegó a casa con comida china y champán, pero sin niños.

—¿Dónde están los monstruos? —preguntó él dándole un beso de bienvenida.

—Se han quedado a dormir en casa de Kate y Michael —dijo ella con una sonrisa—. Hemos pasado la inspección. Los niños son nuestros.

—Aleluya —dijo él—. Esto hay que celebrarlo.

—Ese era mi plan.

—Ah, sí —dijo él—. ¿Qué plan tenías?

—Creo que debes quitarte toda la ropa e irte a la cama inmediatamente.

Él la tomó en brazos y la llevó hasta la habitación que habían compartido como marido y mujer durante los últimos seis días—. No voy a discutir —dijo él—. ¿Y qué pasa con la comida?

—Más tarde —dijo ella y pasaron el rato haciendo el amor.

Después, Amy se puso un camisón y fue a buscar la comida china y el champán. Se turnaron para dar de comer al otro.

—¿Te has enterado de lo de Alisa? Kate me ha dicho que se ha despertado pero que no recuerda nada.

Justin asintió.

—Dylan me ha llamado hoy. Creo que está muy contento de que vaya a vivir. Dice que no se separará de ella, aunque posiblemente, cuando recupere la memoria le escupirá en el ojo.

—Tengo mucha suerte —dijo ella.

Él asintió.

—No quiero ni recordar cómo era mi vida antes de conocerte.

—Hay algo que quiero decirte —le dijo, y le agarró las manos. Miró a los ojos del hombre que amaba más que nada en el mundo y pronunció las promesas que iba a mantener—. Justin Langdon, te acepto como esposo, para lo bueno y para lo malo, en la salud y en la enfermedad –se inclinó y lo besó con todo su amor–. Para siempre.

–Amy Monroe, te acepto como esposa, te amaré y estaré a tu lado hasta que la muerte nos separe –dijo él. Después agachó la cabeza y le susurró al oído–. Aunque sirvas judías de lata para la cena.

Amy se rio al mismo tiempo que una lágrima rodaba por su mejilla. Él le había contado muchos secretos durante la última semana, incluida la historia de las latas de judías.

–Así es el amor.

www.ingramcontent.com/pod-product-compliance
Lightning Source LLC
LaVergne TN
LVHW091616070526
838199LV00044B/818